DEVNEY PERRY

CAVALHEIRO PARTIDO

Traduzido por Janine Bürger de Assis

1ª Edição

2024

Direção Editorial: Anastacia Cabo
Tradução: Janine Bürger de Assis
Preparação de texto: Ligia Rabay
Arte de Capa: Bianca Santana
Diagramação: Carol Dias

Copyright © Devney Perry LLC, 2019
Copyright © The Gift Box, 2024

Todos os direitos reservados.
Nenhuma parte do conteúdo desse livro poderá ser reproduzida em qualquer meio ou forma – impresso, digital, áudio ou visual – sem a expressa autorização da editora sob penas criminais e ações civis.
Esta é uma obra de ficção. Nomes, personagens, lugares e acontecimentos descritos são produtos da imaginação da autora. Qualquer semelhança com nomes, datas ou acontecimentos reais é mera coincidência.

Este livro segue as regras da Nova Ortografia da Língua Portuguesa.

CIP-BRASIL. CATALOGAÇÃO NA PUBLICAÇÃO
SINDICATO NACIONAL DOS EDITORES DE LIVROS, RJ
Gabriela Faray Ferreira Lopes - Bibliotecária - CRB-7/6643

P547c

Perry, Devney
    Cavalheiro partido / Devney Perry ; tradução Janine Bürger de Assis. - 1. ed. - Rio de Janeiro : The Gift Box, 2024.
    320 p.   (Clifton Forge ; 2)

Tradução de: Riven knight
ISBN 978-65-5636-342-4

1. Romance americano. I. Assis, Janine Bürger de. II. Título. III. Série.

24-92916   CDD: 813
                   CDU: 82-31(73)

Para Jennifer
Por aquele dia que dirigimos pelo Texas
e planejamos esse livro

CAPÍTULO UM

GENEVIEVE

— Estou decepcionado.

Eu preferia tomar um tapa na cara a escutar aquilo. Era especialmente doloroso hoje de todos os dias, ainda mais vindo do Sr. Reggie Barker, um homem que eu considerava meu mentor e herói profissional.

— Sinto muito, Reggie.

Meu chefe – antigo chefe – suspirou do outro lado da linha telefônica. — Dada a maneira com que você decidiu sair da firma, estou impossibilitado de te entregar uma carta de referência.

Eu me encolhi. — Ah… ok.

Reggie achava que dar uma semana de aviso prévio em vez de duas era uma afronta. Não importava que eu tivesse trabalhado como sua assistente jurídica pelos últimos quatro anos, que era a primeira pessoa a chegar na firma toda manhã e a última a sair à noite. Não importava que, mesmo que os assistentes da firma pudessem estudar para o vestibular durante o expediente, eu guardava minhas horas de estudo para casa, garantindo que cada minuto do meu dia de trabalho fosse dedicado a ajudar Reggie.

Eu adiei a prova por quatro vezes porque ele me advertiu para estar *totalmente* pronta, em um nível que ele não acreditava que eu estava.

Confiei nele. Valorizei sua opinião acima da de todos os outros na firma. Fiz tudo que pude por ele, mas, aparentemente, não foi suficiente.

Eu também estava decepcionada.

Só liguei hoje de manhã porque esqueci de deixar minhas chaves no escritório. Agora eu desejava simplesmente tê-las enviado pelos correios com um bilhete.

— Boa sorte, Genevíeve.

— Obriga…

Ele desligou o telefone antes que eu pudesse terminar. Meus vinte e sete anos já começaram mal.

Feliz aniversário para mim…

Coloquei meu telefone de lado e olhei pelo para-brisas. Eu estava estacionada em frente a uma pequena loja de roupas na *Central Avenue*. Era a única loja em Clifton Forge, Montana, que vendia roupas femininas além do galpão de suprimentos agrícolas e pecuários.

Clifton Forge.

Minha mãe fez o ensino médio aqui. Meus avós, duas pessoas que nunca conheci, morreram em um acidente de carro e foram enterrados aqui. Seis semanas atrás, a cidade de Clifton Forge não era nada mais do que uma nota de rodapé na minha história familiar.

Até que minha mãe veio para uma visita e foi cruelmente assassinada no motel local.

Agora Clifton Forge não era somente um lugar qualquer do meu passado, mas era também meu lar pelo futuro próximo.

Eu queria estar em casa em Denver, dirigindo pelas ruas que eu conhecia, em direção a lugares familiares. O apelo da estrada exercia uma forte atração em mim. No caminho, vindo de Colorado, fiquei tentada mais de uma vez a ir embora e nunca mais olhar para trás. Fugir e me esconder.

Mas eu fiz uma promessa para um estranho, um homem que eu conhecia há apenas algumas horas. E eu não voltaria atrás na minha palavra.

Não depois do que Isaiah tinha feito por mim.

Então aqui estava eu, em Clifton Forge.

Por meses. Anos. Décadas. *Pelo tempo que fosse necessário.* Eu devia a Isaiah esse tempo.

O embrulho no estômago que estava sentindo há dias aumentou, e eu senti a bile subindo pela minha garganta. Eu a engoli, sem querer cogitar passar uma vida inteira presa em Montana. Eu não tinha tempo para pensar nas possibilidades – nas consequências – do que estava prestes a acontecer. Tenho que encontrar Isaiah ao meio-dia, o que só me dava duas horas para me arrumar. Então, estiquei a coluna, deixei o nervoso de lado e sai do carro para fazer algumas compras.

Eu me recusava a usar calças jeans hoje.

Na última semana, empacotei tudo do meu apartamento em Denver, exatamente como tinha feito na casa da minha mãe, mas era menos avassalador. Mesmo assim, sofri e chorei cada vez que fechei uma caixa. Toda essa mudança, toda essa perda... eu estava mal.

Guardei grande parte dos meus pertences maiores. Algumas coisas empacotei para serem enviadas. E o resto estava enfiado no meu Toyota Camry cinza de quatro portas, que eu dirigi do Colorado até Montana ontem.

CAVALHEIRO PARTIDO

Exausta demais, tentando empacotar e terminar minha última semana no trabalho, não pensei em trazer um vestido. Talvez fosse meu subconsciente protestando contra as núpcias de hoje.

Mas, gostando ou não, esse casamento ia acontecer, e eu não iria vestir jeans. Ainda mais no meu aniversário.

Tomei um cuidado extra com minha maquiagem hoje de manhã. Lavei e penteei meu cabelo castanho volumoso, usando o modelador de cachos caro que minha mãe comprou para mim ano passado.

Foi o último presente de aniversário que ela me deu.

Meu Deus, como eu sentia falta dela. Ela não estará aqui hoje ao meu lado enquanto cometo o que pode ser o maior erro da minha vida. Ela não estará aqui para outros aniversários, porque um ser humano cruel e perigoso ceifou sua vida. Não era justo.

Minha mãe foi assassinada, esfaqueada sete vezes, largada sangrando em um quarto de motel sozinha. Ela morreu, deixando para trás uma trilha de segredos e mentiras que estavam arruinando sua bela memória.

Por quê? Eu queria gritar aos céus até ela responder.

Por quê?

Eu estava tão brava com ela. Estava furiosa por ela não ter me confiado a verdade. Por não ter me contado sobre meu pai. Por estar aqui nessa merda de cidadezinha por causa das péssimas escolhas dela.

Mas, porra, eu sentia falta dela. Hoje, de todos os dias, eu queria minha mãe.

Lágrimas surgiram por trás dos meus óculos escuros e pisquei para elas sumirem antes de entrar na loja de roupas. Coloquei no rosto o mesmo sorriso falso que usava há semanas.

— Bom dia. — A vendedora me cumprimentou no que o sino tocou acima da minha cabeça. — Fique à vontade para olhar. Tem algo em particular que esteja procurando?

— Na verdade sim. Preciso de um vestido e sapato de salto.

O salto ia doer. As solas dos meus pés estavam destruídas de tanto correr descalça pelas montanhas, mas eu aguentaria só por hoje.

— Ahhh. Acho que tenho exatamente o que você procura. — Ela saiu de trás do balcão onde estava dobrando um casaco. — Recebi esse vestido verde escuro ontem. Estou *obcecada* por ele. E vai combinar lindamente com seu cabelo.

— Perfeito.

Desde que não seja branco.

Trinta minutos depois, eu já estava em casa – um termo que usava só pelo hábito, porque aquela residência temporária, aquela porcaria de apartamento localizado acima de uma porcaria de oficina em uma porcaria de cidade, definitivamente não era um *lar*.

Coloquei meu novo vestido envelope verde sem mangas, ajustando o decote em V profundo para não mostrar muita coisa. Então, fiquei na ponta dos pés no banheiro, tentando me ver no espelho. Quem mobiliou esse lugar parecia não se importar como estava da cintura para baixo.

Coloquei os sapatos de salto nude que também comprei hoje, desejando ter tido tempo para fazer os pés. Será que existia um lugar para fazer pedicure em Clifton Forge? Em vez disso, procurei na minha bolsa pelo esmalte rosa forte que joguei ali dentro há semanas para retoques de emergência. Apliquei outra camada e deixei secar. Havia tantas camadas agora que seria necessária uma britadeira para tirar tudo.

Eu afofei meu cabelo mais uma vez e passei uma camada de gloss incolor nos lábios. Barulhos da Oficina Clifton Forge vinham lá de baixo. A batida de metal com metal. O zumbido de um compressor. As vozes abafadas de homens trabalhando.

Cruzando o apartamento, olhei pela única janela que dava para o estacionamento. Uma linha de motocicletas pretas brilhantes estava estacionada na beira da propriedade, alinhadas e igualmente espaçadas na frente da cerca de arame.

Meu meio-irmão era o dono de uma dessas motos.

E meu pai também.

Ele era o maior segredo da minha mãe, um que só descobri por causa de sua morte. Eventualmente ela teria me contado? Acho que agora não fazia diferença. Exceto por algumas vezes quando era criança e depois quando virei uma adolescente malcriada, eu não perguntava por ele. Não sentia necessidade de ter um pai quando a tinha como mãe.

Ela era tudo que eu precisava e mais. E agora ela se foi, me deixando para lidar com uma família de estranhos. Que outros segredos eu iria descobrir em Clifton Forge? Eles pareciam estar escorrendo pelas tábuas de seu caixão.

Um homem saiu da oficina, montando uma moto preta que não brilhava como as outras. Era a única moto daquelas que eu já tinha andado.

Isaiah. O nome que me assombrava há dias.

Ele dava passos largos, confiantes. Havia uma elegância em seus passos, uma tranquilidade na maneira como aquelas coxas grossas se mexiam e seus quadris estreitos rolavam. Mas então vinha uma pancada, um peso toda vez que sua bota batia no pavimento.

Era aterrorizante.

Eu podia compreender.

Ele olhou por cima do ombro, seus olhos pousando no meu carro estacionado na frente da escada que dava para o apartamento. Ele o encarou por um longo momento, e então virou o olhar para a janela.

Não me preocupei em tentar me esconder. Se ele podia me ver além da sujeira e manchas de água, não fazia diferença. Logo mais eu não teria como escapar do seu olhar.

Era impossível ver a cor de seus olhos dessa distância, mas, assim como seu nome, eles eram uma parte constante dos meus sonhos. E dos meus pesadelos.

Verde e castanho e dourado. Muitos os classificariam como cor de mel e partiriam para suas outras qualidades de salivar: pernas longas, abdômen duro como pedra, braços definidos decorados com tatuagens e uma bunda espetacular. Mas aqueles olhos... eles eram deslumbrantes.

A espiral de cores era rodeada por um círculo castanho escuro. E ainda que o padrão fosse intrigante, o que os tornavam tão devastadores eram os demônios que estavam por trás.

Não tinham brilho. Nem luz. Estavam vazios.

Seria por causa do seu tempo na prisão? Ou por outra coisa?

Isaiah me deu um único aceno com a cabeça, foi para sua moto, montando a máquina e a fazendo rugir ao ligar. Estava na hora de ir.

Meu coração subiu para a garganta. *Vou passar mal.* Engoli a saliva em minha boca e respirei pelo nariz, porque não tinha tempo para vomitar. Já era quase meio-dia.

Saí da janela e voltei para o banheiro, arrumando algumas coisas na bancada. Enquanto o resto do apartamento era aberto, o banheiro possuía uma porta, o que era bom já que eu compartilharia o espaço a partir de hoje à noite.

Então, com todas as minhas coisas guardadas em uma bolsa de viagem, arrisquei um longo olhar no espelho.

Eu estava bonita hoje, uma versão mais chique do que o meu normal. De certo modo, eu parecia com minha mãe.

Porra, mãe. Que merda você não estar aqui. E me fazer passar por isso sozinha.

Respirei fundo, não permitindo que o surgimento das lágrimas arruinasse meu rímel. Guardei meus sentimentos lá no fundo, em um lugar escuro onde eles ficariam escondidos até que eu pudesse ter a crise nervosa que precisava. Agora não era hora, não importava o quão fodida minha vida tinha se tornado.

Primeiro, o meu emprego. Ao me demitir, matei meu sonho de um dia virar uma advogada e trabalhar ao lado do ótimo Reggie Barker. E Clifton Forge tinha advogados? Se sim, duvido que algum fosse especialista em trabalho voluntário para mulheres abusadas. Certamente não havia uma faculdade de direito por perto, o que significava que, se eu achasse um trabalho, ficaria presa como assistente jurídica.

Adeus, trabalho dos sonhos.

Depois, havia meu apartamento, aquele que tinha escolhido a dedo e pelo qual sequei minha poupança para comprar. Aquele que eu estava decorando aos poucos, com cuidado e paciência para poder escolher coisas que eram perfeitas, não que apenas preenchiam espaços vazios.

Adeus, lar.

Era uma agonia pensar em vender meu apartamento, especialmente quando estava presa em um estúdio, e não do tipo chique. Não. Esse era do tipo que homens solteiros moravam, daqueles com paredes brancas rachadas e um carpete bege velho.

Adeus, vida.

Saí do banheiro me arrastando, peguei minha bolsa e fui para a porta. Meus saltos faziam barulho nas escadas de metal no que eu agarrava o corrimão para manter o equilíbrio. Quando meus sapatos chegaram no pavimento, corri para o carro, sem arriscar olhar para a oficina.

Eu estava evitando meu meio-irmão, Dash, e sua namorada, Bryce, desde que cheguei ontem. Eles perguntavam sobre o que eu estava fazendo aqui. Por que eu estava vivendo no apartamento do Isaiah. Por quanto tempo ficaria.

Eu tinha respostas, mas não estava pronta para dá-las a eles.

Quando saí do estacionamento sem ser vista, respirei fundo, e então segui as direções no mapa do meu telefone para o centro de Clifton Forge.

Passei por um largo rio no caminho. Ele serpenteava ao longo da beira da cidade, rodeado por árvores que se moviam na brisa. O sol brilhava em sua correnteza. As montanhas ficavam imponentes e azuis à distância. Era... pitoresco.

Talvez eu tenha sido um pouco hostil no meu julgamento de Clifton Forge. Na verdade, a cidade tinha o mesmo sentimento rural e calmo de algumas cidades da área rural de Colorado, lugares que mamãe me levava para passar o final de semana. A oficina também não era uma porcaria. Era chique, como aquelas que você vê em programas de restauração de carros.

Talvez, com o tempo, eu conheceria a cidade e seus moradores, e não me sentiria como uma prisioneira.

Mas não hoje.

Hoje era o primeiro dia da minha sentença.

Quanto mais perto eu chegava do meu destino, mais rápido meu coração batia. Estacionando em uma das poucas vagas abertas na frente do fórum de Clifton Forge, procurei no console do carro por algumas moedas para colocar no parquímetro. Eu não conseguia me lembrar da última vez que usei moedas ao invés de cartão para pagar pelo estacionamento.

Com o parquímetro pago pelo prazo máximo de duas horas – eu realmente torcia para não demorar tanto –, subi as escadas do prédio de tijolos vermelhos. Quando cheguei na porta, meus olhos encontraram uma forma familiar me esperando, e titubeei.

— Ei. — Isaiah desencostou da parede.

— Oi — suspirei, secando as mãos suadas no vestido.

Ele estava com uma blusa social preta e calça jeans, a mesma que ele estava usando na oficina. Era um jeans claro, um pouco desgastado, mas ficava bem nele. Mesmo assim, era jeans. Eu não estava certa do porquê isso me irritava. Talvez eu também devesse ter vestido calça jeans.

— Que foi? — Ele olhou para si mesmo.

Tirei os olhos daquelas pernas longas, acenando. — Nada.

— Você está bonita. — Ele passou a mão em seus cabelos castanhos curtos, evitando meus olhos.

— Obrigada. Você também.

Sua camisa preta estava abotoada até os pulsos, cobrindo as tatuagens em seu antebraço. A que corria por trás de sua orelha descia pelo pescoço antes de desaparecer embaixo da gola. Eu não sabia se ele tinha alguma nas costas, pernas ou peito, mas cada um de seus dedos tinha um desenho diferente. Dez tatuagens pequenas feitas com linhas e pontos, todas situadas nas dobras dos dedos.

— Está pronto? — perguntei.

Ele acenou com a cabeça. — Você tem certeza disso?

— Nós não temos escolha.

— Não. Acho que não temos.

Isaiah abriu a porta para mim, mas lá dentro, ele tomou a dianteira, nos guiando pelos corredores do fórum pelos sinais de madeira presos nas paredes. O chão tinha sido polido recentemente, e um cheiro forte de limão encheu meu nariz. Nós desaparecemos por uma série de viradas até que chegamos a uma porta onde estava escrito "Secretaria do Fórum de Comarca". Embaixo, estava o nome de um juiz. E abaixo juiz de paz.

Estávamos ali. Nós realmente iríamos fazer isso. Eu me casaria com um estranho hoje. Eu me casaria com o homem que salvou a minha vida.

Era minha vez de retornar o favor e salvar a dele.

Isaiah cumprimentou a secretária na mesa de entrada, falando por nós dois, porque eu esqueci como usar minha língua. Eu fiquei em pé ao lado dele, congelada e atordoada, esperando enquanto ele preenchia o formulário da licença de casamento. Quando foi minha vez, minha mão tremeu ao preencher as lacunas.

— Vocês estão com suas identidades? — a secretária perguntou. Ela as pegou junto com a inscrição e apontou para a fileira de cadeira atrás de nós. — Vocês podem se sentar.

Apertei os braços da cadeira no que me sentei, respirando fundo algumas vezes para fazer minha cabeça parar de rodar. Não foi assim que imaginei me casar. Não era um momento especial. Eu estava usando um vestido verde porque não queria me casar de branco, já que o casamento era uma farsa. Eu não sabia o nome do meio do meu noivo ou como ele gostava de ser beijado. Eu não sabia se ele tomava café ou em que lado da cama ele dormia.

Minha mãe não estava aqui para me levar até o altar.

Meus batimentos ecoavam altos em minhas orelhas e as batidas rápidas do meu peito doíam muito. Eu nunca tive um ataque de ansiedade. Será que era isso que eu estava sentindo? Fui sequestrada há pouco mais de uma semana, e ainda não tinha surtado. Se eu podia sobreviver àquela experiência, então isso era moleza.

É temporário. É só temporário. Eventualmente, nós iriamos nos divorciar e eu estaria livre para voltar para Colorado. Alguns anos aqui e eu teria minha vida de volta. Eu podia fazer isso pelo Isaiah.

— Nós não precisamos fazer isso — ele sussurrou.

— Precisamos — insisti, encontrando a mesma determinação que tive quando sugeri o casamento pela primeira vez. — Precisamos.

CAVALHEIRO PARTIDO

— Genevieve… — Meu nome soava tão suave em sua voz grossa. Ele falava cada sílaba separadamente. Ele não corria por meu nome, como muitos faziam.

Olhei para ele, bem dentro de seus belos olhos, e meu coração amoleceu. Isaiah era um homem bondoso. Um bom homem. Ele não merecia sofrer pelos erros de minha mãe. — Nós vamos fazer isso.

— Isaiah e Genevieve? — A secretária nos chamou, colocando a licença de casamento em cima do balcão. — Está tudo certo. É só entrarem ali.

Nós seguimos seu dedo em direção a uma porta à nossa esquerda, e encontramos um homem mexendo em alguns papéis sobre sua mesa de madeira. Seus óculos estavam apoiados na ponta do nariz. Sua cabeça era careca, exceto por um anel de cabelo grisalho que ia de orelha a orelha.

— Os futuros sr. e sra… — Ele olhou um papel em sua mesa — Reynolds.

Sra. Reynolds. Eu engoli, e então forcei um sorriso. Nós deveríamos estar apaixonados – um casal que se conheceu e se apaixonou no mesmo dia. Então coloquei minha mão na do Isaiah, e fiquei tensa ao sentir o calor e os calos de sua mão encostarem na minha.

Ele não se mexeu, mas tensionou.

— Vamos lá? — O juiz nos indicou para o centro da sala. Nós ficamos em pé à sua frente quando ele tomou sua posição e nos deu um sorriso amigável. Se ele podia sentir nosso medo, não comentou.

— Vocês têm alianças?

Entrei em pânico. Com tudo que fiz nessa última semana, não pensei em comprar alianças.

— Eu, ah…

— Aqui. — Isaiah pegou duas alianças no bolso de sua calça. Uma era uma aliança simples, não em ouro ou prata, mas de um cinza escuro como titânio. E a outra era uma aliança fina de platina com um halo de pequenos diamantes no centro.

Fiquei boquiaberta.

— Não é muito. — Isaiah engoliu em seco, vergonha colorindo suas bochechas.

— É bonita. — Apertei sua mão, e então peguei a aliança. Era bonita de verdade. Os diamantes não eram imensos, mas eu não precisava disso. Ele já tinha feito o suficiente. — Obrigada.

— Excelente. — O juiz sorriu. — Isaiah, Genevieve, por favor, juntem as mãos.

Juntamos, de frente um para o outro. Nosso contato visual era o mínimo possível. Na maior parte do tempo, foquei no nariz do Isaiah e na sua ponte larga. Era um nariz admirável, forte e reto, colocado perfeitamente entre aqueles olhos assombrados.

— Juntando as mãos, vocês estão consentindo que querem ficar juntos. Como marido e mulher. Vocês estão prometendo honrar, amar e apoiar um ao outro. Você, Isaiah, aceita Genevieve como sua esposa?

— Aceito. — Seus olhos encontraram os meus

— Você, Genevieve, aceita Isaiah como seu marido?

— Aceito.

Uma palavra e estava feito. Eu estava casada.

— Então, pela autoridade a mim concedida pelo grande estado de Montana, eu os declaro marido e mulher. Desejo sorte em seu casamento, sr. e sra. Reynolds.

Casados.

Estava feito.

Isaiah estava salvo. Ninguém no mundo poderia me fazer contar o que aconteceu na cabine nas montanhas. Porque agora eu era sua esposa.

Virei para o juiz, pronta para dizer *obrigada*, e ir embora. Mas ele abriu a boca para uma última declaração que fez toda a cor sumir do rosto do Isaiah:

— Isaiah, agora você pode beijar a noiva.

CAVALHEIRO PARTIDO

CAPÍTULO DOIS

ISAIAH

A última mulher que beijei foi a mulher que matei.

Não é exatamente o pensamento que um noivo quer ter passando por sua cabeça quando está na frente da sua noiva.

Genevieve parecia tão apavorada com o beijo quanto eu. Seus olhos estavam arregalados e cheios de apreensão. Seus lábios estavam pressionados em uma linha firme. *Sem entrada*. Entendi.

Caralho. O juiz estava esperando. Genevieve não se movia e eu só queria acabar logo com isso.

Encostei minha boca na dela, fechando os olhos no caminho. Não foi... horrível. Genevieve não estava usando um gloss grudento. Seus lábios eram macios e carnudos. Eu fiquei ali fingindo ser um marido amável por dez segundos. Será que é suficiente?

Teria que ser. Eu me distanciei e olhei para o chão. Senti a culpa remoendo dentro de mim. Eu não comia nada há dois dias. Não dormia há três. Tudo sobre essa situação estava errado, mas que porra eu deveria fazer? Genevieve achava que isso daria certo e que esse casamento me manteria fora da prisão.

E eu preferia morrer a passar mais um dia na cadeia.

— Obrigada — Genevieve disse ao juiz de paz. Nós ainda estávamos de mãos dadas. Ela apertou minha mão, me forçando a olhar para cima, e então praticamente me arrastou da sala. A secretária na mesa de entrada estava cheia de sorrisos quando nos deu os parabéns.

Eu grunhi. Genevieve acenou com a cabeça.

Andamos em silêncio, nossas mãos ligadas frouxamente, até chegarmos do lado de fora, e então ela soltou minha mão como se fosse um prato quente e nós dois demos um passo de distância.

— Então, hum... — Ela tocou seus lábios. — Está feito.

— Sim. — Feito.

Nós estávamos casados.

Que porra estávamos fazendo? Se isso estourasse, não seria ruim só para mim, mas podia arruinar a vida dela. A ponta da nossa certidão de casamento saía de sua bolsa. Tendo dúvidas ou não, não havia como voltar atrás.

— Vou voltar para o trabalho.

— Ok. Boa ideia. Acho que vou só... — Ela piscou algumas vezes, então sacudiu a cabeça, descendo as escadas na direção da rua onde tinha estacionado.

Minha moto estava cinco vagas na frente da dela. Esperei o suficiente para ter certeza de que ela estava no carro, então fui para minha moto e saí o mais rápido que pude do fórum.

Eu sabia que Genevieve iria na direção da Central. Era o caminho mais rápido para cruzar a cidade até a garagem. Fui pelas ruas laterais, precisando de alguma separação – *da minha esposa* – para acertar minha cabeça.

Por que meus lábios ainda estavam queimando? Não importava quantas vezes eu os limpasse, a sensação da boca dela ainda continuava. Talvez porque eu não beijava ninguém há um longo tempo.

Seis anos, um mês, duas semanas e quatro dias, para ser exato. *Memorial Day*. Esse foi o último dia que beijei uma mulher. Eu planejei me casar com Shannon, mas então...

Pensar nela era doloroso. Cada batida do meu coração doía. Meus pulmões queimavam. Eu me casei com Genevieve quando minha alma pertencia a um fantasma.

Genevieve e Shannon eram como noite e dia. Shannon era uma pessoa alegre, que falava suavemente, sua voz era harmoniosa e seu rosto estava sempre marcado por um sorriso. Genevieve tinha uma voz rouca, que ressonava. Até seu sussurro era forte. Seus olhos e cabelos escuros não se misturavam com a luz do sol e não flutuavam na brisa. Genevieve era uma força da natureza, uma que mudou minha vida para sempre.

A aliança de metal no meu dedo beliscou a palma da minha mão no que segurei o guidão. Era de um metal barato, a única coisa que pude pagar depois de comprar o anel de Genevieve.

Ela tinha salvado minha vida hoje e, por isso, merecia muito mais do que o anel que coloquei em seu dedo. Mas ela pareceu ter gostado. Ela encarou o halo de diamantes maravilhada.

Genevieve falava com seus belos olhos. Cada emoção, cada sentimento transparecia em seus olhos cor de café.

Eu seria correto com ela. Seria respeitoso e honesto. Casamento falso ou não, eu não era um cara que traía. Eu faria o meu melhor para facilitar as coisas para ela.

CAVALHEIRO PARTIDO

Eu não iria falhar com Genevieve – não como tinha falhado com Shannon.

Vi a oficina se aproximando e meu estômago embrulhou.

Eu passei a me importar com as pessoas que trabalhavam ali. Eram meus colegas, talvez até meus amigos. Eles deram uma chance para um ex-presidiário fodido construir uma nova vida em uma nova cidade. Eu talvez não tenha sido totalmente transparente sobre o meu passado com eles, mas fui honesto.

A partir de hoje, eu os olharia nos olhos e contaria uma mentira atrás da outra.

Mas era minha única escolha. Depois de tudo que aconteceu naquela montanha, naquela cabana, Genevieve e eu precisávamos mentir.

No dia da montanha, depois de levar Genevieve para o aeroporto em Bozeman para que ela pudesse voltar para o Colorado e empacotar suas coisas, eu voltei para Clifton Forge e passei por um verdadeiro interrogatório. Meu chefe, Dash, fez perguntas. Sua namorada, Bryce, que havia sido sequestrada com Genevieve, fez perguntas. Draven, Emmett, Leo… todos eles fizeram perguntas.

Eu não tinha verdades para contar.

Então saí da cidade sem uma palavra, me escondendo em Bozeman na casa da minha mãe por uma semana, até Genevieve estar prestes a chegar em Montana. Seria mais fácil mentir com ela aqui, não seria?

Dash estava puto porque eu tinha abandonado o trabalho. Eu tinha sorte por ele não ter me demitido na hora. Porque, porra, eu precisava desse trabalho. Eu *gostava* desse trabalho, e existiam poucas coisas que eu gostava genuinamente nos últimos tempos. Eu não merecia sua benevolência, mas a aceitaria.

Isso foi somente ontem.

As memórias falhas do que tinha sido a semana passada faziam minha cabeça rodar.

Desde que Genevieve Daylee entrou em minha vida, a ordem e simplicidade que eu desejava e havia encontrado sumiram.

Estacionei na oficina e andei na direção das baias. O lugar era claro e espaçoso. As ferramentas eram um sonho. Talvez um dia Dash me deixaria ir além de trocas de óleo e regulagens para poder trabalhar nas reformas personalizadas que a oficina estava começando a ficar famosa por fazer.

— Ei, Isaiah. — Bryce acenou de uma cadeira ao lado de uma

caminhonete. Dash estava embaixo do capô levantado. — Acabei de ver a Genevieve subindo para o seu apartamento.

— É. — Olhei por cima do ombro para onde o Toyota cinza da Genevieve estava estacionado em uma vaga ao lado do escritório, uma das três vagas que ficava perto das escadas do apartamento.

— Ela está morando com você.

— Hum… sim.

Porra. Genevieve e eu deveríamos ter conversado sobre isso. Nós iríamos dizer às pessoas que nos casamos? Deveríamos manter segredo por um tempo? Eventualmente nós teríamos que compartilhar, mas eu não confiava em mim mesmo para contar a novidade e não ferrar tudo. Eles precisavam acreditar que estávamos apaixonados. E eu não tinha a menor condição de vender a história de amor à primeira vista nesse momento.

Se eu ficar quieto, talvez as perguntas parem. Funcionou para mim na prisão. Eu não falava a menos que fosse absolutamente necessário. Foi a melhor maneira de garantir que eu não falasse algo estúpido e levasse uma surra por nada.

— Ei. — Dash se levantou de baixo do capô com uma chave de soquete na mão.

— Oi. Obrigada pela folga — disse a ele, evitando o olhar cerrado de Bryce.

Ela era repórter, e uma muito boa nisso. Provavelmente, ela já estava farejando as mentiras não ditas, mas não tinha a menor chance de eu falar. Ela podia me encarar o quanto quisesse, disparar pergunta atrás de pergunta. Passei três anos na prisão ignorando as pessoas. Bryce não tinha a menor chance.

— No que você gostaria que eu trabalhasse? — perguntei a Dash.

— Termina essa troca de óleo se quiser. — Ele apontou para a caminhonete.

— Pode deixar.

Andei até a bancada de ferramentas, olhando para minhas calças jeans. Esse era o melhor par que eu possuía e o único sem manchas de graxa. Eu os comprei em *Bozeman* especificamente para hoje, porque eu não queria me casar vestindo jeans sujos.

Genevieve me olhou de cima a baixo no fórum e, mesmo ela dizendo que eu estava bem, percebi que calça jeans foi um erro. Eu me senti um lixo em pé ao lado daquela mulher maravilhosa em um vestido verde.

Ela merecia mais do que jeans. Genevieve merecia mais do que eu. Mas sendo o desgraçado egoísta que era, eu a deixei se prender a mim.

Eu provavelmente acabaria com nós dois.

— Você está bem? — Dash chegou ao meu lado e colocou a mão no meu ombro.

— Sim, cara. Estou bem.

Como ele reagiria com a notícia de que eu não era mais somente seu empregado, mas também seu cunhado? Ou meio-cunhado? A dinâmica dessa família era estranha.

Eu não estava certo do que acontecia com a família Slater. Eu me mudei para Clifton Forge para trabalhar como mecânico na oficina. Estava desesperado para sair de Bozeman, onde memórias assombravam cada rua.

Um cara que esteve na prisão comigo me colocou em contato com Draven, pai do Dash. Ele me entrevistou e me contratou, mas oficialmente eu me reportava ao Dash. O salário não era alto de início, mas deve ter sido uma fase de experiência, porque eles rapidamente aumentaram o valor da minha hora trabalhada. Além disso, quando meu locatário me sacaneou, Dash me deixou morar no apartamento em cima da oficina sem pagar aluguel.

Será que me mudar para cá foi a escolha certa? Se eu tivesse ficado em Bozeman, não teria me casado hoje. Não teria me envolvido na porra de um sequestro. Não teria entrelaçado minha vida com uma gangue de motoqueiros.

Os Tin Gypsies fecharam a porta de seu clube, mas isso não acabou com os problemas, acabou?

Seis semanas atrás, a mãe de Genevieve, Amina, foi morta no motel local. Ela foi brutalmente esfaqueada até morrer. Draven, a primeira pessoa que conheci em Clifton Forge e um homem que eu considerava decente, foi preso pelo crime.

Draven foi o presidente dos Tin Gypsies até passar o título para Dash. Eles não usavam mais seus patches ou coletes, mas os alvos permaneciam em suas costas.

Eu não sabia todos os detalhes sobre o clube – nem queria saber. Dash e Draven não falavam sobre isso. Nem Emmett e Leo, dois dos outros mecânicos que trabalhavam na oficina e faziam parte do clube.

Nenhum deles me dava muitos detalhes, mas eu percebi algumas coisas. Sobretudo, que Draven era inocente. Ele estava sendo incriminado pela morte de Amina. Eu fiquei fora disso até Bryce ser sequestrada.

Tudo mudou naquele dia.

Eu fui com Dash e os caras para resgatá-la. Eu gostava da Bryce e queria ajudar. Nós a encontramos nas montanhas, morrendo de frio e medo. Também foi quando encontrei Genevieve.

No meio de um inferno que já tinha se alastrado.

Genevieve e eu precisávamos ajustar nossas histórias. Nós tínhamos que decidir que mentiras iríamos contar e que verdades iríamos usar para preencher as lacunas. Eu não tinha energia para decidir nada disso hoje.

Por agora, eu precisava da segurança do trabalho.

Enquanto coloquei um macacão para salvar meus jeans, Dash guardou suas ferramentas em uma gaveta. Quando elas estavam no lugar, ele me acenou com a cabeça.

— Estou feliz por você estar de volta.

— Agradeço a segunda chance.

Ele deu de ombros.

— Por aqui, nós acreditamos em segundas chances. Terceiras e quartas, na verdade. Pergunta para o Leo quantas vezes meu pai o demitiu ao longo dos anos.

— Não vou te deixar na mão novamente — prometi.

— Ótimo. — Dash acenou com a cabeça, e então desapareceu no escritório com Bryce.

Abri uma gaveta no balcão e a aliança em meu dedo refletiu a luz fluorescente acima. Merda. Eu olhei por cima dos dois ombros para ter certeza de que os outros caras não estavam próximos, e então tirei a aliança e a coloquei no meu bolso, onde ela ficaria. Pelo menos eu até tinha uma desculpa para não usá-la. Anéis no trabalho eram uma boa maneira para mecânicos perderem dedos.

Como isso aconteceu? Vim trabalhar um dia, fui a uma perseguição de moto para resgatar a namorada do meu chefe e agora tinha uma esposa!

Minha mãe sempre disse que eu atraía os problemas, não importava aonde eu fosse.

Peguei algumas ferramentas e comecei a trabalhar na troca de óleo. Eu não era mecânico há muito tempo, mas aprendia rápido e a mecânica de automóveis era natural para mim. Engrenagens encaixavam em outras engrenagens. Parafusos enroscavam através de porcas. Um parafuso apertava com uma virada para a direita e soltava com uma virada para a esquerda. Eu absorvia aquela simplicidade de uma parte ser desenhada para outra, e usava isso para bloquear o caos que era a minha vida.

Passei o resto do dia em trocas de óleo e em uma inspeção completa. Mesmo depois que Dash e Bryce foram embora, seguidos por Emmett e Leo, continuei trabalhando.

CAVALHEIRO PARTIDO

O último lugar que queria ir era para o andar de cima, onde Genevieve me esperava.

— Isaiah? Você ainda está aqui?

— Sim. — Virei da pia ao ouvir a voz de Presley ressoando pela oficina.

— Ok. Quer que eu feche tudo?

— Não. Eu fecho. — Sacudi as mãos para secá-las.

Presley saiu da porta do escritório e veio mais para dentro da oficina. Seu cabelo era como neve, cortado curto dos lados e longo no alto. Ela colocou as mãos nos bolsos do macacão quando se aproximou, os jeans largos em seu corpo pequeno. Emmett sempre brincava que ela não era maior do que uma princesa de contos de fadas.

— Sei que disse hoje de manhã, mas estou feliz que você está de volta.

— Eu também. Como estão as coisas?

— Bem. — Ela deu de ombros. — Estou indo para casa. Você também deveria ir.

— É. — Uma hora eu teria que me arrastar para o andar de cima.

Presley devia saber que Genevieve estava no apartamento, mas não perguntou nada. Ela era a única na oficina que não fazia perguntas. Talvez porque soubesse que eu não responderia.

Nós ficamos amigos rápido. Ela também não fazia parte do mundo do Tin Gypsy, algo que nos uniu como uma dupla de forasteiros. Nós fazíamos parte da família da oficina, mas enquanto os outros cochichavam, Presley e eu conversávamos e tomávamos café no escritório.

Ela não me perguntava sobre a prisão. Ela não me perguntava sobre meu passado. Quando conversávamos, era mais sobre ela ou sobre a vida dela em Clifton Forge. Presley me falou qual era o melhor lugar na cidade para comer um cheeseburger e onde cortar o cabelo. Também foi minha ouvinte quando meu locatário subiu o aluguel.

— Como que estão as coisas no andar de cima? Você limpou tudo? — perguntou.

— Uma boa parte. — Acenei com a cabeça. — Ainda precisa pintar e fazer alguns ajustes, mas eu quero pedir para o Dash antes de fazer grandes mudanças.

Quando eu me mudei para a cidade, aluguei um apartamento não muito longe dali. O locatário não gostou do meu passado – ninguém gostava, nem mesmo eu. Ainda assim, ele me deixou alugar o local mês a mês. Nem duas semanas depois, na mesma época que Dash me deu um aumento, ele foi no apartamento me dizer que ia dobrar meu aluguel.

Talvez fosse porque eu era um ex-presidiário e ele sabia que eu não encontraria outro lugar para morar. A teoria de Presley era que ele tinha descoberto que eu estava trabalhando na oficina e sabia que Dash pagava um bom salário para os seus mecânicos.

Ela era uma boa pessoa para ter do seu lado.

Pres foi até Dash, sem eu pedir, e falou com ele sobre eu me mudar para o apartamento no segundo andar. Tudo que me custou foi o tempo para limpá-lo.

Mesmo depois de horas esfregando as paredes e lavando o carpete, não era bom o suficiente para Genevieve. Era um apartamento feito para um homem solteiro, não uma mulher classuda, com pose, que entrava em qualquer lugar e chamava a atenção de todos.

— Está tudo bem? — Presley perguntou. — Sei que você e Genevieve estão sendo discretos no momento, e está tudo bem. Você não tem que me contar detalhes. Não estou tentando me meter na sua vida amorosa. Mas… você está bem?

— Sim — respondi honestamente. Tudo graças à Genevieve. Ela talvez estivesse louca com essa ideia de casamento, mas, se funcionasse, eu ficaria mais do que bem. Eu ficaria livre. — Obrigado, Pres.

— Imagina. Te vejo amanhã?

— Amanhã. — Acenei com a cabeça.

Presley saiu pelo escritório enquanto eu desligava tudo na oficina, apaguei as filas de luzes fluorescentes e abaixei as portas de cada baia. Tranquei a porta lateral e fiquei enrolando do lado de fora por um longo minuto. Quando não podia enrolar mais, forcei meus pés a subirem a escada preta de ferro que levava para meu apartamento.

Pausei na maçaneta. Deveria bater? Eu vivia aqui. Minha cama, meus pertences estavam todos lá dentro. Mas com a Genevieve tendo se mudado ontem, não parecia mais ser minha casa.

Os nós dos meus dedos bateram na porta antes que eu a abrisse.

Genevieve estava no sofá, sentada de pernas cruzadas com o laptop apoiado em suas coxas. Suas costas endureceram assim que entrei.

— Oi.

— Oi. — Fechei a porta, fui para a cozinha à minha esquerda e peguei um refrigerante na geladeira. — Trabalhando em algo?

— Tentando achar um emprego.

— Humm. — A lata chiou quando a abri. Eu a bebi em três goles, deixando o gás e o açúcar descerem pela minha garganta.

CAVALHEIRO PARTIDO

Genevieve fechou o laptop e o colocou de lado. Seu cabelo escuro estava preso no alto da cabeça, as ondas de mais cedo presas em uma fita branca. O vestido se foi. Ela o trocou por um par de leggings vinho e uma camiseta que caía sobre o ombro, mostrando sua clavícula.

Só aquela amostra de pele já fez meu coração galopar. Meus dedos coçavam para tocar sua pele macia e suave. Eu tomei outro gole de Coca-Cola, jogando minha reação à beleza de Genevieve para longe.

O desejo de tocá-la era simplesmente físico. O beijo de hoje fez surgir alguma frustração sexual que eu não sentia há anos. Depois de alguns dias, seria enterrada e esquecida. Eu aprenderia como viver com essa bela mulher, que era linda demais para estar nesse cômodo soturno, mesmo em suas roupas simples.

Ela estava gostosa com aquela roupa, mas não tão sensual quanto estava com o vestido verde do fórum.

— Nós não tiramos uma foto — murmurei.

— Hã?

Fui para o sofá, me sentando o mais longe dela possível.

— Uma foto. Nós não tiramos uma hoje. Você acha que vai parecer suspeito? As pessoas vão querer uma foto do casamento, certo?

— Ah. — Os ombros dela desceram. — Também não pensei nisso. Talvez possamos dizer que vamos tirá-las depois, ou algo assim.

— É.

Um silêncio estranho pairava sobre o sofá. Era o mesmo que tínhamos visto ontem depois de mover suas caixas e malas do carro. Eu aguentei por algumas horas, mas ficou tão desconfortável que pedi licença e aluguei um quarto no motel para passar a noite.

— Então… — Estiquei a palavra.

— Então.

Como nós deveríamos convencer as pessoas que estávamos casados se não conseguíamos falar mais do que uma palavra um para o outro?

Meus olhos foram para a cama ao nosso lado e engoli em seco. *Jesus*. Era nossa noite de núpcias. Ela não esperava consumar alguma coisa, esperava?

Seus olhos seguiram os meus, e então se arregalaram com medo.

Isso é um não.

— Hum… onde está sua aliança? — ela perguntou.

— Ah. Eu não sabia o que íamos falar para as pessoas. Ou como você pensou que deveríamos lidar com isso. — Eu me virei para tirar a aliança do bolso e a coloquei de volta no dedo. A porra do negócio era pesada.

— O que nós vamos fazer? — ela sussurrou. — As pessoas precisam pensar que estamos apaixonados, mas não faço ideia de como vamos convencer alguém já que nos conhecemos semana passada.

Graças a Deus.

— Eu também não.

— Isso é esquisito e horrível e… merda! — Ela abanou as mãos no ar, apagando as palavras. — Não quis dizer que você é horrível, só a situação. Você é ótimo, e te devo muito.

— Acho que estamos quites a partir de hoje. — Levantei minha mão esquerda, mexendo no dedo anelar.

— Não. — Os ombros dela desceram. — Você salvou minha vida, Isaiah. Percebi depois da cerimônia que não te agradeci.

— Não precisa.

— Sim, preciso. — Ela colocou a mão em meu joelho. — Obrigada.

Eu faria tudo novamente, repetidamente. Se significasse a salvar.

— De nada.

— Não é para sempre. — Ela me deu um sorriso triste. — Alguns anos, talvez. Nós vamos garantir que tudo isso suma antes de terminarmos.

Anos. Parecia ser um longo tempo para ficar casado com uma estranha.

— Não estou pronto para contar para as pessoas.

— Não me importo de aguardar alguns dias. Já estão nos perguntando coisas o suficiente no momento, não precisamos de mais.

— Também acho — concordei. — Bryce subiu da oficina mais cedo? Eu a vi quando voltei do fórum.

— Sim. — Seus olhos foram para o chão. — Não abri a porta. Ou respondi as suas mensagens. Eu me sinto tão mal. Eu não a conheço há muito tempo, mas sinto como se ela fosse uma amiga.

— É difícil não gostar dela.

— Tente ser enfiado em um porta-malas, então ser arrastada por uma montanha e amarrada junto com ela em uma árvore. Bryce se manteve equilibrada. Ela *me* fez manter o controle. Eu nunca serei capaz de retribuir o suficiente. Ela merece a verdade, mas…

Nossa segurança estava nas mentiras.

— Odeio mentir — ela confessou.

Genevieve Daylee era uma boa pessoa que foi jogada numa porra de uma situação horrenda. Ou era Genevieve Reynolds agora?

Ela mudaria seu sobrenome? Era estranho que eu queria que ela mudasse?

— Você acha que alguém vai acreditar nisso? — perguntei.

— Não. — Ela riu. — Mas talvez se nós aguentarmos tempo o suficiente, eles vão acabar aceitando.

O silêncio retornou. Terminei minha Coca. Genevieve encarava o outro lado do apartamento com um olhar vazio. A porra da cama continuava aparecendo na minha visão periférica.

Levantei-me do sofá, levando a lata para o lixo reciclável na cozinha.

— Vou passar mais uma noite no motel.

— Tem certeza? — ela perguntou, mas havia um alívio em sua voz.

— Acho que nos casarmos foi o suficiente por hoje. Vamos guardar a noite de núpcias para outra hora.

Seu rosto empalideceu.

Porra.

— Não, não foi isso que quis dizer. Quis dizer uma noite de núpcias no sentido de nós dois estarmos sob o mesmo teto. Não, você sabe… — Acenei na direção da cama. — Nós não temos que, hum… fazer isso. Nunca.

Ela engoliu em seco.

— Te vejo amanhã. — Marchei para a porta, deixando-a de olhos arregalados no sofá. Desci as escadas rápido e corri para minha moto. Só consegui respirar de novo quando estava na estrada.

Noite de núpcias? Que porra eu estava pensando? Genevieve e eu não teríamos uma noite de núpcias. Pretender estar casado com a Genevieve não significava que tínhamos que dormir juntos.

Não, o beijo de hoje foi suficiente.

Especialmente porque ele ainda permanecia em meus lábios.

CAPÍTULO TRÊS

GENEVIEVE

— Genevieve! Estou tão feliz que você está aqui.

Congelei ao ouvir a voz de Bryce atrás de mim. *Merda*. Já era o meu plano de sair e voltar ao apartamento sem ser vista...

Meus antebraços estavam cheios de bolsas de mercado penduradas, e eu estava inclinada no porta-malas do meu carro pegando um galão de leite. Eu deveria ter ido ao mercado logo cedo em vez de esperar a hora do almoço. Só que Isaiah estava no apartamento hoje de manhã, tomando banho e se arrumando para o trabalho, então eu fiquei na cama fingindo que dormia para não precisarmos conversar.

Quando ele saiu, fiquei enrolando para me arrumar, escutando as vozes abafadas que vinham do escritório embaixo. Todo mundo da oficina parecia se reunir ali embaixo de manhã e tomar café por meia hora antes de finalmente começar a trabalhar.

Esperei até a conversa diminuir antes de descer as escadas na ponta dos pés e correr para meu carro sem ninguém me notar. A saída foi fácil. Mas fui pega na volta.

Era sexta-feira, dois dias depois que Isaiah e eu nos casamos, e eu quase não coloquei o pé fora do apartamento. O medo me transformou em uma pessoa reclusa. Se não fosse pela geladeira vazia e o pó de café que estava nas suas últimas colheres, eu teria atrasado minha ida ao mercado ainda mais.

Eu me levantei, segurando as bolsas e o leite, e virei do porta-malas. Bryce e Dash andaram na minha direção. Ambos estavam sorrindo, se apoiando um no outro com os dedos entrelaçados. Eram o casal perfeito, feliz e apaixonado. Com eles por perto, Isaiah e eu pareceríamos exatamente o que éramos.

Impostores.

— Ei — cumprimentei. — Como vocês estão?

— Ótimos. — Bryce sorriu para Dash, que a beijou na testa.

— Temos novidades para compartilhar na oficina.

Eles pareciam felizes demais para serem más notícias, mas eu não estava acreditando. Nas últimas seis semanas, qualquer um com *notícias* só me trouxe dor no coração.

Eu devia definitivamente ter ficado em casa.

— Preciso levar isso lá para cima. — Acenei com a cabeça para as compras. — Eu, hum… encontro vocês lá dentro.

Ou tranco a porta e me escondo.

— Eu te espero. — Bryce soltou a mão do Dash, e veio na direção do porta-malas. Ela pegou um pacote de Coca e as últimas duas sacolas. — Vou te ajudar a carregar. Pode ir na frente.

— Ah, hum… — *Puta merda!*

Isaiah estava dormindo no sofá. Ele passou a noite do casamento no motel, mas nenhum de nós dois queria levantar mais suspeitas ou rumores, então ele retornou para o apartamento. Hoje de manhã, ele dobrou seu cobertor e o colocou em cima do travesseiro, mas ambos estavam no sofá.

Bryce iria vê-los e instantaneamente saber que um de nós dormiu no sofá.

Com minhas mãos cheias, eu não poderia exatamente pegar as compras dela. Eu estava prestes a tentar carregar um carrinho inteiro de compras sozinha, quando uma voz grossa veio da oficina.

— Deixa comigo.

Bryce virou para Isaiah, entregando a Coca e as sacolas.

— Ok, ótimo. Vejo vocês daqui a pouco.

Forcei um sorriso, e então subi as escadas e destranquei a porta do apartamento quando os passos de Isaiah ecoavam atrás de mim.

— O que eles queriam? — ele perguntou, colocando o leite na geladeira enquanto eu guardava os perecíveis.

— Eles têm novidades. — Entreguei uma cartela de ovos para ele. — Não sei qual, mas estou grata que ela não subiu aqui.

Nós guardamos rápido todas as compras e, antes de descer para a oficina, escondi as roupas de cama do Isaiah. Coloquei seu cobertor vinho nas costas do sofá, cobrindo um pouco do pano bege e joguei o travesseiro na cama com os outros, como se estivesse ali o tempo todo.

— Nós temos que contar para eles. — Isaiah esperava ao lado da porta. — Os caras têm perguntado o que rola entre a gente. Não sempre, mas perguntam. Não posso continuar grunhindo ou eles vão achar que tenho uma lesão cerebral.

Normalmente, eu teria rido, mas a ansiedade era mais forte.

— Hoje?

Ele tirou a aliança do bolso e colocou no dedo.

Ugh.

— Vou buscar a minha.

Fui até o banheiro e peguei minha aliança no armário de remédios, a colocando no dedo. O metal estava frio, mas não parecia estranho como tinha parecido dois dias atrás. Não o tiraria mais depois do anúncio de hoje.

— Certo. — Eu me juntei a ele ao lado da porta. — Estou pronta.

— Como você acha que vai ser?

— Não muito bom.

— É. Eu também. — Ele abaixou a cabeça. — Sinto muito.

— Eu também. — Dei a ele um sorriso triste. — Que tal pararmos de nos desculparmos um com o outro? Nenhum de nós está errado aqui. Vamos ficar juntos e... só.

— Isso eu posso fazer. — Um pouco da preocupação saiu de seu rosto.

Nós sobreviveríamos a isso. Iríamos viver juntos e deixar o tempo fluir. Em algum ponto, os dias não pareceriam tão longos e pesados, certo?

— Nós precisamos parecer que estamos casados — eu disse. — Perto da Bryce e do Dash, todo mundo vai perceber nossa mentira se ficarmos longe um do outro.

— Vamos contar para todo mundo que você é a Sra. Reynolds. — Ele levantou o cotovelo.

Um estranho arrepio correu por minhas veias com o nome. Seria orgulho? Ou excitação? Pavor? Talvez uma mistura dos três.

Passei meu braço pelo do Isaiah e meu coração parou. Um arrepio subiu do meu pulso até o cotovelo, onde sua pele desnuda encostava na minha. Seu braço estava quente, escaldante até, e o calor entrou em meus ossos.

Nós saímos de braços dados ao descer as escadas, e arrisquei olhar seu perfil. O sol refletia os traços dourados de seus olhos e sua beleza roubou meu fôlego. Ele era realmente hipnotizante, esse estranho. E por hora, seu mundo estava ligado ao meu. Outro arrepio desceu por minha coluna.

Quanto mais tempo eu passava perto do Isaiah, mais eu me pegava o encarando. Ontem, ele saiu do banheiro usando somente suas calças jeans. Eu estava fingindo dormir, mas fiquei olhando quando seus pés desnudos andaram até o armário.

Ele tinha tantos músculos definidos em suas costas que minha boca salivou. Até a força de seu antebraço era maravilhosa. Segurar em seu braço era como segurar o corrimão de aço das escadas do apartamento, o que era uma boa coisa. Eu precisava pegar emprestado um pouco daquela força para passar por isso.

Nós encontramos todo mundo na oficina. Estavam todos juntos perto da fileira de caixas de ferramentas apoiadas na parede dos fundos. Eu soltei o braço do Isaiah para segui-lo pelo labirinto de carros e ferramentas. Cada baia estava ocupada com um veículo hoje. A oficina sempre parecia cheia.

— Então, qual é a novidade? — um dos homens perguntou. *Emmett*. Estava quase certa de que seu nome era Emmett.

Ele estava usando um macacão azul desbotado, o mesmo que Isaiah colocou ontem para proteger seus jeans. Emmett abriu o zíper, descendo as mangas para revelar dois braços fortes cobertos em tatuagens. A camiseta branca que ele vestia quase não continha seu peito largo. Ele então prendeu o cabelo escuro na altura dos ombros e trocou um olhar com Leo.

Leo era o loiro. *Eu acho*. Nenhum de nós foi propriamente apresentado, mas Isaiah me falou deles. Claramente, todos eles sabiam quem eu era. Leo, assim como Emmett, era bonito e também tinha tatuagens coloridas. Ele me deu um sorriso malicioso que era puro sexo e pecado.

Cheguei mais perto do Isaiah. Nós éramos as duas únicas pessoas do grupo que não sorriam.

Pensando melhor, nunca tinha visto Isaiah sorrir.

Por que ele não sorria? Era por causa da situação? Se ele já era belo assim, sério e formal, ia parecer um deus com um sorriso. Eu não me incomodaria de ganhar um ou dois, só para descobrir.

O sorriso de Dash vacilou quando seus olhos me encontraram. Aquilo doeu. Meu meio-irmão odiava minha existência. Ele sabia que eu não podia controlar quem eram meus pais, não sabia? Ou que eu não fiz seu pai engravidar minha mãe?

A sensação de dormência que tive por semanas se assentou em minha pele, apagando a dor.

Nada disso importaria. Um dia, eu deixaria essa cidade e essa família, e não olharia para trás.

— Onde está Pres? — Dash perguntou. — Ela precisa estar aqui.

— Chegando! — Atrás do Isaiah, Presley vinha correndo pelas portas que ligavam o escritório à oficina. Atrás dela estava Draven.

Ah, inferno. Esse não era meu dia. Mas pelo menos todos eles estavam aqui e nosso anúncio só teria que ser feito uma vez. Isaiah e eu arrancaríamos o curativo, e então eu poderia voltar a me esconder.

Draven parou ao meu lado no círculo. Senti seu olhar, mas mantive o meu nas fileiras de ferramentas penduradas na parede.

Conheci meu pai pela primeira vez naquela semana, no dia que cheguei a Clifton Forge.

Minha mãe foi enterrada aqui. Eu fiz um velório para ela em Colorado, mas, de acordo com seu testamento, ela queria ser enterrada em Clifton Forge. Honrei seus desejos e fiz os preparativos. Mas, na viagem que fiz para visitar seu túmulo, acabei sendo sequestrada.

Quando cheguei na cidade essa semana, depois de dirigir do Colorado até Montana, minha primeira parada em Clifton Forge foi o cemitério; Antes de mais nada, eu queria ver seu lugar de descanso. Só que o medo e a solidão roubaram minha coragem. Estacionei no cemitério e não consegui sair do carro.

Liguei para Bryce, minha nova amiga.

Ela foi me encontrar sem hesitar.

Porém, ultimamente, onde Bryce ia, Dash seguia. Ele estava preocupado, com razão, porque o homem que nos sequestrou estava à solta.

Dash foi com Bryce até o cemitério. Draven veio em seguida.

Nossa apresentação foi no mínimo estranha. Graças a Deus, Draven não tentou me abraçar ou apertar minha mão. Ele acenou, se apresentou como Draven e disse:

— Acho que sou seu pai.

Então encaramos um ao outro... até que eu não pude mais aguentar a tristeza e arrependimento em seus olhos e corri para meu carro. Ele não tentou me contatar desde então.

Draven limpou a garganta e se aproximou.

Cheguei mais perto de Isaiah, até meu braço roçar no dele, e implorei para o universo me dar forças.

— Então? Qual é a notícia? — Presley perguntou a Dash.

Ele olhou para Bryce e seu sorriso era deslumbrante. Seu rosto estava tão cheio de amor, que fazia meu coração doer. Nunca havia visto um homem olhar para uma mulher daquele jeito.

— Ficamos noivos hoje de manhã. — Bryce levantou a mão.

Sorri, instantaneamente feliz por minha amiga. Ela ia se casar com o amor de sua vida. Depois de nossa experiência de quase morte, eu estava feliz em ver que ela e Dash não estavam desperdiçando tempo. Eles mereciam um dia feliz.

CAVALHEIRO PARTIDO   31

E eu não iria arruinar nenhuma parte disso com minhas mentiras.

Isaiah estava olhando para Dash e Bryce, sem prestar atenção em mim. Eu o cutuquei com o cotovelo, balbuciando *não* enquanto sacudia a cabeça.

Hoje não era o dia para anunciar nosso casamento. Eu não roubaria um grama que fosse da felicidade de Bryce.

Ele franziu as sobrancelhas, então balbuciei *não* novamente. Ele entendeu e acenou com a cabeça, colocando a mão esquerda no bolso.

— O que foi isso? — Dash perguntou.

— Hã? — Meu olhar foi na direção dele. — Ah, nada. Só estou feliz por vocês. Parabéns.

— Obrigada. — Bryce se colocou no lado de Dash.

— E... nós vamos ter um bebê! — Dash anunciou, praticamente flutuando.

O grupo explodiu em felicitações. Draven cruzou o espaço e esticou a mão. Demorou um minuto para Dash apertar. A tensão era palpável. Qual seria o motivo daquilo? Eu?

Senti como se tivesse entrado no meio de uma história e estava correndo para entender todos os capítulos que havia perdido. Minha lista de incertezas era três vezes maior que a lista de certezas.

Draven era meu pai, mas eu não fazia ideia de como ele conheceu minha mãe. Ela veio para Clifton Forge e foi assassinada. Por semanas pensei que Draven era o assassino, mas agora eu sabia que ele era inocente. Então quem a matou? E por quê? Teria sido o mesmo homem que me sequestrou com Bryce?

Será que ele viria atrás de nós de novo?

Ele teria dificuldade em encontrar Bryce sozinha, já que Dash estava sempre por perto.

Ela saiu do lado dele, vindo na nossa direção.

— Parabéns! — Eu a puxei em um abraço.

— Obrigada. — Ela sorriu radiante.

— Estou feliz por vocês — Isaiah disse.

— Eu também. Então... como estão as coisas? — Bryce me perguntou. — Quer tomar um café por esses dias? Colocar o papo em dia?

— Seria bom. — Seria muito mais fácil contar para ela sobre mim e Isaiah em um café do que no meio de uma multidão. — Estou livre qualquer dia na próxima semana. E na semana depois. E na semana depois dessa. Ainda estou procurando um emprego.

— Que tipo de emprego? — Draven apareceu ao lado de Bryce.

Dei um passo para trás. Eram seus olhos que mais me deixavam nervosa, porque eu os via no espelho toda manhã.

— Eu era assistente jurídica em Denver. Queria encontrar alguma coisa com um advogado, mas os escritórios da cidade não estão contratando no momento. Então mandei currículo para outros trabalhos, mas quase tudo em aberto é de meio período.

Ela passou a mão por sua barba grisalha.

— Vou ligar para o Jim.

— Jim?

— Meu advogado.

Certo. Ele tinha um advogado porque estava sendo julgado pela morte da minha mãe. Eu não estava certa de que queria trabalhar para o advogado dele. Não me sentia confortável com aquilo. Mas simplesmente agradeci.

Eu não tinha altas expectativas. Quando Bryce e eu formos tomar um café, irei perguntar se estão precisando de uma nova barista sem experiência.

Uma porta de carro bateu e todos os olhos se voltaram para o estacionamento. Um carro estava estacionado na frente da primeira baia e o motorista veio andando na direção do escritório.

— Acho que essa é minha deixa para voltar ao trabalho. — Presley abraçou Dash novamente, sorriu para Bryce e correu para o escritório.

— Melhor voltar para o trabalho também. — Isaiah falou, indo para o carro diretamente atrás de nós. Ele deveria estar trabalhando nele mais cedo, porque tinha um macacão no capô, igual ao do Emmett.

Ele colocou o macacão, cobrindo sua calça jeans e camiseta preta. Ele subiu o zíper, virou-se de costas para nós e então juntou suas mãos onde não podíamos ver, tirando a aliança.

Isaiah enfiou a mão em um bolso.

— Eu vou...

— O que você acabou de fazer? — Draven o cortou, apontando para o bolso do Isaiah. — O que você colocou aí dentro?

Meu coração parou. A oficina toda parou no que as palavras de Draven ecoaram nas paredes.

— Colocou o quê aonde? — Dash perguntou, chegando mais perto.

— Ali. — Draven apontou para o bolso de Isaiah novamente. — Você acabou de tirar uma aliança?

Coloquei minha mão atrás do quadril, mas não fui rápida o suficiente.

— Vocês se casaram? — Os olhos de Bryce se arregalaram para mim.

CAVALHEIRO PARTIDO

33

Eu me encolhi com o volume de sua voz.

— Sim.

— O quê? Quando? Por quê? — Ela disparou perguntas como balas.

— Vocês acabaram de se conhecer.

Isaiah e eu decidimos contar as pessoas que foi amor à primeira vista. Que tínhamos agido por impulso e estávamos seguindo. Nós dois decidimos que, quanto menos falássemos, mais difícil seria de alguém nos pegar na mentira.

Mas mesmo aquela simples explicação era difícil de lembrar enquanto uma excelente repórter, meu pai que eu não conhecia e três motoqueiros parrudos ficavam me encarando.

— Nós nos casamos. — Isaiah me resgatou, andando na minha direção e segurando minha mão. Ele a apertou para esconder o tremor em meus dedos. — A gente se deu bem. Pedi para Genevieve se mudar para cá. Ela concordou. Decidimos não enrolar e tornar a coisa oficial.

— Vocês estão casados. — Bryce olhou para nós dois, pasma.

Puxei força do aperto do Isaiah e achei minha voz.

— Nós estamos casados.

— Depois de se conhecerem por um dia?

— Isso mesmo — ele respondeu.

— Não. — Draven bufou. — Não concordo com isso.

— Bem, não é realmente sua decisão, é? — respondi.

— Você é minha filha.

Raiva e frustração estavam em constante ebulição embaixo da minha pele. Minha mãe, suas mentiras e segredos me colocaram nessa confusão. Ela não estava aqui para lidar com o meu ressentimento. Draven tinha sobrado, e se ele queria agir como meu pai, ia receber a força das minhas emoções.

— Considerando que te conheci há três dias, eu diria que você não tem o direito de usar o argumento de ser meu pai. — As palavras eram duras, mas eu não me arrependi de dizê-las, mesmo quando ele se encolheu.

— Genevieve. — Bryce segurou minha mão livre. — O que está acontecendo? Sei que o sequestro foi extremo. Mas isso? É extremo também. Vocês quase não se conhecem.

— Você e Dash vão se casar e ter um bebê — Isaiah disse antes que eu pudesse responder. — E vocês se conheceram há o quê... seis semanas? Acho que você sabe tão bem quanto eu que tempo não importa.

— Você está certo. — Dash foi para o lado dela com Emmett e Leo acompanhando logo atrás. — E não é da nossa conta.

Bryce cruzou os braços sobre o peito e cerrou os olhos. Eu vi aquele olhar antes, e nós estávamos encolhidas juntas na base de uma árvore enquanto nosso sequestrador estava de pé com uma arma.

Ela estava decidida a escapar. Assim como ela estava decidida a descobrir o que realmente estava acontecendo entre mim e Isaiah. Nada que Dash ou qualquer outro dissesse iria mudar sua opinião.

— Você poderia nos dar licença? — Bryce deu um passo para frente, segurando meu cotovelo para me arrastar para um canto quieto da oficina.

Olhei por cima do ombro para Isaiah. Ele estava de sozinho, encarando Draven, Dash, Emmett e Leo. Quatro contra um não era justo, mas Isaiah não ia falar.

Nós tínhamos muitas coisas que dependiam dos nossos segredos.

— O que está acontecendo? — Bryce sibilou. — Vocês estão agindo de forma estranha a semana toda. Você voltou para Denver, o que entendo. Nós fomos sequestradas, cacete, e quase morremos. Mas então você aparece aqui e se muda para o apartamento do Isaiah sem nenhuma explicação. E agora vocês estão casados?

Respirei fundo.

— Algo aconteceu entre Isaiah e eu. Ele é… especial. Eu nunca senti nada assim por nenhuma outra pessoa em minha vida.

Era tudo verdade. Ou meias verdades. Cada palavra era uma vaga versão do que realmente tinha acontecido. Talvez se eu me agarrasse nessas meias verdades seria capaz de levar aquela mentira adiante.

— Sério? — Ela levantou uma sobrancelha.

Eu estava suando. Por que estava tão quente aqui?

— Sério.

Eu nunca devi a minha vida a ninguém antes de Isaiah aparecer.

— Tem certeza de que não é tipo… não sei, estresse pós-traumático pelo sequestro?

— Ele me faz me sentir segura. — Essa era outra declaração verdadeira, uma completa verdade. — Nesse momento, é disso que preciso.

O momento mais apavorante de minha vida foi quando fui pega por trás no meu quarto do motel.

Eu vim de avião de Montana para visitar o túmulo da minha mãe em um sábado. Trabalhei para Reggie naquela manhã. Então dirigi para o aeroporto e entrei no avião com o coração pesado. Eu pensei em cancelar a viagem uma centena de vezes, mas precisava ver seu túmulo com meus próprios olhos.

CAVALHEIRO PARTIDO   35

Eu precisava saber que seu corpo tinha encontrado um lugar de paz.

O voo para Bozeman chegou tarde e me hospedei em um motel perto do aeroporto, planejando alugar um carro na manhã seguinte e dirigir por duas horas até Clifton Forge.

Vestindo uma calça de pijama de seda preta e um sutiã esportivo verde por baixo de uma camiseta branca de manga comprida, saí do meu quarto por dois minutos para pegar água na máquina de bebidas, deixando a porta do meu quarto entreaberta, travada pela tranca.

Quando retornei, me tranquei, pensando que estava a salvo e sozinha. Mas um homem vestido de preto saiu do banheiro e me agarrou pelo cabelo. Ele me jogou no chão e amarrou minhas mãos com fita adesiva atrás das costas. Meus pés descalços foram amarrados nos tornozelos. Ele então me jogou sobre o ombro e carregou meu corpo que se remexia até o estacionamento, onde ele me enfiou no porta-malas de um carro, ao lado de Bryce.

Nós duas choramos em silêncio, as mordaças que o cara amarrou em volta de nossas cabeças não nos deixavam gritar. Ele nos levou para as montanhas e nos colocou na floresta. Meus pés estavam sangrando, cheios de cortes, quando chegamos na cabana.

Mas ele não nos levou para a casa como eu esperava. Ao invés disso, ele nos empurrou contra um grande pinheiro, onde nos sentamos no escuro, tremendo e quase hipotérmicas, apavoradas por achar que não veríamos outro nascer do sol.

No que o amanhecer se aproximava, ele me puxou de pé e cortou a fita que me prendia. Ele soltou minha mordaça. E então me forçou a segurar uma arma descarregada na têmpora de Bryce enquanto tirava algumas fotos.

Ele me amarrou novamente, sem a mordaça, e foi *bonzinho o suficiente* para remover a de Bryce também. Foi então que ela me contou sobre Draven – que ele não era o assassino da minha mãe, mas, na verdade, era meu pai. Ele estava sendo incriminado por algo que não cometeu.

Em qualquer outra situação, eu não teria acreditado nela, mas ali, contra aquela árvore, enquanto a morte pairava sobre nós, Bryce não tinha motivo para mentir.

A próxima vez que o matador soltou minhas mãos foi para segurar a arma na têmpora da Bryce novamente, mas dessa vez com uma bala dentro.

Ele planejava me incriminar pela morte dela, sabendo que Dash se vingaria acabando com a minha vida.

Ao invés disso, Dash nos salvou. Ele me salvou. Sendo intencional ou não, eu ainda estava agradecida por ele ter frustrado os planos do nosso sequestrador. Tudo porque Dash veio atrás de Bryce.

No meio da troca de tiros, nós corremos por nossas vidas – Bryce pela mata e eu na direção da cabana.

Eu deveria ter corrido para o outro lado.

— Sei que parece louco — disse para Bryce —, mas é a escolha certa para Isaiah e para mim.

— Então por que ele estava dormindo no motel?

Porra de fofoca de cidade pequena. Eu ia precisar lembrar que as pessoas por aqui prestavam atenção em tudo.

— Nós não queríamos ficar juntos até sermos marido e esposa. Nós, hum… não fizemos sexo antes do casamento.

Ou depois. Se ela não investigasse muito a ponto de descobrir que Isaiah ficou lá no motel na nossa noite de núpcias, estávamos a salvo.

— Então é isso. Vocês estão casados e morando em cima da oficina.

— É isso. — Acenei com a cabeça.

— Hummm. — Ela franziu a testa. — Você falou com Draven desde o dia do cemitério?

— Não.

— Bom, se prepare. — Seu olhar passou por cima do meu ombro. — Porque ele está vindo aí, e não parece feliz.

CAVALHEIRO PARTIDO

CAPÍTULO QUATRO

GENEVIEVE

— Eu gostaria de falar com você. — Draven não perguntou, ele demandou.

Endireitei os ombros e empinei o queixo. Pode ser que seja por todos os anos que eu não o desafiei como pai, mas não ia ser agora que ele ia me dar ordens.

Ele segurou meu olhar por um bom tempo, e então seu rosto suavizou. Ele estava sorrindo?

— Algo engraçado? — perguntei rispidamente.

— Você é corajosa, garota.

Não, eu estava sofrendo. E, naquele momento, tentava desesperadamente não adicionar mais dor na minha lista. Eu me agarrei a essa fachada calma e serena, esperando que isso mantivesse as pessoas distantes. Porque se mais uma pessoa me machucasse, eu ia desmoronar.

— Sobre o que você gostaria de conversar? — Mantive a expressão neutra. — Porque se for sobre mim e Isaiah, não é da sua conta.

Ele franziu a testa.

Duvido que muitas pessoas mandem Draven tomar conta da própria vida. Se não fosse pelo ódio queimando em minhas veias, eu não teria coragem de bater de frente com um homem que se portava com tanta confiança e comando.

Cada movimento que ele fazia parecia deliberado. Ele não remexia os dedos e não desviava o olhar. Mas havia algo diferente na forma como ele ficava comigo comparado com os outros. Ele parecia... nervoso. Sua ansiedade pairava no ar.

Se ele queria a vantagem, ela era minha. Só que eu precisava dele. Eu tinha perguntas e ele respostas.

— Dez minutos — ele disse. — Por favor.

— Está bem — murmurei, e então virei para Bryce. — A gente toma aquele café quando você estiver livre.

— Seria ótimo. — Ela colocou a mão no meu braço por um breve momento, e então me deixou sozinha com Draven. Bryce estava a cinco passos de distância quando virou e olhou para trás:

— Parabéns pelo casamento.

— Parabéns para você também. — Sorri.

Quando ela se aproximou de Dash, ele olhou para Draven e eu, e então nos ignorou completamente para levar Bryce até o escritório.

Isaiah me olhou nos olhos do outro lado da oficina. Ele parecia preocupado.

Eu dei de ombros para ele, e então me preparei para falar com Draven.

— Você quer conversar aqui?

— Vamos lá para fora. — Ele esticou a mão na direção do estacionamento.

Acenei com a cabeça, cruzando os braços sobre o peito, e o segui até onde havia luz do sol na parte de trás da oficina.

O espaço ali atrás era um cemitério de partes velhas de carros. Elas se espalhavam pelo chão, desde a parede exterior da oficina até a cerca que rodeava a propriedade à distância. O campo tinha potencial para ser um belo espaço, se não tivesse tanto mato crescido e uma abundância de metal enferrujado.

Draven me levou para um largo pátio de cimento com duas mesas de piquenique e uma churrasqueira coberta com uma capa preta.

Olhei em volta antes de me sentar. Depois da oficina, no final do estacionamento, havia um prédio sinistro, escuro, situado em uma área de árvores. As janelas estavam bloqueadas e as portas trancadas com uma corrente grossa e um cadeado. Tudo que faltava era uma placa piscando em neon no telhado dizendo *Caia Fora*.

— Essa é a sede do clube.

— Ok. — Era para "sede do clube" significar algo para mim?

Ele se sentou a minha frente, apoiando os cotovelos na superfície lisa de madeira da mesa.

— O quanto você sabe sobre mim?

— Quase nada. Bryce disse que você é meu pai. Estou inclinada a acreditar nela, mas gostaria de um teste de paternidade.

Ele se encolheu.

Um teste de paternidade? De onde veio isso? O pensamento não me ocorreu até agora, mas eu queria mesmo aquele teste. Iria partir meu coração em mil pedaços se Draven não fosse meu pai. Não porque eu tivesse passado a gostar dele em particular, mas porque se não fosse ele, eu nunca encontraria o verdadeiro agora que minha mãe se foi.

CAVALHEIRO PARTIDO

— Vou providenciar — prometeu. — O que mais?

— Não tem muito mais. Eu voltei para casa do trabalho num dia qualquer de verão e tinha um carro de polícia parado na minha porta. O policial me disse que minha mãe tinha sido morta em Clifton Forge, Montana.

As palavras saíram em um fluxo, sem emoção. Eu não queria pensar em quantas lágrimas chorei naquele dia. Em como meu coração se partiu com as palavras do policial. Eu parecia um robô cuspindo aquelas palavras como se estivesse falando sobre a vida de outra pessoa, não a minha.

— Planejei o funeral dela — eu disse —, me certifiquei de que ela seria enterrada no lugar onde queria e então entrei em contato com o delegado de polícia.

— Marcus.

— Sim. — Mas eu o chamava de delegado Wagner. — Ele me contou o que podia sobre a investigação, e que um homem chamado Draven Slater tinha esfaqueado minha mãe sete vezes e a deixado sozinha em um quarto de motel.

— Ah. — Ele engoliu em seco.

Eu não estava segurando nada:

— Bryce veio para Denver me fazer algumas perguntas. Conversamos mais sobre a minha mãe, porque ela me disse que queria escrever um obituário sobre ela.

Seria verdade? Tinha me esquecido disso até agora. Bryce parecia tão sincera em seu desejo em dar um desfecho para minha mãe… Eu me agarrei à ideia e contei a ela coisas lindas sobre a minha mãe maravilhosa.

Isso foi antes. Agora eu não tinha certeza se metade do que contei a ela era verdade.

Bryce comeu biscoitos comigo enquanto eu chorava pela minha perda. Ela se sentou ao meu lado e olhou as velhas fotos e recordações que peguei na casa dela antes de a colocar à venda.

Espero que ela tenha sido sincera.

Eu queria que ela escrevesse aquele artigo no jornal? *Não muito*. Quando nós formos tomar café, eu pediria que ela segurasse a reportagem, já considerando que era real. Além do mais, será que as pessoas de Clifton Forge ligariam para uma mulher enterrada no cemitério local?

O local de sepultamento da minha mãe era uma nota de rodapé em seu último testamento. Ela comprou o lote anos atrás.

Eu não sabia que ela tinha tanto carinho pela cidade onde estudou no

Ensino Médio. Toda minha vida, eu pensava nela como alguém de Denver. Mesmo depois que ela se mudou para Bozeman por causa de seu emprego, em minha mente, seu lar era no Colorado.

Eu a visitei em Bozeman algumas vezes. A cidade era mais chique que Clifton Forge. Era mais voltada para turistas e universitários, mas funcionava bem para minha mãe. Ela parecia feliz. Então por que ela veio para Clifton Forge e arruinou tudo?

Antes de fazer perguntas, terminei de atualizar Draven no meu lado da história para que ele pudesse ter algum contexto ao me dar respostas.

— Mantive contato com delegado Wagner — eu disse. — Descobri que você foi liberado com fiança e que ainda não havia uma data para o julgamento. Ele me deu o nome do promotor, com quem falei brevemente antes de ser encaminhada para o defensor de testemunhas de vítimas do caso. Então, quando estava pronta, voei para Montana porque queria visitar o seu túmulo. Essa não foi uma boa ideia para mim, né?

Seus ombros abaixaram.

— Sinto muito. Você deveria saber que tudo isso é minha culpa.

— Ah, eu sei. — Sempre que eu precisava colocar a culpa em alguém, era em minha mãe e Draven.

Seu olhar encontrou o meu, implorando por um pouco de misericórdia. Sem chance.

— Acho melhor começar do começo. — Ele respirou fundo. — Conhecia sua mãe desde que éramos crianças. Fizemos o Ensino Médio juntos. Ela era um ano mais nova e a melhor amiga da minha esposa, que era minha namorada na época.

Meu coração acelerou. Era agora. Eu finalmente descobriria o motivo. Por que eu? Por que ela? Eu queria mesmo saber? O modo com que Draven falava, com aquela voz rouca e as palavras cheias tristeza... esse não seria um conto feliz.

Eu já sabia o final.

Era hora de preencher as lacunas e descobrir por que mamãe foi arrancada de mim e por que ela mentiu para sua filha por mais de vinte anos.

— Você está bem? — Draven perguntou.

— Continue.— Acenei com a cabeça.

— Depois do colégio, Amina se mudou da cidade, Chrissy e eu nos casamos. A vida continuou e não liguei muito quando sua mãe e Chrissy perderam contato por um tempo. Até que ela veio nos visitar. E aí visitava

CAVALHEIRO PARTIDO   41

uma vez por ano, no verão. Chrissy gostava disso. Ela amava mostrar os meninos e se gabar dos nossos filhos para sua amiga.

— Espera. Meninos? — Meus olhos arregalaram. Eu não sabia que Draven tinha outros filhos além do Dash.

— Eu tenho dois filhos. Dash é o mais novo. Nick o mais velho. Ele vive em uma cidade chamada Prescott, há três horas de distância. Você vai conhecê-lo qualquer dia desses.

Ótimo. Eu não precisava de dois irmãos que me odiavam.

— Sem pressa.

— Nick é um bom homem. — Draven me encarou. — E Dash também. É que… isso os pegou de surpresa também. Eles estão se acostumando.

— Não estamos todos nós? — eu brinquei, e então acenei para ele continuar a falar.

Ele respirou fundo.

— Chrissy ficava em casa com os meninos. Eu cuidava da oficina e era o presidente de um clube de motos.

— Como no seriado *Sons of Anarchy*?

— Aquela porra de série — ele resmungou.

Isso era um sim? Esperei por mais explicações, mas ele não deu nenhuma indicação de que me daria. Mas a sede do clube fazia sentido agora. Assim como algumas das informações que tinha recebido do delegado Wagner quando perguntei sobre o assassino de minha mãe. As janelas estavam bloqueadas porque o clube não existia mais.

— Seu clube não se desfez?

Ele acenou com a cabeça.

— Os Tin Gypsies se separaram há mais ou menos um ano.

— Por quê?

— Uma série de motivos. Coisas que não vou falar para você.

— Mais segredos. — Bufei, cerrando o maxilar. Eu estava tão cansada de segredos. Deles e meus.

— Eu não vou te contar por que estou tentando esconder. A verdade é que não é seguro. Quanto menos você souber, melhor.

— Seguro? — rosnei. — Dois meses atrás eu estava segura. Tinha uma boa vida e uma mãe que me amava. Eu não estava… — Parei e respirei. — É tarde demais para isso.

— Sinto mui…

— Não. — Ele não iria dizer que sentia muito. — Continua.

— O clube colocou uma certa tensão no meu casamento. Eu amava Chrissy mais que tudo. Os meninos também. Mas eu… eu me perdi. Chrissy e eu entramos em crise. Sua mãe estava visitando, veio para uma festa na sede e nós…

— Pare. Não diga isso. — Se ele dissesse em voz alta, eu não seria capaz de esquecer as palavras.

Aquelas pessoas estavam destruindo a *minha* mãe. Estavam manchando sua memória. *Minha* mãe não teria ido para a farra em um clube de moto. *Minha* mãe não teria concebido uma criança em um prédio podre e sujo. *Minha* mãe não teria feito sexo com o marido da melhor amiga.

Mas ela fez.

Meu coração doía por causa *dela*. Ela foi a melhor pessoa do mundo. Minha mentora e heroína. Ela era a mulher que eu queria ser.

Só que eu não a conhecia de verdade.

A cada detalhe, a cada menção de seu nome, parecia que ela estava morrendo novamente. Alguém roubou a vida de seu corpo. Pode não ter sido Draven, mas ele a estava matando do mesmo jeito. Ele estava destruindo sua memória.

— Ela me amava — Draven disse.

— E isso justifica?

— Não.

Não, certamente não era certo. Nada sobre a vida dela parecia certo.

— Eu cometi o maior erro da minha vida naquela noite.

Dessa vez, *eu* me encolhi.

A declaração doeu mais do que eu pensei que doeria. Se não fosse por aquela noite, eu não estaria viva. Ele talvez se arrependesse, mas eu tinha certeza de que ela não se arrependia de mim.

— Eu…caralho! — Ele esticou a mão pela mesa, mas sem me tocar. — Não foi isso que eu quis dizer.

— Eu entendi. Você tinha uma esposa. Filhos. Você fodeu a amiga da sua esposa e a engravidou.

— Eu não sabia. Amina nunca me contou sobre você. Não até a noite em que ela foi morta.

— Ela também nunca disse nada sobre você. — Nós estávamos juntos nessa. Minha mãe manteve segredos de nós dois. — O que aconteceu com sua esposa?

Espero que ela tenha se divorciado dele e encontrado um homem que fosse fiel.

CAVALHEIRO PARTIDO   43

— Ela morreu — ele sussurrou. — Ela foi morta por um clube rival. Ela está morta por minha causa.

— Por quê? O que você fez? — perguntei, mas sabia a resposta. — Uma série de motivos, certo? Coisas que você não vai me contar para meu próprio bem.

— É.

— Foi por isso que minha mãe foi morta? Por causa do seu antigo clube?

Nem mesmo o delegado Wagner foi capaz de me explicar o motivo por trás da morte dela. Ele suspeitava que era um crime passional envolvendo um criminoso conhecido, mas sem uma confissão, nós nunca saberíamos.

— Provavelmente. Ela veio para a cidade, me ligou do nada e me convidou para ir ao motel para conversarmos. Achei que ela só queria colocar o papo em dia. A gente não se via há muito tempo. Desde a noite da festa.

— Ela nunca mais voltou para Clifton Forge?

Ele sacudiu a cabeça.

— Amina amava Chrissy. Ela se sentia péssima pelo que fizemos. Nós prometemos nunca contar à Chrissy. Então ela foi embora.

— Você contou para ela? Para sua esposa?

— Não. — Ele abaixou a cabeça. — As coisas entre nós ficaram melhores. Nós nos acertamos. Ela era o amor da minha vida, mas a culpa me corroía. Eu ia contar para ela, confessar tudo e implorar por perdão, mas ela morreu antes que eu pudesse criar coragem.

Ela morreu sem saber que seu marido era um traidor e a sua melhor amiga uma puta. Talvez fosse melhor. Chrissy Slater teria odiado minha mãe... e a mim.

As peças se encaixaram.

— É por isso que Dash me odeia. Ele sabe o que você fez.

— Não sei se diria que te odeia.

— Odeia sim. E esse é o motivo.

— Meu filho ama a mãe, mesmo depois de morta. — Ele me deu um sorriso triste. — Minha esposa era uma mulher incrível. Ele está me punindo por tê-la traído, como deveria mesmo. Você está recebendo uns respingos. Não é você, é...

— Minha existência. É simplesmente porque estou viva.

— Ele vai aceitar. Ele é um bom homem. Não sei como, tendo um pai como eu, mas meus filhos são boas pessoas.

— Por causa da mãe deles.

Ele fechou os olhos, sentindo a dor queimar.

Ele não receberia nenhuma misericórdia, não hoje.

— De volta para minha pergunta. Por que mataram a minha mãe? Encontrar com você não parece razão suficiente.

— Não temos certeza. A minha veio naquela noite me contar sobre você. Nós conversamos por horas. Eu estava puto que ela te manteve longe de mim, mas entendi. Continuamos a conversar. Aí uma coisa leva a outra e...

— Ah, Deus. — Fiquei arrepiada. — Por favor, não.

Eu não queria a imagem mental dos meus pais transando em um quarto de motel.

— Desculpa. — Ele passou a mão pelo cabelo. — Ela, hum... ela me disse que eu poderia te conhecer. Que iria ajudar na nossa apresentação. Nós estávamos nervosos, mas ela parecia aliviada também. Era como se ter escondido isso de você por tanto tempo também a estivesse corroendo.

Talvez estivesse, mas ainda assim ela deveria ter me contado.

— Eu a deixei no motel na manhã seguinte e vim para a oficina — ele continuou. — Sua mãe prometeu me ligar depois de te contar sobre mim. Então os policiais apareceram e me levaram pela morte dela. Eu não sei quem a matou, mas alguém está colocando a culpa em mim.

— Quem?

— Provavelmente um clube rival. Um de nossos velhos inimigos.

Isso explicava o colete usado pelo meu sequestrador. Era preto, como o resto de sua roupa, exceto pelo patch branco nas costas. — Os *Arrowhead Warriors*?

Draven ficou rígido.

— Sim. Onde você escutou esse nome?

— Sabe o homem que nos sequestrou? Estava na jaqueta dele.

— Colete.

— Que seja. Então quer dizer que, por causa do seu clube, minha mãe foi cruelmente assassinada e eu quase fui morta.

— Sinto muito. — Ele segurou meu olhar. — Eu queria poder dizer que acabou, mas ainda existe uma chance de você estar em perigo. Os policiais acharam um corpo na cabana da floresta depois que ela pegou fogo. Pode ser o cara que pegou vocês. Mas pode ser outra pessoa também.

Isso não tinha acabado.

O homem que morreu queimado na cabana não foi meu sequestrador.

E eu ainda corria perigo.

CAVALHEIRO PARTIDO

Dash andava grudado em Bryce. Todos estavam sendo muito cuidadosos. Se eu tivesse qualquer motivo para acreditar que não estavam sendo, eu diria algo para garantir a segurança dela. Até lá, eu ficaria quieta.

— E se eu estiver em perigo? — perguntei. — O que eu posso fazer?

— Tome cuidado ao ir a lugares sozinha. Evite se puder. Leve seu *marido*. — Seus olhos escuros cerraram, sua expressão estava séria.

Draven percebeu minha mentira. Ele sabia que o casamento era uma farsa.

— Boneca? — Isaiah apareceu no canto da oficina, me salvando do escrutínio de Draven.

Boneca? Ah, certo. Sou eu.

— Ei, amor. — Eca. Enquanto o *boneca* de Isaiah soava carinhoso e doce, como se ele me chamasse disso todos os dias, meu *amor* parecia forçado. Talvez porque nunca tenha chamado ninguém de amor antes. Eu tive três namorados em minha vida, dois amantes. Nenhum foi recente – eu estava ocupada demais para namorar – e nenhum deles ganhou o status de *amor*.

Isaiah se aproximou o suficiente para colocar a mão no meu ombro.

— Só queria ver se estava tudo bem com você.

— Draven e eu estávamos só conversando, mas terminamos por hoje.

Eu não sabia se conseguiria escutar mais alguma coisa. Passei as pernas por cima do assento e fiquei em pé ao lado de Isaiah. Entrelacei meus dedos com os dele, maravilhada com a onda de força que passou do seu corpo para o meu.

Dei um passo, mas pausei.

— Tchau, Draven.

— Tchau, Genevieve.

Isaiah foi na frente e me levou em direção ao prédio, sem parar quando passamos pelas portas da oficina. Ele manteve seu aperto firme enquanto subíamos as escadas para o apartamento. Era para mostrar aos outros? Ou ele sabia o quanto eu precisava que ele me mantivesse ancorada?

Eu estava prestes a puxar meus cabelos e gritar.

Por quê? Eu ainda não tinha uma boa resposta. Por que mataram minha mãe? Por que ela esperou esse tempo todo para contar a Draven sobre mim? Por que isso estava acontecendo?

Mesmo Draven não sabia.

Isaiah abriu a porta do apartamento, só soltando minha mão quando estávamos do lado de dentro.

— Você está bem?

Fui para o sofá, me sentando na beira e colocando a cabeça nas mãos.

— Não. Meu cérebro talvez exploda.

O sofá mexeu quando ele se sentou ao meu lado. Sua mão apoiou em meu joelho, mas ele não falou nada.

Eu estava aprendendo que Isaiah era um homem de poucas palavras. Na maior parte do tempo, ele parecia se comunicar com gestos tão pequenos que a maioria das pessoas provavelmente ignorava.

— Obrigada por vir me resgatar. Não sei se Draven tinha mais coisas a dizer, mas eu não podia escutar mais nada. Estou confusa e me sinto sufocada e... triste. Eu sinto falta da minha mãe, queria que ela estivesse aqui. Quero falar com *ela* sobre tudo isso. Não com ele.

— Foi sobre isso que você e Draven conversaram?

— Na maior parte do tempo.

Passei dez minutos contando a ele a versão curta de minha conversa com Draven. Ele preencheu algumas lacunas onde podia, a maioria eram informações sobre o clube, coisas que ele tinha descoberto observando na oficina.

Depois que Draven saiu da presidência dos Tin Gypsies, Dash assumiu o papel. Tanto Emmett quanto Leo também eram membros. Quando o clube se dissolveu, eles mantiveram os trabalhos na oficina. Draven estava oficialmente aposentado, mas ele ainda trabalhava no escritório na maioria dos dias.

Com exceção do sequestro, os caras tentavam manter Presley e Isaiah distantes de qualquer coisa relacionada ao antigo clube.

— Draven suspeita que o corpo encontrado na cabana não é do sequestrador — contei ao Isaiah.

— É uma boa coisa. Todo mundo parece estar de olho.

— E ninguém foi até a polícia? — Eu estava preocupada que Bryce iria reportar nosso sequestro, mas dado que nenhum policial veio me questionar sobre isso, presumi que estávamos seguros.

— Não que eu saiba. — Isaiah sacudiu a cabeça. — Não acho que os caras queiram incluir os policiais nisso. Eles querem resolver tudo sozinhos.

— Isso é bom. — Nós não precisávamos da polícia fazendo perguntas sobre a cabana.

Em algum momento, eu teria que ligar para o delegado Wagner e o defensor de testemunhas de vítimas novamente. Eu estava falando com eles regularmente até o dia do sequestro.

CAVALHEIRO PARTIDO

Ou talvez eu deixasse a fofoca de cidade pequena trabalhar em meu favor. Eles deviam que saber que Draven era meu pai. Morando em cima da oficina, iriam eventualmente perceber que eu não pensava mais que ele tinha matado minha mãe.

— Se por alguma razão Dash parar de ficar grudado em Bryce, nós temos que contar para eles. Não importa o que aconteça.

— Concordo. — Isaiah acenou com a cabeça.

— Até lá, ficamos quietos.

Ele abaixou o olhar.

— Odeio isso.

— Eu também. Os segredos estão me corroendo.

— Idem.

Talvez nós dois devêssemos conversar sobre isso. Debater o assunto, só para ter certeza de que tomamos a decisão certa no calor do momento. Mas eu estava preocupada que a partir do momento que essas informações estivessem livres, não ia mais ter como segurar.

— Melhor eu voltar para o trabalho. — Ele se levantou do sofá e eu me levantei também, o seguindo até a cozinha. Aquela era a menor cozinha que já tinha visto. Os armários em L formavam uma linha minúscula, mas tinha tudo que era necessário.

Fui até o armário ao lado da cozinha, onde coloquei meus suprimentos para cozinhar, e peguei um saco de farinha, um pote de açúcar e um pacote de gotas de chocolate.

Isaiah pausou na porta.

— O que você está fazendo?

— Preciso assar biscoitos. Eles são nossa única esperança.

Ele não sorriu, mas a escuridão em seus olhos desapareceu por uma fração de segundo.

— Guarda um para mim?

Para ele, pelo que ele fez por mim, eu faria biscoitos todos os dias. Claro que eu não podia dizer isso. Era íntimo e carinhoso demais para um casamento tão recente.

Em vez disso, dei uma piscadela:

— Não posso prometer nada.

CAPÍTULO CINCO

ISAIAH

— Chegando.

Eu estava deitado de costas em um carrinho, pronto para entrar embaixo de um carro, mas parei ao ouvir Draven.

Ele andou na direção do estacionamento. Dash, Emmett e Leo colocaram as ferramentas de lado e o seguiram. Levantei e fiz o mesmo.

Como Draven conseguiu escutar eu não sabia, mas um barulho de motos vinha da estrada, precedendo uma longa fila de motos. Os homens que dirigiam usavam óculos escuros e coletes de couro preto combinando.

Caralho.

No instante em que Dash os viu, ele correu para a porta do escritório.

— Bryce! Tranca tudo. Você e Pres, saiam da linha de visão.

Meus olhos foram para o teto. Genevieve estava no andar de cima assando biscoitos para consolar seu coração partido. *Fique aí, boneca.*

Ela poderia ficar curiosa com o barulho e sair, mas eu apostava que ela uma olhada naqueles homens com o mesmo tipo de colete do cara que a sequestrou seria suficiente para ela já estar a caminho do Colorado antes do cair da noite.

Leo andou até uma bancada de ferramentas. Quem não o conhecesse não poderia dizer que ele estava com muita pressa, mas aquele era o dobro da velocidade de seu passo normal. Ele pegou as chaves no bolso e abriu uma gaveta que eu nunca abri antes – eu não tinha as chaves – e tirou três pistolas.

Meu estômago embrulhou. *De novo não.* A última vez que vimos armas nessa oficina foi no dia que eu dirigi para as montanhas e minha vida virou de cabeça para baixo.

Leo colocou uma arma na cintura de sua calça, a cobrindo com a camiseta, e carregou as outras, as entregando para Dash e Emmett pelas costas. Draven tinha ficado por ali pela oficina após sua conversa com Genevieve. Ele se abaixou e tirou uma pistola da bota.

Tudo que eu tinha era a porra de uma chave de boca de três oitavos de polegada.

— Eu devia ter tirado Bryce daqui — Dash disse.

CAVALHEIRO PARTIDO

Ele normalmente não trabalhava as sextas, mas depois do anúncio do noivado e do bebê, Dash decidiu passar algumas horas com Emmett e Leo, desenhando o novo projeto customizado que eles começariam em algumas semanas.

Ele talvez não quisesse estar aqui, mas eu certamente fiquei feliz que ele estava. Havia várias tardes de sexta-feira que eu terminava o dia sozinho enquanto Presley estava na oficina. Eu não teria ideia de como lidar sozinho com treze motos parando no estacionamento.

Os homens estacionaram em uma longa fila, ocupando a distância das quatro portas da oficina e efetivamente nos bloqueando ali dentro. O único modo de chegar em nossas motos, estacionadas ao longo da cerca, era passando por eles. O carro da Genevieve e o Jeep da Presley, ambos estacionados na frente do escritório, também não eram uma opção.

Senti minha pele arrepiar.

Estávamos encurralados.

O rugido das motos era ensurdecedor. Ele ecoava nas paredes e pisos, quicando no concreto e no metal. Nenhum dos homens as desligou. Ficaram sentados em cima delas com os pés plantados no asfalto para manterem o equilíbrio, e nos encararam. Era uma parede de olhos escuros e barulho.

Era intimidador. Era isso que eles queriam? Intimidar e causar medo? Se os outros caras estavam nervosos, não parecia. Dash e Emmett estavam com os braços cruzados sobre o peito. Leo estava com a mão no bolso, numa pose casual, como se aquilo acontecesse todo dia. Draven parecia entediado.

Eu fiquei completamente parado, com os músculos do meu corpo travados. O homem fraco em um grupo fica inquieto. O homem fraco evita contato visual e deixa seu nervoso o dominar. E era por isso que o homem fraco sofria primeiro — essa era uma lição que eu tinha aprendido na minha primeira semana na prisão.

O impasse continuou e meus ouvidos latejavam, até que, finalmente, o homem em cima da moto do centro levantou a mão e os motores foram desligados. O silêncio dominou o local, enquanto o barulho subia para as nuvens.

O mesmo homem desmontou da moto, levantando os óculos e colocando na cabeça. Somente outros três desmontaram também enquanto os outros continuaram nas motos. Esses quatro andaram até Draven, sem oferecer um sorriso ou cumprimento. Suas armas não estavam escondidas nas costas ou embaixo de roupas. Elas estavam presas em seus quadris e nas costelas, à vista para quem quisesse ver.

— Tucker. — Draven não esticou a mão para o líder. — Vocês precisam de algum serviço nas suas motos? Podemos fazer um desconto para todas as treze.

— Tenho algumas perguntas para você, Draven.

— Perdeu o número do meu telefone?

— Eu e os caras queríamos dar uma volta. É um belo dia de verão. Não vínhamos a Clifton Forge há tempos. Esqueci como é bom nessa época do ano.

Draven levantou uma sobrancelha. Um gesto sutil e ele tinha o controle. Mesmo que você apareça com treze caras, ele não se afeta. Aquele era seu território.

— O que quer saber?

— Uns finais de semana atrás, nós tivemos alguns problemas na nossa propriedade em Castle Creek. Perguntamos pela região, ficamos de olho e escutamos um boato de que algumas de suas motos foram vistas naquela direção na mesma época.

— Um boato? — Dash zombou.

Um dos homens levantou um ombro.

— Ou câmeras de trânsito.

Meu coração parou. Se eles sabiam que fomos para lá, o que mais saberiam? Quando eu ia ter uma folga? Não pensei muito sobre quem era dono da cabana. Na verdade, tentei ao máximo nem pensar naquela cabana, ponto. Quanta sorte a minha de ela pertencer a outro clube de moto...

— Fiquei sabendo que vocês tiveram um incêndio. Raio, não foi? — Draven perguntou.

— O investigador ligou hoje de manhã. Foi um incêndio criminoso.

— Que azar. — Dash assoviou. — Alguma ideia de quem faria isso?

Suor escorria pelo meu macacão.

Tucker olhou para Dash.

— Os Gypsies adoravam acender fogueiras. Foram vocês?

— Não.

— Não temos motivo para incendiar sua velha cabana, Tucker — Emmett disse com a voz calma e firme.

— Tem certeza? — Tucker retrucou. — Nós nos vimos mais no último mês do que no último ano. Vocês continuam fazendo perguntas sobre o assassinato daquela mulher. Talvez vocês não tenham acreditado em mim quando disse que nós não tínhamos porra nenhuma a ver com isso.

— Nós não queimamos sua cabana — Draven disse. — Nós fomos lá porque alguém usando o seu patch de Warrior sequestrou minha filha e futura nora e o seguimos até lá. Pegamos as garotas. Não colocamos o pé na cabana e muito menos a queimamos.

Tucker chegou mais perto de Draven.

— Um dos meus homens estava naquela cabana. Agora ele está morto e quero saber quem o matou.

Draven era alguns centímetros mais alto que Tucker e ficou reto.

— Não fomos nós. Pegamos as garotas e saímos de lá. Tentamos encontrar o cara que as levou, mas ele sumiu. Como Emmett disse, nós não temos motivo para queimar sua cabana ou matar um de seus homens. Porque, afinal, o cara que pegou as garotas não era um dos seus, certo? Assim como não foi um dos seus homens que matou aquela mulher no motel.

Porra, Draven era bom. Ele cercou Tucker em um canto e a única maneira de sair era desistir ou assumir que um de seus homens tinha sequestrado Bryce e Genevieve.

— Eu quero saber.

Leo zombou.

— Você não é a porra do único.

— Escuta, Tucker, — Dash levantou as mãos —, nós não queremos confusão. Mas alguém pegou minha noiva grávida em sua casa. Se foi um de seus homens, nós vamos descobrir. E ele vai pagar. Mas queimar sua cabana não nos traz nenhum benefício. Não estamos em guerra.

— Nós temos uma história, Dash. E não é uma história boa.

— Eu entendo. — Dash acenou com a cabeça. — Você não confia na gente, nós não confiamos em vocês. Faça o que você tiver que fazer para descobrir quem matou seu homem. Mas estou te dizendo... qualquer pista que você siga, não te trará de volta aqui.

Sim, trará.

Nós deixamos uma pista?

Tucker fechou a cara para Draven e Dash, virou-se e foi na direção da sua moto. Ele a ligou primeiro, os outros acompanharam. Então, tão rápido quanto chegaram, foram embora.

Quando não podia mais escutar o barulho de seus escapamentos, soltei o ar que estava segurando.

— Caralho. — Dash grunhiu, passando a mão pelo cabelo. — Era tudo que precisámos. Tucker e seus homens achando que estamos atrás deles.

— O que ele quis dizer com vocês amarem acender fogueiras? — perguntei.

Emmett suspirou.

— Nós, os Gypsies, queimamos a sede deles um tempo atrás.

Merda. Por isso que eles vieram aqui primeiro depois de descobrir que foi um incêndio criminoso.

— Eu vou ver como estão Bryce e Presley. — Dash marchou para a porta do escritório, batendo e chamando por Bryce. Ela a abriu, com os olhos arregalados, e se jogou nos braços dele.

Dash a abraçou e então se juntou ao nosso grupo. Presley seguiu logo atrás. Ele contou brevemente a Bryce e Pres o que tinha acontecido, sem poupar nenhum detalhe, mesmo sendo algo tão ligado aos negócios do antigo clube. Talvez Dash tenha percebido que dividir as informações com elas era a melhor maneira de as manter em segurança. Tucker e seus homens estiveram aqui somente por uns três minutos, mas parecia ter sido horas. E se vieram uma vez, viriam novamente.

— Todo mundo, tomem cuidado — Draven disse, olhando para Presley. — Todo mundo.

— Nós pensávamos que existia uma chance de o cara da cabana ser o sequestrador — Dash disse. — Mas se Tucker estiver falando a verdade...

— Não era ele — Bryce respondeu, olhando para Dash. — O homem da cabana não foi o mesmo que nos sequestrou.

Alívio correu por minhas veias. Agora que eles sabiam que o sequestrador estava à solta, tomariam cuidado. E eu e Genevieve não teríamos que nos explicar.

Ainda.

— Tucker jurou esse tempo todo que não foram os Warriors que mataram Amina — Emmett disse. — E parece ser a verdade.

— Concordo — Draven murmurou.

— Isso não é bom. — Dash soltou um rosnado raivoso. — As coisas seriam mais fáceis se o cara na cabana fosse nosso assassino. Mas ele ainda está à solta. E agora temos os Warriors no nosso pescoço. Tudo que não precisamos. Porra, estou puto que errei aquele filho da puta.

Quando fomos resgatar Bryce e Genevieve, Dash atirou no cara que estava mantendo Genevieve capturada. Na época, ele achava que Genevieve ia matar Bryce. É, ele errou o cara de preto.

Mas também errou sobre Genevieve.

— O incêndio. — Leo franziu a testa. — Esse cara deve ter voltado para a cabana e matado o Warrior. Incendiou o lugar. O que significa que nós e os Warriors temos inimigos em comum.

— Não. — Draven colocou a pistola de volta na bota. — Significa que esse cara está armando para nós. Novamente. Ele está nos posicionando para sermos acusados por matar um Warrior. Isso significa que ele espera que Tucker resolva seu problema e acabe conosco antes de nós descobrirmos sua identidade.

Dash apertou a ponta do nariz.

— Isso talvez funcione em nossa vantagem. Vamos ver o que os Warriors conseguem descobrir. Porque, nesse momento, estamos empacados.

— Tomem cuidado — Draven repetiu. — Vamos voltar para o trabalho.

Nós todos acenamos com a cabeça, e então nos separamos. Mas eu não voltei para minha troca de óleo. Subi correndo as escadas, dois degraus por vez, para ver Genevieve.

A porta estava trancada.

— Genevieve, sou eu.

Passos vieram correndo. A porta abriu de repente e ela olhou por cima do meu ombro para o estacionamento.

— Eles foram embora?

— Sim. — Eu a empurrei de volta para o apartamento, fechando a porta atrás de mim.

Não demorou mais de dois minutos para eu contar tudo que tinha acontecido.

— Então todo mundo sabe que o sequestrador e o assassino da minha mãe está a solta? — Ela fechou os olhos. — Graças a Deus. Estava preocupada com Bryce.

— Nada mais de ir ao mercado sozinha, ok? — Dash não deixava Bryce sair de sua linha de visão. Eu também ficaria grudado em Genevieve.

— Ok. Não, espera. Merda. Consegui um emprego hoje.

— Conseguiu?

Ela acenou com a cabeça.

— Jim, o advogado do Draven, me ligou. Eu não sei o que Draven disse, mas ele me ofereceu um emprego sem nem uma entrevista. Começo na segunda.

— Ótima notícia.

— Será mais difícil não ficar sozinha. Eu não vou ter a flexibilidade da Bryce no horário de trabalho.

Bryce era sócia do jornal e trabalhava com seu pai, o editor-chefe. Ela não precisava estar no jornal para escrever. E Dash, ao contrário de mim, não estava preso a um cartão de ponto. Os dois podiam ir e vir conforme precisassem.

— Seria mais fácil se eu pudesse ficar aqui o dia inteiro, mas preciso desse emprego — ela disse. — Até vender meu apartamento em Denver, não posso ficar sem trabalhar.

Em algum momento, teríamos que discutir como iríamos lidar com dinheiro, mesmo que eu não tivesse muito para compartilhar. Mas hoje não era o dia de dividir as contas.

— Nós vamos dar um jeito — prometi.

Talvez eu pudesse segui-la na ida e na volta para o trabalho todo dia. Ver como ela estava com mais frequência. *O que fosse preciso.*

Eu faria tudo em meu poder para a manter segura até acordarmos desse pesadelo.

Mas, porra, ajudaria se soubéssemos com quem estávamos lutando.

Na noite depois da visita dos Warriors, eu quase não dormi. Os piores cenários assombravam minha mente. Eu acordei travado, dolorido e inquieto.

O sofá era confortável o suficiente para uma hora ou duas pessoas vendo TV, mas depois de sete horas se revirando, eu sabia exatamente onde a madeira de suporte tinha desgastado e onde o enchimento das almofadas afundou pelo uso.

Genevieve tinha a cama e eu não a tiraria dela, mas o chão era bem tentador.

Normalmente, eu passava minhas manhãs de sábado meio à toa. Ficava na cama de manhã, colocando o sono em dia. Bebia uma jarra inteira de café enquanto mudava de um canal para o outro. Eu nem perdia tempo me vestindo.

Mas Genevieve estava em minha cama, e ela provavelmente não apreciaria me ver andando pelo apartamento só de cueca.

Então que porra eu deveria fazer agora aos sábados? Deveríamos passar o dia juntos?

Nós nos saímos bem em pequenas conversas durante a semana, mas a tensão ainda era grande no apartamento. Nós jantamos juntos, ambos fazendo o máximo para mastigar sem fazer barulho. Eu segurei vários gemidos de prazer ao devorar alguns de seus biscoitos. Ficamos ensaiando quem usaria o banheiro primeiro. E quando as luzes se apagavam, nenhum de nós dois ousava fazer um barulho sequer em nossas camas.

Isso porque eram só algumas horas a cada noite.

Um dia inteiro era intimidante, e a oficina no andar de baixo estava chamando meu nome.

Levantei-me do sofá, alongando minhas costas doloridas, e fui ao banheiro para tomar uma chuveirada. Quando saí, Genevieve estava fingindo dormir como ela fazia todas as manhãs.

Sua respiração estava mais rápida do que durante a noite. Seus músculos faciais pareciam tensos e seus olhos mexiam atrás das pálpebras. Mesmo assim, fiquei agradecido quando ela se agarrou ainda mais ao travesseiro.

Isso me dava a chance de escapar do apartamento sem medo de fazer contato visual ou acidentalmente encostar nela na cozinha.

Na próxima segunda de manhã, não teria como escapar. Teríamos que encontrar uma rotina que funcionasse para nós dois.

Mas não hoje.

Eu não deixaria Genevieve sozinha, mas isso não significava que eu precisava ficar no apartamento.

Enquanto estava no banho, coloquei uma jarra de café para fazer. Com uma caneca fumegante na mão, desci para a oficina e abri a porta com a minha chave. Entrei o código para desativar o alarme, e então acendi as luzes.

O cheiro de graxa e metal preencheu meu nariz. O ar estava abafado por ter ficado tudo fechado à noite, então fui até o painel na parede e abri a porta da primeira baia, deixando um pouco de ar fresco entrar.

A luz natural refletiu nas ferramentas penduradas na parede. Eu inalei profundamente a brisa matinal, fechando os olhos e a deixando se espalhar por meus pulmões. A maioria das pessoas em Montana davam como certa a abundância de ar limpo. Mas a maioria das pessoas em Montana não tinham passado três anos na prisão.

Coloquei minha caneca de café em uma bancada e andei até minha moto, que estava estacionada no lado de fora. Soltei o descanso e a empurrei até a oficina.

Eu estava trabalhando na Harley que comprei há pouco mais de um mês. Ela tinha dez anos e o dono anterior não a tratou com muito carinho; era mais como uma moto para trilhas do que para a estrada. Mas o preço era razoável, e a máquina tinha potencial.

Depois de semanas trabalhando nela durante o meu tempo livre, estava quase como nova. Mais alguns ajustes e ficaria perfeita para mim. Leo me prometeu uma de suas famosas pinturas quando tudo estivesse como eu queria.

Já que eu tinha um sábado inteiro para gastar, comecei a trabalhar.

Entretido com a máquina, não escutei quando Genevieve entrou na garagem, até que ela limpou a garganta atrás de mim.

Olhei por cima do ombro, e meus olhos esqueceram a educação. Eles a olharam de cima a baixo em uma apreciação que despertou sentimentos – e partes do corpo – que estavam dormentes por um longo, longo tempo.

Eram suas pernas. Meu Deus, ela tinha pernas sensuais. Ela estava usando shorts brancos cortados perto do ápice de suas coxas. O algodão claro era um grande contraste com o que pareciam ser quilômetros de pele bronzeada. Sua camiseta era verde-claro, com um decote que descia o bastante para fazer minha boca salivar. Seu cabelo, flutuando sobre seus ombros em ondas chocolate, não fazia um bom trabalho em esconder seus mamilos, que estavam aparecendo através de seu sutiã e camiseta.

— Hum... oi. — Ela cobriu os seios com o cabelo.

Meus olhos foram para os dela, flagrando o rubor em suas bochechas, antes de eu virar para a moto e abaixar a cabeça. *Caralho*. A tensão entre nós só ia ficar pior se eu babasse por ela todos os dias.

— Desculpa.

— Sem pedir desculpas, lembra?

Acenei com a cabeça e me levantei. Dessa vez, quando virei minha atenção para ela, mantive meus olhos em seu rosto. Não ficou muito mais fácil controlar a reação do meu corpo a ela com aquele gloss brilhoso que ela passou nos lábios.

— O que foi?

— O caminhão de mudança está chegando com minhas caixas. — Ela sacudiu o telefone. — Eles acabaram de ligar.

Chegando não. Eles já estavam aqui. Uma larga van de entregas entrou no estacionamento. Eu acenei para eles enquanto manobravam na direção da escada. E então passamos as próximas duas horas carregando caixas para o apartamento.

Quando abrimos a van, errei em pensar que Genevieve não tinha trazi-do muitas coisas do Colorado. Mas agora que as caixas estavam empilhadas e amontoadas no apartamento, percebi quão pequeno era o espaço.

— Obrigada. — Ela limpou o suor da testa. — Teria demorado uma eternidade sozinha.

Os motoristas da van não levantaram a porra de um dedo enquanto ela levou caixa atrás de caixa para o andar de cima. Ou enquanto eu levava duas por vez. Eles foram contratados para dirigir, não para se mexer. Mas isso não os impediu de babar nas pernas dela toda vez que ela desceu as escadas. *Babacas.*

— Vou descer e trancar a oficina. Aí te ajudo a desempacotar. — Mas não tinha como fazer todas as coisas delas caberem. Nós íamos tropeçar em caixas por um ano.

— Ah, está tudo bem. Posso fazer sozinha.

Ela me deu uma saída. Eu podia cair fora daqui e a evitar por mais algumas horas, mas não teria como eu focar na minha moto sabendo que ela estava trabalhando sozinha.

— Uma hora vamos ter que aprender a dividir o mesmo espaço. Talvez até ficarmos confortáveis um com o outro ao ponto de não fingirmos que estamos dormindo quando o outro está acordado.

Ela se encolheu.

— Você percebeu, não foi?

— Nós estamos casados. Ou fingindo estar. Esperamos que as pessoas nos tratem como um casal, então…

Ela suspirou.

— Acho que precisamos aprender a agir como um.

— É. — Começando com um sábado arrumando caixas.

Demorei alguns minutos para fechar a oficina. Quando voltei, Genevieve tinha um biscoito com gotas de chocolate na boca e um em um guardanapo me esperando.

— Biscoito gostoso. — Eu comi em duas mordidas.

— Obrigada. — Ela foi até o prato onde eles estavam arrumados e pegou mais dois embaixo do plástico filme.

— Por onde começamos? — perguntei antes de engolir o segundo biscoito.

— A maior parte são roupas. Que tal pelo armário?

— Me deixa abrir espaço. — Eu não tinha muita coisa, só algumas camisas sociais e um bom par de jeans. Eu os tirei do cabideiro para ela ter o treco todo.

— E você?

Dei de ombros.

— Vou dobrá-los e colocar em uma gaveta. Você fica com o armário.

Hoje, nós arrumaríamos as coisas dela, para ela não ter que viver da mala no canto. E depois de hoje, talvez a ficha iria cair.

DEVNEY PERRY

Não era temporário. Eu morava com Genevieve. Eu estava casado com Genevieve. Não fazia sentido lamentar por uma vida de solteiro ou pelo meu espaço. A realidade era que nós estávamos nisso juntos.

Terminei outro biscoito, e então busquei uma tesoura na gaveta da cozinha. Peguei uma caixa marcada como sapatos – parecia seguro o suficiente – e abri a fita. A caixa estava cheia de calcinhas e sutiãs da Genevieve.

Uma imagem dela usando o sutiã do topo apareceu em minha mente. Ele era de renda rosa-claro, sem forro. Seus mamilos iriam aparecer.

Minha boca ficou seca.

— O que tem nessa? — Ela veio para meu lado e olhou dentro da caixa. — Ah.

Sacudi a cabeça, tentando arrancar aquela imagem da cabeça, e limpei a garganta. — De acordo com a etiqueta, sapatos.

— Não são sapatos. — Ela riu, cobrindo a boca com a mão enquanto suas bochechas ficaram coradas.

Sua risada deu vida ao apartamento. Os biscoitos também. Talvez esse lugar fosse parecer um lar agora que Genevieve estava aqui, não um lugar que parecia mais uma cela de prisão sem as grades.

Genevieve pegou a caixa de roupas íntimas e a jogou na direção da sua mala. Então nós abrimos a próxima caixa da pilha, dessa vez encontrando sapatos. Ela guardava as coisas enquanto eu abria e desmontava caixas. Comi mais cinco biscoitos enquanto ela se esforçava para enfiar todas as suas roupas no armário. Ainda tinham dez caixas para abrir e o cabideiro estava cheio.

— Esse armário é uma porcaria. — Ela franziu a testa. — Mas vai ter que dar por agora. Pelo menos tenho roupas para usar no trabalho essa semana. Eu vou ter que comprar uma arara ou algo do gênero. Existe Amazon Prime em Montana?

— Minha mãe usa o tempo todo.

— Sua mãe mora aqui? — Ela ficou boquiaberta. — Em Clifton Forge?

— Não, em Bozeman. Foi lá que eu cresci.

— Ah. Ela sabe... — sua mão se moveu entre nós como uma bola de pingue-pongue — sobre nós?

— Ainda não. — E eu não contaria tão cedo. — Qual o próximo?

Genevieve pareceu não ligar por eu ter interrompido a conversa sobre minha mãe. Ela observou as caixas, seu olhar parando em caixas de plástico na frente do sofá.

CAVALHEIRO PARTIDO

— A maioria das coisas nessas aqui eram da casa da minha mãe. Fotos e recordações. Ela amava tirar fotos, mas isso foi antes da era digital, então todas estão impressas.

Sua voz falhou. A dor que ela escondia tão bem na maioria dos dias a engoliu. A raiva a que ela se agarrava se desfez e seus olhos se encheram de água. Com tudo que aconteceu, eu esqueci que ela tinha acabado de perder a mãe – seu único parente de verdade.

— Você se importaria se eu colocasse uma foto dela no apartamento? — Genevieve perguntou, piscando para tirar as lágrimas.

— De jeito nenhum.

Ela foi até o sofá e se sentou na beira, trazendo a caixa para mais perto. Quando ela abriu a tampa, fiquei curioso e me juntei a ela. Ela desmoronou quando esticou a mão para pegar a fotografia no topo.

— Essa era ela? — perguntei, olhando para uma foto com dois sorrisos. Eu vi a foto de Amina no jornal após seu assassinato, mas ela era tão mais nova nessa. Genevieve estava sentada no colo dela, rindo enquanto Amina segurava a filha perto. — É linda.

— Era. — Seus dedos acariciaram o rosto da mãe. — Ela odiaria isso para mim.

Era a brutal realidade.

Minha mãe também odiaria.

Coloquei a mão na caixa, pegando um bolo de fotos amarrado com um elástico. No que me estiquei, Genevieve também se esticou. Nossos braços roçaram, o calor de sua pele macia radiando pela minha. Um arrepio reverberou em meu peito, como uma faísca quente de metal roçando em metal.

— Desculpa. — Nós dois viramos para nos desculparmos. Nossos narizes roçaram.

Meu olhar desceu para seus lábios brilhantes. Tudo que eu precisava fazer era me inclinar pouco mais de um centímetro e reivindicá-los. Um movimento rápido e ela estaria embaixo de mim no sofá, seus seios subindo contra meu peito.

O desejo de beijá-la me fez cair para trás, correndo para sair do sofá em direção à cozinha. Eu peguei outro biscoito no prato e o enfiei inteiro na boca.

A única doçura dela que eu teria em meus lábios seria desses biscoitos.

Eu não podia beijar Genevieve. Eu não merecia aquela beleza.

Não depois de todas as coisas feias que causei.

CAPÍTULO SEIS

GENEVIEVE

— Até mais. — Isaiah levantou o queixo quando nos separamos na base da escada.

— Tchau. — As chaves em minha mão chacoalharam quando acenei. Eu dei um passo do carro as parei quando a porta do escritório abriu com um barulho atrás de mim.

— Indo trabalhar?

Toda manhã era a mesma pergunta.

Eu me virei.

— Sim.

Draven estava lá para me ver sair todos os dias dessa semana. Eu não sabia exatamente de que horas ele chegava, nunca escutei sua moto chegar. Mas sem falhar nenhuma vez, ele esperava no escritório e surgia quando eu e Isaiah chegávamos no último degrau.

— Tome cuidado. Fique de olho em qualquer coisa suspeita.

A mesma pergunta. O mesmo aviso. Cinco manhãs seguidas.

— Ela é cuidadosa. — Isaiah veio para o meu lado e colocou o braço por cima do meu ombro.

Depois de uma semana de prática, eu estava melhorando em mergulhar em seus braços. Na primeira manhã, ele me pegou de surpresa e fiquei dura como uma tábua.

Fingir estar apaixonada por alguém não era tão fácil. Eu não era uma atriz.

— Vale a pena repetir — Draven disse, cerrando os olhos para nós. Seus escrutínios estavam começando a me deixar nervosa, mas eu e Isaiah aguentamos.

Coloquei meu braço em volta da cintura do Isaiah, sorrindo para seu rosto. Ele não fez a barba hoje de manhã e os pelos em seu rosto refletiram o sol, fazendo-a parecer mais clara que seu castanho escuro normal.

Ele era tão bonito – bonito demais. Nós dois formávamos um casal fofo, mas não o casal de tirar o fôlego que ele merecia. Porque isso não era real. Nossa falta de autenticidade iria sempre ofuscar nossa imagem.

CAVALHEIRO PARTIDO

Quando Isaiah encontrasse a mulher certa, uma que ele amasse e que o amasse também, eles iriam brilhar mais forte que a luz de mil estrelas.

Seu cheiro me envolveu quando me inclinei ao seu lado. Era o mesmo cheiro que eu tinha sentido em seus travesseiros quando mudei para o apartamento – sabonete fresco, cedro e suas especiarias naturais. Era o cheiro que tinha me confortado nas duas noites que dormi sozinha em seu apartamento, afastada do mundo para poder chorar em seu travesseiro.

Nessas noites, chorei de medo. O assassino estava à solta. Ele matou minha mãe e não falharia em uma segunda chance de me matar. Chorei de luto, porque mais cedo havia pegado o telefone para discar o número dela – só para me dar conta de que ela nunca mais atenderia. Eu chorei simplesmente porque estava... sozinha.

Até que Isaiah retornou. Ele afastou um pouco do medo com sua presença, mas o luto sempre estava ali. Seus travesseiros não tinham mais seu cheiro e não recebiam mais minhas lágrimas. Quando eu precisava chorar, esperava a hora do chuveiro.

Mas eu sentia seu cheiro de manhã, quando fazíamos esse showzinho para Draven e fingíamos ser recém-casados apaixonados.

Isaiah abaixou o queixo e chegou mais perto. Se não fosse pela escuridão e temor em seus olhos, eu talvez acreditasse que ele não morria de medo de me tocar.

— Vou te seguir. Me mande uma mensagem quando estiver pronta para voltar para casa.

— Ok. — Sorri, endurecendo a coluna para o que vinha em seguida.

Isaiah e eu estávamos casados há mais de uma semana e tínhamos nos beijado cinco vezes. Uma vez no fórum e uma a cada manhã por causa de Draven.

Hoje eu precisaria de duas mãos para contar o número de vezes que nos beijamos. Isso parecia monumental por alguma razão.

Normalmente, o Isaiah tomava a iniciativa. Ele se abaixava e roçava a boca na minha enquanto eu fechava os olhos e fingia que era real. Que mulher não iria querer esse homem belo e sensual para a beijar antes do trabalho todas as manhãs?

Naquela manhã, o beijo não foi diferente. Fiquei na ponta dos pés, aguardando até que ele pressionou os lábios nos meus. E então, como todas as outras manhãs dessa semana...

Isaiah se encolheu.

Os músculos de suas costas travaram. Seu braço em volta dos meus ombros tensionou. Seus lábios endureceram. Eu duvidava que Draven tivesse notado. Se notou, provavelmente parecia que Isaiah estava me puxando para mais perto de seu peito firme, ou talvez que Isaiah estava se controlando já que tinha gente olhando.

Só eu sabia a verdade. E aquela tensão doía mais a cada dia.

Será que eu era tão ruim assim?

Eu abri uma distância entre nós, colocando os calcanhares no chão e me soltando de seu abraço.

— Desculpa. Batom. — Eu estiquei a mão para sua boca, usando meu dedão para limpar a marca que deixei para trás. Na verdade, era para limpar o beijo. Eu sabia que ele queria apagá-lo, mas com Draven de pé ali assistindo, ele não podia fazer sozinho.

— Obrigado. Tenha um bom dia.

— Você também, amor. — *Isso ainda soava estranho.* — Tchau. — Dei um pequeno aceno para Draven e então fui para o meu carro.

Isaiah andou para sua moto e a ligou. Ele iria me seguir até o escritório, garantindo que eu chegaria em segurança. O almoço estava na minha bolsa e eu comeria na minha mesa. Quando estivesse pronta para ir embora, Isaiah iria dirigir até lá e me seguir até em casa.

Eu ofereci meu carro, para não precisarmos usar dois veículos – o meu ficava parado no estacionamento o dia inteiro — mas ele insistiu em dirigir separadamente.

Um peso se levantou dos meus ombros quando dirigi para longe da oficina. Excitação pelo dia a frente espantou a dor do beijo de Isaiah. Pelas próximas nove horas, eu não teria que fingir. Minha mente estaria ocupada demais trabalhando para me preocupar com Isaiah ou comtemplar as escolhas da minha mãe.

Pelas próximas nove horas, eu iria mergulhar em meu novo trabalho.

Jim Thomas era um dos três advogados da cidade. Dois eram especializados em direito corporativo, servindo os negócios da cidade e uma infinidade de fazendeiros e agricultores da região, enquanto Jim lidava com todo o resto. Acordos de divórcio. Disputas de custódia. Processos criminais.

De acordo com Jim, o escritório estava entupido de trabalho, mas ele não abriu uma vaga de assistente jurídico, o que explicava não ter aparecido na minha busca. Ele disse que era porque ele não tinha tempo para treinar ninguém sem experiência jurídica. Disse que era mais fácil ele mesmo simplesmente fazer o trabalho.

CAVALHEIRO PARTIDO

Ou talvez ele estivesse esperando por uma certa assistente jurídica que não ligaria que uma gangue inteira de motoqueiros o tinha em discagem rápida porque a tal assistente jurídica morava em cima da oficina deste antigo moto clube.

Eu odiava a ideia de que tinha conseguido o emprego por causa do Draven, mas ultimamente eu estava precisando muito. Precisava pagar minhas contas. E como todo o resto de minha vida em Clifton Forge, era somente temporário.

Então aceitei o emprego, e Jim parecia radiante por saber que eu cheguei já com bastante experiência.

Levava seis minutos para dirigir até o escritório. Estacionei no lote ao lado do prédio de tijolos, tranquei o carro e fui andando para a porta da frente. O sino ecoou sobre minha cabeça no que entrei e acenei para o Isaiah que esperava do lado de fora, para que ele pudesse seguir seu caminho.

— Bom dia, Gayle. — Sorri para a recepcionista no balcão de atendimento ao cruzar o chão de carvalho escuro. O escritório todo era adornado com bom gosto e classe, algo que Jim fazia questão de creditar à sua esposa, Colleen.

— Bom dia, Genevieve. Amei esses sapatos.

— Obrigada. — Levantei um salto alto vermelho de couro. Os sapatos davam um charme a mais para minha calça preta simples e blusa branca.

O barulho dos meus saltos era abafado pelo carpete em minha sala. Joguei minha bolsa em uma gaveta e encarei as paredes creme vazias.

Esse escritório estava vazio há três anos, desde que a última assistente do Jim se aposentou. Ele me disse para decorar o espaço como quisesse, mas decorar parecia muito definitivo. Eu estava secretamente esperando que, em breve, uma posição de assistente abrisse em um dos outros escritórios da cidade, e eu poderia romper essa conexão com o advogado do Draven.

Eu encontraria o meu próprio emprego, *muito obrigada*.

Em frente ao meu escritório havia uma sala de reunião grande. Na porta ao lado ficava a copa. Coloquei meu almoço na geladeira, enchi minha caneca com café e então segui pelo corredor que dividia o prédio estreito. Encontrei Jim em sua mesa no último escritório.

— Bom dia. — Coloquei a cabeça na porta.

— Oi, Genevieve. — Ele sorriu, acenando para eu entrar. Jim provavelmente tinha mais ou menos a mesma idade de Draven.

Seu sorriso branco contrastava com a sua pele escura. Seus olhos castanhos radiavam calor e bondade. Ele não parecia um advogado bajulador de motoqueiros, mas minha mãe também não parecia uma adúltera mentirosa, então eu estava mantendo minha guarda elevada.

— Como você está nessa manhã de sexta-feira? — ele perguntou.

— Não posso reclamar. — Bom, podia, mas não para Jim.

Eu só queria trabalhar. Bastante. Eu precisava da distração e da distância da minha vida pessoal. Meus problemas não podiam vir comigo para o escritório e estragar a maior parte do meu dia. E mesmo ainda estando com um pé atrás com Jim, eu estava agradecida por este emprego, por menos que fosse durar.

Até o momento, Jim me tinha me dado bastante liberdade, algo que eu apreciava. Ele não micro gerenciava minhas tarefas e parecia gostar de responder minhas perguntas.

Advogado bajulador de motoqueiros ou não, eu trabalhei para Jim Thorne por uma semana e ele me tratou com mais respeito do que Reggie me tratou por anos. Meu trabalho com Reggie foi o primeiro após a faculdade, e eu não sabia o que estava perdendo.

A arrogância de Reggie não tinha fim. Ele não era nenhum herói, algo que provou quando pedi demissão.

Gayle elogiou Jim no meu primeiro dia de trabalho, garantindo que eu soubesse que ela o considerava um dos melhores homens da região. Ela me disse que ele era um bom homem e que tinha trabalhado duro para construir sua reputação em uma cidade pequena.

O fato era que Montana não era um estado diversificado. Talvez tivesse sido mais fácil para ele em uma cidade maior, mas ele amava aquele lugar, além de ser o lar de sua esposa. E, no momento, ele era meu chefe.

— Qual o plano para hoje? — perguntei.

Jim relaxou em sua cadeira.

— Sabe, para variar, eu talvez tente sair daqui mais cedo e comece meu final de semana antes.

— Certo. O que posso fazer?

— Exatamente o que você vem fazendo. Preciso dizer, Genevieve, estou bem impressionado. — Ele sorriu. — Draven disse que você era inteligente e que eu ia gostar de você. Como sempre, ele estava certo.

— Obrigada. — Forcei um sorriso. Draven mal me conhecia. Como ele sabia que eu era inteligente? Por que estava falando de mim como se fosse um pai dedicado? Especialmente quando ele não esteve nem um pouco envolvido com a minha educação? Se eu era uma boa funcionária, se eu sabia como usar meu cérebro, era porque minha mãe tinha me ensinado.

— Sente-se e vamos começar. — Jim passou quase uma hora me explicando os projetos que ele precisava que eu trabalhasse naquele dia. Era bastante coisa, mas toda vez que ele que ele perguntava se estava bom, eu pedia mais.

Eu podia aguentar. Eu *precisava* disso, desesperadamente.

Esse trabalho era a minha salvação pelos próximos tempos.

— Certo. — Levantei a pilha de documentos que revisamos. — Vou começar a trabalhar.

— Obrigado. — Ele sorriu, as rugas ao lado de seus olhos aprofundando.

Jim tinha uma natureza gentil, mas Gayle me contou durante meu segundo dia para não deixar isso me enganar. Pelos seus clientes, Jim era um buldogue, e sua taxa de sucesso podia provar.

Não estava surpresa por ele ser o advogado do Draven. Buldogue era definitivamente o estilo do Draven.

— Uma última coisa. — Jim me parou antes que eu pudesse sair, seu sorriso sumindo. — Como você sabe, seu pai é meu cliente.

— Sim.

— O julgamento não vai começar por hora, mas normalmente, eu pediria para você me ajudar a preparar petições para excluir evidências e verificar antecedentes de qualquer testemunha que o estado chamasse. Mas não nesse caso.

— Eu entendo. Há um conflito de interesses.

— Serei honesto com você como minha funcionária como sou com meus clientes. Draven sabe que é um tiro no escuro.

— Ah. — Eu tremi. Por que isso me chocou? Há apenas algumas semanas, eu achava que Draven era o assassino.

Mas muita coisa tinha mudado. Eu posso até saber que o verdadeiro assassino estava à solta, mas a polícia não sabia. Se a promotoria o condenasse, ele passaria o resto da vida na prisão.

Esqueci que o mundo via Draven como um assassino.

— Agradeço a honestidade — disse para Jim. — Se tiver algo que eu possa fazer, é só falar.

— Você está fazendo. — Jim apontou para a pilha de pastas em meus braços. — Quando tenho um caso grande, normalmente todo o resto é feito à noite, isso quando é feito. Pode parecer que você não está ajudando, mas você manter tudo funcionando por aqui vai me dar tempo para focar no caso do seu pai e dar prioridade para ele.

— Farei meu melhor.

Passei o resto da manhã na minha sala, trabalhando na lista de tarefas que Jim me deu. Preenchi cada momento livre, sem parar para descansar. Porque, se eu parasse, mesmo por um momento, eu pensaria em minha mãe ou Draven ou Isaiah. Eu não queria pensar neles. A única exceção era quando o alarme tocava no meu telefone a cada hora e eu mandava uma mensagem com uma única palavra para Isaiah.

Ok.

Ele não respondia. Mas eu sabia que se ele não recebesse aquela mensagem a cada hora, ele viria correndo.

Jim apareceu logo após o almoço.

— Estou caindo fora. Obrigada novamente.

— Tenha um bom final de semana.

Ele acenou, e então se despediu de Gayle, deixando nós duas sozinhas.

Quando o sino da porta soou atrás dele, peguei a lata de spray de pimenta na minha bolsa e a deixei no colo enquanto trabalhava. Draven a entregou para mim na segunda-feira quando nos encontrou antes do trabalho. Gayle era uma mulher parruda, uma buldogue ela também, mas eu duvidava que ela seria capaz de impedir um assassino se ele entrasse na firma.

Será que em algum momento ia ser mais fácil ficar sozinha? Ou eu passaria o resto da minha vida olhando por cima do ombro, agarrada em latas de spray de pimenta?

Deixei o medo de lado, focando no trabalho. Quando deu cinco da tarde, eu mandei uma mensagem para Isaiah avisando que estava pronta para ir embora. Peguei minhas coisas e encontrei Gayle na porta.

— Tenha um bom final de semana, Gayle.

— Você também. — Descemos para a calçada e ela trancou a porta, colocando as chaves em sua bolsa. — Fico feliz que esteja aqui, Genevieve.

— Obrigada.

Gayle saiu na direção oposta, preferindo andar os cinco quarteirões para casa nos meses de verão, enquanto eu fui para o estacionamento. Uma motocicleta preta estava estacionada atrás do meu carro. Os olhos perigosos e magníficos de seu piloto estavam escondidos atrás de óculos escuros.

— Ei.

A voz grossa de Isaiah fez um arrepio descer por minha espinha.

— Oi. Como foi seu dia?

CAVALHEIRO PARTIDO   67

— Bom. O seu?

— Foi um dia corrido. — Andei para meu carro. Mas, em vez de ir para a porta, me apoiei no porta-malas. Eu não estava com pressa de chegar ao apartamento e me enfiar lá. Eu queria sentir o sol beijando meu rosto por alguns momentos. — Conversei com Jim sobre o julgamento do Draven. Com todas as outras coisas acontecendo, esqueci que a maioria das pessoas o considera culpado. E parece que estou sempre atrasada, e que todo mundo está dez passos na minha frente.

Isaiah saiu da moto e veio se apoiar no porta-malas.

— Quer que eu diga o que sei? Não é muito, mas pode ajudar.

— Por favor. — Talvez, juntos, nós pudéssemos entender o que estava acontecendo.

— A polícia tem a arma do assassinato. É uma faca de caça com o nome de Draven gravado na lateral. Tinha suas digitais. E eles sabem que ele esteve no motel.

Isso eu já sabia através do jornal de Bryce. Eu me forcei a ler as histórias sobre o assassinato da minha mãe no início da semana.

— Isaiah disse que um cara invadiu a sede do clube e roubou a faca. — Emmett viu nos vídeos de segurança. Bryce fez uma reportagem algumas semanas atrás mostrando o cara entrando. Ela sugeriu que ele poderia ter roubado a faca, e tinha esperanças de que isso ia causar um alvoroço, que as pessoas da cidade começariam a questionar a investigação, e isso iria forçar o delegado Wagner a ir mais fundo.

— Ajudou?

Ele sacudiu a cabeça.

— Merda.

Eu não culpava o delegado. Ele já tinha seu assassino e não havia necessidade de seguir pistas improváveis. Especialmente quando a filha da vítima ligava quase todo dia do Colorado, implorando por justiça.

— Você deveria voltar e ler todas as matérias — Isaiah sugeriu.

— Já li — disse com um suspiro. — Ainda parece que está faltando grande parte do que realmente aconteceu. Você sabe de mais alguma coisa?

— Só isso. — Ele sacudiu a cabeça. — Eu também fiquei de fora. Sei que você ainda não sabe bem como lidar com ele, mas a pessoa que tem mais informações é o Draven.

— É... — murmurei. Não estava pronta para outra longa discussão com ele ainda. Primeiro, eu começaria com Bryce e veria se ela sabia mais do que o que tinha saído no jornal.

— O que você acha que vai acontecer se Draven for preso?

Ou quando?

Minha vida inteira não conheci meu pai. Acabei de encontrá-lo e estava... me acostumando. Se fosse realmente condenado pela morte da minha mãe, ele iria desaparecer de novo.

— Dash não vai deixar isso acontecer — Isaiah disse. — Ele não vai parar até encontrar o verdadeiro assassino.

— Como?

Isaiah suspirou.

— Não sei, boneca.

Boneca. Não havia hesitação ao falar. Estava virando um hábito – um que afugentava um pouco da tensão entre nós. Talvez depois de *bonecas* o suficiente, nós acabaríamos com toda aquela estranheza e encontraríamos uma amizade lá no fundo.

Tudo seria mais fácil se fôssemos amigos.

— Dash está determinado — ele disse. — Bryce, Emmett e Leo também. Eles não querem que o verdadeiro assassino fique livre, ainda mais agora que eles sabem que não é o cara que morreu no incêndio. Vão ficar mais em cima.

Eu tremi com a imagem mental da cabana pegando fogo, mas a deixei de lado.

— Eles têm alguma pista?

— Não faço ideia. Eu fiquei de fora pela maior parte. Exceto quando... você sabe.

Quando ele me resgatou e uniu nossos destinos.

— Nós precisamos conversar alguma hora sobre isso. Sobre a cabana — sussurrei, olhando em volta no estacionamento. Eu sabia que estávamos sozinhos, mas sentia a necessidade de confirmar toda vez que o tópico surgia.

— Nada para falar. — Seu corpo tensionou. — Matei um homem.

— E eu comecei um incêndio.

Dois crimes que nos juntavam para sempre. Mas eu desejava que eles fossem invertidos. Matar aquele homem tirou uma parte da alma de Isaiah. Aquilo iria assombrá-lo e torturar seu coração junto com seus outros demônios.

— Preciso ir ao mercado — eu disse, mudando o assunto.

— Vou te seguir.

Desencostei do porta-malas e fui em direção à porta, mas pausei antes de abrir.

CAVALHEIRO PARTIDO

— Você me ajuda?

— No mercado?

— Não. Com outra coisa.

Eu queria libertar meus fantasmas. Queria *nos libertar* e dar ao Isaiah a chance de encontrar uma mulher que ele beijaria por amor, não por obrigação. Uma mulher que o ajudaria a lutar contra esses demônios e trazer alguma luz para sua vida.

Ele merecia liberdade. Nós todos merecíamos.

— O quê? — ele perguntou.

— Quero encontrar o homem que matou minha mãe.

— Ok. Mas pode ser que nunca encontremos — ele avisou.

— Eu sei. Mas preciso tentar.

CAPÍTULO SETE

GENEVIEVE

Levantei-me da minha mesa e fui na direção da porta. O corredor estava vazio. Gayle estava sentada em sua mesa trabalhando, e Jim tinha ido para o fórum horas atrás.

A pilha de trabalho em minha mesa estava finalizada, e eu ainda tinha duas horas antes de mandar a mensagem para Isaiah que estava pronta para ir para casa.

Se passaram três dias desde que disse a ele que queria encontrar o assassino de minha mãe. E nesses três dias, bolei um plano. Um plano que estava mantendo em segredo por agora.

Sentei-me em minha cadeira, virando o monitor para que, caso Gayle entrasse, não visse o que eu estava fazendo. Então peguei um bloco em minha bolsa, abri na primeira página e escrevi um nome no topo.

Draven Slater.

Virei para a próxima página.

Dash Slater.

E então a próxima.

Emmett Stone

Leo Winter

Presley Marks

Com a exceção de Isaiah e Bryce, cada pessoa da oficina tinha uma página.

Eu preencheria as linhas em branco com anotações de antecedentes criminais. Tiraria um relatório no banco de dados *LexisNexis* para endereços de propriedades, pseudônimos e qualquer outra coisa que conseguisse encontrar. E então eu adicionaria mais nomes em meu bloco.

Em seguida, pesquisaria outros membros do antigo Tin Gypsy Moto Clube. E depois disso, eu viraria minha atenção para os Arrowhead Warriors.

Porque, em algum lugar escondido, estava um assassino. A única arma que eu tinha para encontrá-lo era ter informações. Então eu aproveitaria os recursos no escritório para consegui-la.

Passei a próxima hora clicando em registros públicos e relatórios de

CAVALHEIRO PARTIDO

banco de dados, fazendo anotações o mais rápido que podia. Eu estava no meio uma longa lista de propriedades do Emmett quando minha mão parou no papel.

Emmett compartilhava a maioria das propriedades com sua mãe. Foram investimentos conjuntos? Ou Emmett as herdou quando seu pai morreu anos atrás? Se fosse a segunda opção, porque não havia passado tudo para a mãe de Emmett? Eu não conhecia as leis de Montana o suficiente para saber como uma herança era dividida após a morte.

Pisquei.

Eu não conhecia boa parte das leis de Montana.

Meus dedos foram para o teclado, abrindo a ferramenta de buscas para o código jurídico do estado. E então digitei *privilégio matrimonial.*

As palavras na tela embaçaram quando li uma, e então uma segunda vez. Na terceira, meu estômago embrulhou. Eu me levantei da cadeira e corri para o banheiro. Meus joelhos bateram no piso frio enquanto o conteúdo do meu estômago erupcionou na privada.

Tossi. Senti minha cabeça ficar tonta enquanto limpava a boca e me sentava no chão frio.

— Ah meu Deus. — Passei a mão pelo cabelo.

Como pude ser tão estúpida? Como pude não ver isso? Eu achei que as leis de Montana sobre privilégio de testemunho seguiam a regulação federal.

Mas não seguiam.

Isaiah e eu nos casamos por nada. Um tribunal poderia me chamar para testemunhar contra ele e, a menos que mentisse sob juramento, eu era obrigada a contar a verdade.

Talvez tivesse uma escapatória. Talvez se o DEA e o FBI se envolvessem, isso cairia sob jurisdição federal, mas as chances eram pequenas.

Meu estômago revirou novamente.

Tudo, o casamento, as mentiras, tudo foi por nada.

— Genevieve? — Gayle bateu na porta. — Você está bem?

— Sim — falei com dificuldade. — Meu almoço não caiu muito bem.

— Ah não, querida. Sinto muito. Melhor você ir para casa.

Casa? Onde era minha casa?

Porque, a partir desse momento, eu não precisava estar em Montana. Eu podia deixar tudo isso para trás. Eu podia anular meu casamento com Isaiah e cair fora de Clifton Forge.

Levantei-me do chão, me apoiando na parede, e fui até a pia. Joguei água no rosto, lavei a boca e então olhei para minha aliança.

Era uma farsa. Esse treco todo era uma farsa, por nada.

Eu estava em tamanho pânico após a cabana, que fiz algumas suposições para proteger Isaiah. Eu cometi o erro de não as verificar antes. Mas com a morte da minha mãe, a mudança e ser jogada na família Slater, eu estava distraída.

Meus olhos foram para o espelho.

O que ela faria?

A mãe que eu conhecia e amava, *minha* mãe, ficaria. Não porque a lei a havia prendido em um casamento, mas porque ela fez uma promessa. Eu jurei ficar ao lado de Isaiah até isso acabar.

Então eu iria fazer o que minha mãe teria feito. Eu guardaria essa informação para mim, já que o erro era meu erro, e manteria minha promessa para Isaiah.

Além do mais, para encontrar o assassino da minha mãe, eu precisava estar em Montana. Se eu terminasse o casamento com Isaiah, todo mundo questionaria por que eu ainda estava morando em Clifton Forge.

Lavei a boca mais uma vez, e retornei para minha sala, desligando meu computador e guardando meu bloco secreto na bolsa. E então mandei a mensagem para Isaiah que estava pronta para ir embora.

Não demorou para o som do motor de sua moto ecoar do lado de fora.

— Pronta para ir para casa? — ele perguntou quando o encontrei no estacionamento.

Olhei em seus olhos, aqueles belos olhos assombrados, e meu estômago parou de revirar. Era a coisa certa a fazer.

Por Isaiah.

— Sim. — Acenei com a cabeça. — Estou pronta.

CAVALHEIRO PARTIDO

CAPÍTULO OITO

ISAIAH

— Ai. Puta que pariu. — Algo bateu na pia.

Corri do banheiro para encontrar Genevieve na cozinha com a mão embaixo da água corrente.

— O que aconteceu?

Ela abaixou a cabeça.

— Queimei o dedo.

Cheguei rapidamente ao seu lado, e coloquei minhas mãos na água fria para pegar as dela e verificar o dano. Tinha um pedaço rosa em seu dedo indicador, mas não parecia sério.

— Está tudo bem. — Ela tirou a mão da minha e a retornou para a torneira.

Eu não sabia bem como ela tinha queimado o dedo. Mas com o humor que ela estava, eu também não perguntaria.

Um mês se passou desde que Genevieve me disse que queria encontrar o assassino de sua mãe. Como eu tinha avisado, não havia nada para encontrar – algo que ela estava tendo dificuldades em aceitar.

Conforme os dias de agosto passavam, ela ficava mais e mais frustrada. Nós dois passamos horas falando com Bryce e Dash. Revimos tudo que encontraram desde que Amina foi assassinada. Duas vezes.

Genevieve até passou algumas horas com Draven, para conhecer seu ponto de vista. Havia coisas sobre o moto clube que nenhum deles queria compartilhar. Nós não forçamos. E no final de tudo isso, estávamos empacados, como todos os outros.

Ela continuou estudando seu bloco, revirando as páginas. Eu não sabia o que tinha anotado, mas ela sempre o fechava em um acesso de raiva e o enfiava na bolsa, mais zangada depois de ler as notas do que estava antes.

Bryce também não ajudava muito. Na verdade, as duas saíam juntas e se enrolavam ainda mais. Elas se encontravam pelo menos uma vez por semana para um café enquanto Dash ou eu nos revezávamos para protegê-las. Na maior parte do tempo, elas conversavam sobre o casamento de

Bryce e Dash, porque Bryce surpreendeu Genevieve e a convidou para ser sua madrinha de casamento. Mas algumas vezes a conversa delas se desviava para a investigação do assassinato ou o sequestro. As duas saíam da cafeteria espumando de raiva.

Não importava o quanto nós conversássemos sobre isso, não importava quantas vezes elas olhassem por um outro ângulo, não havia pistas a seguir.

O homem que matou a mãe de Genevieve estava solto. Ele iria se livrar da acusação de morte e sequestro, e faria Draven receber a culpa.

O julgamento de Draven estava marcado para a primeira semana de dezembro. Genevieve chegava em casa com atualizações do Jim, falando em jargões jurídicos que eu não entendia, sobre petições e audiências. Eu aprendi o básico durante minha própria experiência com o sistema legal, mas a situação do Draven era diferente. Ele se declarou inocente.

Todos nós temíamos o julgamento. Quando começasse, seria quase impossível fazer com que polícia e promotoria considerassem outro suspeito, a não ser que nós o entregássemos em uma bandeja de prata. Porra, eles estavam com a mente fechada para essa possibilidade mais do que nunca.

Genevieve estava perdendo as esperanças. Estava escorrendo mais rápido do que a água pelo ralo da pia.

Ela manteve a cabeça abaixada, encarando a panela enquanto deixava o dedo esfriar.

— Ainda dói? — Tirei a mão dela da água novamente. Dessa vez ela não a arrancou de mim.

— Está tudo bem. — Ela relaxou os ombros. — Só arde.

— O que aconteceu?

— Eu estava fervendo água para fazer macarrão. Quando peguei a panela, a água derramou. Foi um erro estúpido porque não estava prestando atenção.

No último mês, eu a peguei olhando para o nada uma dúzia de vezes, totalmente perdida nos seus pensamentos.

— Estou tão… — Ela rosnou, soltando a mão e indo para longe da pia. — Puta. Estou tão puta.

Eu prefiro Genevieve *puta* do que Genevieve *triste*.

Quando ela se mudou para cá, havia vezes em que ela esteva perto de chorar. Ela tentava esconder no chuveiro toda manhã. A morte de Amina, o sequestro e esse casamento estavam cobrando seu preço.

Mas eu não via lágrimas ultimamente. Em vez disso, seus olhos estavam sempre cheios de raiva, e ela ladrava para objetos inanimados. Ontem,

CAVALHEIRO PARTIDO

ela deu esporro em um gancho no banheiro por não segurar sua toalha da maneira certa.

— Eu entendo. — Se estivesse na posição dela, também estaria puto.

— Eu queria que nós tivéssemos algo, qualquer coisa, para seguir.

Não havia pistas na sede do clube sobre o homem que invadiu e roubou a faca de Draven para matar Amina. Os Warriors desapareceram desde sua visita surpresa à oficina. Ou eles estavam esperando para nos pegar de surpresa ou também estavam empacados.

Se eles tivessem descoberto que Genevieve e eu estávamos na cabana, já estaríamos mortos.

— Vamos sair daqui. Parar de pensar nisso por um dia.

Ela parou de andar de um lado para o outro.

— Aonde você quer ir?

— Leo está vindo pintar minha moto hoje. Nós vamos trabalhar no design. Desce e ajuda. Veja como fica.

— Ok. Podemos almoçar?

— Claro.

— Me dê cinco minutos para trocar de roupa. — Ela foi para a nova cômoda, pegou um par de shorts jeans na gaveta do meio e entrou no banheiro enquanto eu secava a panela que estava na pia e a guardava.

Eu me apoiei no balcão, esperando-a aparecer, e observei o local. Era apertado, claro. Mas não era desconfortável. Desde que seus pertences tinham chegado, Genevieve passava a maior parte dos sábados organizando o apartamento. Ela movia as coisas por horas, tentando arrumar espaço. O cara dos correios entregava alguma peça de organização ou armazenamento todo santo dia.

Mas ela conseguiu. As caixas foram para o lixo reciclável e tudo tinha seu lugar. Suas roupas estavam penduradas no armário e em uma arara móvel que ela colocou encostada na parede ao lado da cama. Havia uma nova cômoda que chegou desmontada. Ela a montou dois sábados atrás enquanto eu estava na oficina. Eu planejei montar para ela, mas ela terminou antes que eu tivesse chance.

Ela não precisava de ajuda — ou talvez não quisesse. Era estranho viver com uma mulher tão autossuficiente. Mas minha única comparação era minha mãe. Meu irmão mais velho, Kaine, e eu estávamos sempre fazendo coisas para ela. Consertando uma calha. Pendurando uma prateleira. Cortando a grama ou retocando alguma pintura.

Shannon também era assim. Ela não tentava abrir um pote travado de molho de tomate. Ela só me entregaria com um sorriso.

Não Genevieve. Semana passada, ela lutou com um pote de picles por dez minutos até que ficou difícil ficar só olhando. Então eu peguei o pote da mão dela e o abri.

Ela disse obrigada? Não. Fez uma careta e me disse que estava quase conseguindo.

Genevieve era independente, uma mulher que não precisava de um confidente ou companheiro. Eu suspeitava que essa era uma coisa nova desde a morte de sua mãe. Amina a decepcionou, epicamente. Talvez Genevieve estava se protegendo para evitar dores futuras. Ou talvez ela estivesse provando para si mesma que podia se manter de pé sozinha. Que poderia sobreviver isso.

Por qualquer razão, viver com ela era um ajuste.

Não de uma maneira ruim. Mas um ajuste.

Comparando com outros colegas com quem dividi uma casa, ela era a melhor que eu tinha tido — isso se você considerar companheiros de cela. Viver com Genevieve também era mais fácil do que viver com minha mãe.

Ela se preocupava demais. Ela tinha pena demais de mim.

Os produtos de banho de Genevieve entulhavam o chuveiro. Sempre havia resíduo de maquiagem na pia e fios de seu cabelo no chão. Mas eu preferia um banheiro bagunçado a um companheiro de cela que roncava ou que me socava enquanto eu dormia por nenhuma outra razão além de que ele podia.

— Pronta. — Ela saiu do banheiro não mais usando seu pijama, mas um short e uma camiseta cinza lisa. Ela colocou uma sandália e pegou sua bolsa.

Meus olhos foram direto para suas longas pernas e engoli um grunhido. Nós estávamos morando juntos há semanas. Não era para ficar mais fácil? Quando ela deixaria de ser aquela bela mulher nua em meu chuveiro e começaria a ser somente... Genevieve? Minha companheira de apartamento que, por acaso, tinha meu sobrenome?

Beijá-la toda manhã não estava ajudando. Eu parei de contar porque, quanto mais o número crescia, mais frustrado eu ficava. Cada um era mais excruciante de aguentar do que o anterior.

Toda manhã eu lutava com a porra da minha língua para sentir o gosto de seu lábio inferior. Assim como hoje eu tinha que forçar meus olhos para longe de suas pernas.

CAVALHEIRO PARTIDO

— O que você quer comer? — ela perguntou.

Engoli em seco.

— Pode ser um sanduíche?

— Tudo bem ser na lanchonete do mercado? Também preciso comprar algumas outras coisas.

— Por mim, tudo bem. — Segurei a porta para ela. Descemos as escadas e eu peguei a chave da minha moto no bolso. — Vá na frente.

— Você não vai comigo no carro?

— Não.

— Por que não? — Ela piscou.

Traumas. Mas isso era algo que eu não tinha coragem para explicar.

— Quero andar na moto antes do Leo chegar aqui, para ter certeza de que todos os ajustes foram feitos — menti.

— Ah, quer que eu vá com você?

Sacudi a cabeça.

— Não tem espaço para as compras.

Por isso, e porque eu não andava com outras pessoas. Não andei por seis anos. E definitivamente não dirigia com outras pessoas no carro, nem a minha mãe. Se nós viajássemos para visitar Kaine em Lark Cove, íamos em dois veículos, mesmo sendo uma viagem de cinco horas.

A única exceção foi o dia que tirei Genevieve daquela montanha. Foi a única vez que alguém andou comigo na minha moto, porque não havia outra escolha.

— Está bem — ela resmungou, pegando a chave na bolsa.

Eu segui perto de seu carro enquanto ela dirigia pela cidade e estacionei ao seu lado no mercado. Entramos sem falar nada, e definitivamente sem nos tocarmos. Mantivemos uma certa distância na lanchonete, ambos analisando os sanduíches prontos e as opções de salada.

Minha insistência em virmos separados não melhorou o humor de Genevieve, mas uma esposa rabugenta eu podia aguentar.

Uma morta, eu não podia.

— Ah, oi pessoal.

Nós dois viramos ao escutar a voz de Bryce. Dei um passo na direção de Genevieve, instantaneamente diminuindo o espaço entre nós. Ela colocou o braço nas minhas costas. Nós aperfeiçoamos esse movimento – juntar nossos corpos como se fôssemos recém-casados.

— Ei. — Genevieve sorriu.

Olhei atrás de Bryce. Dash não a deixaria vir aqui sozinha, deixaria?

— Onde está Dash?

— Perdido no corredor de sorvetes. Eu vim comprar alguns legumes para balancear. O que vocês estão fazendo?

— Comprando almoço — Genevieve disse. — E então Leo vai lá na oficina pintar a moto do Isaiah. Nós vamos assistir.

— Parece divertido. Que cor?

— Provavelmente preto.

— Ah. — Bryce acenou com a cabeça. — Eu deveria ter adivinhado.

Todas as motos da oficina eram pretas. Alguma tinham chamas na lateral. Outras tinham palavras. A do Leo era na verdade um bronze escuro cintilante, com um design de risca de giz dourado, mas a não ser que você estivesse muito perto, parecia preto.

Bryce colocou uma mecha de cabelo atrás da orelha, suas alianças refletindo na luz.

— Vocês querem ir jantar lá em casa na próxima semana? Iríamos adorar receber vocês.

— Hum. — Genevieve se encolheu. Ou talvez tenha sido eu. — Não sei se é uma boa ideia. Dash e eu não somos exatamente… amigos.

Eles também não se falavam. Dash só se dirigia à Genevieve quando era absolutamente necessário.

Genevieve fingia que isso não a incomodava, mas eu via a dor cruzar seus olhos quando ele a ignorava.

— Ele vai se comportar bem — Bryce prometeu. — E eu acho que será bom para ele te conhecer. Vai ver que você é maravilhosa e ele está sendo um babaca.

A mulher não estava errada em nenhuma das duas declarações.

— Tem certeza? — Genevieve perguntou.

— Tenho. Por favor? Adoraria receber vocês antes desse bebê nascer, e estou esgotada com as coisas da maternidade.

Ainda faltavam meses, mas Bryce não sairia desse mercado com um não como resposta.

— Ok — Genevieve concordou, forçando um sorriso.

— Ótimo. Vamos marcar para sábado. Eu talvez tenha recebido as fotos do casamento até lá. A fotógrafa disse que demoraria uma semana. Talvez você possa me ajudar a escolher qual emoldurar.

Bryce e Dash se casaram no último final de semana. Foi o único sábado que eu e Genevieve não passamos trancados no apartamento. Em vez disso, ela passou o dia todo com Bryce no salão local, fazendo cabelo e maquiagem. Eu fiquei de guarda do lado de fora por horas até elas saírem prontas para a cerimônia.

O vestido sem manga de Genevieve moldava seu torço e girava em torno de seus quadris, flutuando até os pés. Ela saiu do salão e me deixou sem fôlego. Tive dificuldade de prestar atenção no casamento com ela de pé no altar. Eu me forcei a desviar o olhar e assistir Dash e Bryce trocarem votos.

O casamento não foi um evento estravagante, mas nunca fui em um melhor. Ele foi celebrado ao anoitecer na enseada do Rio Missouri, que passava pela beira da cidade. A festa foi no bar preferido de Dash, *The Betsy*.

Genevieve e eu fizemos o máximo para parecermos um casal apaixonado. Nós nos abraçamos. Ficamos de mãos dadas. Dançamos. Fingimos hora após hora. Quando voltamos para o apartamento, estávamos ambos exaustos.

E eu estava no limite. Disse a ela que o cheiro do *The Betsy* me incomodou, e então tomei um banho bem gelado.

Jantar na casa de Bryce e Dash seria dolorido, mas eu podia sobreviver por uma ou duas horas. Nós iríamos nos ater a ficar de mão dadas e nos abraçar, apenas aqueles toques simples e amigáveis que eram mais fáceis de compartilhar. Como esse abraço no mercado. Não importava que eu gostava quando Genevieve colocava a mão por trás de mim e segurava firme.

— Podemos levar algo para o jantar? — Genevieve perguntou.

— Não. Eu dou conta.

Dash veio da área de comidas congeladas, olhando para os dois lados procurando Bryce. Quando ele nos viu, levantou a mão. Dois potes de sorvete estavam na outra.

— Ok, pessoal. Melhor eu pegar meus legumes para chegarmos em casa antes daquilo derreter. Vejo vocês essa semana?

— Sim. — Acenei com a cabeça.

Bryce ia para a oficina para trabalhar no escritório de Dash todas as manhãs. Em alguns dias, eles ficavam o dia todo. Em outros, iam embora à tarde para ela poder passar algum tempo no jornal. Até ela estar segura, Dash não a deixaria sozinha.

Dash passou por nós para se juntar a Bryce, que estava mexendo nos pés de alface. Ele levantou o queixo quando passou.

— Ei, Isaiah.

— Ei — respondi.

Ele não deu atenção para Genevieve. Nenhuma. Ele não disse oi. Ele não olhou nos olhos dela – apesar que ele raramente olhava para ela. Ele agia como se ela não existisse.

Coloquei meu braço em volta dos ombros de Genevieve, puxando-a para perto, mais para me manter calmo. A atitude dele em relação à Genevieve não era justa, e com certeza não era merecida. Estava ficando cada vez mais difícil ficar quieto. Mas se eu dissesse algo, arriscava ser demitido e despejado do nosso apartamento.

— Nós temos uma semana para ficar doentes para nos livrarmos desse jantar — Genevieve murmurou.

— Gripe?

— Não, algo que demore mais para curar. Precisamos garantir pelo menos um mês.

— Ebola?

— Perfeito. — Ela riu, o som indo direto para meu coração. E minha virilha.

Jesus.

Depois que escolhi um sanduíche e ela uma salada, nós pegamos as outras coisas na lista de Genevieve e passamos pelo caixa o mais rápido possível, querendo evitar outro encontro com os Slaters. A volta para casa foi rápida. Só demorei um minuto para abrir a oficina e nos sentamos em umas banquetas com rodinhas para comer nosso almoço.

— O que essas tatuagens significam? — Genevieve perguntou, usando seu garfo para apontar para minha mão. — Nos seus dedos.

Estiquei os dedos, olhando as tatuagens que decoravam cada um deles. Os designs de linhas e pontos ficavam entre a base e meio dos dedos. Eu as fiz na prisão e todas ao mesmo tempo. Minhas mãos doeram por dias e foi difícil de usá-las. A tinta preta estava desbotando e os detalhes eram malfeitos, mas um dia eu as deixaria bem desenhadas.

— São constelações. — Algumas cabiam na articulação, outras desciam pela pele fina entre os dedos.

— Por que constelações?

Eu olhei para o sanduíche.

— Era para alguém que eu conhecia e que amava estrelas.

Shannon tentou me ensinar as constelações. Ela as apontava, falava os nomes, mas as únicas duas que eu era bom em encontrar eram Ursa Maior e Orion.

CAVALHEIRO PARTIDO

Eu não procurava por elas agora. Eu as tinha na minha pele, como uma parte de mim para sempre. Era dolorido demais olhar para o céu noturno e saber que ela não estava viva para vê-lo por minha causa.

Antes que Genevieve pudesse perguntar mais sobre tatuagens, a moto de Leo entrou no estacionamento.

— Talvez nós devêssemos ter comprado almoço para ele — ela murmurou.

Ou café da manhã. Leo tirou seus óculos escuros e sorriu sonolento para ela. Ele provavelmente passou a noite no *The Betsy* e acordou com qualquer mulher que ganhou sua atenção no bar.

— Ei — apertei a mão de Leo.

Ele piscou para Genevieve. — Como estão o sr. e a sra. Reynolds hoje?

— Bem — respondi.

— Me dê um minuto para misturar a cor. — Ele me deu um tapa no ombro. — E então começamos.

Ele desapareceu na cabine de pintura. Ela era adjacente à última baia da oficina, para que pudéssemos empurrar os carros e carregar as peças facilmente. A cabine era o domínio do Leo. Como o resto da oficina, ele possuía equipamentos de primeira linha e suas ferramentas eram um sonho.

Pouco depois de Genevieve e eu terminarmos de comer, Leo apareceu com um copo de plástico na mão, mexendo o líquido dentro com um palito.

— Olha só. — Ele chegou perto e levantou o palito, deixando a tinta pingar no copo e a cor brilhar. — Eu sei que você falou preto, mas essa cor seria espetacular pra caralho.

Como a moto de Leo, para quem visse a olho nu, iria parecer preto. Mas era na verdade um azul profundo. Como em sua própria moto, ele adicionou brilho, e quando a luz refletia, parecia um milhão de pedaços de diamantes presos no céu aveludado da meia-noite.

— É tão belo. — Genevieve me olhou, seus olhos silenciosamente pedindo para eu escolher aquela cor.

— Gostei — disse para o Leo.

— Ótimo. Vamos começar.

Nós passamos as próximas horas preparando as peças. Eu já havia deixado o tanque e as outras peças que ele queria pintar prontas. Nós as soltamos da moto e as levamos para a cabine. Quando Leo terminou de as preparar, garantindo que estavam limpas e lisas, ele se arrumou e nos expulsou.

Demorou Leo menos de uma hora para pintar a moto. Quando ele saiu com um sorriso no rosto e uma máscara pendurada no pescoço, eu soube antes de ver que o azul tinha sido a escolha certa.

Essa moto foi a escolha certa.

Porra, eu estava orgulhoso de a finalizar. De fazer sozinho, com minhas próprias mãos. Era um sentimento bom, compartilhar um pouco daquilo com o Leo e passar o dia com Genevieve.

Nós deixamos as peças secando, nos despedimos de Leo, e então retornamos para o apartamento.

— Obrigada. — Genevieve disse quando entramos.

— Por...?

— Por tirar minha mente das coisas hoje. Por me seguir pela cidade e garantir que não estou sozinha. Especialmente no mercado. É deprimente sempre ir sozinha.

— Feliz por poder ajudar.

Depois de um mês fazendo compras com ela, eu também não queria mais ir sozinho. Era uma aventura com Genevieve, uma corrida. Ela passava pelas portas automáticas e virava uma super compradora. Era como se ela cronometrasse para ver o quão rápido podia riscar todos os itens de sua lista.

Genevieve cruzou o apartamento e se jogou de costas na cama, seus longos cabelos se espalhando pela coberta cinza que veio em uma de suas caixas. Era bem melhor que o edredom marrom desbotado em que dormi por anos.

O edredom e a cama vieram da casa da minha mãe comigo. Ela os comprou para mim quando saí em liberdade condicional. Talvez ela só quisesse atualizar a cama em meu quarto. Ou talvez ela soubesse que passei três anos em uma porra de colchão horrível e sem travesseiro. Ela trabalhava duro por seu dinheiro e ela esbanjou.

Genevieve a arrumou com aquela coberta macia e uma pilha de travesseiros. Era convidativa – a cama e a mulher deitada nela.

Suas pernas torneadas estavam penduradas na beira. Ela cantarolava, e então fechou os olhos, deixando o rosto relaxado e sereno.

Ela era deslumbrante. A primeira vez que a chamei de boneca foi um deslize. Pensei que um apelido como querida ou doçura iria ajudar a convencer as pessoas que isso era verdadeiro. Eu planejei usar um desses. Mas boneca saiu no lugar, porque ela era perfeita.

Eu fiquei de pé ao lado da porta, incerto do meu próximo movimento.

Os finais de semana eram difíceis para nós. Trabalhávamos longas horas, então durante a semana, lidar com nosso tempo livre era fácil.

CAVALHEIRO PARTIDO

Genevieve fazia o jantar quando chegava em casa. Eu limpava. Ela lia por algumas horas, eu assistia TV. E então dormíamos cedo. Nós entramos nessa rotina e funcionava bem.

Mas ainda não tínhamos encontrado uma rotina para os finais de semana. Havia mais tempo juntos, e era nesses momentos que o estranhamento aparecia.

Genevieve se apoiou nos cotovelos.

— Você se importa se eu assistir TV?

— Não. — Fui até o meu território, o sofá.

Ela pegou o controle remoto na mesa de cabeceira ao lado da cama e ligou a TV, descendo pelo guia de canais. A TV ficava num carrinho ao lado da porta, adjacente à nova cômoda. A tela não era grande, mas nada maior caberia nesse apartamento.

— Eu estava pensando em fazer uma maratona de Harry Potter. Você me odiaria se eu fizesse isso? Eles são ótimos. Minha mãe e eu lemos os livros juntas.

Ela olhou para o porta-retrato com a foto de Amina na mesa de cabeceira e dor passou rapidamente por seu rosto. Genevieve estava furiosa com Amina, mas quando ela deixava a raiva de lado, uma dor profunda e sufocante surgia. Eu queria ter algum tipo de conselho de como ela podia passar por isso, mas considerando que eu vivia diariamente com uma dor debilitante e culpa, eu não tinha nada para oferecer.

Se assistir os filmes de Harry Potter diminuísse seu sofrimento por algumas horas, eu não negaria.

— Vá em frente. Nunca assisti.

— O quê? — Ela ficou boquiaberta. — Você está brincando.

— Não.

— Nós vamos assisti-los — ela declarou. — E pedir pizza para o jantar.

— Parece bom. — A televisão era melhor que o silêncio.

Eu me virei no sofá para conseguir ver a tela. Para ficar confortável, eu precisaria de um travesseiro. Mas Genevieve passou a arrumar a cama com o meu travesseiro também, caso alguém aparecesse para uma visita inesperada. Eu virei, tentando achar uma boa posição para relaxar. Mas, porra, minhas costas doíam. Um mês dormindo nesse sofá estava cobrando seu preço.

— Vem pra cá.

— Ahn? — Olhei atrás de mim para a cama.

— É mais fácil ver a TV daqui. Vem pra cá.

Para a cama? Mesmo para assistir um filme, parecia íntimo demais. Se eu não estivesse tão travado e dolorido, teria declinado. Mesmo assim, tirei as pernas do sofá e removi as botas. Quando cheguei ao lado da cama, hesitei.

Ela revirou os olhos.

— Se você continuar de pé aí, vai perder o filme.

Sentei-me, colocando as pernas para cima e relaxando as costas. *Ah, porra*. Retornar para o sofá vai ser brutal.

— Melhor, certo?

— É. — Melhor era dizer pouco.

Nós assistimos dois filmes seguidos antes de parar para pedir o jantar. Os filmes eram definitivamente feitos para crianças, mas Genevieve prometeu que eles ficariam mais sombrios e intensos. Quando a pizza chegou, nós estávamos no meio do terceiro filme.

— Você leu todos esses livros? — perguntei quando pausamos para comer algumas fatias de pepperoni.

— Sim. — Ela engoliu. — Eles são muito bons. Você lê bastante?

— Costumava ler. — Hesitei antes de adicionar a próxima parte. — Na prisão.

— Ah. — Seu olhar foi para o colchão. Nós não nos preocupamos em levantar, e comemos em nossos colos. — Por quanto tempo você ficou na prisão?

— Três anos.

— Isso arruinou a leitura para você? A prisão?

— Não sei. Não li nada desde então.

Seus olhos eram tão convidativos e cativantes. Quando eu encontrei seu olhar, esperava ver pena ou julgamento. Pessoas que sabiam que fui para a prisão tinham pena de mim. Os que não tinham, me condenavam. Mas ao invés dos dois, encontrei curiosidade.

— Quer descobrir? Podíamos ler Harry Potter juntos. Ou qualquer outro livro.

Como eu podia dizer não para esses olhos suplicantes?

— Sim, ok.

Um sorriso transformou seu rosto. Era o primeiro sorriso verdadeiro e incontido que vi da Genevieve. Ela era deslumbrante antes, mas com aquele sorriso... meu coração disparou.

— Quer parar de assistir os filmes se vai ler os livros?

— Não.

Eu leria os livros depois. Por agora, eu queria continuar assistindo, porque se desligássemos o filme, eu teria que voltar para o sofá. E eu não estava pronto para sair dessa cama ou do lado de Genevieve.

Era a primeira vez em um bom tempo, que eu estava realmente relaxado.

Ela fez isso. Olhei em volta no apartamento, e vi uma vela na pia. Tinha uma pequena babosa em um vaso na janela.

Ela transformou esse lugar em um lugar seguro. Para nós dois.

Terminamos de comer e demos play no filme.

E quando caí no sono ao lado dela na cama, enquanto o quinto filme passava, dormi sem grades me fechando e sem os gritos de uma mulher morrendo ecoando em meus sonhos.

CAPÍTULO NOVE

GENEVIEVE

— Por que foi mesmo que concordamos com isso? — perguntei ao Isaiah quando chegamos na frente da casa de Bryce e Dash. Eles viviam no final de uma rua calma, longe dos vizinhos, e próximo a um campo aberto.

— Nós tínhamos escolha?

— Não. — Olhei para trás, desejando poder voltar para meu carro.

Ele estava estacionado ao lado da moto de Isaiah. Como sempre, ele se recusou a vir no meu carro para o jantar. A desculpa da vez foi o farol. Estava piscando ou algo do gênero e ele queria testar. Eu assei biscoitos para trazer, então vir com ele estava fora de questão. Ainda não estava escuro, mas eu esperava que, no caminho de volta para casa mais tarde, não teria nenhum farol piscando no meu retrovisor.

Por que ele não andava comigo? Eu era uma boa motorista. Nunca me envolvi em um acidente, e meu histórico era imaculado. Se ele preferisse dirigir, eu entregaria o volante.

— Como está sua mãe? — perguntei, tentando atrasar o jantar por mais um minuto.

A mãe de Isaiah ligou para ele pouco antes de sairmos do apartamento. Ele foi para o lado de fora, para falar com ela com mais privacidade.

— Ela está bem.

— Você, humm… contou para ela sobre mim?

— Não. — Ele suspirou.

— Você vai contar eventualmente, certo? — Ou eu vou continuar sendo um segredo de que você tem vergonha?

Isaiah levantou um ombro.

Que porra isso significa?

Nós estamos casados há um mês. Logo seriam dois. E se o casamento durasse anos? Eu não podia imaginar que seria fácil para ele contar para a família que se casou com uma estranha. Ele teria que responder muitas perguntas e amenizar preocupações. Mas eu era tão ruim assim?

Meu coração, já machucado, não ia aguentar se as porradas continuassem vindo.

Eu não pressionei Isaiah por uma resposta. Seus ombros estavam travados e sua mandíbula cerrada. Ele era o rei de se fechar e manter as pessoas à distância. Especialmente sua "esposa".

Bryce nos viu por uma janela e acenou. Eu agarrei o prato de biscoitos em minha mão, coloquei um sorriso no rosto e andei na direção da porta da frente.

Eu amava passar tempo com ela. Se fosse um jantar só de meninas, eu teria ficado ansiosa a semana toda. Ajudá-la a planejar o casamento foi muito legal. Eu nunca tinha participado de um casamento antes – fora o meu – e ela me incluiu em cada detalhe. Eu me joguei nas tarefas, e eu me diverti vendo flores, vestidos e revistas de noivas. Guardei ideias no fundo da memória, para o caso de um dia eu também ter um casamento de verdade.

Mas hoje à noite não era só Bryce e eu. Como eu iria evitar Dash em sua própria casa? Ele não era só um babaca, mas também indiscutivelmente pior que Draven analisando nosso casamento.

— Nós vamos ter que nos dedicar mais hoje. Acho que Dash suspeita de algo. Talvez seja bom me beijar algumas vezes.

Os lábios de Isaiah contorceram. Foi sutil, um movimento rápido, mas eu vi.

E tentei não levar para o lado pessoal.

Não era como se eu não temesse beijá-lo também, mas eu temia por um motivo diferente. Eu tinha medo da forma como eu esperava por aqueles beijos castos todo dia antes do trabalho. Eu temia sentir falta de ar e ver meu coração disparar. Eu temia o jeito que eu desejava mais do que um simples encostar nos lábios perfeitos de Isaiah.

— Nós não nos conhecemos. Eles vão perceber tudo — eu sussurrei, meus olhos vidrados na porta de madeira. Ela era envernizada de uma cor mel escuro, combinando com as vigas e frontões.

A casa deles parecia ter saído de um episódio de um programa de decoração, e por alguma razão que eu não ia ter tempo de analisar agora, isso me deixava ainda mais nervosa. Nós estávamos prestes a entrar na bela casa deles e contaminá-la com nossas mentiras.

— Nós ficaremos bem. — A mão de Isaiah encontrou a minha, seus dedos entrelaçando os meus. Eles eram ásperos e calejados e longos. E eram fortes. Eu peguei emprestada uma colher de chá de sua força enquanto a porta abriu.

— Bem-vindos! — Bryce sorriu. — Estou tão feliz que vocês estão aqui.

— Entrem. — Dash apertou a mão de Isaiah, e então relutantemente olhou para mim e murmurou: — Ei.

— Oi. — Entreguei para ele o prato de biscoitos. — São para vocês.

— Obrigado. — Ele olhou para os biscoitos como se estivessem envenenados.

Babaca.

Meu meio-irmão era um babaca.

Por que eu estava aqui mesmo? Antes que eu pudesse correr de volta para o carro, Isaiah me puxou para dentro.

Bryce pegou o prato da mão de Dash, o fulminando com o olhar, e então sorriu.

— Ah, eu amo esses biscoitos. Obrigada por fazê-los.

— De nada. — Soltei a mão do Isaiah e segui Bryce para a cozinha, observando a casa enquanto andava. O interior era tão belo quanto o exterior. — Com o que posso ajudar?

— Nada. Dash vai grelhar os bifes. Eu tenho os legumes prontos e uma salada. Está tudo certo.

Dash e Isaiah entraram atrás da gente. Dash abriu a geladeira e pegou uma garrafa âmbar, girando a tampa.

— Cerveja?

— Não para mim — Isaiah disse.

— Não, obrigada. — Eu não bebia se estava dirigindo. E, ultimamente dias, eu estava *sempre* dirigindo. — Se você quiser beber umas cervejas, tenho certeza de que podemos deixar a moto aqui até amanhã. Eu dirijo para casa.

— Eu não bebo. — Ele abaixou a voz.

As palavras eram para mim, mas Dash as escutou. Ele me encarou.

— Você não sabia disso?

Merda. Uma esposa deveria saber se seu marido não consume álcool. E o porquê.

Três minutos e esse jantar já era um desastre.

— Dash, para com isso — Bryce disse, e então me pediu desculpas com o olhar.

Fiquei quieta, incerta do que falar. Eu não devia nenhuma explicação ao Dash e talvez ele esquecesse aquilo.

Seus olhos cor de mel endureceram como granito. *Ou talvez não.*

A palma das minhas mãos estavam suando. Meu coração subiu para a garganta. Dash nem piscou.

CAVALHEIRO PARTIDO

Como Bryce podia viver com esse cara? Por que ela se casaria com ele? Dash era assustador. Eu me sentia como se estivesse do lado errado de um lança-chamas.

Dash levantou uma sobrancelha, me lembrando de que tinha feito uma pergunta – uma para a qual ele esperava resposta, não importava o que sua esposa tinha dito.

— Não — eu me forcei a falar, segurando o olhar de Dash. Meus sapatos bege estavam gritando meu nome, mas não olhei para o chão. — Nós realmente não nos conhecemos muito bem ainda.

— Ainda estamos nos conhecendo. — Isaiah colocou um braço em volta dos meus ombros, o toque foi a minha desculpa para desviar o olhar. — Aposto que vocês também. Você e Bryce se conheceram algumas semanas antes de Genevieve e mim, certo?

Bryce bufou.

— É verdade.

Engoli uma risada. Era como se Isaiah tivesse mandado Dash para a puta que pariu.

Isaiah não falou muito sobre a atitude de Dash comigo. Eu sabia que ele estava em cima do muro por ser funcionário do Dash, e eu não o culpava por ficar de fora do drama. Mas eu deveria saber que ele me protegeria.

Eu me inclinei ao seu lado, olhando para cima para murmurar:

— Obrigada.

— Eu gosto de não sabermos tudo um sobre o outro — Bryce disse. — É divertido aprender algo novo todo dia.

Ela estava sorrindo, mas era um sorriso perspicaz, como uma bronca silenciosa, e Dash se encolheu um pouco.

Será que ele se sentia em desvantagem, de três contra um? Isso funcionaria em meu favor? Ou ele lutaria ainda mais para sair por cima? Dash não me parecia o tipo que aceitava perder. Meu estômago embrulhou, e fiquei preocupada se as coisas estavam prestes a piorar.

— Alguma palavra dos Warriors? — Isaiah perguntou a Dash, mudando de assunto.

— Nada. — Ele sacudiu a cabeça. — Nem um sinal.

— Eu tenho me mantido atualizada com as notícias de Ashton — Bryce disse. — Entrei em contato com o jornal de lá e me apresentei, e eles estão me enviando suas edições semanais. A única notícia ligada ao Warriors foi o funeral.

Bryce usava sua posição como sócia do jornal para nos manter informados. Ela passava o tempo que o resto de nós não tinha lendo notícias das cidades vizinhas, e sabia mais do que estava acontecendo pela cidade do que qualquer outra pessoa.

Eu estava combinando todas as informações que ela coletava com a minha própria pesquisa. Até o momento, nada tinha chamado minha atenção, mas eu não ia desistir. Peguei arquivos de todos os membros vivos do Tin Gypsy e comecei a coletar nomes do Warriors.

Era um processo lento, mas tinha tempo até o julgamento de Draven. Se Jim notou que todo dia eu passava minha hora de almoço grudada no meu computador e bloco de anotações, ele não comentou.

Descobri que ele não era nem um pouco puxa-saco. Mas era o empregador mais compreensivo e encorajador que já tive. Ele me elogiava constantemente, me agradecendo por fazer o trabalho que ele estava me pagando para fazer. Demorei semanas para perceber que o homem era completamente sincero, e nada daquele reconhecimento era por causa de Draven.

O trabalho virou uma parte tão agradável do meu dia que parei de olhar o site de vagas procurando trabalho em outras firmas da cidade. Além disso, eu tinha todas as conexões que precisava no momento para continuar pesquisando.

O primeiro Warrior que pesquisei foi o da cabana.

Semanas depois do nosso sequestro, as autoridades soltaram um comunicado sobre o incêndio, incluindo a identidade do homem que morreu na cabana. Seu nome era Ed Montgomery e ele tinha trinta e três anos. Até pensar em seu nome me dava arrepios.

Ed morava em Ashton, uma cidade a três horas de distância que os Arrowhead Warriors chamavam de lar. Como o incêndio foi grande e durou muito tempo, a polícia foi forçada a identificar Ed através de registros dentais.

Ele não estava usando um colete dos Warriors naquele dia. Nosso sequestrador usava, mas Ed não. Eu ainda podia ver as roupas dele com extrema clareza. Jeans desbotados. Casaco preto. Botas pesadas. Eu nunca esqueceria o som daquelas botas. A batida era a trilha sonora dos meus pesadelos. Quando estava sozinha, quando o medo vencia meu bom senso e eu deixava o terror correr em minhas veias, aquelas botas ecoavam com cada batida do meu coração.

Mas Ed estava morto — era um cadáver carbonizado. E eu era eternamente grata por isso.

CAVALHEIRO PARTIDO

— Já se passou um mês. — Isaiah franziu a testa. — Quais são as chances de os Warriors terem nos descartado?

— É uma incógnita — Dash respondeu. — Os Warriors perderam um homem. Eles podem estar quietos, mas não vão parar até terem justiça. Tudo que podemos fazer é torcer para que eles percebam que não fomos nós.

Olhei para o piso de madeira, porque evitar o olhar de Dash era a maneira mais fácil de esconder nossas mentiras.

— Alguma atualização do Jim sobre o caso? — Bryce perguntou.

— Não. — Sacudi a cabeça. — Ele me mantém de fora.

— E você deveria mesmo ficar de fora. — Dash apontou para mim com sua garrafa de cerveja. — Jim é um bom advogado. Ele sabe o que está fazendo, e não podemos deixar ninguém estragar tudo.

Fiquei boquiaberta.

— Você está insinuando que eu interferiria de propósito do julgamento do Draven?

— Não sei. — Ele tomou um gole de cerveja. — É por causa dele que sua mãe foi assassinada. Talvez essa seja sua vingança.

— Não. — Cerrei os dentes. — Quero que o verdadeiro assassino pague.

Era por isso que eu estava aqui. As únicas coisas que me mantinham em Clifton Forge eram minha promessa para o Isaiah e meu desejo de encontrar o assassino da minha mãe. Dash pode até ser meu parente, mas ele que se foda. O dia que eu for embora, ele nunca mais vai escutar falar de sua *irmã* novamente.

— Dash — Bryce chiou. — Para. Com. Isso.

— Tenho que perguntar, linda. Nós não sabemos nada sobre ela e ela está em uma posição privilegiada.

— Você está sendo um escroto — Bryce retrucou.

— Não tem problema. — Fiquei em pé, esticando as costas e saindo do abraço de Isaiah. Dash precisava ver que eu podia ficar de pé sozinha. — Minha mãe foi assassinada. Nós temos isso em comum. Você ficaria feliz se a pessoa que a matou ficasse livre?

— Não.

— Então também temos isso em comum.

Ele quase parecia mais irritado, sabendo que compartilhávamos algumas similaridades. Meu coração acelerou esperando pela sua reação. Mas aqueles olhos frios como pedra sequer hesitaram. Ele então se voltou para sua esposa, e a raiva sumiu em um piscar de olhos.

— Foi mal.

Era um pedido de desculpas para Bryce, não para mim. Mesmo assim, senti o gosto da vitória.

— Vou ligar a churrasqueira. — Dash beijou a testa de Bryce, e então acenou com a cabeça para Isaiah seguir.

Quando eles não conseguiam mais escutar, soltei o ar.

— Uau.

— Grrr. — Bryce fechou os olhos, apoiando os braços na pia. — Sinto muito, Genevieve. Se você quiser ir embora, eu entendo completamente.

— Mas então ele venceria. — E eu não iria deixar Dash vencer.

— Eu disse para ele relaxar hoje, para parar de agir assim. Ele não... ele não é assim. Mas ele escutou? Não. E pode acreditar em mim, quando você for embora mais tarde, ele vai levar um belo de um esporro.

— Obrigada por isso.

— Sinto muito — ela repetiu.

Acenei com a mão.

— Posso me defender.

— Sim, você pode. Ele vai forçar ainda mais para ver o quanto você *aguenta*. Não o deixe vencer.

— Confie em mim, não deixarei. — Eu estava sendo cuidadosa com Dash. Ele não era somente meu irmão, mas também o chefe de Isaiah e nosso locatário. Eu deixaria passar os olhares e comentários desnecessários. Mas, como tinha feito hoje à noite, eu não ficaria mais quieta se ele passasse dos limites,.

— Posso mudar de assunto? — pedi. — Tem algo que eu queria te perguntar.

— Claro. — Ela chegou mais perto.

Respirei fundo para me fortalecer.

— Quando você foi ao Colorado, disse que estava escrevendo um obituário sobre minha mãe. Era um truque? Ou você estava falando a verdade?

A cor sumiu de seu rosto.

— Não era um truque. Conheço repórteres que usariam isso como uma desculpa para conseguir informações, mas eu não mentiria sobre algo assim.

— Ok. — Relaxei. — Você já escreveu?

— A maior parte. Estava esperando para publicar, na esperança de que seríamos capazes de provar a inocência de Draven antes. E então eu pediria para você ler. Mas nós não precisamos esperar. Eu posso publicar quando você estiver pronta.

CAVALHEIRO PARTIDO

— Não estou — confessei. — Ainda não.

— Então estará te esperando se e quando você estiver pronta. — Ela me deu um sorriso triste. — Que tal um tour?

— Claro. — Suspirei, com esperança de que os momentos constrangedores da noite tivessem acabado.

Nós passamos os próximos trinta minutos passeando pela casa. Invejei o espaço deles. Invejei as portas. Invejei que a sala não era um quarto também.

O porão de Bryce e Dash era maior que o apartamento de Isaiah. Nós dois estávamos vivendo um em cima do outro, algo que a maioria dos recém-casados iria gostar. Para nós, só piorava uma situação já complicada.

— Você vai querer saber se vai ter um menino ou menina? — perguntei quando estávamos de pé no escritório deles. Eles iriam converter o espaço para ser o quarto do bebê e mudar o escritório para o andar de baixo.

— Ainda não temos certeza. Dash quer que seja surpresa, mas eu gosto de planejar. Estamos debatendo no momento.

— Gosto da ideia de uma surpresa. — Passei a mão em um cobertor de bebê creme macio que estava dobrado na mesa.

— Estou tentando não ser intrometida, mas minha curiosidade tem vida própria. Vocês vão ter filhos algum dia?

Eu deveria ter antecipado a pergunta de Bryce. Sempre escutei que, quando você se casa, as pessoas imediatamente começam a perguntar se vão ter filhos. — Hum... talvez.

Dizer *não* para Bryce iria levar a mais perguntas. Eu não podia exatamente contar a ela que Isaiah e eu não tínhamos transado e nem iríamos transar. *Talvez* seja um desvio seguro. Mais uma meia-verdade.

Bryce me levou do escritório para a suíte do outro lado do corredor. Eu me recusei a olhar seu closet, com medo de morrer de inveja. Deveria ter evitado o banheiro também.

— Estou com tanta inveja da sua pia dupla. E de um chuveiro onde você tem espaço para se abaixar e raspar as pernas...

Ela franziu o nariz.

— Como está sendo no apartamento? Eu nunca fui lá em cima.

E eu – como a péssima amiga que era – não havia convidado. Eu ia corrigir esse erro em breve.

— É apertado e pequeno. Na próxima vez que nós duas estivermos na oficina, suba e eu faço o tour. Na versão completa, demora vinte e três segundos.

— Por quanto tempo você acha que ficarão lá? — ela perguntou quando saímos do banheiro.

— Não sei. — Não resisti e olhei para o closet dela. — Argh. Seu closet é um sonho. Eu poderia guardar todas minhas roupas em um só lugar.

— Vocês podiam se mudar. Alugar um lugar maior.

Isso exigiria que eu e Isaiah conversássemos sobre o futuro. Nós estávamos tão ocupados nos ajustando a essa nova vida que nenhum de nós falava de nada que ultrapassasse a semana seguinte. Talvez porque nós dois ainda esperávamos que isso acabaria, mais cedo do que tarde.

— Vendi meu apartamento em Denver — disse para Bryce ao voltarmos para a cozinha. — Vou fechar na próxima semana. Então isso nos dá mais opções.

No momento, eu não tinha nenhum desejo de comprar uma propriedade em Clifton Forge. Uma compra era muito permanente. Mas eu talvez mudasse de ideia depois de mais alguns meses naquele apartamento.

— Opções para quê? — Dash perguntou quando os dois se juntaram a nós do lado de dentro.

— Um lugar maior — Bryce respondeu por mim. — Com um closet e banheiro decentes.

— Mas não estamos com pressa — corri para completar. Eu não queria que Isaiah pensasse que eu estava infeliz. Talvez estivesse no início, mas estava passando. A cada dia, ficava mais fácil.

— É. — Isaiah acenou com a cabeça. — Estamos bem no apartamento por agora. Mas eu não me importaria de fazer algumas melhorias, se você não se importar.

— Tudo bem por mim — Dash disse. — No quê você estava pensando?

— Tem uns sessenta centímetros de espaço morto ao lado do armário. Pensei em colocar algumas prateleiras. Isso nos daria mais espaço de armazenamento. E o lugar todo poderia ganhar uma pintura.

Meu coração se encheu de alegria. Isaiah não ligava para espaço de armazenamento e pintura. Mas eu ligava. Ele mudaria o que pudesse no apartamento por mim.

O jantar acabou sendo tolerável, mesmo com o início conturbado. Dash não conversou comigo, mas a grosseria acabou. Talvez Bryce estivesse certa. Se eu me mantivesse firme, ele podia não gostar, mas respeitaria.

Talvez aquilo tenha sido um teste, para ver se eu ia embora.

Nós passamos a refeição falando sobre Clifton Forge, suas lojas e restaurantes mais famosos. Bryce não morava aqui há muito tempo; tinha se mudado no início do ano. Mas com seu trabalho no jornal, ela saiu para explorar bem mais do que eu.

CAVALHEIRO PARTIDO

Isaiah e eu trocamos um olhar quando estávamos na metade de nossos bifes. Ficando escondidos no apartamento, estávamos perdendo tudo aquilo.

— Quem quer um biscoito? — Bryce perguntou, olhando para a mesa de pratos vazios.

— Eu. Só comi dois mais cedo. — Isaiah se levantou, levando seu prato para a cozinha. Normalmente, ele comia cinco.

— Vou pegá-los. — Bryce seguiu, me deixando sozinha com Dash.

Tirei os olhos do prato, e encontrei seu olhar esperando pelo meu. Eu o ignorei, olhando por cima de seu ombro para a sala além de nós. Havia fotos na lareira, então abandonei meu assento e fui na direção delas.

A maior de todas era de Bryce e Dash no casamento. Eles estavam esmagando bolo um no rosto do outro. A próxima foto era dos pais de Bryce. A outra depois dessa era de Dash e Nick em pé se abraçando ao lado de duas motos. Nick tinha barba. De resto, ele e Dash eram bem parecidos.

Os dois lembravam Draven, e todos nós tínhamos seu cabelo castanho escuro.

Conheci Nick no casamento. Estava me preparando para encontrar outro irmão cheio de raiva e rancoroso, mas Nick foi uma surpresa agradável. Ele foi gentil ao se apresentar, apertando minha mão. Sua esposa, Emmeline, me abraçou sem hesitar e me apresentou para suas duas crianças adoráveis como Tia Genevieve.

Nick não passou muito tempo comigo, já que ele foi o padrinho de Dash. Mas ele me acompanhou até o altar, e enquanto estávamos lá ao lado de Bryce e Dash, ele me dava um sorriso genuíno ou piscadela toda vez que nosso olhar se encontrava.

Estar ligada à família Slater não era de todo ruim.

Quando cheguei na próxima foto, congelei. Era uma foto mais antiga, as cores estavam desbotadas e a qualidade da impressão não era boa. Eu nunca vi o rosto daquela mulher antes, mas ela não era uma estranha.

Era Chrissy Slater.

Ela era bela e seu sorriso iluminava seus olhos.

Porra. Como você pôde, mãe?

Amar Draven não era uma desculpa para trair sua amiga, não assim. Será que era por isso que ela não tinha namorado ninguém em Denver? Eu não conseguia me lembrar de alguma vez que fiquei em casa com uma babá para ela poder sair com um homem. Ela amou Draven todo esse tempo?

Temia que a reposta fosse sim, e que esse amor era a razão por ela estar morta.

Chrissy também amava Draven. E também pagou com sua vida por isso.

— Você me odeia por causa dela — sussurrei, sentindo Dash atrás de mim.

— Sim.

— Justo. — Eu era a lembrança viva do adultério de seu pai. Eu dei as costas para a foto. — Não sou minha mãe, mas eu a amo. Não concordo com o que ela fez, mas ela era minha mãe. Talvez um dia você entenda que eu também sou uma vítima aqui.

Dash não disse nada. Seus olhos continuaram na foto de sua mãe quando passei por ele, me juntando a Isaiah e Bryce na cozinha. Ambos estavam mastigando um biscoito.

Cada um deles comeu mais dois enquanto comi um.

Dash não quis.

Será que ele sabia que minha mãe os chamava de biscoitos da Chrissy? Sua mãe deu a receita para minha mãe.

E agora a receita era minha.

O mau humor de Dash obscurecia o ar, então eu e Isaiah agradecemos por aquela noite agradável e saímos na noite escura, cada um de nós dirigindo seu veículo para casa.

— Sobrevivemos — respirei, jogando minhas chaves no balcão da cozinha do apartamento.

— É. — Isaiah abriu sua jaqueta. Suas bochechas estavam vermelhas por dirigir no ar frio da noite.

— Eu sou uma má motorista ou algo assim? — Perguntei de repente.

— Ahn?

— Eu uma má motorista? Nunca me envolvi em um acidente ou recebi uma multa por alta velocidade. Mas você não anda comigo. Você acha que sou uma má motorista?

— Ah. — Ele tirou as botas. — Não. Você não é uma má motorista.

— Então o que é?

Silêncio.

— Isaiah?

Silêncio novamente. Ele colocou as botas ao lado da porta e foi para o banheiro.

Olhei fixamente para a porta quando ele se fechou do lado de dentro. Ligou a água. Deu descarga. E eu fiquei esperando, imaginando que porra tinha acabado de acontecer.

Isaiah saiu do banheiro somente em sua cueca boxer. Engoli em seco com a visão de seu abdômen definido, e então andei até a cômoda para pegar meu pijama.

— Você quer assistir alguma coisa? — Ele pegou o controle da TV.

— Na verdade não.

Mesmo assim, ele a ligou.

Fui para o banheiro e me arrumei para dormir. Quando saí, ele já tinha apagado as luzes e arrumado o sofá. Eu fui discretamente para a cama e fiquei olhando para o teto.

Olá, tensão. O volume da televisão estava baixo, mas ele não podia afastar minhas perguntas não respondidas. Não ousei perguntar novamente. Eu só receberia mais silêncio.

A luz da tela refletia nas paredes. Um carro passou pela rua do lado de fora.

— Desculpa — Isaiah sussurrou, alto o suficiente para eu escutar.

— Está bem — murmurei. — Como eu disse antes do jantar, não nos conhecemos.

— Não, não conhecemos.

E com essas palavras, eu entendi que aquilo não mudaria.

CAPÍTULO DEZ

ISAIAH

— Almoço! — Presley gritou na oficina. Ela estava brincando conosco sobre comprar um sino triangular para não precisar berrar.

Emmett fez barulho ao colocar suas ferramentas de lado. Dash saiu debaixo de um carro na terceira baia. Leo apareceu no lado oposto, tirando suas luvas.

Eu estava terminando a troca de uma correia em um Honda sedã. Meu sanduíche podia esperar dez minutos.

Dash, Emmett e Leo passaram a manhã na restauração de um Lincoln Continental 61. Eles estavam cortando o chão que mais parecia um queijo suíço, e mesmo o carro inteiro estando enferrujado, dava para salvar. O dono deu a Dash um orçamento bem gordo e liberdade para transformá-lo no sonho de um colecionador em dois meses. Eles toparam na hora.

Enquanto isso, eu fazia trocas de óleo, revisões, rotação de pneus e várias outras atividades de manutenção geral. Eu estava investindo meu tempo, trabalhando de baixo para cima. Dash sabia que eu queria participar das reformas, e eu acreditava que eventualmente ele me daria uma chance.

Por agora, eu fazia os trabalhos que Pres colocava no quadro e mantinha a rotina de trabalho.

— Isaiah, você vem? — Ela chamou do escritório.

— Daqui a pouco. Estou quase acabando.

— Ok.

No último mês, o almoço meio que virou um evento na oficina. Quando comecei a trabalhar aqui, eu trazia meu almoço. Todos os caras traziam. Nós comíamos quando estávamos com fome, geralmente de pé no meio da oficina, enfiando comida em nossas bocas e limpando migalhas em nossos jeans.

Mas desde o sequestro e desde que Bryce passou a usar o escritório de Dash como dela, a dinâmica mudou. Ela e Presley nos juntavam com mais frequência. Os almoços começaram meio que de forma aleatória. Alguém esquecia de trazer algo e aí todos nós pedíamos alguma coisa em um restaurante qualquer que entregasse. Então o aleatório virou rotina.

CAVALHEIRO PARTIDO

Era início de outubro e a última vez que eu trouxe almoço foi antes de Genevieve e eu irmos jantar na casa de Bryce e Dash no mês passado.

Todo dia nos reuníamos no escritório para almoçar. Conversávamos sobre qualquer coisa enquanto comíamos sanduíches ou pizza ou tacos. Nós pagávamos por nossas próprias refeições, e apesar de ser mais caro que um sanduíche de pasta de amendoim com geleia, eu podia pagar já que não pagava aluguel e Genevieve e eu dividíamos as outras contas meio a meio.

Alguns dias, eu não me importava de comer no escritório com todo mundo. Em outros, era demais para mim.

Antes da prisão, eu florescia no centro de um grupo. Eu adorava o barulho e a excitação dos meus amigos bagunceiros se juntando para fazer algo divertido. A maioria deles eu conhecia desde o jardim da infância. A maioria deles, sem querer se associar com um criminoso condenado, esqueceu meu nome antes mesmo da minha sentença.

Havia alguns caras que entraram em contato depois que fui solto e fui morar com minha mãe. Ignorei as ligações deles até que pararam.

Eu não precisava da pena deles.

Presley e Bryce não me julgavam pelo meu passado porque eles não sabiam dele. Dash sabia que eu tinha sido condenado por homicídio culposo, Draven também. Mas eu não compartilhava os detalhes que estavam por trás.

Quando nós estávamos trabalhando na oficina, os caras não me faziam perguntas pessoais. No almoço era diferente. Mesmo eu tendo escapado até agora, era só uma questão de tempo até que Bryce fosse querer saber mais sobre a minha vida. Eu ia desconversar, como havia feito com Genevieve.

E os alienaria, como havia feito com Genevieve.

Meu estômago roncou e corri para terminar o trabalho. Quando estava lavando as mãos na pia, um vento frio soprou na oficina. Uma leva de flocos de neve caiu no pavimento, e derreteu logo em seguida.

A neve já havia chegado nas montanhas, e se ela estava caindo assim cedo, o inverno provavelmente seria rigoroso.

Não que eu me importasse com a neve.

No meu primeiro inverno em liberdade condicional, passei um bom tempo no terraço da casa da minha mãe, olhando para o quintal uniformemente coberto de neve. Havia paz na neve. Era como se fosse um cobertor limpo cobrindo a morte do outono. Talvez eu limpasse uma das mesas de piquenique na área de churrasco atrás da oficina e almoçaria lá algumas vezes durante o inverno.

Nos dias que o escritório parecia demais com uma jaula.

— Ei, Isaiah.

Fechei a torneira e me virei quando Bryce se aproximava. Ela levantou um saco com meu nome.

— Obrigada.

— Claro, não queria que ficasse empapado.

Eu escolhi um sanduíche de filé com queijo e, depois de uns trinta minutos, o pão tendia a amolecer. Eu o comeria de qualquer maneira. Pão empapado era melhor que qualquer refeição que fiz na prisão.

Bryce não voltou para o escritório, mas se sentou em um banco redondo de rodinhas a alguns centímetros de distância. Ela colocou os dedos dentro das mangas de seu casaco.

Acho que vamos almoçar juntos.

Peguei um dos outros bancos e abri o saco de papel pardo.

— Você almoçou?

Ela sacudiu a cabeça.

— Pedi uma salada de frango, o que parecia ser uma boa ideia no momento, mas o cheiro me pegou. Aparentemente, esse bebê só gosta de carne vermelha.

Meu sanduíche estava dividido em duas partes embaladas em papel alumínio. Levantei uma metade.

— Quer?

— Você não se importa?

— Me traz sua salada de frango depois e fica elas por elas.

— Combinado. — Ela abriu o sanduíche e deu uma grande mordida, gemendo enquanto mastigava, e então engoliu. — Genevieve disse que você é de Bozeman. Eu não sabia.

— Sim. — Dei uma mordida no sanduíche, já desejando ter ido para o escritório quando Pres chamou. Era mais fácil evitar as perguntas quando em grupo. Cara a cara com Bryce? Eu estava fodido.

— Foi onde eu cresci.

Fiquei boquiaberto. Meus ombros enrijeceram. Ela sabia? Ela não podia saber, certo?

— Mundo pequeno.

— Especialmente em Montana. Quantos anos você tem?

— Trinta e um.

— Ah. Eu tenho trinta e cinco. Por pouco não nos encontramos no Ensino Médio.

CAVALHEIRO PARTIDO

Só havia um em Bozeman.

— Você talvez conheça meu irmão mais velho. Kaine Reynolds?

Seus olhos arregalaram.

— Kaine Reynolds é seu irmão mais velho?

— Ah... é. — *Merda*. Por que eu disse isso? Eu era a porra de um idiota. Escancarei a porta do meu passado.

Um rubor apareceu nas bochechas de Bryce e um sorriso abriu em seu rosto.

— Kaine era um ano mais velho que eu, mas eu o conhecia. Acho que *todas* as garotas o conheciam.

Nenhum choque ali. A maioria das garotas do Ensino Médio e Fundamental eram apaixonadas pelo meu irmão. Kaine era legal sem fazer esforço. Ele não nem um pouco desajeitado. Enquanto eu tive a minha fase de ser estranho na adolescência, Kaine pulou isso.

Ele era o garoto que não estava no grupinho de ninguém, porque ele era seu próprio grupinho. Nunca precisou de um bando de amigos como eu precisava. Ou costumava precisar. Ele estava contente sozinho.

Eu fiz de tudo para ser o centro das atenções no Ensino Médio. Era o garoto que aceitava qualquer aposta. Que começava as brigas quando necessário. O palhaço da turma que os professores temiam ver em sua lista de chamada.

Isso foi antes da Shannon.

Agora eu era mais recluso do que Kaine foi um dia.

— Eu tinha o maior crush nele — Bryce admitiu.

— A maioria das garotas tinha.

— Como ele está?

— Bem. Feliz. Ele vive em Lark Cove, perto do Lago Flathead, com sua esposa.

— Feliz em saber. — Ela sorriu. — A próxima vez que falar com ele, diga que Bryce Ryan disse oi.

— Pode deixar. — Dei outra mordida, mastigando furiosamente, querendo manter minha boca cheia para não falarmos mais sobre minha vida.

Talvez eu tenha me livrado dessa vez. Bryce não parecia saber sobre o acidente. Tomara que ela não vá procurar.

Eu vim para Clifton Forge para escapar do meu passado, não para falar sobre ele. Havia muitos fantasmas em Bozeman. Muitas memórias. Aqui, na maior parte do tempo, ninguém se preocupava.

Exceto Genevieve.

Ela andava quieta ultimamente e distante. Eu feri seus sentimentos mês passado quando me recusei a responder sua pergunta, e me odiava por isso.

Ela merecia saber o tipo de homem que dormia no sofá ao lado dela todas as noites. Mas toda vez que uma oportunidade se apresentava, eu não conseguia me fazer falar.

Ela iria me julgar, com razão. Covarde que eu era, eu não queria ver medo ou julgamento em seus olhos – não nos dela. Ou pior, pena. Genevieve sabia que eu estive preso, mas nunca perguntou sobre o crime. Desde a cabana, ela me colocou em um pedestal. Pensava que eu era um bom homem.

Eu não era.

Mas porra, era bom se sentir merecedor por um momento. Ser merecedor de uma mulher como Genevieve era como um milagre.

Eu não estava pronto para jogar isso fora contando a verdade.

A porta de um carro bateu. Do lado de fora, um Chevy Blazer preto estacionou na frente do escritório. Era provavelmente outro trabalho simples. Talvez alguém que quisesse se adiantar encomendando pneus de neve.

Eu engoli o que tinha na boca e coloquei o sanduíche de lado, pronto para sair e cumprimentar o cliente. Quando olhei para cima, meu coração parou.

— Mãe?

Ela não me escutou. Ela estava indo para o escritório.

Corri pela oficina, desviando de peças e ferramentas no meu caminho.

— Mãe!

Sua cabeça virou, e um sorriso iluminou seu rosto.

— Oi.

— Oi. — Deu um abraço nela e ela me beijou na bochecha. — O que você está fazendo aqui?

— Faz meses que não te vejo. Você está sempre tão ocupado quando ligo que tirei o dia de folga no trabalho e vim te fazer uma visita surpresa. Você pode me mostrar a moto que você está reformando. Talvez depois que terminar o trabalho, podemos jantar.

— Ah... claro. — Todas as coisas que normalmente seriam tranquilas.

Exceto pelo que fato de que, em algumas horas, minha *esposa* estaria em casa.

Merda. Genevieve me perguntou se eu tinha contado para minha família sobre nosso casamento. Eu me esquivei daquela pergunta porque ainda não havia contado.

CAVALHEIRO PARTIDO

Minha mãe e Kaine eram o passado. Genevieve era o presente. Eu estava fazendo de tudo em meu poder para impedir os dois de convergirem. Seria muito dolorido, para todos nós.

Quando ela descobrisse que eu escondi meu casamento dela por meses, ficaria muito chateada. Que porra eu estava fazendo? Eu deveria ter ligado para ela do motel na noite do casamento. Eu já não a magoei o suficiente?

Talvez se eu falasse com Genevieve antes, a apresentasse como minha namorada, eu poderia poupar seus sentimentos. Genevieve ficaria puta, mas, no panorama geral, as coisas não tinham o mesmo peso. Eu podia sobreviver ao sofrimento de decepcionar Genevieve. Mas não podia causar mais dor em minha mãe.

— Eu estou bem ocupado no momento. — Segurei o cotovelo dela, a virando para seu carro. — Por que você não vai fazer compras? Para passar algumas horas? Vou tentar sair mais cedo. Tem alguns lugares legais no centro. Um bom café também.

— Perfeito. — Ela sorriu. Suzanne Reynolds era pura luz do sol. Ela era uma pessoa que se adaptava a tudo. Tinha boas vibrações nela, algo que definitivamente passou para o Kaine.

Sobretudo, ela amava seus filhos. Mesmo depois de tudo que eu e Kaine a fizemos passar, ela nos adorava.

Minha missão na vida era evitar causar mais estresse para ela. Se isso significava irritar Genevieve, paciência.

— Desculpa, mãe — disse. — Eu queria poder sair agora, mas…

— Não se desculpe. Eu sabia que você estaria trabalhando quando decidi fazer uma visita. Vou explorar e ver sua nova cidade. — Ela ficou na ponta dos pés para beijar minha bochecha novamente. — É bom te ver.

— Você também. — Coloquei um braço em volta dos ombros dela.

Estávamos quase na porta da Blazer, quase livres, quando uma voz veio da oficina:

— Olá.

Porra. Esqueci da Bryce.

Ela veio na nossa direção, sua mão estendida.

— Sou Bryce Slater.

As apresentações eram inevitáveis.

— Mãe, essa é a esposa do meu chefe. Bryce, essa é minha mãe, Suzanne Reynolds.

— Ah, oi. — O rosto de Bryce iluminou. — É um prazer te conhecer.

— Prazer te conhecer também. — Mamãe segurou ambas as mãos de Bryce na sua. Era como ela sempre fazia, como se ela estivesse dando um abraço em sua mão.

— Veio fazer uma visita? — Bryce perguntou.

Mamãe acenou com a cabeça, segurando meu braço e o abraçando.

— Sim. Pensei em fazer uma surpresa para Isaiah. Nunca estive antes em Clifton Forge.

— Isso é ótimo. — Bryce olhou para mim. — Você deveria tirar o resto do dia de folga. Tenho certeza de que Dash não vai se incomodar.

— Vou perguntar para ele se posso sair mais cedo, mas preciso terminar alguns trabalhos antes. — E ligar para Genevieve. — Minha mãe vai fazer algumas compras e tomar um café.

— Ah, bem, se você está indo para o centro, deveria passar no escritório de Genevieve. Tenho certeza de que ela iria amar.

Puta. Que. Pariu.

A testa de mamãe franziu.

— Quem é…

— Ela está trabalhando — falei para Bryce, segurando o cotovelo de minha mãe e a empurrando para a Blazer.

— Isaiah — ela ficou brava —, o que está acontecendo com você?

— Nada. Só estou com pressa para terminar esse trabalho e te encontrar para jantar. E não quero que você perca nenhuma das lojas. Algumas delas fecham cedo.

— Ok. Está bem. — Ela franziu a testa para mim, e então olhou para Bryce. — Um prazer te conhecer.

— Você também. — Bryce me encarou como se eu estivesse louco.

Talvez estivesse mesmo… há três meses, desde que me casei com uma estranha no fórum.

Mamãe estava a segundos de entrar no carro. Seu pé estava no estribo e sua mão estava na porta para subir.

E então o Toyota da Genevieve entrou no estacionamento.

— Caralho — murmurei.

— O que houve? — ela perguntou.

— Nada. — Abaixei a cabeça, respirei fundo e olhei para cima. — Melhor você descer do carro. Genevieve está aqui.

— Quem?

— Genevieve — falei baixo, para que só ela escutasse. — Alguém que quero que você conheça.

CAVALHEIRO PARTIDO

Minha mãe me olhou de lado, claro, porque Genevieve era claramente um nome feminino. A última vez que apresentei uma mulher para minha mãe foi anos atrás. Antes de Shannon.

Genevieve estacionou em sua vaga ao lado do escritório e saiu do carro. Quando ela acenou, havia um par de sapatos em sua mão e seus pés estavam descalços.

— Meu salto quebrou. Vim em casa pegar um novo par.

— Você deveria ter me ligado. — Franzi a testa.

— Estou bem. — Ela passou a mão para cima e para baixo na frente do corpo. — Ilesa. Jim me levou até meu carro e você pode me seguir na volta.

Nós conversaríamos sobre ela sair sem me avisar depois.

— Vem aqui um segundo. Quero que conheça uma pessoa.

Bryce chegou mais perto, suas sobrancelhas juntando.

— Elas ainda não se conheceram?

— Minha mãe nunca veio aqui — expliquei. — E nós estávamos ocupados e ainda não fomos até Bozeman.

— Ah. — Bryce acenou com a cabeça. — Então isso vai ser excitante.

Se por excitante ela quis dizer doloroso...

— Que foi? — Genevieve andou na ponta dos pés, tentando evitar que a bainha de sua calça preta arrastasse no chão.

Respirei fundo.

— Genevieve, conheça minha mãe, Suzanne Reynolds.

— Ah. — Genevieve cobriu a arfada com um sorriso. — Oi. — Ela esticou a mão direita, mas esqueceu dos sapatos. — Eita. Desculpa. — Ela os jogou no chão, limpando a palma na calça e a estendendo novamente. — É um prazer finalmente conhecê-la.

— Você também. — Mamãe estava sorrindo por fora, mas seus olhos foram para a minha direção. Ela não fazia ideia de quem Genevieve era. Como poderia saber?

Genevieve viu a confusão no olhar de mamãe. Um instante de dor passou em seus olhos, mas ela piscou até que sumisse, porque Bryce estava vendo.

— Isaiah me falou tanto sobre você, Suzanne.

Uma mentira deslavada, mas Genevieve estava fazendo a parte dela. Eu teria que a agradecer mais tarde se sobrevivêssemos.

— Sinto muito... — Minha mãe sacudiu a cabeça. — Estou esquecendo de algo?

— Não. — Coloquei o braço em volta dos ombros da mamãe, a segurando apertado. — Mãe, essa é Genevieve, minha esposa.

O segundo que as palavras saíram da minha boca, o corpo de minha mãe se retraiu como se ela tivesse levado um soco.

— S-sua esposa?

— Ela não sabia? — Bryce sussurrou para Genevieve.

— Nós queríamos contar pessoalmente — Genevieve mentiu. Meu Deus, eu podia beijá-la por isso.

— Sinto muito, mãe. — Quando eu pararia de pedir desculpa para ela pelos meus erros? — Eu devia ter te contado pelo telefone, mas…

— Você está casado?

— Sim. — Acenei com a cabeça.

— Há quanto tempo?

— Desde o final de julho.

— Ah. — Seu queixo abaixou enquanto ela absorvia a informação. Quando ela olhou para cima, havia lágrimas em seus olhos.

— Não fique chateada. Nós queríamos te contar pessoalmente e…

— Você está casado. — Ah, Isaiah. — Ela segurou meu rosto em suas mãos e sorriu. — Isso é tão… maravilhoso. Você está feliz?

Feliz? Nunca. Mas se ela achava que casar me fazia feliz, eu iria confirmar.

— Sim, mãe. Estou.

Ela jogou os braços em volta de mim e riu.

— Eu nunca pensei que isso ia acontecer. Não depois de Shannon.

Com o nome de Shannon, Genevieve enrijeceu. Todo mundo estava sendo surpreendido hoje.

— Vou deixar vocês sozinhos. — Bryce sorriu para Genevieve, e desapareceu no escritório. *Agora ela ia embora?*

Minha mãe me soltou e limpou as lágrimas. Ela segurou a mão da Genevieve.

— Obrigada. Do fundo do meu coração.

Genevieve simplesmente acenou com a cabeça.

— Que surpresa — ela falou. — Eu não esperava vir a Clifton Forge hoje e ganhar uma filha.

Outro instante de dor passou no rosto de Genevieve. Ela não estava pronta para ser a filha de outra mulher, não quando ela ainda estava de luto por sua própria mãe.

— Minha mãe vai ficar para o jantar — eu disse. Nós podemos ir todos juntos quando você sair do trabalho.

— Parece bom. Genevieve se abaixou para pegar os sapatos. — Melhor trocar esses aqui e voltar para o trabalho. Te vejo hoje à noite, Suzanne.

CAVALHEIRO PARTIDO

— Mal posso esperar. — Ela acenou quando Genevieve foi para as escadas.

— Mãe, você pode esperar por um segundo?

— Vou embora. Vou sair e fazer algumas compras. Me ligue quando sair do trabalho.

— OK. — Beijei sua bochecha. — Te vejo em breve.

Subi as escadas duas de cada vez, voando para o apartamento. Genevieve estava colocando os sapatos dentro da lixeira.

— Desculpa — respirei. — Ela veio sem avisar.

— Está bem. — Genevieve não olhava para mim. — Pensei que você já tinha contado para ela a essa altura, então fiquei surpresa também. Quer dizer, você nunca disse que havia contado para sua família, então não sei por que estou chocada. Não importa. Está bem.

Não estava bem.

Cruzei o cômodo e coloquei as mãos nos ombros dela, a virando de frente para mim.

— Eu devia ter contado para ela.

— Por que não contou? Você tem vergonha? É esse o motivo?

Jesus. Eu fodi isso também.

— Não, de jeito nenhum. Ela teve uns anos conturbados quando eu estava na prisão. Eu não sabia como contar para ela. E não sabia como ela ia reagir. Não queria causar nenhum estresse para ela.

— Eu entendo. — Genevieve suspirou. — Vai fica tudo bem. Nós vamos jantar. Fingir que somos um casal apaixonado para ela também. Nada demais.

— Obrigado. É muito importante para mim. *Ela* é muito importante.

Minha mãe foi a única pessoa que sempre ficou ao meu lado. Mesmo quando isso custou anos com o Kaine, ela ficou do meu lado.

Eu também não a merecia.

— Melhor eu ir. — Genevieve se soltou de mim. — Eu tenho muita coisa para fazer se vamos sair para jantar. Vou tentar sair mais cedo.

— Vou te seguir até o escritório.

Ela acenou com a cabeça, indo para o armário pegar outro par de sapatos.

Fechei os olhos e deixei minha cabeça cair. Essa apresentação poderia ter sido muito pior. Poderia ter sido o desastre que imaginei.

Agora nós só tínhamos que passar pelo jantar. Eu estava torcendo para ela não mencionar Shannon novamente, esperando que ela estivesse ocupada demais conhecendo melhor sua nova nora para falar do passado.

Genevieve colocou um par de salto preto, ficando alguns centímetros mais alta. Ela então cruzou o cômodo, passando por uma pilha de latas de tinta ao lado da cômoda.

Eu já havia colocado as novas prateleiras em volta do armário, e nesse final de semana, iríamos pintar.

Genevieve escolheu quatro cores diferentes. Uma para o banheiro, outra para os tetos, uma para uma parede de destaque e outra para todo o resto.

Ela seria um anjo com minha mãe durante um jantar, e por isso, Genevieve não teria que levantar um pincel. Eu pintaria o lugar todo para ela, duas vezes se ela me pedisse.

— Obrigado — repeti.

— Claro. — Ela não estava olhando para mim novamente enquanto ia em direção à porta. Ela virou a maçaneta, mas pausou e a soltou, a mola recuando com um clique.

— Quem é Shannon?

Meu peito apertou.

— Uma memória.

— Algum dia você vai me contar sobre ela?

Teria sido fácil mentir. Eu podia prometer um *talvez*. Mas Genevieve merecia a verdade.

— Não.

CAVALHEIRO PARTIDO

CAPÍTULO ONZE

GENEVIEVE

— Ei. — Isaiah fechou a porta atrás dele e tirou suas botas.

— Oi — eu murmurei, sem tirar os olhos do pincel.

Desde a visita de sua mãe a Clifton Forge, pintar virou meu refúgio. Se eu não estava trabalhando, eu estava com um pincel ou rolo na mão. Já tinha pintado todo o teto do apartamento.

Arrumar as lonas toda noite era um saco, mas eu não iria dormir no Evergreen Motel, onde minha mãe foi assassinada. Bryce me avisou que havia boatos que os outros dois motéis tinham percevejos na cama. Então eu cobria e descobria tudo como se fosse meu trabalho.

Nós dormíamos com a janela e porta abertas, e ventiladores ligados no máximo para não sufocarmos com o cheiro. A ida ao banheiro pela manhã era congelante, mas nada que um banho quente não resolvesse.

Hoje, eu passaria para as paredes. Primeiro a parede de destaque atrás da cama. Amanhã à noite eu iria encarar o banheiro. No final de semana, o resto das paredes me dariam a desculpa necessária para evitar Isaiah.

Eu tinha uma bolha no dedo indicador por causa do cabo do rolo. Tinha respingos de tinta em meu rosto e braços. A mecha de cabelo acima da minha sobrancelha estava manchada de azul índigo. Mas se não fosse pela pintura, eu teria ficado louca.

— Como foi seu dia? — Isaiah perguntou.

Dei de ombros, sem me dar ao trabalho de virar e olhar para ele.

— Bom.

Jim me acompanhava até o carro depois do trabalho no final do dia, economizando uma viagem de Isaiah até o centro. Então, durante toda a semana, eu pulei a hora de almoço e fui embora uma hora mais cedo que o normal para poder pintar. Minha pesquisa entrou num beco sem saída. A não ser que os Warriors quisessem me dar uma lista completa de seus membros, eu já tinha levantado informações de todos os afiliados conhecidos, sem encontrar nenhuma pista.

Pintar também estava me distraindo disso.

Quando o Isaiah subia da oficina, eu estava no meio da pintura.

— O que eu posso fazer?

Eu já havia empurrado a cama para o meio do cômodo e a coberto com plástico. Minha bandeja de tinta estava cheia. O rodapé estava protegido com fita para eu poder pintar a beira hoje à noite. Eu até tinha um pincel extra com meus materiais, mas não queria a ajuda dele.

— Nada.

Isaiah suspirou e abriu a geladeira para pegar uma Coca – como ele fazia todo dia depois do trabalho. As latas na caixa de papelão se moveram para preencher o espaço vazio enquanto ele abria a lata e começava a beber.

Por que Isaiah gostava de Coca? Não faço ideia. Era a única coisa que o via bebendo além de água. Será que ele gostava do gás? Ou do açúcar? Por que ele não tomava bebida alcóolica?

Ele não contava.

E eu não perguntava.

— Quer jantar? — ele perguntou. — Podemos pedir uma pizza.

Eu não queria pizza.

— Está bem.

— Ou cheeseburgers?

— Pizza. — Eu não planejava comer a pizza com Isaiah. Mas ficaria melhor quando requentada do que um cheeseburger. Ou eu a comeria fria. Minha pintura me salvou de conversar com ele no jantar a semana toda. A última refeição que eu e Isaiah fizemos juntos foi com a mãe dele.

Suzanne Reynolds era uma boa mulher. Durante todo o jantar, ela encontrou desculpas para me tocar, como um tapinha na mão ou um toque no ombro quando eu dizia algo que ela gostava. Ela sorria muito. Ela ria com facilidade.

Como minha mãe costumava fazer.

Ela estaria sorrindo também? Ela estaria rindo se ela soubesse como suas mentiras e segredos me trouxeram até aqui? Ela estava lá de cima me olhando, me observando enquanto eu pintava essa espelunca de apartamento que eu compartilhava com um homem que nem se preocupou em contar para sua doce mãe que ele se casou? Ou que se casou de mentira?

Não importa.

— Pepperoni? — Isaiah perguntou.

Argh. Nós comemos pepperoni da última vez. Eu. Não. Aguento. Mais

— Está bom.

Ele me olhava fixamente, esperando que eu falasse mais alguma coisa, mas essas seriam as únicas palavras que ele ia receber. Finalmente, ele murmurou:

— Ok.

Por que eu deveria falar quando ele não falava?

— Quer que eu passe o rolo enquanto você pinta os cantos? — ele perguntou.

— Não.

Isaiah ofereceu para pintar o apartamento inteiro depois que sua mãe foi embora da cidade. Suzanne dirigiu de volta para Bozeman após nosso jantar, ligando duas horas depois quando chegou em casa em segurança. Isaiah esperou acordado pela ligação dela, e então ele prometeu pintar depois do trabalho todas as noites.

Já que eu chegava em casa uma hora mais cedo do que ele, comecei antes que ele tivesse a chance de me impedir.

A única razão para ele querer pintar é porque eu fiz sua mãe rir e deixei que ela me perguntasse o que quisesse, respondendo sem hesitar. Eu não precisava de mais nenhum favor. Se eu quisesse um teto branco e uma parede da cor da meia-noite, eu mesma faria isso.

Por que depender das pessoas quando elas só iam me decepcionar? Ou ir embora? Ou morrer?

— Genevieve. — A voz de Isaiah estava baixa, meu nome saía de forma suave e gentil de sua língua. Ninguém falava meu nome como Isaiah.

Minha raiva diminuiu.

— Que foi?

— Você pode olhar para mim?

Bufei e levantei do chão onde estava agachada para pintar a beira perto do rodapé. Mantive meu rosto neutro, sem expressão, e virei para encontrar seu olhar. Ele estava mais perto do que eu esperava. Achei que ele ainda estava na cozinha, mas ele estava no pé da cama.

— Você está bem? — Ele parecia genuinamente preocupado.

— Estou bem.

— Você está repetindo bastante essas palavras. Você parece estar com raiva.

Cerrei os dentes. Por que ele está perguntando? Ele não se importava mesmo...

— Estou ocupada.

— Talvez você não estaria tão ocupada se me deixasse te ajudar a pintar.

— Não preciso de ajuda.

Ele franziu os lábios.

— Está bem.

— Está bem.

Essa era a *minha* frase. E eu a falava melhor.

Isaiah colocou as mãos nos quadris.

— É assim que vai ser agora? Você vai me ignorar toda noite? Nós não podemos pelo menos ser civilizados?

Sério? Fiquei puta.

Meu pincel voou na direção da cabeça dele.

Ele desviou facilmente com um movimento. Mas a tinta respingou em sua camiseta preta. Ele limpou uma parte com o dedo, manchando sua pele.

— Que porra foi essa?

— Não venha me dar sermão sobre "me ignorar"! — gritei, fazendo aspas com as mãos. — Sua mãe é uma mulher doce e amável.

— E? — A testa dele franziu. — Você está me ignorando por que minha mãe é doce?

— Não, estou te ignorando porque você não contou sobre mim para aquela mulher doce e amável. Estou irritada por ter que mentir para ela. Por ter vindo parar nessa posição por causa da *minha* mãe, que também já foi doce e amável, mas agora está morta.

Seus ombros desceram.

— Gene...

— Não.

Eu já tinha começado, e porra, agora eu queria falar tudo. Pelo menos uma vez, queria libertar um pouco dessa raiva, porque mantê-la presa dentro de mim estava me corroendo viva.

— Estou com raiva *porque* estou com raiva. É tudo que eu sinto a maior parte dos dias e eu não posso nem viver o luto pela minha mãe, porque a raiva domina todo o resto. Bryce quer publicar um obituário sobre ela, mas eu não consigo ler. Eu não quero me lembrar quão boa ela era porque aqui – toquei meu coração – ela não é boa. Parece... errado. Porque se ela fosse realmente boa, eu não estaria pintando este apartamento, na esperança de que ele parecesse uma pouco mais com o lar que eu sinto falta desde que algum filho da puta a matou no *Evergreen Motel*.

Isaiah deu um passo na minha direção, mas levantei a mão, o fazendo parar antes que chegasse perto demais. Se ele cruzasse a linha invisível entre nós, minha raiva se dissolveria em lágrimas. E havia mais coisa para liberar antes do choro começar.

CAVALHEIRO PARTIDO

— Estou com raiva porque fui enfiada no porta-malas de um carro. Estou com raiva porque alguém me *pegou*. Estou com raiva porque ele ainda está à solta, e estou com medo de ir em qualquer lugar sozinha. Estou com raiva porque essa porcaria de apartamento é um dos poucos lugares onde me sinto segura. Estou com raiva porque ganhei dois quilos porque asso os biscoitos da receita especial da minha mãe quase todo dia, porque esses biscoitos estúpidos me fazem sentir como se minha mãe fosse boa.

Minha garganta começou a fechar e meu nariz doía, mas continuei. Se eu não colocasse tudo para fora, ele nunca saberia. E hoje eu estava com coragem para falar e eu precisava que ele soubesse.

— Estou com raiva... — Uma lágrima escorreu por minha bochecha. — Estou com tanta raiva dela. E eu não posso ter raiva dela, porque ela se foi. Então vou ficar com raiva de você. Porque você tem uma mãe doce e amável. Estou com raiva porque aprendi mais sobre você no jantar do que em todos esses meses em que estamos casados. E estou com raiva que você não me conta nada.

Outra lágrima caiu e levantei a mão para tirá-la de minha bochecha. Eu odiava que estava chorando e Isaiah estava me vendo fragilizada. Meu discurso deixou o ar pesado e a humilhação jogou a raiva de lado. *Ah meu Deus. Eu sou uma lunática.*

Minhas bochechas queimaram.

Eu queria meu pincel. Queria voltar para o trabalho e esquecer que isso tinha acontecido. Merda. Por que arremessei o pincel?

— Você poderia me devolver meu pincel? — sussurrei, me recusando a olhar para ele.

— Não.

— Por favor? — Minha voz soava pequena e frágil. Fraca.

— Eu não quero que você saiba sobre mim.

Eu arfei. *Doeu.* Eu acabei de abrir meu coração e ele o pegou em suas mãos e o quebrou em pedaços. Será que eu era realmente um monstro? Por que se abrir comigo era tão impossível?

Eu pisquei, outra lágrima caindo. Quanto mais eu poderia aguentar até a dor me engolir por completo?

— Caralho. Não foi isso que eu quis dizer. — Isaiah desviou da cama, se inclinando para segurar minha mão. Ele me levou para a beira da cama. Nós nos sentamos, a lona de plástico fez barulho com o nosso peso.

Eu cutuquei uma gota seca de tinta que tinha pingado do teto.

Isaiah colocou o dedo embaixo do meu queixo.

— Olhe para mim.

Ele realmente tinha belos olhos.

Tão tristes, mas belos.

— Não foi isso que eu quis dizer. — Seus ombros abaixaram. — Eu não quero que você saiba sobre mim, porque eu não acho que você vai gostar muito de mim quando souber. E eu quero que você goste.

— Ah. — E agora eu era a babaca que estava sendo tão egocêntrica com seu próprio luto que ela não viu que Isaiah estava com vergonha. *Merda.* — Desculpa. Nós formamos um belo par.

— É. — Seu olhar desceu para meu colo, segurando minha mão esquerda e tirando uma gota de tinta da minha aliança.

— Eu gostaria de te conhecer — eu disse. — Pelo menos um pouco. Isso pode durar anos. Nós não podemos fingir que somos do lado de fora dessas paredes e estranhos do lado de dentro. Talvez nós pudéssemos ser… amigos.

Eu precisava de amigos em Clifton Forge. Minhas amigas do Colorado ligavam às vezes. Eu ligava para elas outras vezes. Mas a cada semana que passava, elas seguiam suas vidas e eu seguia a minha. Logo, nós nos distanciaríamos porque não tínhamos nada em comum.

Todas elas pensavam que eu estava mergulhada em um turbilhão de amor. A maioria pensava que eu estava louca, e mesmo que elas nunca admitissem, acho que estavam esperando para me receber de volta quando tudo acabasse.

Elas não estavam erradas.

Isaiah acenou com a cabeça.

— Amigos.

— Ótimo. Gostei da sua mãe. — Mesmo com a minha crise mais cedo, era importante que ele soubesse disso.

— Fico feliz. Ela… Ela é a melhor pessoa que conheço.

— Você vai me contar mais sobre sua família? No jantar, sua mãe não parou de falar sobre Isaiah e Kaine, seus dois filhos. Mas não mencionou o pai deles. — Como é o seu irmão?

— Ele é um cara legal. Ele faz móveis personalizados que mais parecem arte do que mesas e cadeiras. Ele sempre teve aquele tipo de talento nato. Eu costumava ter ciúmes de como as coisas vinham fáceis para ele. Eu provavelmente o odiaria se ele não fosse a segunda melhor pessoa que conheço.

— E ele vive em Montana?

Isaiah acenou com a cabeça.

— Em uma cidadezinha chamada Lark Cove. É diferente de Clifton Forge. Tem um lago lá.

— Por que você escolheu Clifton Forge em vez de Lark Cover? Você não queria ficar perto do seu irmão?

— Por causa do trabalho. A oficina de Dash é bem famosa, e não tem muitos lugares que contratariam um ex-presidiário.

Eu esqueço na maior parte dos dias que Isaiah esteve preso. Que sua ficha o seguiria pelo resto de sua vida.

— E seu pai?

— Eu não me lembro muito dele. Minha mãe se divorciou poucos meses depois de eu nascer. Eles já estavam separados. Eu não fui planejado.

— Nós temos isso em comum — murmurei.

— Eu honestamente não lembro muito dele. Não poderia te dizer como é. Não consigo nem pensar na última foto que vi dele. Estranho, né?

— Na verdade, não. — É mais fácil esquecer as pessoas do que gostaríamos de achar, principalmente sobre nós mesmos.

Eu esqueceria da minha mãe algum dia? Não queria. Por mais raiva que eu sentisse, não queria esquecer o sorriso dela. Talvez se eu mantivesse fotos o suficiente em volta, nunca a perderia.

— De qualquer modo — Isaiah continuou — ele trabalhava em uma empresa que trabalhava em vários projetos de desenvolvimento fora do país. Eles acabaram o levando para a Ásia. Ele ligava. Lembro da minha mãe me ensinando a usar o telefone quando pequeno para poder dizer oi. Mas ele não visitava mais do que uma ou duas vezes no ano. Ele me mandava presentes nos meus aniversários e no Natal. Quando eu tinha oito anos, ela conversou comigo e com Kaine e disse que papai estava doente. Ele morreu oito meses depois.

— Ah meu Deus — arfei. — O que aconteceu?

— Câncer de pâncreas.

— Sinto muito. — Coloquei a mão sobre a dele.

Ele levantou um ombro.

— Eu era só uma criança. Quando apareciam coisas que um pai deveria ensinar um filho, eu tinha Kaine. Ele me ensinou como andar de bicicleta. Como jogar bola. E como bater.

Ele tinha uma família unida, como a minha. Dado seu choque com a reação de Suzanne com a notícia de nosso casamento, Isaiah devia estar esperado que ela fosse ter um ataque com o nosso relacionamento repentino. Eu podia entender por que ele não tinha contado para eles. Não tinha nada a ver comigo. Ele não queria decepcioná-los.

Bati no ombro dele com o meu.

— Obrigada.

— De nada. — Ele bateu de volta.

— Por que você acha que eu não ia gostar de você? — Nada que ele me contou parecia ruim. Eu não ligava qual era a situação de sua família. Olha para a minha. A dele era inofensiva comparada com a história da minha origem.

— Essas são perguntas seguras, boneca.

— Ah.

Talvez ele esperasse que eu fosse perguntar sobre Shannon novamente. Mas eu entendi na semana passada que essa era uma zona proibida.

Quem era ela? Sua ex-namorada? Ou... ex-esposa? Ele foi casado antes? Todas essas perguntas eu queria fazer, mas elas não pareciam seguras. E ele estava falando – finalmente falando. Eu estava preocupada que se eu fizesse uma pergunta errada, ele iria se fechar novamente.

— Que tal assim? O que eu *deveria* saber sobre você?

Ele se inclinou para a frente, apoiando os cotovelos nos joelhos.

— Poucas pessoas aqui sabem que fiquei preso por três anos. Eu não escondo. Não nego. Mas também não divulgo.

— Posso entender. Você vai me dizer o motivo para ter sido preso?

Ele olhou para a porta.

Alguns segundos se passaram. A tensão que normalmente aparecia quando Isaiah ignorava uma pergunta não estava ali. Era diferente. Ele estava envergonhado. O constrangimento pulsava forte misturado com a culpa. Isso o estava machucando. Ele estava aguentando, porque eu pedi uma resposta.

— Você não precisa...

— Eu matei uma pessoa.

Congelei. — Quem?

— Uma mulher e o bebê que estava na sua barriga.

Eu me encolhi. Não queria ter feito isso, mas foi involuntário.

Ele abaixou a cabeça.

Isso não podia ser real. Isaiah não mataria uma mulher grávida. Tinha que ter sido um acidente, certo? O Isaiah que salvou minha vida não era um assassino.

Ele era gentil e reservado e atencioso. Eu me recusava a ver esse homem como um assassino frio.

Espera, será que era por isso que ele não bebia? A morte da mulher tinha alguma relação com um vício? Ele não passou muito tempo preso. Três anos mais liberdade condicional era comum para homicídio culposo. Então tinha que ser um acidente. Talvez tivesse dirigido bêbado?

Ou seriam drogas?

Minha mente fervilhava com as possibilidades, mas parou quando um som alto de passos ecoou nas escadas do lado de fora. Aquela escada era melhor que qualquer campainha. Ninguém podia se aproximar sem ser notado.

Isaiah saiu como um raio da cama, indo para a porta. Ele a abriu no mesmo momento que nosso visitante bateu.

— Dash. — Isaiah acenou para ele entrar.

Dash entrou e olhou o cômodo.

Levantei-me da cama, desejando que sua primeira visita ao nosso apartamento não fosse quando ele estava coberto de materiais para pintura. O pincel que arremessei no Isaiah estava – graças a Deus – na ponta do plástico, não no carpete.

— Que foi? — Isaiah perguntou, fechando a porta.

— Tenho novidades — Dash disse. — Os Warriors estão se movimentando. Tucker me ligou hoje e disse que vão vir aqui no sábado, e querem fazer uma reunião.

Meu coração parou. Não. *Nãonãonãonãonão.* Será que eles descobriram que eu e Isaiah estivemos na cabana?

— Sobre? — Isaiah perguntou.

— O incêndio. Eles passaram um tempo tentando descobrir quem iniciou o fogo, mas não tiveram sorte. — Ele se virou para mim. — Querem conversar com você e Bryce sobre o cara que te sequestrou.

— Nós não sabemos de nada — respondi rapidamente. — Contamos tudo para você.

— Agora você vai contar para eles.

— Por quê?

— Porque… — ele franziu a testa — nós estamos cooperando com eles. A última coisa que precisamos é uma guerra que nunca ganharíamos. Esses caras não jogam dentro das regras. Eles matam primeiro e fazem perguntas depois.

Engoli em seco.

— Então o que fazemos?

— Você conta para eles o que sabe. — Ele apontou para meu nariz. — E é melhor ser exatamente a mesma história que você me contou.

CAPÍTULO DOZE

ISAIAH

— Não gosto desse lugar — Genevieve sussurrou ao se aproximar de mim.

— Nem eu.

Nós tínhamos acabado de entrar pela porta da frente da sede dos Tin Gypsy, onde iríamos encontrar os Warriors.

Apertei a mão de Genevieve. Tinha virado um hábito para nós, dar as mãos. De início, era a maneira mais fácil de mostrar ao mundo que éramos um casal, bem menos estressante do que um beijo ou mesmo um abraço. Mas então evoluiu. Virou... mais. Nós estávamos unidos. Éramos um time. Estávamos junto nisso, até o final.

Depois de meses esticando a mão para ela, entrelaçando seus dedos delicados com os meus, sua mão se tornou um abrigo.

Nós dois precisávamos de apoio hoje.

Esperar dois dias para esse encontro com os Warriors foi agonizante. Genevieve estava tão tensa, que mal dormiu, algo que eu sabia com certeza, porque quase não dormi também. Na noite passada, eu finalmente não aguentei mais nós dois nos revirando, cada um em sua respectiva cama. Eu me levantei e liguei a TV. Nós já havíamos terminado os filmes do Harry Potter, então recomecei do primeiro.

Eu ainda não havia lido os livros. Talvez Genevieve estivesse certa. Talvez a prisão tivesse tirado a graça da leitura para mim. Se nós sobrevivêssemos a essa zona, eu pegaria um livro e descobriria.

Essa manhã tinha sido no mínimo estressante. Sem nada além da espera para fazer, Genevieve e eu pintamos. Ela cedeu e me deixou ajudar. Quando Dash e Bryce chegaram, seguidos por Draven, Emmett e Leo, nós os encontramos no estacionamento e os seguimos para a sede.

Eu nunca pensei muito nesse prédio. Do lado de fora, parecia bem comum. Ficava abandonado no canto do terreno, sombreado por um bosque. As folhas haviam amarelado e a maioria caiu na grama alta que tinha em volta do prédio escuro.

As janelas estavam lacradas com fortes folhas de compensado. Quem fez o trabalho, usou parafusos, não pregos, e prendeu as placas pelo lado de dentro, não de fora. Não tinha como tirá-las. Para invadir, você teria que antes quebrar o vidro sujo, e então usar um serrote para abrir caminho para sua entrada.

Escapar de um prédio sem janelas seria impossível. Anos atrás, eu teria nem pensado no assunto, mas a prisão tem um jeito especial de mudar a perspectiva de um homem.

Agora, eu sempre procurava por uma saída.

Depois de seguir Dash para dentro do local, nenhum de nós falou. Ficamos de pé no cômodo aberto atrás das portas, esperando, enquanto ele e Emmett acenderam as luzes.

Não era o cheiro de mofo que fez minha pele arrepiar. Não era o ar parado, com um cheiro ao fundo de bebida e cigarro. Não era a poeira na mesa de sinuca ou as teias de aranha no bar. Meu coração estava acelerado e minhas palmas suadas porque nós estávamos presos. Só havia uma saída visível dessa sede – para tirar a Genevieve dali – e era pela porta atrás de mim.

— Nós vamos nos reunir aqui. — Leo acenou para um par de portas duplas diretamente na frente de onde estávamos de pé.

Genevieve segurou minha mão com as duas dela enquanto fomos para o cômodo.

— Essa é a capela. — Draven passou a mão na longa mesa que ocupava o comprimento do espaço. — Era aqui que fazíamos as reuniões do clube.

Os olhos arregalados de Genevieve observaram o cômodo, sua mão apertou ainda mais a minha. Parecia uma sala de reuniões normal e não cheirava tão ruim quando o outro salão. O couro das cadeiras estofadas parecia afugentar o fedor do bar. O cheiro cítrico do lustra móveis encheu meu nariz. Apesar de o resto do local estar empoeirado, alguém tinha vindo aqui recentemente para limpar a poeira das mesas e cadeiras.

— Nós nos sentaremos desse lado. — Dash apontou para o lado contrário da mesa. Dali seríamos capazes de ver a porta da frente, mas escapar seria mais difícil. Entre nós e a saída, estariam os Warriors.

Talvez Dash não esperasse uma briga. Talvez isso realmente seria um simples encontro. Mas o embrulho do meu estômago só passaria quando isso acabasse e nós estivéssemos do lado de fora, respirando livremente.

Genevieve soltou a mão da minha e andou até a parede nos fundos do cômodo. Ela estava cheia de fotos de homens em coletes de couro. Alguns estavam de pé ao lado de motocicletas. Alguns estavam dirigindo. Em cada foto, havia sorrisos.

CAVALHEIRO PARTIDO

Estranhei os sorrisos. Essas fotos faziam os Tin Gypsies parecerem amigáveis. Fazia o clube parecer divertido. Talvez eles sorriam até na hora de colocar uma bala no crânio de alguém.

Tinha um cara na prisão, Beetle, que fazia parte de um moto clube. Ele ficava duas celas depois da minha. Não tinha como um homem ser mais diferente de um besouro do que ele. Urso teria sido mais apropriado. Ele matou três homens com um cano de chumbo em menos de cinco minutos. Ele nunca sorria, nunca sorria.

Minha mente não conseguia associar esse tipo de violência aos homens com quem eu trabalhava na oficina. Dash, Emmett, Leo — eles eram bons homens. Mas estavam em algumas das fotos penduradas. Eles usaram o colete. E eu estava me enganando ao pensar que eles não tinham sido implacáveis também.

Talvez, apesar das máscaras normais de nossas vidas, havia uma veia de maldade em todos nós.

Depois de três anos vivendo em um local onde Beetle era um dos mais tranquilos, eu não pensei duas vezes ao aceitar um emprego em uma oficina que tinha ligações com um antigo moto clube. Eu sabia que não devia acreditar nos sorrisos.

Para o bem de Genevieve, eu esperava que ela acreditasse em cada um deles.

Ela ficou na frente das fotos por mais um momento, e então foi na direção da bandeira pendurada entre as molduras. Era o símbolo dos Tin Gypsy. Havia uma caveira no centro. De um lado, era decorada com cores fortes e adornada com joias. Do outro, a costura prateada fazia o rosto parecer de metal. Havia chamas fundo preto.

Genevieve inclinou a cabeça para o lado, tentando entender. Se o propósito era colocar medo no coração dos inimigos, eu suspeitava que haviam falhado. Era artístico demais. Mas se era para fazer uma declaração, ser algo que uma pessoa podia ver uma única vez e se lembrar pelo resto da vida, eu diria que era um sucesso.

— Sente-se. — Dash já estava em uma cadeira na cabeceira da mesa. Bryce se sentou na primeira cadeira do nosso lado. Ao lado dela estava Draven, seguido por Leo e Emmett. O que colocou Genevieve e eu no final da fileira.

Puxei a cadeira para que ela se sentasse ao lado de Emmett. Eu confiei que, se algo desse errado, ele me ajudaria a protegê-la.

— Podemos repassar tudo mais uma vez? — Bryce perguntou, soltando um fôlego trêmulo. — Estou nervosa.

Dash cobriu a mão dela com a dele.

— Não tem motivo para ficar nervosa.

Ela revirou os olhos.

— Disse o homem que tem uma arma na sua bota e outra na cintura de sua calça jeans.

Caralho. Eu deveria ter trazido uma arma? O dia que fui para a montanha resgatar Bryce e Genevieve, Dash me deu uma arma. Ele não a pediu de volta. Eu também não a devolvi – tê-la por perto me fazia me sentir seguro, e eu não podia comprar uma para mim. A arma estava escondida em uma caixa em umas das novas prateleiras que coloquei no apartamento.

— Tucker concordou em trazer somente alguns caras — Dash disse para Bryce. — Nada como a última vez. Aquilo foi uma tática de intimidação.

— E isso também é — Emmett murmurou, sacudindo a cabeça. — Não gosto de como ele exigiu esse encontro.

— Também não gosto — Dash concordou. — Mas não temos escolha. Quanto antes ele perceber que estamos falando a verdade, que não sabemos de nada, mais cedo vai embora. E eu gostaria de me livrar de pelo menos uma ameaça.

Draven acenou com a cabeça.

— Concordo.

— Nós não sabemos de nada — Bryce falou.

— Diga isso para ele, linda. Deixe-o ver a verdade em seus olhos.

O rosto dela empalideceu.

— Ok.

Genevieve virou sua cadeira, seus olhos preocupados encontrando os meus. *E se ele perceber a verdade?*

Segurei a mão dela.

O cômodo ficou quieto. O único movimento era o subir e descer de nossos peitos respirando. Isso me lembrava das noites na prisão, quando o ar ficava parado. Algumas vezes ficava tudo em silêncio, e eu conseguia dormir por algumas horas. Em outras, eu ficaria acordado a noite toda, esperando o pior e imaginando como os outros presos eram capazes de dormir.

Depois de mais ou menos um ano do início da minha sentença, escutei um barulho algumas celas depois da minha. Um homem que estava na prisão por somente dez dias usou seu lençol para se enforcar. Seu companheiro de cela dormiu durante a coisa toda.

— Nós podemos ir ao julgamento? — Emmett perguntou ao Draven, quebrando o silêncio.

CAVALHEIRO PARTIDO

— Podem — Draven respondeu. — Mas não vá. Você tem coisas melhores para fazer.

O tempo estava acabando. Dezembro estava se aproximando rapidamente e, quando o julgamento começasse, ninguém esperava que durasse muito.

Genevieve estava hesitante perto de Draven. Os dois não passavam muito tempo juntos e não falaram mais sobre Amina desde o dia que ele a chamou para conversar depois do anúncio do nosso casamento. Mas ele estava lá todos os dias para a cumprimentar antes do trabalho. Ele deixou uma porta aberta, caso ela desejasse conversar sobre outras coisas.

A não ser que nós achássemos o homem que matou Amina, Draven iria para a prisão. Ela iria efetivamente perder outro parente.

Se Draven fosse condenado, eu faria tudo em meu poder para impedir que Genevieve o visitasse na prisão. Ela era pura demais para colocar os pés naquele lugar.

Draven provavelmente lidaria muito melhor com a prisão do que eu. Ele já entraria endurecido. Eu entrei atordoado. Fui presa fácil para levar porrada no pátio porque eu não ligava. Eu queria a dor física – ela não era nada comparada com a dor que sentia por dentro. Eu a merecia, cada porrada e chute. Cada costela quebrada e olho preto.

A primeira vez que minha mãe foi me visitar, eu estava coberto de hematomas e meu lábio estava cortado. Ela chorou o tempo todo. Eu pedi para ela parar de me visitar, mas sempre que ela insistia, eu me certificava de cobrir meu rosto antes de deixar aqueles animais se divertirem.

As pancadarias aos poucos pararam. Eu não era mais um alvo divertido, e, felizmente, eu não atraí o tipo de atenção que acontecia nos chuveiros. Como foi o caso do cara que se enforcou dez dias depois de sua sentença, porque foi estuprado cinco dias seguidos.

Talvez Draven tivesse sorte e ficasse preso em uma prisão de segurança máxima. Era como viver em um hotel comparado com o motel de esquina que era a segurança mínima.

O barulho de motocicletas cortou o silêncio. A tensão no salão aumentou, e todo mundo se moveu ao mesmo tempo.

Dash se levantou em um piscar de olhos, saindo do cômodo. Bryce colocou as mãos em sua barriga crescente e fechou os olhos. Leo pegou a arma de sua bota e colocou no colo, escondida sob a mesa. Emmett e Draven trocaram um olhar, endureceram suas expressões e se sentaram mais eretos.

Em que porra eu me enfiei? No que enfiei Genevieve?

Eu deveria ter dito para ela fugir naquele dia. Para fugir para o Colorado e nunca mais voltar.

Todos os olhos estavam grudados na porta quando o som de botas ecoaram no cômodo da frente. Dash apareceu primeiro, seguido por cinco homens.

Eu reconheci Tucker e mais três daquele dia quando os Warriors nos surpreenderam na oficina. O quinto era novo.

Eles estavam usando o colete dos Warriors, com a simples ponta de lança costurada nas costas. Eu vi de relance quando um dos caras se esticou por cima da mesa para apertar a mão de Emmett.

— E aí, Stone? — O homem chamou Emmett pelo seu sobrenome.

Emmett se levantou.

— Sem novidades.

Leo ficou sentado, mas tinha um sorriso no rosto.

— Bem-vindos à festa.

Se eu não o conhecesse melhor, diria que Leo parecia estar gostando daquilo. Ele era bom ator.

— Draven. — Tucker apertou a mão dele. O gesto fez seu colete abrir, revelando uma arma presa em suas costelas. — Fiquei sabendo que seu julgamento começa em dezembro.

— Sim — Draven disse, sentando-se novamente.

— Sentem-se — Dash ordenou, assumindo sua posição na cabeceira da mesa. Ele se sentou ereto em sua cadeira. O encontro não era ideia sua, mas a reunião era dele, e ele estava no comando do cômodo. — Tucker, você queria conversar com minha esposa e irmã.

A mão de Genevieve sacudiu. Dash nunca a reconheceu como sua irmã. O único motivo para chamá-la assim hoje foi para mostrar poder. Ele estava deixando claro que ela estava sob sua proteção.

— Isso mesmo. — Tucker juntou os dedos embaixo de seu queixo, coberto por um cavanhaque escuro com alguns fios brancos. Ele devia ter perto da idade do Draven. A pele em suas bochechas estava envelhecida pelo sol e vento. Ele provavelmente passou sua vida em uma moto, dirigindo cada segundo da primavera, verão e outono, assim como Draven.

— Tome cuidado com suas perguntas, Tucker — Dash avisou.

Os olhos de Tucker piscaram com irritação, mas ele acenou com a cabeça antes de virar sua atenção para Bryce.

Ótimo. Era melhor que Bryce começasse. Ela estava mais calma que

CAVALHEIRO PARTIDO

Genevieve, talvez porque ela não estava escondendo nada. Se Bryce estava nervosa, estava disfarçando bem agora. Seu olhar era desafiador. Ela estava encarando um adversário e não tinha planos de perder.

— Normalmente eu faço as perguntas. — Ela sorriu. — Você se incomoda se eu fizer a primeira?

Tucker acenou com a cabeça.

— Faça.

— Quão empacado você está?

Draven sorriu. Emmett enrijeceu. Dash franziu a testa para sua esposa por ter provocado o presidente do Warriors.

Mas Tucker não se ofendeu. Ele sorriu, mostrando dentes brancos.

— Empacado pra caralho.

— Bem-vindo ao meu tormento — ela disse. — Quem nos sequestrou era bom em esconder suas pistas. E, já que estamos aqui, acredito que você realmente estava falando a verdade. Você não matou Amina Daylee e você não sabe quem a matou.

A respiração de Genevieve tremeu ao ouvir o nome de sua mãe.

Tucker acenou com a cabeça.

— É isso que tenho dito a vocês.

Bryce apoiou os cotovelos na mesa.

— Então o que você quer saber?

— Me conte como ele te pegou.

— Voltei para casa depois de jantar com meus pais. Estava tudo escuro. Ele veio por trás de mim, me tirou da casa, amarrou meus pulsos e tornozelos, me amordaçou e me enfiou no porta-malas de um carro.

— Que tipo de carro?

— Um sedã preto. Sem nenhuma marca. Eu não consegui ver as placas.

— Você viu? — O olhar de Tucker foi para Genevieve, que sacudiu a cabeça. Ele a olhou por um longo segundo, mas, porra, ela segurou o olhar dele.

Havia mais força nela do que as pessoas reconheciam – inclusive eu. Ela não era atrevida como Bryce, mas quando importava, ela tinha nervos de aço.

— Onde ele pegou você? — Tucker perguntou a Genevieve.

— No meu quarto de hotel em Bozeman — ela respondeu.

Os homens de Tucker estavam sentados em completo silêncio. Um deles mantinha o olhar firme em Genevieve, o que me deixou irritado. Dei um olhar de aviso para o filho da puta. Ele só levantou uma sobrancelha e voltou a encarar Genevieve.

— Como ele era? — Tucker perguntou a Bryce.

— Ele estava coberto. Da cabeça aos pés. Não tenho certeza do motivo. Se ele iria nos matar, por que não se revelar? Eu achei estranho, a não ser que eles estivessem preocupados que nós pudéssemos escapar, que foi o que aconteceu.

— Me conte sobre isso — Tucker ordenou. — Como vocês escaparam?

— Ele queria fazer parecer como se Genevieve tivesse me matado. E com isso Dash a mataria. Então ele me empurrou de joelhos, soltou as mãos de Genevieve e a fez colocar a arma na minha cabeça. Dash e os caras chegaram lá antes que ele a forçasse a puxar o gatilho.

— Por que ele mesmo não matou vocês duas?

— Não faço a mínima ideia. — Bryce deu de ombros. — Ele disse que era para vencer uma velha guerra.

Tucker murmurou, sua atenção mudando para Dash.

— Como isso venceria uma velha guerra? Nós acertamos nossas diferenças anos atrás. Eu não estou nem aí se você quer matar sua irmã.

Genevieve se encolheu. O homem do outro lado da mesa sorriu.

Filho da puta. Eu posso até ter tomado algumas porradas na prisão, mas também dei. Se ele não tomasse cuidado, eu pularia do outro lado da mesa e o espancaria até quase morrer.

— Agora você sabe por que nada faz sentido para nós também — Dash disse para Tucker. — Talvez ele tenha descoberto que nós íamos achar que Genevieve estava trabalhando com os Warriors. Não vou mentir, esse pensamento passou pela minha cabeça. Talvez ele tenha pensado que iríamos retaliar contra o clube. Se ela tivesse morrido, não haveria ninguém para negar.

— Retaliar? — Tucker zombou. — Vocês todos estariam mortos em um minuto. Vocês não têm chance contra a gente.

Draven se inclinou para a frente.

— Não subestime o poder de vingança. O último clube que fez isso foi varrido desta terra pelas minhas próprias mãos.

Devia ser o clube que tinha matado Chrissy Slater, e Draven tinha conseguido sua vingança.

— Podemos voltar ao que interessa? Tenho mais o que fazer em um sábado. — Leo reclinou mais ainda em seu assento, fingindo estar entediado. Enquanto isso, embaixo da mesa, sua arma estava apontada para Tucker e seu dedo estava no gatilho.

CAVALHEIRO PARTIDO

— Você escapou — Tucker disse para Bryce.

— Dash atirou nele. Deu a mim e Genevieve a chance de correr.

— Para onde você correu? — Tucker perguntou.

— Para longe do doido com a arma — ela disse inexpressiva. *Sabichona.* Tucker não achou graça dessa vez.

— Seja específica.

— Você quer dizer tipo norte ou sul? Eu não faço a menor ideia. Eu corri morro baixo. Eu estava congelada e preocupada demais tentando ficar de pé para mapear minha direção em relação ao sol.

— E você? — Tucker virou sua cadeira para falar com Genevieve. Ela se sentou perfeitamente parada.

— E eu, o quê?

— Para onde você correu?

— Na direção oposta, para não cruzar caminho com o cara que nos sequestrou.

— Para a cabana?

— Sim. — Sua voz era tão firme, nem um traço de medo.

— Como você entrou?

— Pela porta da frente. A maioria das cabanas tem uma, sabe?

Jesus, essas mulheres. A atitude de Bryce era contagiante, e nenhuma das duas seria intimidada.

— E depois? — Tucker perguntou?

— Eu me agachei ao lado de uma janela e observei o lado de fora. Vi o homem que nos sequestrou subir por uma inclinação entre as árvores. Quando o perdi de vista, saí correndo de lá.

Ela não falou rápido. Sua declaração foi fria e calma. E um monte de baboseira.

— Você viu alguém lá dentro?

— Não.

Tucker cerrou os olhos, mas ficou quieto.

— E aí? — O homem que estava encarando Genevieve perguntou. Foi quando finalmente notei o olhar dele. Ele estava falando com os seios dela. Ele lambeu os lábios.

— O q-quê? — Ela gaguejou. Era seu primeiro sinal de fraqueza.

— Eu a encontrei e caímos fora de lá — respondi.

— Nada mais?

— Nada. — Cerrei os olhos e mantive firme meu aperto na mão de Genevieve.

— Como sabemos que isso tudo não é uma mentira? — Tucker perguntou. — Talvez vocês não tenham acreditado em mim quando disse que não matei aquela vaca no motel. Como eu sei que esse sequestro não é só uma história que vocês criaram para encobrir o fato de que mataram um dos meus homens?

A mão de Genevieve tremeu com o *vaca* de Tucker.

— Chega. — A voz de Draven ressoou no cômodo. Dash podia até estar no comando da mesa, mas Draven tinha tanto poder quanto ele de sua cadeira. — Mais respeito para falar da Amina. E o que você escutou aqui é a verdade. Nós dois sabemos que essas garotas não estão mentindo.

— Que porra você estava esperando descobrir, Tucker? — Dash perguntou. — Um dos seus homens está morto. Nós não o matamos. Ou tem mais alguma coisa? Algo que você está escondendo? O que exatamente um dos seus homens estava fazendo naquela cabana?

Um músculo pulou na mandíbula de Tucker.

— Não é relevante.

— Parece relevante para mim — Emmett disse. — Nós estamos sentados do nosso lado da mesa falando a verdade. Qual é a sua? Talvez a gente deva parar de dizer o que sabe até você começar falar também.

— Talvez, não. — Dash se levantou. — Acabou.

Draven se levantou em seguida, dando a mão para ajudar Bryce a se levantar. Quando ela estava de pé, cruzou os braços. Então Leo se levantou, a arma segura em sua mão. Emmett se levantou em seguida, seguido por Genevieve e eu.

No total, nós os superávamos em números. Nós provavelmente perderíamos numa briga, mas estar no lado maior da linha nunca era um lugar ruim para estar.

— Esta é a verdade? — Tucker perguntou, ainda sentado ao lado de seus homens.

— Sim — Bryce e Genevieve disseram em uníssono.

— Alguma prova?

Bryce revirou os olhos.

— Nós não tivemos exatamente a chance de riscar nossas iniciais em uma árvore.

Tucker bateu com os nós dos dedos na mesa, e então se levantou. Os outros se levantaram com ele.

— Agradeço a informação.

Eles saíram do salão em uma única fila. Nenhum de nós se moveu, esperando as motos deles ligarem.

Dash saiu primeiro, tirando Bryce de lá. Nós nos juntamos a ele do lado de fora no largo bloco de concreto além da porta da frente a tempo de ver os Warriors saírem do estacionamento deixando uma nuvem de fumaça preta barulhenta.

— Caralho. — Dash passou a mão pelo cabelo, e então puxou Bryce para seu lado, dando um beijo em sua testa. — Bom trabalho, gata. Mas, cacete, você pode manter a petulância sob controle, por favor?

Ela deu de ombros.

— Não consigo evitar.

Dash bufou, e então olhou por cima de Bryce para Genevieve.

— Você também se saiu bem.

Genevieve piscou.

— Ah, hum… obrigada.

Ela se saiu muito bem. Ninguém aqui nem sabia o quão difícil isso deve ter sido – nem nunca saberiam. A verdade estava entre nós dois e um homem morto.

— Vamos sair daqui. — Eu a levei para longe da sede, sem soltar sua mão até estarmos seguros no apartamento.

— Ufa. — Ela passou as mãos no cabelo, de olhos arregalados e ator-doada. — Nós nos casamos para não precisar virar testemunhas para os policiais. Acho que devíamos ter pensado nos outros também.

— Porra. — Os policiais, nesse momento, eram o menor dos nossos problemas. Coloquei minhas mãos nos ombros dela. — Estou orgulhoso de você.

— Estou feliz que acabou. — Ela se jogou no meu peito, colocando as mãos em volta de mim. Quando nos abraçávamos, geralmente ela estava ao meu lado. Abraços frente a frente eram no mínimo inocentes. Mas esse estava demorando, como se ela precisasse muito de um abraço. Eu não sabia onde colocar os braços. Na cintura dela? Nos ombros? Não queria descer muito, ficando perto de sua bunda. Então decidi colocar um em seus ombros e o outro logo abaixo das costelas.

Genevieve se encaixava em mim, suas curvas suaves se moldavam em minhas linhas duras. E ela era receptiva. Deus, ela era receptiva. Eu tinha esquecido como era segurar uma mulher. Como era me entregar ao abraço de uma mulher. Coloquei a bochecha no cabelo dela, aceitando o carinho que ela estava oferecendo.

Acabou cedo demais. Genevieve se soltou.

— Fico feliz por termos praticado.

— Eu também.

— Você acha que eles acreditaram na gente? — ela sussurrou. A atitude e confiança que mostrou na sede sumiram. Seus olhos belos e escuros se encheram de medo.

— Eu espero que sim.

Do contrário, isso nunca acabaria.

Tinha que acabar.

Eu precisava deixá-la seguir com sua vida. Eu tinha que livrá-la dessa obrigação.

Ela precisava sair dessa cidade e se transformar em uma memória.

Antes que eu esquecesse que não a merecia.

CAPÍTULO TREZE

GENEVIEVE

— Quais são os planos para hoje? — Isaiah perguntou do sofá. — Quer dar a primeira demão nas paredes?

— Não — grunhi no travesseiro. A última coisa que eu queria fazer hoje era pintar.

Dormir esse domingo inteiro era um plano muito melhor. Eu estava cansada e... desperta. Talvez eu conseguisse tirar um cochilo à tarde.

Depois do encontro com os Warriors ontem, demorei a me acalmar. Eu tinha certeza de que eles voltariam para me chamar de mentirosa.

Isaiah fez o seu melhor para me convencer de que fui convincente, mas as dúvidas me impediam de cair no sono. Será que eles escutaram minha voz tremer? Ou meus dedos dos pés quicando no chão? Eles notaram o quão difícil foi manter um contato visual firme?

A coragem na voz de Bryce aumentou minha confiança. Ela foi corajosa na montanha também, atrevida, mesmo na frente do nosso sequestrador. Dash chamava de petulância. Eu chamava de instinto de sobrevivência – a pura vontade de viver.

Eu não era muito uma mentirosa, mas pratiquei bastante nos últimos meses. Eu esperava que fosse o suficiente.

— Podemos pular a pintura hoje? — Bocejei. — Assistir filmes e não fazer nada?

— Por mim, tudo bem. — Ele suspirou, virando e se deitando em uma nova posição no sofá. Dado o número de vezes que ele virou de um lado para o outro na noite passada, Isaiah também não tinha dormido bem. Ele devia estar desconfortável naquele sofá. Suas pernas eram longas demais e seus ombros eram largos. Mesmo assim, ele dormiu lá sem reclamar por meses.

— A partir de hoje à noite, eu quero dormir no sofá.

— Ahn? — Ele se sentou, o cobertor caindo de seu peito desnudo. — Por quê?

— Porque não parece justo que eu tenha a cama o tempo todo. — Eu estava virada de lado com um travesseiro enfiado embaixo da bochecha.

Isso me dava uma perfeita visão da pele tatuada de Isaiah, especialmente o desenho preto que descia pelo lado de seu pescoço, através de seu ombro e por um de seus peitorais perfeitamente esculpidos.

Levei semanas em olhadas furtivas para identificar todas as tatuagens de Isaiah. Todas eram pretas. Cada uma com um desenho. Não havia rostos ou palavras. Elas se esticavam por sua pele macia, moldando-se aos músculos embaixo.

— Não me importo em dormir no sofá — ele disse.

— Por favor, vamos trocar. Vai me fazer me sentir melhor.

— Não posso, boneca. Estou bem aqui. — Ele se deitou no travesseiro, esticando os braços por cima do braço do sofá. Então colocou as mãos atrás da cabeça e olhou para o teto.

Abracei meu travesseiro com força, estudando a definição de seus braços. Eles eram fortes, os músculos largos, mas com linhas longas e vastas. Um músculo se movia e logo desaparecia embaixo de outro. Seus ombros eram mais largos do que o sofá. Quando Isaiah levantava os braços, às vezes eles pareciam asas.

Asas decoradas em preto.

— Você fez todas suas tatuagens na prisão? — perguntei.

— Não, só meus dedos e parte dessa aqui. — Seus dedos desceram pela tatuagem em seu pescoço. — É contra as regras fazer tatuagens na prisão, mas um bando de caras fazia mesmo assim. Meu terceiro companheiro de cela fez para mim durante a noite. Eu sou provavelmente sortudo por não ter ficado doente ou algo do gênero, porque ele as fez com tinta de caneta e um clip de papel afiado no lugar da agulha.

Fiz uma careta. Isaiah raramente falava sobre a prisão. Quando falava, contava só alguns detalhes. Mas era o suficientes para saber que eu provavelmente não queria escutar a história inteira. Se ele algum dia quisesse contar, eu iria escutar. Iria chorar, mas escutaria.

— A do meu pescoço não era tão grande. Costumava acabar aqui. — Ele levantou e apontou um lugar na clavícula. — Quando saí, fui para um tatuador de verdade e o fiz corrigir. Depois, nós a expandimos. E então fiz o resto.

Ele levantou os braços, os esticando para o alto para eu poder ver as tatuagens em seus antebraços. Ele também tinha tatuagens em uma panturrilha, nas costelas e no pé esquerdo.

Nunca quis fazer uma tatuagem, mas depois de passar tanto tempo

CAVALHEIRO PARTIDO

com Isaiah, eu comecei a apreciar o trabalho artístico. Talvez eu fizesse uma se fosse algo único, como as deles.

— Doeu?

— Sim. As que fiz dentro da prisão foram as piores, porque elas demoraram muito, já que ele só podia fazer um pouco por cada vez. A do pescoço demorou quase três meses. Mas eu não ligava. Não era como se eu tivesse algum lugar para ir...

— Por que preto?

— Era a cor de caneta que ele tinha. Quando saí, decidi continuar com o preto.

— O que significa? — perguntei. — Essa tatuagem no seu pescoço?

— Nada, na verdade. É só um desenho. O cara queria testar. Ele era bom, mas não tinha um equipamento de tatuagem de verdade. Então é um bando de coisa simples com linhas borradas. Eu retoquei tudo depois, mas, naquele momento, eu não ligava. Falei para ele experimentar.

— Por quê? — Se eu fizesse uma tatuagem, queria que fosse especial. Por que você faria uma tatuagem e suportaria a dor para não significar nada?

— Dor — Isaiah sussurrou. — Eu queria sentir a dor.

— Ah.

Desde a minha crise, não perguntei a Isaiah mais nada sobre a morte da mulher grávida. Nós ficamos extremamente ansiosos por causa do encontro com os Warriors. E eu era uma covarde. Não estava certa de que queria todas as respostas.

As tatuagens eram uma forma de punir-se pelo que ele fez? Um modo de se redimir? Porque a prisão parecia pesada o suficiente mesmo sem adicionar uma autopunição no meio.

Mas eu suspeitava que Isaiah ainda estava se castigando.

Seus belos olhos pareciam tão aflitos às vezes. Eles não brilhavam ou cintilavam. No início, eu achava que era por causa da prisão ou pelo que tinha acontecido na cabana.

Mas eu provavelmente estava errada nos dois casos.

Em alguns momentos, comecei a ter esperança. Isaiah não ria ou dava sorrisos largos, mas ultimamente ele dava algumas risadinhas discretas. Nunca via seus dentes, era um mero levantar de seus lábios, mas tirava meu fôlego todas as vezes.

Ele sorria toda vez que eu tinha feito biscoitos para ele quando vinha da oficina. Ele sorria quando eu lavava suas roupas. Ele sorria nas noites em que subia e achava alguma nova compra no apartamento. Será que ele estava feliz aqui comigo?

Será que eu deveria sequer começar a me fazer essa pergunta?

Isaiah não seria meu para sempre. Eventualmente, ele ia seguir em frente e encontrar alguém que o faria realmente feliz. Uma parte egoísta de mim odiava a ideia de uma outra sra. Reynolds no futuro receber mais do que aqueles sorrisos discretos.

Eu queria muito ser a pessoa que colocava um sorriso no rosto de Isaiah pelo menos uma vez antes disso acabar. Antes que eu fosse a ex-sra. Reynolds, e sentisse falta de ele fazer parte da minha vida.

— Obrigada por ontem — sussurrei.

— Pelo quê?

— Por segurar minha mão. Não acho que teria conseguido passar por aquilo se você não estivesse lá.

Mentir para criminosos já é aterrorizante, mas reviver o sequestro nunca fica mais fácil. A imagem de Bryce de joelhos enquanto eu apontava a arma para sua cabeça é algo que irá me assombrar por anos.

— Não precisa agradecer — Isaiah suspirou. — Você nunca teria que passar por isso se não fosse por minha causa.

— Não é *sua* culpa. — Bufei.

Ele sentou e se apoiou nos joelhos. A tatuagem de uma árvore – torcida e retorcida – descia por suas costelas. Os galhos subiam pelo seu ombro e desciam pelas costas. Alguns torciam em seu peitoral.

— Então é culpa de quem?

— Da minha mãe — respondi imediatamente. — Se tem uma pessoa a quem culpar, é ela.

— V… — Ele fechou os olhos.

V. Ninguém nunca me chamou assim. Eu amava quando Isaiah falava meu nome completo. Mas eu amava esse apelido ainda mais.

Isaiah abriu os olhos e encontrou meu olhar.

— Ela não teria vindo aqui para encontrar Draven se soubesse o que isso causaria a você. Sei que está com raiva, e você tem todo o direito de estar. Mas não guarde raiva para sempre.

Culpa correu por minhas veias e fechou minha garganta. Ele estava certo. Eu estava com raiva. Furiosa. Mas se minha mãe estivesse aqui, ela iria se desculpar o tempo todo, todos os dias.

Mas ela não estava aqui. Talvez estar com raiva, a culpando, era meu

CAVALHEIRO PARTIDO

modo de a manter por perto. Quando não existir mais raiva, ela terá realmente ido embora.

Isaiah se levantou, esticando os braços acima da cabeça. Era uma bela distração para a dor que eu sentia em meu coração. Ele virou e revirou seu torso, alongando as costas. Seu abdômen flexionou e o V de seus quadris apareceu. Eu não olhei – muito – para o volume em suas cuecas boxer, mas eu o observei.

Quem o tiver depois de mim será uma mulher de sorte.

Isaiah dobrou as cobertas do sofá em um quadrado perfeito. Ele então as colocou em cima do travesseiro e os trouxe para o pé da cama, onde coloquei um baú barato. Jogou tudo lá dentro, e então me olhou nos olhos.

— Um dia de preguiça?

— Vamos ser dois bichos-preguiça!

Ele sorriu.

Isaiah Reynolds realmente era especial. Sorri de volta e senti um frio no estômago.

— Vou tomar um banho.

— Ok — respirei, ignorando o desejo que despertou em mim ao pensar em Isaiah removendo aquelas cuecas, descendo a peça por seus quadris e por suas coxas grossas, levantando para revelar seu…

E chega! Enfiei a cara no travesseiro para ele não ver minhas bochechas vermelhas como fogo.

Isaiah foi na direção do banheiro, mas o som de passos na escada fez com que ele parasse e que eu me sentasse na cama como um foguete.

Nós não recebíamos visitas. A última havia sido Dash, e olha o "presentinho" que ele tinha trazido! Então quem poderia estar aqui em um domingo, quando a oficina está fechada?

Isaiah cruzou o cômodo de cueca. Ele abriu o trinco e abriu um pouco a porta.

— Ah. Oi.

Meu coração acalmou. Ele não falaria um *Oi* desses para alguém que não fosse bem-vindo aqui.

Isaiah abriu mais a porta, saindo do caminho para deixar Draven entrar.

— Ah, oi. — Agarrei o edredom no peito, pois estava somente com uma camiseta fina e shorts de dormir. Me acostumei com o Isaiah vendo meus mamilos aparecendo embaixo dos meus pijamas, mas Draven? Eu não ia me levantar para cumprimentá-lo.

— Bom dia. — Os olhos de Draven alternaram entre mim na cama e Isaiah vestindo quase nada. Ele ficou desconfortável.

Pensando em manter aparências, ele nos encontrar assim em uma manhã preguiçosa de domingo era excelente. Nós parecíamos um casal que tinha passado a manhã à toa na cama. Graças a Deus pelo baú e pelo fato de que Isaiah não começava o dia sem um banho.

— Aconteceu alguma coisa? — Isaiah perguntou. — Os Warriors falaram algo?

— Ahn… não. — Draven olhou em volta no apartamento. — Vocês estão pintando? Está ficando bom.

— Os créditos são da Genevieve.

Draven continuou inspecionando as paredes, olhando em qualquer outro lugar que não fosse meu rosto. Isaiah olhou para mim. Levantei as mãos. Ele apontou com o queixo para Draven, insistindo para eu falar.

Argh.

— Tá — balbuciei para Isaiah. E perguntei para Draven: — Precisa de alguma coisa?

Ele olhou para as próprias botas.

— Estava pensando se você não gostaria de tomar café da manhã comigo.

— Ooo-k — falei devagar. — Por que, exatamente?

— Para conversar. Pensei que, talvez, enquanto sou um homem livre, poderia te conhecer melhor. Se você não se importar.

Era interessante a forma como fez o pedido. *Ele* queria *me* conhecer. Não *nos conhecermos* melhor.

Meus sentimentos em relação ao Draven eram no mínimo confusos. Eu acho que ele tinha problemas com todos os filhos. Segundo Bryce, Draven e Dash tinham sido próximos. E então Dash descobriu sobre o caso de Draven com minha mãe e o relacionamento deles ficou destruído. Bryce mencionou rapidamente que Draven e Nick também passaram por um período ruim. Mas durante o casamento, eles pareciam se dar bem. Na maior parte do tempo, Draven paparicou os filhos de Nick e Emmeline.

Um café da manhã duraria no máximo uma ou duas horas. Seu olhar angustiado, implorando em silêncio… era difícil de ignorar.

— Certo. Podo me dar quinze minutos para me arrumar?

Ele acenou com a cabeça.

— Demore o tempo que precisar. Fico esperando no escritório lá embaixo.

CAVALHEIRO PARTIDO

Assim que ele saiu pela porta, me joguei de volta na cama.

— Você quer tomar banho primeiro antes de irmos?

— Irmos? Eu acho que o convite foi só para você.

— O quê? Você tem que ir comigo. — Eu me apoiei nos cotovelos. — Preciso de você lá.

— Você precisa de mim?

— Claro! Somos um time.

Isaiah me encarou, pasmo. Por que ele estava surpreso? Nós não tínhamos lidado com ninguém sozinhos até o momento. Eu não começaria agora.

— E aí? — Estiquei a mão na direção do banheiro. — Você ou eu primeiro?

Seus olhos suavizaram.

— Vou primeiro.

Quinze minutos na verdade viraram trinta até estarmos vestidos e no andar de baixo. A estranha caravana de nossa família para até o restaurante foi liderada por Draven em sua caminhonete, eu em meu carro e Isaiah seguindo em sua moto.

O lugar estava lotado para uma manhã de domingo. A maioria das pessoas estava mais bem vestida do que eu em minha calça de yoga preta e moletom lilás. Eles provavelmente já foram à igreja enquanto eu estava na cama, salivando com as tatuagens de Isaiah.

Enquanto seguíamos a garçonete, cruzando o chão preto e branco de cerâmica, as pessoas ao redor olhavam de lado para Draven. Algumas se inclinavam para sussurrar pelas costas dele. Eles cerravam seus olhos. Abraçavam suas crianças.

Cerrei os dentes e mantive a boca fechada.

Ele era inocente. A necessidade de defendê-lo quase me venceu quando escutei um homem falar as palavras *sentença de morte* para sua esposa. Mas segurei a língua, feliz por termos chegado em uma mesa vermelha na parede dos fundos.

Draven se sentou de um lado enquanto Isaiah e eu nos sentamos do lado oposto. Nós pedimos café e água, e então focamos no menu.

Os sussurros inquietantes fizeram os pelos da minha nuca arrepiarem. As conversas no restaurante praticamente pararam.

Bati com o menu na mesa e encarei todo mundo que ousava me olhar nos olhos.

Essas pessoas nunca tinham ouvido o ditado "inocente até que se prove o contrário"? Eles não leram o jornal? Bryce fez o seu melhor para mostrar que havia uma dúvida legítima no caso de Draven, mas talvez fosse muito pouco e tarde demais. Sem provas de quem a matou, não teríamos como mudar a opinião dos outros.

Mas se eu estava aqui sentada com ele, deviam ao menos ponderar. Quer dizer, foi na *minha* mãe que foi assassinada. A rede de fofoca de cidade pequena com certeza havia espalhado sobre como a filha de Draven trabalhava para Jim Thorne. E aqui eu estava, prestes a compartilhar omeletes e panquecas com o homem acusado. Isso não fazia as pessoas refletirem?

Os dois homens na mesa do outro lado do corredor estavam claramente nos encarando. Julgando sem nem disfarçar.

— O que foi? — ladrei.

Seus olhos voltaram correndo para os pratos.

Quando virei de volta para nossa própria mesa, Draven estava segurando a risada.

— As pessoas precisam cuidar da própria vida — eu disse alto o suficiente para as mesas em volta escutarem. — E é falta de educação encarar os outros.

Peguei o menu novamente, virando para a parte de café da manhã. Demorei segundos para escolher minha comida.

— Vou querer panquecas. O que você vai comer? — perguntei para Isaiah, tudo para não admitir que briguei com dois estranhos para defender um pai que eu mal conhecia.

Quando olhei para cima, seus olhos verde e dourado vibrantes estavam esperando. Ele estava usando um boné preto hoje, que cobriam seus olhos, fazendo com que seus cílios e o anel cor de chocolate em volta da íris se destacasse. E ele estava com um sorriso no rosto.

Fiquei sem ar.

— Panquecas. E a omelete Denver.

Cheguei mais perto, roçando meu braço no dele. Eu estava grata que Draven estava aqui e estávamos em público. Talvez seja por causa do estresse de ontem, mas eu estava me sentindo estranhamente próxima de Isaiah hoje. Ele não parecia ligar. Já que estávamos em público, eu podia fingir que ele era meu marido de verdade. Podia acreditar que aquele sorriso era para mim.

Dia após dia, eu estava me apaixonando pela mentira.

A garçonete veio e entregou copos fumegantes de café amargo. Enchi o meu com leite e açúcar, enquanto Isaiah e Draven tomavam os seus puros.

CAVALHEIRO PARTIDO

— Como está o trabalho? — Draven perguntou. — Você gosta do Jim?

— Ele é o melhor chefe que já tive — admiti. Era verdade. — Eu, hum… obrigada. Por me ajudar a conseguir esse emprego.

Ele deu de ombros.

— Só fiz uma ligação. Você conseguiu a vaga.

Draven não costumava ser modesto. Mas ficava bem assim.

— Ele te contou detalhes sobre o meu caso?

— Não. — Sacudi a cabeça. — Ele está tentando respeitar nossa situação particular, o que acho certo. Ele espera que, se houver algo que você queira que eu sabia, terá que me contar pessoalmente.

— É justo. Jim sempre foi justo. É uma das poucas pessoas no mundo em quem confio. E saiba que nunca menti para ele. Jim me defendeu o melhor que pôde, sempre dentro da lei, mesmo nas poucas vezes em que ele sabia que eu era culpado. Ele me manteve longe de problemas.

Não era exatamente o que eu queria escutar sobre meu novo mentor. Eu aprendi nos últimos meses que meu senso de justiça – minha noção do que é certo e errado – era tão inocente. Diferentemente do chão de cerâmica do restaurante, não existe uma linha clara entre o preto e o branco. Se existisse, então Isaiah estaria preso.

E eu também.

— E dessa vez? Quais são as chances do Jim?

— Nada boas. — Draven suspirou, passando um dedo na borda da caneca de café. — Dessa vez, não há um acordo para fazer. Não tem escapatória.

— Mas você é inocente.

— Não. — Draven abaixou a voz. — Estou bem longe de ser inocente.

Ele estava desistindo? Ele falava como se o júri já tivesse dado o veredito. Draven não parecia o tipo de homem que se entregava sem uma briga.

O homem que fez isso ainda estava à solta. Draven não queria saber quem ele era?

O homem que matou minha mãe já havia desaparecido, mas havia uma chance de que ele viria atrás de qualquer um de nós. Nós supomos que culpar Draven era seu objetivo final, mas e se ele não parar nisso? E se ele estivesse quieto, esperando Draven ser punido antes de reaparecer? Nosso inimigo desconhecido talvez tente me sequestrar novamente. Talvez vá atrás de Bryce ou de qualquer um dos antigos Gypsies – Dash ou Emmett ou Leo.

Se Draven fosse preso, o filho da puta ganhava.

140   DEVNEY PERRY

— Não é justo.

— A vida não é justa — falou como um verdadeiro pai. Draven levantou o olhar de sua caneca. — Você acredita que não a matei?

— Eu não estaria aqui se não acreditasse.

Embaixo da mesa, a mão de Isaiah encontrou meu joelho. Ele sabia que isso não era fácil para mim.

— Qual foi o melhor presente de aniversário que você já ganhou?

A pergunta de Draven surgiu do nada, até eu me lembrar do motivo dessa refeição. Ele queria me conhecer.

— Um desses carros de crianças. O meu era um conversível rosa que minha mãe comprou quando eu tinha cinco anos. Vi na TV e implorei por ele. Era da Barbie, e provavelmente custou uma fortuna na época, mas eu o queria muito.

Ela não me mimava. Normalmente eu ganhava um presente da lista do Papai Noel, um livro e algumas roupas. Talvez seja por isso que o conversível se destacou dos outros aniversários e Natais. Ela não economizou.

Eu dirigi aquele carro na frente de nossa casa e pelo quarteirão do bairro até eu quase não caber no assento.

— Seu aniversário é em dezesseis de julho, certo?

Acenei com a cabeça. Ela deve ter dito a ele.

— Esse é… — Isaiah parou de falar.

Acenei com a cabeça.

O dia do nosso casamento.

Ele abaixou o queixo. Para Draven, provavelmente parecia que ele estava estudando sua caneca de café. Mas eu sabia que ele estava repreendendo a si mesmo por ter perdido a data. Mas como ele saberia? Nós éramos estranhos um para o outro.

Depois eu diria a ele que não me importava. Eu não queria mesmo celebrar meu aniversário nesse último ano mesmo, não sem mamãe.

— Onde você estudou na faculdade? — Draven perguntou. — Sua mãe mencionou que você era a melhor de sua turma.

— Universidade de Denver. Fiz a graduação em Ciências Políticas ao mesmo tempo que estudei para ser assistente jurídica. Pensei que alguma experiência de trabalho iria me dar uma vantagem na faculdade de Direito. E eu precisava do dinheiro. Não queria ficar com uma dívida muito grande quando começasse a faculdade de Direito.

— Inteligente.

CAVALHEIRO PARTIDO

— Difícil. Foi difícil. Não sobrou muito tempo para me divertir. — E por sorte eu tinha algum conhecimento para me manter. Do contrário talvez estivesse trabalhando como garçonete nesse restaurante.

Nós conversamos mais sobre a vida em Colorado. Draven fez várias perguntas. Eu respondi tudo, tanto para ele quanto para Isaiah, que escutava com toda atenção durante a refeição. Finalmente, quando meu estômago se encheu e tomamos café o suficiente, Draven pagou a conta e saímos para o ar outonal, ficando na calçada.

Draven pegou um par de óculos escuros, mas não colocou.

— Antes de tudo acabar, antes de eu ir embora, isso pode virar uma rotina? Café da manhã aos domingos? — Ele tinha certeza de que seria considerado culpado. Ou talvez estivesse apenas se preparando para o inevitável.

Acenei com a cabeça.

— OK.

— Obrigado. Te vejo amanhã. — Ele acenou, virando para sua caminhonete.

— Espera. — Estiquei a mão para ele, mas não o toquei. — Posso perguntar algo?

— Sim.

— Você amou minha mãe?

A pergunta estava no fundo da minha mente desde nossa primeira conversa na mesa de piquenique. Eu não sabia bem por que aquilo importava. Talvez porque eu quisesse sentir como se eu tivesse vindo de algo além de uma bebedeira.

Seus ombros abaixaram.

— Eu só amei uma mulher em minha vida. E foi a minha esposa.

Não era uma surpresa, mas doeu do mesmo jeito. Eu era um erro. Ele mesmo disse.

— Mas sua mãe te amou mesmo assim. Queria ter sido mais cuidadoso com os sentimentos dela, mas eu não sabia. Não até ser tarde demais.

Respirei fundo, criando coragem para perguntar mais uma coisa. Enquanto investigava os detalhes do que tinha acontecido, li algumas histórias no jornal de Bryce. Eu enchi páginas e páginas do meu bloco com pessoas relacionadas, mesmo que levemente, com os moto clubes. Tudo que encontrei batia com o que ele tinha me dito meses atrás. Foi só depois de muito tempo refletindo sobre tudo que uma coisa começou a me incomodar.

Draven transou com minha mãe antes de ela ser morta.

Por quê?

Chrissy havia morrido há mais de uma década. Será que nasceu algum sentimento entre a mamãe e Draven?

Quando ela se mudou para Bozeman por causa de seu trabalho, começou a namorar um cara – Lee. Eu estava orgulhosa, porque me preocupava com ela vivendo sozinha em uma nova cidade, e tinha esperanças de que namorar a ajudaria a conhecer gente diferente. Ela não me contou muito sobre Lee, só disse que não era sério.

Ela manteve o relacionamento casual de propósito? Será que sempre esteve apaixonada por Draven? Sua viagem para Clifton Forge foi uma última tentativa de conquistá-lo novamente?

Eu nunca saberia as respostas para essas perguntas, mas eu podia descobrir por que Draven dormiu com mamãe.

— Por que você transou com ela?

Ele passou a mão pela barba, respirando fundo.

— Nós estávamos conversando. Relembrando o passado. Uma coisa levou à outra e, bem… ela me pediu.

Porra. Ele transou com a minha mãe por pena? Meu coração doeu por ela. Ela o amava, demais. Por que não podia deixá-lo ir? Por quê? Nós não estaríamos aqui se ela tivesse seguido em frente.

— Eu tinha carinho por ela — Draven adicionou. — Sempre tive.

Mas não era o suficiente.

— Era só isso que queria perguntar. — Eu não tinha mais perguntas, e certamente tinha encerrado o assunto.

— Te vejo no próximo domingo?

Acenei com a cabeça, sem arriscar outra palavra.

Draven acenou, me deixando com Isaiah na calçada. Eu me sentia tonta. Mágoa e decepção e medo e tristeza rodavam, ameaçando me tirar do prumo.

— Você está bem? — Isaiah colocou o braço em volta dos meus ombros.

— Não. — Eu me joguei em seus braços, o abraçando como uma esposa faz com seu marido.

Nós ainda estávamos em público. Os clientes do restaurante só precisavam levantar o olhar de seus cafés para nos ver do lado de fora.

Então, pelos próximos minutos, enquanto eu precisava do seu abraço e para poder acreditar que o amor nem sempre acaba em desastre, eu aproveitaria ao máximo essa mentira.

CAVALHEIRO PARTIDO

CAPÍTULO CATORZE

ISAIAH

— Nevou. — Genevieve olhava pela janela, vendo o estacionamento. Eu coloquei um casaco por cima da cabeça e fui até o lado dela.

— E bastante.

Dada a grossa camada branca no corrimão da escada, deve ter nevado uns oito centímetros. Nós tivemos pequenas rajadas no último mês, mas qualquer neve que caía, derretia dias depois. Como sempre, havia um caixão no chão, por causa do *Halloween* da semana passada.

Mas a partir desta manhã, o inverno tinha chegado.

— Aposto que teremos um dia calmo na oficina. — Poucas pessoas iriam querer se arriscar para fazer manutenção em seus veículos em um dia como aquele. A maioria, se possível, evitava as ruas na primeira nevasca do ano.

Teria um punhado de batidas hoje, causadas por idiotas andando rápido demais em ruas escorregadias. Durante o verão, as pessoas pareciam esquecer como era dirigir com gelo e neve na pista. As empresas de reboque da cidade ficariam bem ocupadas até tudo descongelar na próxima primavera.

Dash me perguntou semana passada se eu sabia como desamassar pequenas batidas. Minha experiência antes de trabalhar aqui havia sido completamente centrada em trabalhar com motores. Essa semana, ele e Emmett iriam me ensinar um pouco do básico. Eu começaria com as coisas fáceis, e talvez um dia eu poderia ajudar nas reformas também.

— Acho que sua moto vai ficar dentro da oficina a partir de agora.

— É — murmurei. Eu tinha uma caminhonete velha – velha, não aquelas antigas legais – que eu dirigia no inverno. Agora que tinha passado meses na moto, eu temia ligar a Ford 1996 e ficar preso dentro de um carro pelos próximos seis meses.

— O que seu irmão queria? — Genevieve falou na frente do vidro, seu olhar hipnotizado pela neve do lado de fora.

Kaine ligou logo antes de ela desaparecer no banheiro para se arrumar. Ela estava vestindo um suéter verde oliva que drapeava em volta de seu ombro, mas era justo em volta de seus quadris. Ela o combinou com uma saia bege e botas de couro que subiam até os joelhos.

Nunca conheci uma mulher que se vestisse como Genevieve. Suas roupas eram sofisticadas sem serem esnobes. Ela era pé no chão, mas tinha muita classe, e se esforçava para ter um estilo próprio, dando atenção a pequenos detalhes como joias ou cachecóis que a diferenciavam. Quando ela entrava em algum lugar, as pessoas notavam.

E ela estava presa a um cara como eu.

Todo dia, eu pensava em deixá-la livre. Tudo que eu precisava fazer era entrar na delegacia de polícia e confessar, e ela poderia viver uma vida melhor do que a que tinha aqui nesse apartamento apertado.

Mas eu não podia fugir.

A pintura terminou. Genevieve deixou esse lugar bem melhor do que era. Estava aconchegante e elegante, mas nunca seria o suficiente. Não para ela.

E eu também não seria.

Meus olhos desceram pelas costas de seu suéter, seguindo os cachos em seus cabelos que desciam até sua cintura. Meu olhar passou por sua bunda, pelo formato perfeito de seus quadris e pela saia que ficava mais justa nos joelhos, emoldurando suas curvas.

Caralho, como ela era sensual. Eu não achava nenhuma mulher sensual há anos. As únicas mulheres que vi na prisão foram as que visitavam outros presos. E, quando saí, estava fodido demais para pensar em outra mulher. Porra, eu demorei meses para me acostumar a dormir novamente em uma cama normal.

Ou somente dormir. Por três anos, eu fiquei vigiando minhas noites, sem cair em sono profundo. Era como se estivesse dormindo com um olho aberto.

Finalmente, depois de estar em casa com minha mãe há uns quatro meses, os anos de exaustão me alcançaram, e eu finalmente me deixei realmente dormir.

Então, dormi por dias.

Mamãe ficou preocupada que eu estava doente ou morrendo, mas expliquei que era só cansaço. O peso das memórias da prisão era somente meu.

As coisas ficaram mais fáceis depois disso. Eu encontrei um trabalho na oficina local de troca de óleo. O dono era um amigo da mamãe e quebrou as regras da empresa para me contratar como um favor.

CAVALHEIRO PARTIDO

145

Eu trabalhava. Ia para casa. E dormia.

Não saía com mulheres porque não queria. Shannon não estava na minha mente tanto quanto antes, mas eu pensava nela. Eu me lembrava dela – outro peso que tinha que carregar. A beleza e a graça de outras mulheres não se comparavam à memória dela.

Até que conheci Genevieve.

Nada no mundo poderia ter me preparado para Genevieve. Ela chegou de repente, consumindo mais e mais dos meus pensamentos, dia a dia. E então roubou meus sonhos.

Há um mês, acordei com uma ereção feroz, sonhando que ela tinha vindo até o sofá e montado em mim usando uma dessas camisetas curtas de pijama que ela usava às vezes. E os sonhos não pararam desde então. Essa noite, eu iria sonhar que levantava aquela saia bege.

Eu acordava mais cedo, para ter tempo de me masturbar no banho e diminuir um pouco da tensão. Comecei a usar calças para dormir, algo que me ajudava a esconder minha ereção na hora que ia para o banheiro todas as manhãs. Ela não precisava saber que um homem que deveria ser amigo dela não conseguia controlar seu pau durante um sonho.

— Isaiah?

Levantei a cabeça, tirando os olhos de sua saia.

— Desculpa. O que foi?

— Seu irmão?

— Ah. — Esfreguei a nuca, envergonhado por ela me pegar olhando para sua bunda. — Ele queria nos convidar para passar o *Thanksgiving* em Lark Cove. Eu disse a ele que ia ver. Mas se você não se importar, eu gostaria de ir.

— Claro. — Ela acenou com a cabeça. — Parece bom.

— Tem certeza? Você pode ficar aqui.

Ela franziu as sobrancelhas.

— Você não quer que eu vá?

— Não. Não é isso. Só não sabia se você ia querer ficar. Talvez fazer algo com Draven.

— Ah. — Ela sacudiu a cabeça. — Não. Eu acho que Nick e Emmeline virão para cá. Ele deveria passar tempo com os filhos e netos antes...

Antes do julgamento.

O caso de Draven estava movendo a passo de tartaruga, o que era uma boa coisa, pois nos dava mais tempo para achar o verdadeiro assassino – isso se um milagre ocorresse e uma nova pista aparecesse.

Desde o encontro com os Warriors no mês passado, não soubemos de mais nada. Parecia... fácil demais. Mas nós nos mantivemos em alerta. Eu seguia Genevieve para o trabalho todos os dias. E depois de volta para casa todas as noites. Quanto mais a gravidez de Bryce aparecia, mais Dash a protegia, e ela agora não ia a lugar nenhum sem ele.

O ambiente na oficina mudou no último mês também. Não havia muitas piadas ou brincadeiras. O ar estava mais pesado. Ficava assim toda manhã quando Draven chegava e permanecia bem depois de ele ter ido embora.

A esperança estava diminuindo, e o temor estava ganhando.

Genevieve estava firme e determinada a achar o assassino da Amina, mas conforme os dias iam passando e nenhuma nova informação surgia, ela perdeu o pique. Aquele bloco dela aparecia cada vez menos. Não só não haveria vingança pela morte de sua mãe, como ela também ia perder o pai.

No último mês, Draven veio todo domingo de manhã ao apartamento para levá-la para tomar café da manhã. Eu não fui mais depois da primeira vez, arranjando desculpas para que os dois tivessem um tempo sozinhos.

O coração de Genevieve estava começando a se abrir para Draven. Ela estava amolecendo a cada encontro. Talvez até estivesse começando a amá-lo. Sua prisão ia acabar com ela, querendo admitir ou não.

— Melhor eu ir trabalhar. — Ela suspirou. — Tenho um dia cheio.

Genevieve estava pegando mais e mais trabalho do Jim, fazendo o que podia para deixar a vida dele mais fácil, para que ele pudesse focar no caso de Draven.

Jim faria seu melhor para pintar Draven e Aminha como amantes que se reencontravam. Iria falar todas as verdades. Os dois se gostavam, e não havia motivo para Draven a matar, especialmente já que tinham uma filha juntos.

Mas a promotoria tinha a arma do crime. Eles tinham Draven na cena do crime e tudo que precisavam para condenar um homem inocente.

— Vou ligar os carros e aquecê-los. — Coloquei minhas botas e casaco, e então peguei minhas chaves e as dela no gancho que ela pendurou ao lado do cabideiro. — Já volto.

Fui para fora, a neve abafando meus passos enquanto eu descia a escada e caminhava no pavimento. Limpei primeiro o carro de Genevieve e o liguei, aumentando o aquecedor. Então fiz o mesmo na minha caminhonete. Com eles limpos, subi para encontrar Genevieve no sofá, seus ombros caídos para frente.

— O que houve?

CAVALHEIRO PARTIDO

— Nada. — Ela se levantou, fazendo uma careta. — Só estou dolorida hoje.

— Provavelmente porque dormiu no sofá.

Ela insistiu por um mês. Eu recusei por um mês.

E então na noite passada, ela finalmente conseguiu o que queria. Eu estava no banheiro, escovando os dentes. Quando saí, ela já estava deitada no sofá, aconchegada e dormindo. Ela parecia tão em paz que eu a deixei dormir lá ao invés de carregá-la para a cama.

Devia ter carregado.

Mas não consegui pegá-la no colo. Carregá-la para a cama parecia íntimo demais. Então eu disse para mim mesmo que ela teria o sofá por uma noite, e então eu o pegaria de volta. Dormi na cama com o seu cheiro de hidratante de baunilha e xampu de lavanda no travesseiro.

Não foi nenhuma surpresa ela estar em meus sonhos.

— Vou ficar no sofá daqui para a frente.

Ela alongou as costas, colocando as mãos nos quadris e se inclinando para trás.

— Não, estou bem. Vou me acostumar.

Não, ela não iria. Se eu a encontrasse lá novamente, iria superar meus problemas e a colocar na cama.

— Melhor vestir um casaco, está frio.

— Ok. — Ela andou até o cabideiro e pegou um casaco preto de lã. Suas pálpebras quase se fecharam quando ela o vestiu e amarrou o cinto em volta da cintura. Ela estava dormindo em pé.

— Talvez você devesse ficar em casa. Dormir.

— Não posso. — Ela acenou descartando a opção. — Ficarei bem.

Seus passos estavam lentos descendo as escadas. Ela andou pela neve, seguindo minha trilha para seu carro.

Será que eu deveria levá-la? Deixá-la e buscá-la na volta? *Sim*. Estiquei a mão para a parar, mas a recolhi.

Puta merda, eu não conseguia.

Não tinha como eu ser capaz de a colocar no banco do passageiro.

Fiquei morrendo de vergonha ao segui-la até a porta do motorista. Essa era só uma das várias razões pelas quais Genevieve não precisava de mim em sua vida. Ela talvez pensasse que sim, mas não precisava.

Como nós iríamos até Lark Cove? Eu não pensei nisso quando aceitei o convite de Kaine para o Dia de Ação de Graças. A viagem demoraria horas. Dirigir cada um em um carro não funcionaria dessa vez. Eu não tinha uma desculpa para dar.

Merda. Talvez eu devesse cancelar e culpar as estradas. Mas Kaine me convidou e eu não diria não para ele. Não depois de ele finalmente me deixar entrar novamente em sua vida. Ele queria conhecer Genevieve, e não poderia vir até aqui. Piper estava com mais ou menos seis meses de gravidez, tinham meninos gêmeos de dois anos e precisavam ficar na casa deles.

O que me deixava sem escolha. De algum modo, eu levaria Genevieve até Lark Cover e sofreria por vários quilômetros para fazer isso.

— Eu te mando mensagem quando estiver pronta para voltar para casa.

— Ok. — Fechei a porta para ela e então andei até minha caminhonete.

O caminho pela cidade foi quieto e sem problemas. Não havia muitos carros na rua ainda e os que estavam dirigiam com cuidado. Fiquei parado na frente do escritório enquanto Genevieve estacionava. Acenei até que ela desapareceu do lado de dentro, e então fui para a oficina e comecei a trabalhar.

Como esperado, foi um dia lento. Emmett e eu jogamos uma moeda para o alto para ver quem faria a única troca de óleo que tínhamos agendada – eu perdi. Então assistimos o Leo desenhar linhas finas à mão livre no Lincoln dentro da cabine de pintura. O cara era talentoso para cacete.

Eu mal pisquei e ele criou chamas vermelhas e laranjas no fundo preto brilhante da traseira do carro. Eu estava tão absorto vendo suas pinceladas, que quase não percebi o telefone vibrando em meu bolso.

O nome de Genevieve apareceu na tela. Era somente duas da tarde.

— Ei — atendi, saindo da cabine.

— Você pode vir me pegar? Não estou me sentindo bem.

— Estarei aí em cinco minutos. — Andei para a porta do escritório, não querendo perder nem um segundo para bater o ponto. Com a neve e as temperaturas congelantes, aumentamos o aquecimento na oficina e mantivemos as portas das baias fechadas, só as abrindo para colocar ou tirar um carro.

— Que foi? — Presley perguntou de sua mesa.

— Preciso buscar Genevieve.

— Tudo certo?

— Ela está doente. — E eu não deveria ter deixado ela sair essa manhã.

Abri a porta e saí no frio, correndo para minha caminhonete. A neve retornou. O vento aumentou, transformando os flocos soltos em adagas de gelo em miniatura que batiam em minhas bochechas quando entrei na caminhonete.

As ruas estavam mais escorregadias do que de manhã. Eu virei rápido demais na curva e a traseira da caminhonete derrapou. Desacelerei um pouco, mesmo querendo correr a toda velocidade até o escritório. Estacionei na rua, deixando o motor ligado e corri lá para dentro.

CAVALHEIRO PARTIDO

Genevieve estava apoiada na mesa da recepção. Seu rosto estava pálido, seus olhos vermelhos. Ela segurava a bolsa como se pesasse vinte quilos.

— Eu levo isso. — Tirei a bolsa do ombro dela, colocando no meu.

— Melhoras — a recepcionista disse para Genevieve enquanto me olhava de cima a baixo. Eu não havia entrado no escritório deles antes.

— Obrigada, Gayle — Genevieve murmurou. — Te vejo amanhã.

— Não, ela não verá — corrigi. Ela teria uma longa noite de sono e ficaria na cama no dia seguinte. Ela estava tão fraca que mal podia levantar o pé. Coloquei a mão na testa dela. — Você está quente.

Ela me deu um sorrisinho.

— Foi por isso que você estava me olhando hoje de manhã?

— Vamos. — Abri a porta e a levei para o lado de fora.

— Brrr. Isso é horrível. — Ela tremeu. — Você pode pegar as chaves na minha bolsa?

— Vou dirigir.

Como eu deveria ter feito hoje de manhã. Não tinha como ela ficar atrás do volante naquelas ruas estando doente. Eu a levei para a caminhonete e abri a porta para ajudá-la a entrar.

No momento em que eu a fechei, meu estômago embrulhou.

Caralho, eu não conseguia fazer isso. Como eu ia fazer isso?

Você não tem escolha.

Genevieve precisava ir para casa. E eu com certeza não podia ligar para alguém e pedir para vir ajudar. Quantas perguntas isso levantaria? Por que eu não podia levar minha esposa no carro do trabalho até em casa quando ela estava doente?

Engoli a bile que subiu para minha garganta e respirei profundamente, forçando o pânico a ir embora. Então dei a volta na caminhonete, um passo de cada vez, e entrei, focando em cada ação individualmente.

Fechei a porta. Coloquei o cinto de segurança. Fui virar a chave, mas lembrei que a caminhonete já estava ligada. Coloquei o pé no freio. Coloquei a marcha em drive.

Passo a passo.

Foquei na direção. Nem uma vez olhei para Genevieve. Quando ela se mexia, eu bloqueava o movimento do canto do meu olho. Prestei atenção nas ruas. Mantive ambas as mãos no volante.

E no único sinal de trânsito no caminho para casa, fiquei parado, olhando para a esquerda e para a direita, e então para a direita e esquerda novamente, só para garantir que ninguém viria derrapando pelo cruzamento.

Finalmente, quando nós entramos no estacionamento e entrei na vaga dela ao lado do escritório, respirei. E pisquei. Removi meus dedos do volante e desliguei a caminhonete. Então, e só então, olhei para Genevieve, que se apoiava na porta, quase dormindo.

— Por que isso foi tão difícil para você? — ela sussurrou.

Por sua causa.

Ela era importante. Especial e preciosa.

E eu tinha o poder de destruí-la.

Evitei responder à pergunta escapando para o frio congelante. Dei a volta na frente do carro e abri a porta dela, segurando-a quando ela quase caiu.

— Ops.

— Desculpa. Estou um pouco tonta. — Ela cambaleou ao ficar de pé. Não tinha como conseguir subir as escadas.

Eu a peguei no colo e a segurei em meus braços.

— Deixa comigo.

— Eu posso andar.

— Mentirosa — brinquei.

Ela deixou a testa apoiada no meu ombro.

— Odeio isso.

— Estar doente? — perguntei, fazendo um movimento com o queixo para Presley, que estava na janela do escritório.

— Não, ser uma mentirosa.

— Eu estava brincando, boneca.

— Eu sei. Mas ainda é verdade.

No topo da escada, eu a coloquei de pé para tirar as chaves do bolso e abrir a porta, então a peguei no colo novamente.

Deixei de lado todas as ressalvas e a carreguei para a cama. Sentei-a na beira e ajoelhei para abrir suas botas. Eu a ajudei a tirar sua saia e colocar um par de calças de moletom. Levantei o suéter por cima de sua cabeça, deixando-a de sutiã, peguei uma camiseta no armário e coloquei por cima de sua cabeça.

— Vou sair e comprar alguns remédios para você. — Puxei as cobertas e a guiei para baixo delas.

— Tem um xarope no banheiro. — Ela abraçou o travesseiro em que dormi na noite passada. — Embaixo da pia. Está provavelmente vencido, mas serve.

Corri para procurar. Já havia passado um mês do vencimento, mas era melhor que nada. Voltei, ajudando-a a se sentar para tomar um gole.

CAVALHEIRO PARTIDO

151

— Eca. — Ela colocou a língua para fora. — Água.

— Vou buscar. — Peguei um copo de água e a ajudei a dar um gole. — O que mais?

— Você pode deitar aqui comigo? — Os olhos dela estavam fechados. Ela dormiria em minutos.

— Claro. — Tirei minhas botas e o casaco, que estava com cheiro de metal da garagem e do vento lá de fora. E então me deitei em cima das cobertas enquanto ela estava entocada.

— Obrigada por ir me buscar.

— Sem problemas.

— Espero que você também não fique doente. Provavelmente é contagioso.

— Ficarei bem. — Coloquei uma mecha de cabelo atrás da orelha dela. — Durma.

Ela acenou com a cabeça.

— Fico feliz que somos amigos.

— Eu também. Agora dorme.

— Você é meu melhor amigo. — Ela falou com os olhos fechados, quase como se estivesse sonhando. Ela estava definitivamente delirando por causa da febre. — Eu não tinha um melhor amigo desde a quinta série. O nome dela era Mandi. Nós tínhamos cordões com corações de latão. Sabe aqueles que uma pessoa tem uma metade e a outra pessoa a outra metade?

— Sim. Agora vai dormir.

— Quem é o seu melhor amigo? — Ela continuou conversando.

— Você — admiti. Talvez se eu respondesse sua onda de perguntas doidas, ela cairia no sono.

— Não, antes de mim.

— Kaine.

— Seu irmão não conta. Ele é família. Senão eu teria dito minha mãe. Quem mais?

Engoli em seco. A verdade levaria a mais perguntas, mas eu não mentiria. Não para ela.

— Shannon.

Os cílios de Genevieve se abriram. Aqueles olhos escuros, tão belos, foram direto para dentro da minha alma, revirando sentimentos que achei ter enterrado em Bozeman.

— Quem é Shannon?

— Vá dormir, boneca. Por favor?

Ela acenou com a cabeça e fechou os olhos. As perguntas pararam. Sua respiração se uniformizou. E quando tive certeza de que ela realmente tinha dormido, me virei na cama para ficar mais confortável.

Peguei meu telefone e mandei uma mensagem para Presley que não voltaria mais hoje. Ela respondeu que bateria meu ponto e avisaria ao Dash.

Genevieve provavelmente dormiria por horas. Ela ficaria bem se eu fosse para a oficina, mas eu não a deixaria sozinha. Não hoje. Então fechei os olhos e me deixei cair no sono.

Sonhei com uma mulher de cabelo castanho escuro com um belo sorriso que ela não usava o suficiente. Sonhei que ela sussurrava que precisava de mim.

Sonhei com a minha esposa.

Até que aquele sonho se transformou em pesadelo, um que Genevieve sentava amolecida no banco do passageiro de um carro enquanto o sangue escorria pelo canto de sua boca.

E aqueles olhos expressivos que eu amava perderam todo seu brilho.

CAVALHEIRO PARTIDO

CAPÍTULO QUINZE

GENEVIEVE

Olhei pela janela da cabana, observando as árvores ao redor. Os pinheiros nos encobriam. O chão da floresta estava polvilhado com uma fina camada de neve. E mesmo não o conseguindo ver através das árvores, imaginei o lago à distância, longo e largo e azul escuro.

A cidade era menor que Clifton Forge. Mais aconchegante. Vir aqui era o escape que eu precisava. Aqui, não havia moto clubes – antigos ou atuais. Aqui, a memória do assassinato de minha mãe parecia mais longe. Aqui, talvez Isaiah finalmente se abrisse comigo sobre o que o estava incomodando há semanas.

— Por que mesmo que você escolheu Clifton Forge? Lark Cove é linda. — Linda do tipo *eu quero viver aqui*.

— Eu fui onde tinha trabalho. — Isaiah manteve a cabeça baixa, estudando a mesa de centro. Contato visual nas últimas três semanas foi quase inexistente.

— Eu gosto dessa cabana.

Ele levantou um ombro.

— É.

— Melhor do que a última em que estivemos juntos.

Isso pegou a atenção dele. Ele olhou para mim no lado oposto do sofá. Meu coração teria flutuado com um sorriso. Mas teria aceitado uma franzida de testa. Eu estava desesperada por qualquer reação que não aquela porra de olhar vazio.

Argh. Por quê? Eu estava prestes a me jogar para o outro lado do sofá e o estrangular com minhas próprias mãos até ele desistir e me contar o que tinha acontecido quando fiquei doente.

Eu me lembrava que ele foi me buscar no escritório. Da imensa ansiedade que emanava dele enquanto dirigia para casa. E eu me lembro que ele me colocou na cama.

Minha febre terrível demorou dois dias para passar. Quando ressurgi da névoa, o Isaiah que sorria havia sumido. Em seu lugar tinha ficado só uma sombra do meu amigo. Era pior do que havia sido no início de nosso casamento.

154   **DEVNEY PERRY**

E só piorou no caminho para Lark Cove.

Isaiah me pediu para dirigir. Aceitei feliz, pensando que talvez passando algum tempo presos no carro, ele finalmente relaxaria o suficiente para me dizer o que estava acontecendo. As viagens de carro que fiz com minha mãe quando criança foram recheadas de conversas sem fim. Mas essa foi hora após hora de silêncio. Mesmo com o rádio ligado, a quietude gritava.

Suas mãos ficaram apoiadas em seus joelhos a viagem toda, seus dedos tatuados estavam brancos de tanto que ele apertava as pernas. Eu cometi o erro de olhar para ele uma vez e perguntar se ele estava bem.

Olhos na estrada.

Essas foram as únicas palavras que ele falou para mim além de *vire à esquerda, próxima à direita* e *continue reto.*

Quando chegamos em Lark Cove, eu estava quase chorando.

Onde estava Isaiah? *Meu* Isaiah? Pensei que havíamos aprendido a contar um com o outro. Ou fui só eu que confiei nele durante esse tempo todo? Eu não o apoiei? Não dei força? Ele algum dia confiaria em mim o suficiente para falar a verdade? Eu só podia insistir até um certo ponto. Alguma hora, ele teria que acreditar em mim, como eu havia feito com ele.

Será que era por causa do feriado que estava assim? Isaiah não gostava de Dia de Ação de Graças? Ele não pareceu nervoso perto da mãe, mas será que estava acontecendo alguma coisa com seu irmão? Talvez essa viagem tivesse o deixado estressado.

Eu me convenci de que Isaiah odiava peru, torta de abóbora e outros pratos da época. Afinal, não fiz nada de errado, exceto pegar uma forte gripe. Sua atitude não tinha nada a ver comigo, certo?

Errado.

Parei na frente da casa de Kaine e Piper, atrás da Blazer de Suzanne, e eu não havia sequer desligado o carro quando a porta da frente abriu. Um homem que só poderia ser Kaine saiu de lá. Ele segurava dois meninos em seus braços, os dois se remexiam e acenavam rindo. Kaine sorriu.

Isaiah sorriu.

Um sorriso verdadeiro, completo, tão lindo que lágrimas encheram meus olhos. O sorriso transformou o rosto de Isaiah. Ele parecia anos mais novo e ficou mil vezes mais bonito. A felicidade em ver seu irmão quebrou a nuvem de tristeza – e então sumiu tão rápido quanto apareceu.

Quando ele soltou seu cinto de segurança, o humor taciturno voltou correndo.

Eu me fiz de forte, escondendo o fato de que ele tinha me magoado.

A viagem foi longa, e chegamos no crepúsculo. Nós corremos para descarregar as coisas antes de escurecer, e então passamos por uma onda de apresentações com Kaine e Piper e seus gêmeos. Suzanne me abraçou, tão forte e apertado que quase me esmagou. Era o abraço de uma mãe.

Eu ainda não estava pronta para esse tipo de abraço, mesmo sendo da minha sogra.

Então foquei nas crianças, brincando com eles no carpete antes do jantar.

Kaine era quieto, como seu irmão. De vez em quando, ele me olhava com uma expressão estranha, como se não soubesse de onde eu tinha surgido. Vi o mesmo olhar em Piper.

Todo mundo sabia algo que eu não sabia. Algo grande.

O quê? O que podia ser? Talvez eu devesse ter incluído o nome de Isaiah na minha pesquisa, afinal de contas. Mas eu queria tanto que ele me contasse. Eu queria que pelo menos um pedaço do nosso relacionamento fosse verdadeiro e honesto.

Mas era só mais um final de semana que iríamos fingir. Isaiah segurava minha mão quando eles estavam próximos, mas não havia entusiasmo.

Nós comemos um jantar delicioso após chegarmos, e então fomos para a tal cabana, a que era de Kaine antes de Piper se mudar para a casa ao lado e os dois ficarem juntos.

Eu dormi na cama, Isaiah no sofá. Ele se certificou de acordar cedo e guardar a coberta e o travesseiro. Sem querer acordar os outros caso ainda estivessem dormindo, passamos uma hora no sofá tomando café, mas quase sem falar nada.

Eu olhava a floresta e ocasionalmente seu perfil.

Isaiah estava memorizando o padrão da madeira da mesa de centro como se fosse ter uma prova mais tarde.

Minha primeira Ação de Graças sem minha mãe já seria difícil o suficiente sem esses olhares vazios do *meu marido*. Nós estávamos em um lugar estranho, mas lindo, com pessoas que tinha conhecido ontem, e eu queria tanto que ela estivesse ali que era quase insuportável.

O final de ano seria péssimo esse ano. Nem uma vez em meus vinte e sete anos passei as festas de final de ano sem minha mãe.

O Dia de Ação de Graças era o seu feriado favorito, enquanto eu preferia o Natal – presentes e tudo. Nossa tradição nessa época era passar o dia todo na cozinha, preparando um banquete. Geralmente, éramos somente nós duas para comer, e teríamos sobras por uma semana.

Hoje eu não iria cozinhar. Eu me ofereceria para ajudar por educação e rezaria para minha ajuda ser negada. E iria aturar o silêncio de Isaiah como se ele não me incomodasse nem um pouco.

Algo havia virado a chave em Isaiah, mas o quê? Será que eu disse algo quando estava doente que o chateou? Eu queria conseguir lembrar. Foda-se a minha teimosia, eu também não ia perguntar. Ele só iria me ignorar.

— Vou me vestir. — Levantei-me do sofá. — E aí você vai querer ir para lá?

Ele acenou com a cabeça, seus olhos grudados na caneca vazia.

O que eu fiz? Fala. Por favor! O que foi que eu fiz?

Ele encarou a mesa.

Eu o perdi.

Meu coração quebrou. Meus sentimentos por Isaiah, aqueles que eu não estava pronta para admitir, se despedaçaram.

Eu desapareci no quarto que ficava na parte de trás da casa e coloquei calças jeans e um suéter. Passei desodorante, já que tinha tomado banho ontem à noite. Com meu cabelo trançado por cima de um ombro, saí do quarto com meus sapatos na mão a tempo de ver Isaiah abrir a porta.

— Bom dia. — Kaine bateu no ombro dele e secou as botas no capacho antes de entrar. Quando ele me viu, disse — Bom dia, Genevieve. Como você dormiu?

— Muito bem — menti. — Obrigada novamente por nos receber.

— Estou feliz que vocês puderam vir. — Kaine passou a mão por seu cabelo escuro, o tirando da testa.

Havia similaridades entre os irmãos Reynolds, mas eles não eram imagens espelhadas. O cabelo de Kaine era mais longo e seu rosto era coberto por uma barba escura. Eles tinham os mesmos olhos, mas os de Kaine eram felizes e cheios de vida. Toda vez que ele viu Piper do outro lado de um cômodo ontem à noite, eles se enchiam de amor. O mesmo acontecia quando ele olhava para seus meninos.

Kaine foi para a janela da sala que dava para a frente da cabana. Gabe e Robbie estavam brincando.

Não havia tanta neve aqui quanto em Clifton Forge, mas ambos os meninos vestiam roupas para neve dos pés à cabeça. Macacões. Casacos fofos. Botas. Chapéus com protetores de orelhas. Luvas. Tudo que eu podia ver eram bochechas rechonchudas, narizes vermelhos, olhos brilhosos e sorrisos reluzentes.

CAVALHEIRO PARTIDO

Eles eram perfeitos.

Aqueles gêmeos me faziam querer um par desses para mim algum dia. Uma família que fosse minha. Um amor para preencher aquele vazio no peito.

— Piper quer uma árvore de Natal — Kaine disse. — Eu disse aos meninos que iríamos procurar uma. Quer ir com a gente?

— Claro. — Isaiah acenou com a cabeça de pé ao lado de seu irmão. Eles eram mais ou menos da mesma altura, perto de um metro e noventa.

— Genevieve?

Eu nunca fui atrás de uma árvore de Natal. As minhas sempre vinham de qualquer igreja ou estande de acampamento juvenil que estava no estacionamento do mercado em Denver. Sim, eu queria ir. Uma nova aventura parecia uma bela distração.

Mas a única pessoa que parecia fazer Isaiah feliz era seu irmão. Talvez se eu não estivesse por perto, ele teria algum tempo para aproveitar de verdade e não sentir a necessidade de fingir.

— Vocês podem ir. Eu não trouxe roupa quente o suficiente para passear pelas montanhas.

— Piper tem um monte de coisa que você poderia pegar emprestado — Kaine ofereceu.

— Está tudo bem. Vou até lá e ver o que posso fazer para ajudar.

Isaiah pegou nossos casacos no gancho ao lado da porta. Rapidamente coloquei minhas botas, então me levantei e ele me ajudou a vestir o casaco. Provavelmente parecia fofo, um marido ajudando sua esposa a se agasalhar.

Exceto pelo fato de que Isaiah tomou cuidado para não me tocar, nem encostar as costas de seus dedos em meu suéter. Kaine não notou, mas eu notei.

— Você quer uma árvore? — Isaiah perguntou ao fechar o zíper de seu próprio casaco e colocar um gorro em sua cabeça.

— Nós teríamos como levar para casa?

— Podemos prender no topo do carro.

— Seria legal. — Agora que meu projeto de pintura havia acabado, eu estava sem coisas para me manter ocupada à noite. Decorar a árvore ocuparia pelo menos uma noite e me daria uma tarefa para superar a indiferença de Isaiah.

Kaine foi na frente e eu o segui; Isaiah fechou a cabana atrás de nós.

— Koda! — Gabe riu ao cair das costas do cachorro. A neve solta levantou em volta dele.

Quando entramos na casa de Kaine e Piper ontem à noite, me assustei

158   **DEVNEY PERRY**

com o cachorro andando pelo corredor para nos receber. Eu jurava que era um lobo.

Mas não era um lobo, só um cachorro. A não ser que você perguntasse aos gêmeos, que travavam Koda como um cavalo peludo.

No segundo que as costas de Koda ficaram livres, Robbie se jogou no cachorro, tentando subir. Koda desviou, fazendo Robbie cair no chão ao lado do irmão. Então ele lambeu o rosto pequenino dos meninos, causando uma onda de risadas que ecoaram pelas árvores.

Kaine riu, pegando um machado apoiado em um pilar no topo da escada da varanda.

— Vamos lá, meninos. Tio Isaiah vai com a gente.

Os gêmeos gritaram em uníssono, lutando para levantar-se com suas roupas grossas.

Kaine andou da direção deles, fez carinho na cabeça de Koda, e ajudou seus filhos a se levantarem, um de cada vez.

Olhei para Isaiah, abrindo a boca para desejar boa sorte, mas parei quando vi a expressão em seu rosto.

— Você está sorrindo. — O sussurro escapou. O sorriso desapareceu. Isso me ensinaria a manter a boca fechada. — Você gosta de estar aqui, não gosta?

— Estou contente por ver Kaine feliz. Ele merece.

— E você não merece?

— Não. — Isaiah desceu as escadas e se juntou ao irmão e sobrinhos, sem olhar para trás.

De pé no topo da escada, coloquei meus braços em volta da minha cintura. Ele acreditava verdadeiramente que não merecia ser feliz.

Será que ele se puniria para sempre pelos seus pecados? A prisão não foi o suficiente? Será que era por causa da tal Shannon, quem quer que ela fosse? No fundo de minha mente, eu sabia a resposta.

Shannon.

Ela era a chave de sua infelicidade. O que ela significava para ele? Ele ainda a amava?

Se ele se abrisse só um pouco, talvez eu soubesse como ajudá-lo. Talvez entendesse por que ele era assim e ajudasse a diminuir um pouco sua dor – ou pelo menos pararia de ficar magoada com ele.

Afinal, eu era sua esposa. Sempre achei que outra mulher apareceria, e seria ela que o curaria. Seria ela que colocaria brilho em seus olhos. Mas então

CAVALHEIRO PARTIDO

meses se passaram. Sentimentos brotaram. Ele não precisava de outra mulher para ultrapassar suas barreiras.

Isaiah precisava de mim.

Esperei até Kaine, Isaiah e os meninos estarem na trilha que ia mais fundo nas árvores, e então cruzei o caminho que ligava a cabana à casa principal.

Com uma leve batida na porta, sorri quando Suzanne a abriu para mim.

— Bom dia! — Ela me envolveu em um abraço, praticamente me puxando para dentro da casa. — Como você dormiu?

— Muito bem — menti novamente. A cada vez, ficava mais difícil evitar que a verdade viesse à tona. Mentir não deveria ficar mais fácil com a prática?

Segui Suzanne até a cozinha, inalando o aroma de sálvia, pão fresco e peru.

— Bom dia. — Sorri para Piper. — O cheiro está maravilhoso. Posso ajudar em alguma coisa?

Diga não.

— Obrigada. — Ela sorriu, tomando um gole de uma caneca. — Mas não. Nós estamos tirando uma folga. O peru está no forno, então temos algumas horas. Faremos o resto mais tarde.

— Você gostaria de um café? — Suzanne perguntou, indo até um armário para pegar uma caneca. — Ou chocolate quente?

— Café está ótimo. Obrigada.

Nós todas levamos nossas bebidas para a sala de estar, e nos sentamos nos sofás confortáveis que preenchiam o espaço.

— Estamos tão felizes que você pôde vir. — Piper apoiou a mão em sua barriga de grávida. — Estávamos tão ansiosos para te conhecer. Eu disse ao Kaine que deveríamos ir até você, mas ele está tão ocupado na loja. Tem encomendas fechadas para os próximos dois anos.

— Ele fez isso? — Passei os dedos pela mesa de centro de madeira feita à mão.

— Sim. — O sorriso dela era mais orgulhoso que o de Suzanne.

— É deslumbrante. — Mas a peça que realmente chamou minha atenção foi a mesa de jantar deles. Era de nogueira, encerada com um marrom escuro que revelava o desenho natural da madeira. Havia alguns pontos em que parecia que eu poderia colocar a mão dentro das tábuas e tocar as estriações.

— Sempre tive esperanças de que Isaiah iria querer trabalhar com Kaine — Suzanne disse. — Eles formam um time tão bom. Ambos são bons com as mãos. Mas...

Esperei que continuasse, mas ela simplesmente me olhou de um jeito, como se esperasse que eu soubesse a razão pela qual eles não trabalhavam juntos. Ela esperava que eu soubesse sobre o passado de meu marido quando eu não sabia.

A conversa mudou para os gêmeos e a empolgação deles em terem uma irmã mais nova. Eu enchi meu café mais uma vez antes de pedir licença para ir ao banheiro.

Eu estava descendo o corredor quando a voz de Piper me chamou a atenção.

— Ele está bem? — ela perguntou para Suzanne. — Ele parece... estranho. Talvez seja coisa minha. Kaine achou que ele parecia bem, mas não sei. Talvez sejam meus hormônios.

Meu coração subiu para a garganta. Elas deviam estar falando sobre Isaiah. Dava para ver que não estávamos apaixonados? Será que Piper suspeitava que nosso relacionamento era uma fraude?

— Ele tem seus altos e baixos. — Suzanne suspirou. — Ainda é difícil. Mas estou feliz que ele tem Genevieve. Quer dizer, deve ser um bom sinal ele finalmente ter se aberto. O casamento foi uma surpresa, mas eu estou vendo como uma coisa boa. Não pensei que ele superaria Shannon, mas o jeito que ele olha para Genevieve... há amor ali.

Não, nós só estávamos ficando bons demais em mentir.

Suzanne falava de mim como se eu fosse algum tipo de heroína. Será que ela me odiaria quando eu e Isaiah terminássemos nosso casamento? Perceberia que causei mais mal do que bem?

Eu queria mudar isso. Queria ajudar.

— Você acha que algum dia ele vai superar o acidente? — Piper perguntou.

Então foi um acidente, como eu suspeitava.

— Não sei — Suzanne respondeu. — Acho que quando vem aqui e vê Kaine feliz, ele se sente melhor. Talvez quando entender que Kaine o perdoou por Shannon, ele finalmente se perdoe também. Estou mais preocupada com o que aconteceu na prisão. Ele não fala sobre isso. Espero que converse com a Genevieve.

Não. Nem uma palavra.

Espera, o que eu estava fazendo? Estava me intrometendo na conversa delas. Claro, elas provavelmente ainda estariam conversando se eu estivesse sentada ao lado delas no sofá, porque esperavam que eu soubesse sobre o passado de Isaiah. Pensavam que eu sabia sobre Shannon.

CAVALHEIRO PARTIDO

Eu odiava bisbilhotar, me esforçando para escutar cada palavra.

Odiava que Isaiah estava tão ocupado se punindo que não confiava em mim.

Meu Deus, eu só queria a verdade. Prometi a mim mesma que não pesquisaria o passado de Isaiah. Mas será que isso era melhor? Escutar do que ler? Se eu ficasse aqui tempo o suficiente, talvez tivesse um gostinho. Mas culpa se espalhou por minhas veias e eu me senti muito mal com aquilo.

Isaiah iria confiar em mim quando — e se — ele me achasse merecedora.

Dei um passo, pronta para ir para a cozinha e dar alguma desculpa para mudarmos o assunto. Porra, eu até cozinharia se isso mudasse o assunto. Mas quando Suzanne começou a falar novamente, meus ouvidos insaciáveis devoraram cada uma de suas palavras.

— Rezo com todo meu coração para que ele fique com a Genevieve. Por muito tempo. Quando ele e Shannon ficaram juntos, estavam tão preocupados em esconder do Kaine até que o bebê nascesse. E aí quando ele finalmente a pediu em casamento… ela morreu. Não quero que ele perca mais um amor.

Meu estômago foi parar no pé. Cobri as orelhas com as mãos. Era informação demais, e eu não queria escutar mais nenhuma outra palavra.

Shannon era a mulher grávida que ele tinha matado. Talvez eu suspeitasse há um tempo, mas saber que era verdade não deixava mais fácil de ouvir.

Esse era o pesadelo de Isaiah. Ele matou sua noiva.

E o bebê deles.

CAPÍTULO DEZESSEIS

ISAIAH

— Ei, pessoal — Dash chamou da porta do escritório. — Façam uma pausa. Precisamos conversar.

Eu peguei um pano e limpei minhas mãos. Havia um pouco de graxa que só sairia com desengraxante, mas como Leo e Emmett não se preocuparam em parar na pia para se lavarem, também não me preocupei.

Dash estava sentado em uma cadeira do outro lado da messa de Presley. O lugar dela estava vazio e seu carro também não estava estacionado do lado de fora. Dash provavelmente a mandou para o banco ou correios antes de nos chamar. Ele parou de nos proteger dessas conversas – nós já tínhamos passado da fase de fingir que eu e Presley não corríamos risco ou que não sabíamos que algo ruim estava acontecendo. Mas, algumas vezes, ele mantinha Presley no escuro, a não ser que ela estivesse em perigo.

Os cotovelos de Dash estavam apoiados em seus joelhos. Na cadeira ao seu lado, Bryce estava com os braços cruzados e com a mandíbula tensa.

— Que foi? — Emmett perguntou, se sentando em uma das cadeiras perto da janela.

Leo continuou de pé. Eu também, usando o espaço ao lado dele para me apoiar na parede.

— Meu pai ligou dez minutos atrás — Dash disse. — A promotoria terminou de apresentar o caso.

— Já? — Leo perguntou.

— É. — Dash suspirou. — Eles terminaram mais rápido do que Jim esperava. Agora é a vez dele de apresentar.

Merda. Genevieve sabia? Ela deveria saber. Ela só não me mandou uma mensagem.

Duas semanas e meia se passaram desde que fomos até Lark Cove para o Dia de Ação de Graças, e, nesse tempo, quase não conversamos, mas ela era uma constante preocupação em minha mente.

Preciso achar um jeito de libertá-la.

Meu Deus, eu sentiria falta dela. Mas esse casamento, esse casamento falso, estava nos matando.

Nós éramos frios um com o outro como o ar de dezembro. Eu podia aguentar o silêncio. Não era difícil para mim.

Mas de vez em quando eu a pegava me olhando. Observando. Quando eu a olhava, seus olhos estavam cheios de pena.

Eu odiava esse olhar para caralho.

E aqueles olhares começaram depois do feriado. Se eu tivesse que adivinhar, diria que minha mãe e Piper falaram demais. Será que contaram sobre o acidente? Sobre Shannon?

Apesar de estar puto por elas terem falado com Genevieve sobre assuntos de família, eu não podia exatamente culpá-las. Sem dúvida, pensaram que ela já sabia.

Falar sobre o assunto com Genevieve não era uma opção. Se elas não contaram, só levantaria mais questionamentos. Eu estava farto das perguntas. Dos segredos. Das mentiras.

Da pena.

Fodam-se as razões por termos feito o que fizemos. Viver desse jeito estava me comendo vivo. E manter Genevieve amarrada a um homem como eu não era justo. Ela merecia mais.

Era hora de deixá-la ir. Era hora de acabar com isso. Eu lidaria com as consequências.

Era hora de planejar uma saída estratégica.

— E agora? — Emmett perguntou.

— Nada. — Bryce bufou. — Não temos nada. Nenhuma pista. Nenhuma informação para seguir. Quem quer que seja que nos sequestrou, desapareceu. Quem quer que seja que Amina estava namorando, aquele cara chamado Lee, sumiu. E isso me deixa puta.

Dash colocou a mão no joelho dela, que quicava agitado. — Nós sempre soubemos que isso podia acontecer.

— Não é o suficiente, Dash. — Ela se levantou da cadeira e andou de um lado para o outro do cômodo. — O que acontece se esse cara decidir que você é o próximo? Ou Emmett? Ou Leo? Estamos de mãos amarradas. Ele está lá fora, vendo seu plano se desenrolar. Draven será preso. E o resto de nós ficará olhando por cima dos ombros pelo resto de nossas vidas. Nós não podemos viver assim.

Seu queixo tremeu, seus braços apertando ainda mais em volta das costelas. Dash saiu como um raio de sua cadeira, puxando-a para seus braços, e ela encostou a testa em seu ombro.

— Ela está certa. — Leo respirou fundo. — Draven vai para a prisão e esse cara vence. E se realmente tiver algo a ver com alguma antiga guerra com os Gypsies, nós somos os próximos.

Mesmo eu não estava a salvo. Eu nunca fui um Tin Gypsy, mas também estava naquela confusão.

— O que nós podemos fazer? — perguntei.

— Nós tentamos de tudo. Cada coisa do caralho. — Emmett passou a mão no cabelo.

— Acho que temos que fazer um esforço maior para achar o namorado da Amina. — Bryce se soltou de Dash, fungando. Ela não era de chorar, então vê-la assim era estranho. Talvez fossem os hormônios da gravidez, mas ela estava se entregando.

— O namorado é um fantasma — Emmett disse. — Um beco sem saída.

— Mas ele é tudo que temos — Bryce insistiu. — Ele é a única pessoa na vida de Amina que não achamos. E isso não parece suspeito? Ela estava se encontrando com esse cara, morre e ele simplesmente desaparece?

— Talvez eles tenham terminado antes de ela morrer. — Amina ficou com Draven naquele motel. Pelo bem de Genevieve, eu esperava que Aminha não tivesse traído. De novo. — Isso explicaria por que ele nunca apareceu. Talvez ela já tivesse terminado, então estava livre para ficar com Draven.

Bryce acenou com a cabeça.

— Talvez. Mas não vamos saber de nada até o encontrar.

— Como, linda? — Dash se sentou novamente em sua cadeira. — Tudo que nós temos é um primeiro nome. Lee não é exatamente um nome raro.

— E Genevieve revirou seu cérebro — eu disse. — Ela não consegue lembrar de mais nada.

— E as coisas da Amina? — Bryce perguntou. — A Genevieve encontrou algo nelas que possa ser do Lee?

— Não. Nada.

— Porra — ela murmurou.

A porta de um carro bateu do lado de fora, chamando nossa atenção. Genevieve andou de seu carro até as escadas. Ela estava com o olhar perdido, vazio, olhando para chão de cimento sem neve.

CAVALHEIRO PARTIDO   165

— Já volto. — Corri para a porta, em tempo de parar Genevieve antes de ela passar o quinto degrau.

— Ei. Você não me mandou mensagem para te buscar.

— Não, não mandei — ela falou bruscamente. — Pra variar, eu quis dirigir sozinha para casa.

— Você está sabendo do julgamento.

— Sim.

— O que Jim falou?

Ela suspirou.

— A promotoria tem um forte argumento e as coisas não parecem boas. Eles tinham três testemunhas presentes: a que viu Draven chegar e sair do motel, um especialista em digitais para a faca e um técnico do laboratório criminal, para confirmar o DNA e o sangue. Acabou. Então eu decidi tirar o resto do dia de folga.

— Você está bem?

— Fantástica — ela falou sem emoção. — Draven será preso por matar minha mãe. A vida é maravilhosa.

— Nós estávamos falando sobre isso. — Apontei com o dedão por cima do ombro para o escritório. — Vamos lá.

— Não, obrigada.

— Por favor? Você não é a única que está chateada.

— Está bem. — Ela resmungou mais alguma coisa antes de descer as escadas. Ela me deu aquela porra de olhar piedoso quando abri a porta, acenando para ela entrar e sair do frio.

— Sinto muito, Genevieve. — Bryce levantou e deu um abraço em sua amiga.

— Eu também. — Genevieve soltou o cachecol de seu pescoço e se sentou na cadeira ao lado de Emmett.

— Nós estávamos falando do que podemos fazer — eu disse a ela ao me sentar ao lado dela na última cadeira vazia.

— Nada. — Ela sacudiu a cabeça, procurando pelo bloco em sua bolsa. — Não tem nada para fazer. Eu passei e repassei tudo. Investiguei cada pessoa que poderia estar envolvida e não há nada para achar.

— Você fez o quê? — Dash perguntou, trocando um olhar com Bryce.

— Investiguei. — Genevieve sacudiu o bloco. — Registros criminais. Antecedentes criminais. Informações pessoais. Pesquisei sobre todos os associados conhecidos do Tin Gypsies Moto Clube, inclusive você, e qualquer pessoa que eu pudesse encontrar ligada ao Warriors.

O cômodo ficou em silêncio.

Eu pisquei, meus olhos grudados naquele bloco. Meu nome estaria ali? Foi assim que ela descobriu sobre mim? Ela sabia esse tempo todo?

Meu coração acelerou com uma mistura de medo e raiva que ela tivesse mantido isso escondido de mim. Quando ela fez tudo aquilo?

— Por que você não me contou? — Bryce perguntou.

— Por quê. — Seus ombros caíram. — Não tem nada, então por que isso importa?

Emmett levantou a mão.

— Você se importa se eu der uma olhada?

Ela se agarrou ao bloco por um segundo, então suspirou e o entregou.

Ele passou pelas páginas rapidamente, acenando com a cabeça enquanto passava.

— Estou impressionado. Você colocou quase todo mundo aqui. Inclusive a gente.

Genevieve pegou o bloco de volta e olhou para Bryce.

— Exceto você. E Isaiah.

O ar fugiu de meus pulmões. Então ela não revirou meu passado. Ela respeitou minha privacidade, mesmo querendo tanto saber. Ela aguardou, me dando tempo, esperando que eu me abrisse.

Porra.

— Você fez isso pelas nossas costas — Dash perguntou.

Genevieve levantou o queixo.

— Sim, fiz. Porque eu não conhecia vocês.

Dash a fuzilou com o olhar e abriu a boca, mas Bryce falou por cima dele.

— Eu acho que foi inteligente. Eu teria feito a mesma coisa. Só queria que você tivesse encontrado algo.

— Eu também — Genevieve murmurou.

— Ainda acho que o namorado da sua mãe talvez nos dê alguma pista.

Genevieve acenou com a cabeça.

— Eu também. Minha mãe era sempre tão vaga em relação a ele. Sempre dizia que era casual, o que faria sentido se ele fosse um Warrior. Ela não ia querer me colocar no meio disso.

E claramente Amina gostava de motoqueiros.

— Você encontrou alguma menção de um cara chamado Lee? — Emmett perguntou. — Porque eu fiz minha própria pesquisa e não achei porra nenhuma.

— Nada. — Genevieve passou o dedão pelo bloco. — Talvez algum

CAVALHEIRO PARTIDO

de vocês possa olhar os nomes. Nenhum dos Warriors que encontrei se chama Lee, mas talvez tenha pulado alguém.

— Vou olhar. — Emmett acenou com a cabeça.

— Quando você arrumou as coisas dela, não viu nada que pudesse ser dele, viu? — Bryce perguntou.

Genevieve sacudiu a cabeça.

— Nada que me chamasse a atenção. Mas eu podia olhar tudo de novo. Só para ter certeza.

— Faça isso — Dash ordenou, sua testa ainda franzida. — E as coisas delas? Estava faltando alguma coisa?

— Eu não fiz exatamente um inventário das coisas da minha falecida mãe.

— Então faça agora — Dash ladrou.

Eu dei um passo para a frente, pronto para me intrometer, mas Genevieve notou e levantou a mão, me fazendo parar.

— Por quê? — ela perguntou Dash.

— Porque talvez ele tenha pegado algo dela. Uma joia ou bijuteria ou sei lá. Algo de valor. Se ele penhorou na cidade ou até em Bozeman, nós talvez possamos rastrear.

— Ah — ela murmurou. — Ok.

— Alguma notícia dos Warriors? — Leo perguntou.

— Nenhuma palavra — Dash respondeu. — O que normalmente seria uma boa coisa, mas minha intuição me diz que nós teremos notícias do Tucker em breve.

— Você acha que ele não acreditou em nós? — Genevieve perguntou.

— Acho que as mãos dele também estão atadas. Ele quer saber quem matou seu homem. Esse é o mesmo cara que estamos procurando. Nós não vamos parar. E nem ele vai.

Caralho. Isso algum dia acabaria?

Pelo menos duas vezes na semana eu acordava com aquela porra de pesadelo se repetindo. Genevieve estava no banco do passageiro do carro. As grades de um caminhão esmagadas no vidro quebrado de sua janela. Seus olhos não tinham vida e sangue escorria de sua boca.

Esse seria o destino dela? Ela também morreria se ficasse aqui? Já bastava. Era hora de livrá-la desta merda e deixá-la continuar com sua vida.

O melhor lugar para Genevieve era bem longe de mim. Ela não iria embora por vontade própria, não até saber que eu estava livre do perigo. Talvez se encontrássemos o homem que matou sua mãe, seríamos capazes de convencer os Warriors de que ele também matou o homem deles. Então ela também estaria segura para ir embora.

Eu a ajudaria a olhar as coisas de sua mãe e rezaria para encontrarmos uma pista.

— Você acha que vale a pena examinar as finanças de Amina novamente? — Emmett perguntou a Dash.

— Novamente? — Genevieve questionou antes que Dash pudesse responder. — Será que eu quero sequer saber como você consegue fazer isso?

— Provavelmente não. — Emmett deu de ombros. — Eu não encontrei nada na primeira vez. Talvez valha a pena uma segunda olhada.

Genevieve se levantou da cadeira, pegando seu cachecol e bolsa.

— Eu aviso se encontrar alguma coisa.

Ela saiu pela porta antes que alguém pudesse responder. Tinha um brilho de lágrimas em seus olhos.

— Você precisa de mim pelo resto do dia? — perguntei a Dash. — A lista de trabalhos está fazia. Eu estava só limpando tudo.

— Não, vai em frente. Está bem parado. Eu termino.

— Obrigado. — Voltei para a oficina, abri meu macacão e o removi para pendurá-lo em um gancho para o dia seguinte. Então fui para a pia e esfreguei as mãos, dando o meu melhor para remover a graxa.

Minhas cutículas estavam rachadas, as pontas dos dedos feridas. Minhas mãos eram normalmente ásperas, mas com o ar dessa época do ano tão seco, eu tomava um cuidado extra. Presley colocou um pote de hidratante perto da pia para usarmos, e eu passei um pouco. Peguei minha aliança no bolso e a coloquei no dedo, e então me aventurei para o apartamento no andar de cima.

Genevieve estava no sofá quando entrei. Seus joelhos estavam encostados no peito. Seus braços em volta deles, os abraçando apertado.

— Você está bem?

— Estou.

Ela não estaria *bem* de verdade até tudo isso acabar.

Tirei minhas botas, e as colocando em cima do capacho para não sujar o apartamento com neve. Então cruzei o cômodo e me sentei ao lado dela no sofá, com uma almofada de distância.

— Por que você não me contou da sua investigação?

Ela levantou um ombro.

— Porque não havia nada para contar. E era algo que eu podia fazer sozinha. Eu só precisava... eu precisava tentar.

CAVALHEIRO PARTIDO   169

Fazia sentido agora porque ela andava tão frustrada. Estava procurando por pistas e não conseguia encontrar nada.

— Eu estava pensando em uma coisa... — Passei a mão em minha mandíbula, relaxando a região. Eu estava pensando nisso há semanas, mas as palavras se embolavam na minha boca.

— O quê?

— Assim que o julgamento acabar, quando soubermos o que vai acontecer com Draven... — Respirei fundo. — Acho que você deveria ir.

— Ir? — Ela piscou. — Para onde?

— Embora. Sair da cidade. Sair dessa vida.

— O quê? — Ela soltou as pernas e virou para me olhar. — E você?

— Ficarei bem. — E se não ficasse, não seria mais um problema dela. — Os policiais não encontraram nada. Duvido que encontrarão. Eles provavelmente não estão nem procurando.

— E os Warriors?

— Se eles decidirem retaliar, seria melhor que você já tivesse ido embora.

Ela ficou boquiaberta.

— Então... a gente só se separa?

— Sim.

Ela me olhou por um bom tempo. A surpresa em seu rosto sumiu. Seus ombros desceram.

— É tão difícil assim ficar perto de mim?

— Quer saber a verdade? — Engoli em seco. — Sim.

Ela se encolheu.

Era impossível ficar perto dela, sabendo que eventualmente ela iria embora. Era exaustivo manter uma certa distância, quando tudo que eu queria era abraçá-la.

— Nós nunca deveríamos ter feito isso — sussurrei.

Genevieve se levantou do sofá e marchou para o banheiro. Bateu a porta, e o barulho sacudiu as paredes.

Deitei a cabeça no encosto do sofá. *Feito. Estava feito.*

E eu era um filho da puta por machucá-la.

Havia um pequeno pedaço no teto que Genevieve perdeu quando estava pintando. Não era maior que uma moeda, mas dava para ver o branco gelo da tinta antiga se você olhasse daquele ângulo. Ela iria consertar se soubesse, mas eu não diria uma palavra. Eu queria aquela mancha para me lembrar dos meses que passamos juntos.

Genevieve podia estar chateada agora, mas veria que essa foi a decisão certa. Eventualmente, ficaria aliviada que minhas correntes não estavam mais em volta de seu tornozelo.

A porta do banheiro abriu e aquela Genevieve chateada que entrou no banheiro tinha desaparecido. Ela andou descalça pelo apartamento, parando bem na minha frente.

— Qual o verdadeiro motivo para você estar fazendo isso?

— Será melhor se terminarmos agora.

— Não acredito em você. — Ela manteve o queixo levantado. — Eu abri meu coração para você. Contei tudo sobre minha mãe. Sobre como eu estava realmente me sentindo. Coloquei tudo para fora. Eu me abri e deixei você ver meu lado feio. Você é a única pessoa no mundo que me conhece realmente. Por que você não pode fazer o mesmo?

Eu olhei para seu belo rosto avermelhado e fiquei quieto. Silêncio era minha armadura. Porque se *eu* me abrisse, nunca mais seria capaz de fechar as feridas.

— É isso? — ela sussurrou. — Isaiah, eu quero ajudar. Eu quero te dar apoio como você me deu. Mas você precisa falar sobre o acidente. Se não comigo, então com alguém. Eu vejo a culpa. Essa dor nos seus olhos e isso me mata...

— Quem te contou sobre o acidente? Ou você pesquisou?

Ela piscou. Seu rosto empalideceu.

— Pesquisou? — demandei, mais alto dessa vez.

— Não. Eu não pesquisei. E-eu estava...

Eu me levantei rapidamente do sofá, meu coração acelerado. O movimento a forçou a dar dois passos para trás.

— Alguém te contou. Quem? Foi minha mãe? Porque ela não tinha o direito.

— Ela não me contou nada. — Genevieve levantou as mãos. — Eu escutei quando ela e Piper conversavam no feriado. Eu não deveria ter escuta...

— Não, você não deveria. Não é da porra da sua conta. Isso é entre mim e minha família.

— Então não me leve para conhecer sua família — ela gritou. — Não os culpe por achar que você contaria para sua *esposa* sobre sua noiva. Que vocês iam ter um bebê. Que ela morreu em um acidente e você continua se culpando por isso.

Ela entendeu tudo errado. Ela me via como se tudo tivesse sido um desastre. Não, eu era um assassino.

CAVALHEIRO PARTIDO 171

— Você não sabe do que está falando.

— Exatamente! — Ela jogou as mãos para cima. — Eu não faço a porra da ideia do que estou falando porque você — ela me cutucou no peito forte o suficiente para deixar uma marca vermelha. — Você não me conta nada.

Fechei a boca.

As narinas dela dilataram quando ela também se calou.

Nós ficamos lá em um impasse silencioso. Se ela estava esperando que eu falasse, devia que saber que não iria. Não podia.

Finalmente, sua respiração arfante diminuiu. Seu olhar furioso se acalmou.

— Você está certo. O que eu estou fazendo aqui? Nem importa mais. Eu estava errada sobre a lei.

— O quê? Fala isso novamente.

— A lei. Eu estava errada. Montana não tem o privilégio de testemunho como eu achei que tinha, o que significa que esse casamento estava condenado desde o início.

Minha cabeça estava rodando. Ela estava dizendo que nós não precisámos ter nos casado? Que isso não nos protegeria? Há quanto tempo ela sabia?

Por que ela ficou?

— Espera, eu…

— Então você está certo. — Genevieve bufou. — Nós somos estranhos. Eu te chamo de meu marido. Você me chama de sua esposa. Mas nós somos estranhos. Porra, você até se encolhe toda vez que eu te beijo.

Eu não estava entendendo nada do que aquela mulher dizia. Eu não me encolhia quando a beijava.

— Do que você está falando?

— Estou falando disso. — Ela colocou meu rosto em suas mãos, me puxando para um beijo.

A maciez dos lábios dela, seu gosto sutil… fiquei tenso.

Eu sempre ficava.

Era o único modo de me segurar.

Ela me soltou e apontou para meu rosto.

— Aí. É isso. Você parece que vai sair do próprio corpo porque eu te beijei. E sabe o que mais? Eu te odeio por isso. *Eu te odeio por isso.* Porque eu sempre fico ansiosa esperando cada um desses beijos de mentira, mesmo parecendo que você …

Eu grudei seus lábios nos meus. Coloquei a mão por trás das suas costas e a puxei para meu peito. Passei a língua por seu lábio inferior. Eu gemi em sua boca quando ela me deixou entrar para sentir seu gosto. Eu a beijei do jeito que queria beijá-la há meses.

Genevieve tinha o poder de me destruir completamente. Minha vida ficaria em ruínas quando ela fosse embora. Esse beijo não mudaria o futuro.

Mas joguei esses pensamentos para longe.

E beijei minha esposa.

CAPÍTULO DEZESSETE

GENEVIEVE

Isaiah tinha me beijado. Ele *estava* me beijando.

E porra, seu gosto era bom.

Eu me entreguei ao beijo, saboreando. Tremi quando suas mãos ásperas passaram por minhas curvas. E relaxei em seus braços fortes me segurando.

A qualquer momento, ele iria se distanciar de mim. Iria se retrair atrás daquelas paredes altas de proteção, e qualquer chance que eu teria de ultrapassá-las iria evaporar. Então eu aproveitei aquele beijo. Cada lambida molhada, cada mordiscada forte, rezando para que continuasse só mais um pouquinho.

Isaiah soltou um grunhido na minha boca e aprofundou o beijo. Minhas mãos estavam entre a gente, meus dedos abertos sobre sua camiseta, pressionando firme e sentindo seus músculos definidos embaixo. Arrisquei um movimento e deixei minha mão descer. Seu abdômen realmente era tão duro quanto parecia.

Seus lábios se soltaram dos meus e meus olhos se abriram. Eu esperava ver nojo ou repulsa. Em vez disso, seu olhar era de puro desejo. A cor dos seus olhos escureceu, o anel exterior cor de chocolate se misturava nas partes verde e ouro enquanto Isaiah segurava meu rosto.

Segurei a respiração.

Ele me beijaria? Ou me soltaria?

Eu não estava pronta para esse casamento – falso casamento – acabar.

— O que eu faço? — ele sussurrou.

— Me beije — sussurrei de volta.

Ele abaixou a cabeça, inclinando a minha na posição que ele queria. O primeiro beijo tinha sido uma libertação. Um teste. Mas o que veio em seguida era tão poderoso e quente, que me deixou tonta.

A língua de Isaiah passou pelos meus lábios, acariciando a minha em lambidas longas e relaxantes. Ele mexeu o quadril para a frente, me deixando sentir a ereção atrás de seu zíper.

Gemi, meus joelhos enfraqueceram. Nós estávamos nos movendo tão lentamente, que parecia que estávamos balançando no lugar, até eu perceber que Isaiah nos levou para a cama.

Meu coração acelerado parou.

Era isso que íamos fazer? Sexo? Meu desejo cresceu. Eu queria Isaiah mais do que eu já quis qualquer outro homem em minha vida, mas será que era uma boa ideia? Nós estávamos brigando minutos atrás. Ele me pediu para ir embora.

Seus dedos saíram do meu rosto e desceram pelo meu pescoço. Eles pressionaram minha pele, me marcando com seu toque enquanto desciam mais. Com sua mão larga, ele segurou meu seio através do suéter, enchendo sua palma.

Minha respiração falhou. Minha cabeça caiu para o lado e arqueei em sua pegada. *Pare de pensar.* Desliguei meu cérebro, o senso comum e a preocupação. Eu não ia pensar demais nisso e sabotar a única coisa boa que senti em meses.

Isaiah estava me beijando. Não tínhamos uma audiência. Não tínhamos motivos por trás daquilo. Aquele beijo era meu.

E ele também era nesse momento.

Coloquei a mão na bainha de sua camiseta, levantando-a acima do umbigo, para sentir a pele quente embaixo. O toque fez os músculos de Isaiah se contraírem ainda mais, mas não como se estivesse se encolhendo. Era apenas a tensão com o toque de um amante. A antecipação porque eu passaria meus dedos pela cintura de sua calça jeans. O momento que minhas unhas passaram pela linha de pelos abaixo de seu umbigo, nosso beijo ganhou uma nova intensidade, sua língua reivindicava ao invés de apenas explorar. Nossas bocas eram uma só.

Eu fui para o botão de seu jeans, precisando de ambas as mãos para abrir. Isaiah usou sua outra mão para agarrar minha bunda.

— Genevieve — Isaiah avisou, separando nosso beijo.

Não. Esmoreci. Fui longe demais. Rápido demais.

— Eu quero — respondi imediatamente, implorando com os olhos. — Uma vez. Só uma vez.

Isaiah estudou meu rosto, uma linha formando entre suas sobrancelhas. E então, depois do que pareceu serem horas, ele concordou com a cabeça.

CAVALHEIRO PARTIDO   175

Fiquei na ponta dos pés, esmagando minha boca na dele. Minhas palmas passaram por seu cabelo curto por um breve momento antes de me mover em um frenesi para tirar sua camisa. Com ela levantada entre nós, puxei o zíper de seu jeans. Ele me acompanhou a cada passo, até meu suéter ser removido por cima da cabeça e a renda preta de meu sutiã roçar contra sua pele.

Ele colocou a mão por trás da cabeça e arrancou sua camiseta antes de voltar para mim, segurando um seio com uma mão e a outra descendo o zíper lateral da minha calça social. Ela caiu de uma vez só aos meus pés descalços.

E então eu estava no alto e movendo, meus lábios se separaram dos do Isaiah quando ele me levantou pelas coxas.

Meu centro estava pressionado contra sua ereção, a fina dor virando uma pulsação que não podia ser ignorada. Eu coloquei os braços em volta dos ombros dele, segurando enquanto ele me deitava na cama. Seu nariz desceu pelo meu pescoço e ele respirou fundo, absorvendo meu cheiro.

Então sua língua voltou a trabalhar, me lambendo como se minha pele fosse feita de sorvete que derretia. As mãos de Isaiah foram para sua calça jeans, a descendo pelos quadris. Olhei para baixo, para ver as cuecas boxer pretas que passei a amar. Elas continham seu volume tensionado, mas por muito pouco.

Ele se levantou de mim, segurou uma das minhas mãos e me puxou para me sentar. Então, ele abriu o fecho do meu sutiã, substituindo a renda com suas mãos.

— Ah, Deus — gemi, minha cabeça rolando solta no momento que ele apertou meus mamilos entre aqueles dedos calejados. Eu me remexi e levantei os quadris, desesperada para sentir seu pau grosso pressionar contra minha calcinha.

Ele nos colocou mais para o centro da cama, apoiando seu peso entre meus quadris e abrindo minhas coxas. Meu sutiã estava esticado atrás de mim, de um cotovelo ao outro. Meus joelhos estavam levantados e dobrados, minhas pernas abertas. Era uma posição libertina, sem barreiras. Fechei os olhos e ofereci meu corpo para que ele o tomasse.

Isaiah desenhou uma linha longa e fria com a ponta de sua língua da minha clavícula até o vale dos meus seios. Ele então se distanciou, me deixando com frio e sem ar. A cama sacudiu quando ele saiu.

Meus olhos continuaram fechados. Minha respiração saindo em arfadas pesadas. Ele iria voltar? Se ele parasse agora, eu teria que sair correndo daquele apartamento. A humilhação me obrigaria a desaparecer para sempre.

Seus joelhos bateram na cama e um grito de alívio quase escapou meus lábios. Eu criei coragem para abrir os olhos. Eles arregalaram quando eu vi um Isaiah gostoso e totalmente nu vindo na minha direção.

Meu Deus, ele era lindo. Ele era feito de pele tatuada esticada em cima de músculos definidos. Um trabalho de arte e beleza.

Isaiah olhava no espelho e via infindáveis peças quebradas, mas talvez minhas peças quebradas se encaixariam nas dele. Juntos, formaríamos um inteiro.

Minhas mãos foram para minhas calcinhas, tirando-as enquanto levantava meus quadris da cama. Os olhos de Isaiah estavam grudados na minha buceta quando fiquei nua e chutei a renda preta para o chão, tirando também as alças do sutiã.

Ele engoliu em seco, levantando os olhos para encontrar meu olhar.

— Caralho, eu não te mereço.

— Me come mesmo assim.

Nós éramos um borrão quando ele capturou minha boca em outro beijo escaldante. Eu estava zonza e tremendo quando ele se posicionou em minha entrada e nos moveu juntos.

Eu arfei com a conexão. Eu estava quase cheia demais, eram muitas sensações. Sexo nunca tinha sido assim, quase me consumindo por inteiro. Eu também me entreguei, segurando o rosto de Isaiah em minhas mãos para beijá-lo novamente quando ele começou a se mexer com metidas lentas e profundas.

A construção do meu orgasmo foi como uma tempestade se formando; as nuvens ondulando, os raios chegando, até que não havia outra escolha a não ser desfrutar do temporal.

— Isaiah — eu gemi, quando meu orgasmo chegou.

Ele grunhiu meu nome, colocando a cabeça no meu cabelo quando seu corpo tremeu contra o meu. Uma fina camada de suor cobria nós dois quando ele gozou dentro de mim. E então desabou, caindo em cima de mim enquanto nós dois curtíamos aquele momento.

Eu me agarrei nele. Ele se agarrou em mim. Seus braços escorregaram por baixo das minhas costas, me segurando apertado.

Nós dois precisávamos dessa conexão há tempo demais.

— Nós não usamos camisinha. — Ele suspirou, saindo de mim. Ele se jogou no espaço vazio ao meu lado, olhando para o teto. Estava frio sem seu corpo no meu. — Porra. Desculpa. Eu nem tenho nenhuma.

— Eu tomo pílula. E não tenho nada. Não fico com ninguém há um bom tempo.

CAVALHEIRO PARTIDO

— Eu também não.

E a Shannon? Agora não era a hora de pensar nela. Não aqui, nessa cama. Não quando, por alguns minutos, ele foi meu.

Saí da cama e andei até o banheiro com as pernas bambas para me limpar. Eu esperava encontrar o Isaiah no sofá quando saí, com suas barreiras de volta no lugar. Mas quando saí nua, meus pés vacilaram ao vê-lo na cama embaixo das cobertas.

Meu lado estava descoberto e esperando.

— Não estou pronto para isso acabar. — Ele me olhou com desejo. — Ainda não.

Nem eu. Sorri e fui até a cama para me deitar ao seu lado.

Nós nos deitamos abraçados. Minha cabeça em seu peito. Sua mão fechada sobre a minha em seu abdômen. Nossas pernas entrelaçadas.

As peças se encaixavam.

— Oi. — Meu rosto corou quando saí do banheiro na manhã seguinte.

— Ei. — Isaiah virou do seu assento na mesa que separava a cozinha e o sofá. Só havia duas cadeiras, e mal cabia uma pizza naquela mesa. Mas nós compartilhávamos refeições ali há meses.

Ele se vestiu enquanto eu estava no banho. Estava vestindo jeans desgastados e sua camiseta preta usual, descalço.

Eu andei pelo apartamento, desejando que nós pudéssemos ter ficado na bolha de ontem. Passamos a noite toda na cama, alternando entre transar e dormir, até que eu caí em um sono sem sonhos. Quando a luz da manhã entrou pelas janelas, a realidade chegou. Eu acordei e encontrei Isaiah no sofá. Ele foi para lá em algum momento durante a noite.

— Então... — essa era a manhã mais desajeitada da minha vida. Pior do que a primeira manhã que ele ficou aqui depois que nos casamos. — Deveríamos conversar?

Ele suspirou, concordando com a cabeça enquanto olhava para sua caneca de café.

Café. Café seria bom.

Eu fui para a jarra, enchi uma caneca e misturei um pouco de leite, usando as tarefas domésticas para evitar direto contato visual.

Por que eu o chamei para conversar? Eu não queria conversar. Eu queria escapar desse apartamento e ir trabalhar, onde eu poderia me perder em documentos e pesquisas, onde eu não teria que pensar sobre sexo com Isaiah.

Sexo de explodir a mente e acabar com um casamento.

Merda. Eu era muito burra.

A única coisa com que fui capaz de contar nesses últimos meses foi Isaiah. Ele era a única coisa constante na minha vida, mesmo que seu comportamento variasse entre o acolhedor e o frio. Ele podia ser carrancudo e soturno, mas sempre estava ao meu lado. Sua amizade era o relacionamento mais importante da minha vida.

Depois da noite passada, eu poderia me despedir disso tudo. Mas não podia evitar a conversa. E antes que falássemos sobre o sexo, tínhamos que abordar tudo que veio antes.

— Você realmente quer se separar? — perguntei, olhando a colher mexer no líquido bege em minha caneca.

— Sim.

Não chore. Eu não iria chorar. Pelo menos não agora. Esperaria até estar na segurança do banheiro do trabalho.

Antes, eu estava tão focada em sair de Clifton Forge que não notei o quanto passei a gostar da cidade. Era meu lar. Esse apartamento era meu santuário. Eu amava meu trabalho e não estava pronta para abrir mão dele ainda. Encontros para tomar café com Bryce e cafés da manhã aos domingos com Draven preencheram um buraco no meu coração.

E no meio disso tudo estava Isaiah.

— Por quê? — sussurrei. Ele estava infeliz aqui?

— Para o seu próprio bem.

Eu olhei aqueles olhos atormentados e meu coração apertou. Será que o sexo piorou tudo?

— Não entendo. Por que você se enxerga tanto como um monstro?

— Porque eu sou.

— Você não é. Você acha que ficaria quando não precisava mais se pensasse que você era um ser humano horrível?

Eu fiquei porque havia muita coisa boa nele, mesmo que ele não visse.

— Isaiah, eu fiquei. Por você.

CAVALHEIRO PARTIDO

— Não deveria. — Seu pomo de Adão moveu. — Eu matei Shannon.

— Mas foi um acidente. — Certo? Eles chamavam de acidente por uma razão, porque não havia um culpado.

— Você só pegou uma parte da história da minha mãe.

— Então me conte a história toda. Por favor? — supliquei.

Isaiah se levantou e esfregou a nuca quando andou de um lado para o outro no espaço na frente do sofá.

— Não gosto de falar sobre isso.

— Ou você me conta, ou fico tentando adivinhar. Estou tentando há meses. Você realmente acha que a verdade é pior do que qualquer coisa que imaginei?

Ele foi para o sofá, desmoronando na beira.

— Shannon era minha melhor amiga. Eu a conheci depois que ela apareceu na porta do Kaine uma manhã e disse a ele que estava grávida.

Eu me encolhi, o café quase transbordou pela borda da minha caneca.

— Kaine?

Ele acenou com a cabeça.

— Eles se conheceram e um bar. Ficaram juntos. Depois cada um seguiu seu caminho. Ela voltou quando descobriu que estava grávida.

— Ah. — O bebê não era do Isaiah.

— Ela se mudou para a casa dele, mas eles não estavam juntos. Kaine não aceitaria de outra forma. Não queria perder nada da gravidez. Eles namoraram por um tempo. Ele até pediu Shannon em casamento, mas eles não se amavam, não desse jeito. Ela o rejeitou.

Meu coração estava na garganta enquanto ele falava. Sua voz tinha tanta dor e arrependimento, que era difícil respirar.

— Eles não funcionaram como casal, mas como companheiros de casa, as coisas iam muito bem. A animação por causa do bebê fazia todo o resto ser menos importante. Minha mãe estava nas nuvens. Eu estava ansioso para ser tio. E Shannon, ela seria uma boa mãe. A melhor. Não importava aonde ela fosse, ela tinha um livro sobre gravidez na bolsa. Acho que ela tinha quase memorizado aquela coisa toda quando... hum... morreu.

— Como ela morreu?

— Eu a matei.

Ele continuava dizendo isso, mas não fazia sentido. Ele não era um assassino. Ele era um protetor. Um bom homem com um coração quebrado.

— Como? — Eu precisava dos detalhes para provar que ele estava errado.

— Ela estava lá o tempo todo. Na casa do Kaine. Ele era meu irmão. Meu melhor amigo. Então eu também ficava muito na casa dele.

— Você se apaixonou por ela?

Ele olhou vagamente para o outro lado do apartamento.

— Ela sorria o tempo todo. E me amava. Ela me escolheu, não ao Kaine. Poucas pessoas faziam isso.

— Kaine sabia?

Isaiah sacudiu a cabeça.

— Não. Nós não queríamos contar para ele antes da hora certa. Ele estava tão focado no bebê, construindo um berço e ajudando a escolher nomes… não queríamos tirar isso dele. O bebê era dele, não meu.

Coloquei a mão sobre o meu coração dolorido. Quão duro tinha sido aquilo para ele? Ver o bebê de seu irmão crescendo dentro da mulher que ele amava?

— Quando estava com uns oito meses, ela me disse que queria se mudar. Que queria que nós achássemos um lugar para morarmos juntos. Eu ainda estava nervoso sobre contar para Kaine, mas Shannon tinha tanta fé que nós faríamos funcionar… Nossa família bela e incomum. Era como ela nos chamava.

Seus olhos ficaram vidrados. Uma lágrima escorreu por sua bochecha e ele a limpou.

— Eu não queria só ir morar junto. Eu queria me casar com ela, então a convidei para jantar uma noite. Fiquei de joelho e a pedi em casamento. O restaurante comemorou. Shannon chorou.

Meu coração acelerou. Minha garganta queimava com a imagem mental.

Aposto que eles riram. Que ele sorriu. Era estranho pensar nele feliz e apaixonado, algo que não vi com meus próprios olhos, mas podia imaginar tão claro quanto era vê-lo encolhido no sofá.

Ele não era mais aquele homem.

A versão Isaiah da Shannon morreu com ela.

— Tomei três cervejas para celebrar quando devia ter parado em duas. Eu não estava bêbado, mas não deveria ter tomado aquela última cerveja. No caminho para casa, eu estava brincando com ela sobre como eu teria que levar o anel para diminuir depois que o bebê nascesse, porque seus dedos estavam bem inchados. Mas não estavam. Nós estávamos rindo. Eu estava com uma mão no volante e me inclinei, porque queria beijá-la. Nós não nos beijávamos muito porque estávamos preocupados demais que Kaine descobriria.

CAVALHEIRO PARTIDO　　　　　　　　　　　　　　　　181

Fechei meus olhos, me preparando para o resto. Eu não precisava que ele continuasse. O resto era fácil de supor com quase certeza. Mas Isaiah continuou falando, não mais para mim, mas para ele mesmo.

Será que ele contou aquilo para alguém desde então? Um companheiro de cela na prisão? Ou guardou tudo isso dentro dele esse tempo todo?

— Avancei uma placa de pare indo a sessenta e cinco quilômetros por hora numa via de quarenta, e fui atingido na lateral por uma caminhonete que vinha a quarenta e oito quilômetros por hora. Isso foi o que o relatório da polícia disse. Tudo que sei é que parecia que tínhamos sido atingidos por um trem. Fui jogado de um lado para o outro. A caminhonete nos empurrou para o outro lado do cruzamento. Quando voltei a mim, Shannon estava...

Morta.

Ela morreu. E o bebê também.

Uma lágrima desceu por minha bochecha, caindo no chão ao meu pé.

Tudo fazia sentido agora. O motivo de estar tão aliviado ao ver Kaine feliz. Porque ele não bebia. Porque ficou tão tenso e consternado quando estava no carro comigo.

Aquele acidente mudou toda a sua vida.

Coloquei meu café de lado e fui para o sofá. Isaiah manteve o olhar para frente, mesmo quando coloquei a mão em sua coxa.

— Foi um acidente.

— Não, eu os matei.

— Não, foi um acidente — repeti. — Eu sei a diferença. Você matou o homem na cabana.

Ele virou para mim, o sofrimento se transformou em confusão.

— Ahn?

— Você o estrangulou até morrer. Você o matou.

Ele piscou.

— Sim. E?

— E? Você o amava? Aquele homem?

— Não.

— Você sente culpa por tê-lo matado.

Sua mandíbula contraiu.

— Não.

— Se você precisa assumir um assassinato, assuma *esse* assassinato. Mas não coloque a vida de Shannon em suas mãos. Foi um acidente. E, pelo que percebi, a única pessoa que te culpa é você mesmo.

Ele ficou olhando para o meu rosto por um longo tempo sem nenhuma expressão. Isaiah passou tantos anos pensando que tinha matado Shannon. Que tinha matado seu bebê. Ele passou muitos dias e noites se culpando. Eu provavelmente não era a primeira pessoa a tentar convencê-lo de que foi um acidente.

Eu não seria a primeira pessoa que falharia.

Até que Isaiah resolvesse dar a si mesmo uma trégua, ele nunca ficaria livre para superar a morte de Shannon.

— Obrigada por me contar. — Ele olhou para frente, balançando a cabeça. — Agora você entende.

— Entendo o quê?

— Porque você precisa ir embora. Porque eu não mereço ter você aqui. Não depois do que fiz. E eu não tenho nada para te dar.

Errado novamente. Ele tinha amor para dar. Podia não mostrar na superfície, mas estava lá, quando ele olhava para seu irmão. Ou abraçava sua mãe. Ou brincava com seus sobrinhos. Isaiah estava me empurrando porta afora porque ele estava aterrorizado com a conexão entre nós.

— Não vou embora. Tomei essa decisão meses atrás e não vou mudar de ideia agora.

Seus ombros abaixaram.

— Genevieve, por favor.

— Não. Conhecer toda a sua história não muda nada. Assim como a noite passada, nós ficarmos juntos, não mudou nada.

Outra mentira.

Ontem à noite, ele abaixou a guarda.

Ontem à noite, dormi em seus braços.

E, ontem à noite, eu parei de fingir que não estava apaixonada pelo meu marido.

CAPÍTULO DEZOITO

ISAIAH

— É esse? — Levantei um colar que achei no fundo de um organizador de plástico.

Genevieve olhou do organizador que ela estava revirando e franziu a testa.

— Não. E também não está nessa caixa.

— Porra. Sinto muito, V. — Coloquei o cordão de volta onde o achei.

— Odeio que Dash talvez esteja certo sobre isso. — Ela colocou a tampa na caixa. — Odeio que eu mesma não tenha pensado nisso.

— Eu sei. Mas você vai se sentir melhor descansando um pouco a cabeça.

— Espero que sim. — Ela suspirou. — Melhor irmos, ou vamos nos atrasar.

Concordei com a cabeça, fechando o organizador e me levantando para pegar o casaco. Vesti o meu e ajudei Genevieve a vestir o dela. Nós pegamos gorros, luvas e cachecóis e saímos.

Estava completamente escuro. As estrelas e a lua estavam escondidas pelas nuvens que apareceram essa manhã. A previsão era de pouca neve, o que era perfeito, já que estávamos indo para o Passeio de Natal de Clifton Forge, no centro.

Genevieve agarrou o corrimão quando descemos as escadas escorregadias.

— Queria conseguir me lembrar se guardei esse colar na casa da minha mãe. Talvez ela o tenha perdido. Ou talvez eu o tenha perdido. Talvez esteja com todas as minhas coisas no depósito.

— Você colocou tudo nesses organizadores?

— Sim. — Ela acenou com a cabeça. — Todo o resto deixei na casa dela para vender mobiliada.

— Lee talvez tenha pegado.

— Filho da puta — ela murmurou. — Eu gostava daquele colar, e não quero pensar nele o tocando. Foi o que usei para o baile do meu último ano do Ensino Médio. Tinha uma corrente de ouro delicada e um pequeno pingente da estrela polar com um cristal branco no meio. Custou provavelmente dez pratas, mas ela o tinha desde sempre. Pelo menos ainda tenho os que ela usava mais frequentemente.

Nós passamos boa parte da tarde procurando em todos os organizadores, como prometemos a Dash e Bryce no início da semana. No minuto que nós pegamos as caixas, Genevieve começou a catalogar as joias. Fiquei feliz por ela ter um objetivo, algo concreto para focar, para que remexer nas coisas de sua a mãe não a deixasse triste.

Funcionou. Nem uma vez eu a vi com lágrimas nos olhos. Em vez disso, ela manteve o rosto concentrado, inspecionando tudo que tocava. Procurou por cada livro, cada envelope, cada item. O colar foi a única coisa que ela não conseguiu achar. E não havia nenhuma pista de Lee, o namorado de Amina. Nada que ele talvez tivesse deixado para trás.

Chegamos no último degrau e ela soltou meu braço para andar até o lado do motorista de seu carro.

— Você tem certeza disso?

— Sim — Respirei fundo.

— Não me incomodo se quiser dirigir separado.

— Vai ficar tudo bem. — Abri a porta e entrei. Andar no banco do carona era melhor do que segui-la pela cidade.

Ela entrou e me deu um sorriso confortante.

O carro estava quente e ligado. Desci dez minutos atrás para limpar o gelo do para-brisas e dar aos assentos uma chance de se aquecerem.

Quando ela saiu da garagem, agarrei minhas coxas e olhei pela janela. Esperei pela ansiedade chegar.

Um quarteirão passou, então dois. Meu pulso estava normal. Minhas mãos não estavam suando. Eu não estava pronto para me arremessar de um veículo em movimento. *Que porra é essa?*

Eu olhei para o perfil de Genevieve. Não tinha aquele pesadelo em que ela morria em um acidente de carro há dois dias. Não era exatamente uma vitória, mas considerando que eu o tive praticamente todas as noites desde que ela ficou doente em novembro, a pausa era bem-vinda. E agora eu não estava entrando em pânico por estar em um carro com ela. Algo estava estranho, mas eu não tinha do que reclamar.

CAVALHEIRO PARTIDO

— Que foi? — ela perguntou. — Tenho algo no meu rosto?

— Não.

Ela ainda assim se esticou para olhar o rosto no espelho retrovisor.

Olhei para a frente, respirando fundo novamente. Esperando pelo pânico. Mas era... menor. Não tinha sumido. Eu estava bem ciente de que nós estávamos juntos em um carro. Não era relaxante, mas não era um medo paralisante.

Talvez fosse o sexo. Talvez me masturbar no chuveiro por anos não foi suficiente para diminuir o estresse. Ou talvez os dois últimos dias de paz eram por causa da Genevieve. Porque eu finalmente confessei.

Qualquer que fosse a razão, um peso saiu dos meus ombros. As coisas no apartamento também estavam mais leves, como se não estivéssemos mais andando na ponta dos pés um perto do outro. Pela primeira vez em um longo tempo, eu podia respirar.

— Brrrr. — Genevieve tremeu. — Espero que não congelemos hoje à noite.

— Eu vou... — *te manter aquecida*. Engoli essas palavras, e, no lugar, falei: — Ficaremos bem.

Merda. Eu estava perto de cometer esse tipo de deslize há dois dias.

Não transamos desde a primeira noite. Dormi no sofá e ela ficou na cama. Não evitamos nos tocar, mas também não nos tocávamos mais do que antes. Ela segurava no meu braço quando descíamos a escada congelada. Nós roçávamos um no outro quando cruzávamos na cozinha.

Eu não fazia mais por puro medo. Mas, porra, eu queria tocá-la. Queria estar dentro dela novamente.

Não teria como evitar tocá-la hoje à noite. Nós íamos encontrar Dash e Bryce no passeio. Emmett e Leo também estariam lá. Iríamos interpretar o casal feliz e apaixonado – mas isso não parecia mais tanto com uma mentira.

Presley estava planejando vir com seu noivo, Jeremiah. Em todos os meses que trabalhei na oficina, nunca conheci o cara. Pelo jeito que Dash, Emmett e Leo falavam, não gostavam muito dele, e eu queria ver por mim mesmo como ele tratava Pres.

Eu tinha a impressão de que Jeremiah a estava enganando. Ele a pediu em casamento, mas estava enrolando para marcar a data. Eu não queria julgá-lo baseado em reclamações e boatos, mas minha intuição dizia que se um cara nunca vinha ver sua noiva no trabalho, algo estava errado.

Porra, Genevieve e eu estávamos fingindo e eu a levava e buscava todo dia no trabalho. Claro, era para a segurança dela, mas ninguém podia dizer que eu não me importava com a minha esposa.

E porra, como eu me importava...

— Não quero que você vá — falei de repente. *Filho da puta*. De todos os deslizes, logo esse escapou.

— Onde? Aqui? — Ela apontou para o estacionamento do mercado, onde ela estava prestes a estacionar. Era onde a maioria das pessoas deixava seus carros, já que a avenida central estaria bloqueada. — Onde eu devo estacionar então?

— Não. Estaciona aqui. — Apontei para uma vaga. — Quis dizer que não quero que você vá. Embora.

— Ah. — Ela me deu um pequeno sorriso e colocou o carro em ponto morto. — Ótimo. Eu não ia mesmo.

Sorri. Minha esposa era teimosa.

Nós não falamos mais sobre a discussão. Ou sobre o acidente. Eu também nem queria. Talvez pudéssemos simplesmente considerar tudo resolvido.

Genevieve enrolou um cachecol em volta do pescoço e se assegurou de que o final das luvas estavam enfiados nas mangas dos casacos. Ela abaixou o gorro cobrindo seu cabelo, por cima das orelhas.

Eu fechei meu casaco até o pescoço e saí, encontrando-a na frente do carro.

— É, vai fazer frio pra caralho hoje à noite.

Ela deu uma risadinha.

— Nós precisamos de um chocolate quente. Urgente.

Sua risada me atraiu e espantou a temperatura fria. Segurei sua mão coberta pela luva na minha. Seu nariz já estava vermelho por causa do frio. Ela sorriu, um sorriso feliz, brilhante, aberto.

Fiquei boquiaberto. Não havia pena eu seu olhar, somente afeição. Ela me olhava como se eu nunca tivesse contado para ela sobre Shannon. Como se todos esses anos na prisão nunca tivessem acontecido.

Genevieve me olhava e via o homem que fui antes. O homem que ria fácil. Que não deu valor à sua liberdade. Que precisava de uma mulher como Genevieve para dar um jeito nele. Mas aparentemente eu ainda era esse homem.

Eu não a mereço.

— Pronto? — ela perguntou.

Eu consegui acenar com a cabeça quando ela me puxou.

CAVALHEIRO PARTIDO

Ao chegarmos perto da avenida central, ela vibrava de excitação. Apertava forte minha mão e me fazia andar mais rápido.

Acima de nós, guirlandas estavam penduradas de um lado ao outro da rua. Cinco delas criavam um toldo que se espalhava por quarteirões. Os negócios e lojas estavam abertos até mais tarde, alguns servindo vinho quente e outros chocolate quente. Grupos se uniam. Mães e pais tentavam segurar as crianças agitadas na fila para tirar foto com o Papai Noel.

— Uau. — Genevieve levantou o olhar para ver as luzes enroladas nos postes. — Só por isso já valeu a pena.

— Valeu a pena o quê? O frio?

— Não. — Ela me deu aquele sorriso novamente. — Valeu a pena me mudar para cá. Talvez Clifton Forge não seja tão ruim.

Antes que eu pudesse responder, Genevieve olhou para frente e seu sorriso ficou impossivelmente maior. Ela acenou para Bryce e Dash, que estavam vindo na nossa direção.

— Ei, pessoal. — Genevieve disse, abraçando Bryce sem soltar minha mão.

Apertei a mão de Dash.

— Como estão?

— Bem. Estaria melhor se Bryce parasse de me pedir para tirar uma foto com o Papai Noel.

— Ah, para. — Ela revirou os olhos. — Um dos caras do jornal, Art, é o Papai Noel. Eu prometi a ele que passaria lá, e não vou ficar naquela fila e depois não tirar uma foto!

— Ou você podia só o ver amanhã no jornal — Dash disse. — Pula completamente a fila.

Bryce o ignorou.

— Vocês também querem tirar uma foto? Todo o lucro vai para caridade; Genevieve colocou minha mão entre as dela.

— Podemos?

— Tudo bem por mim.

Depois de ver as coisas de Amina hoje, eu estava perplexo com a quantidade de fotos que ela tirava. Os organizadores estavam lotados de fotos e mais fotos, a maioria em bolos presos por elástico. Talvez fosse uma coisa de mãe querer fotos de seu filho.

Durante todo o tempo que ela viveu aqui, eu não conseguia me lembrar de Genevieve tirando uma única foto.

Ela não postava *selfies* em redes sociais. Não tirava fotos de nada na

188   **DEVNEY PERRY**

cidade. Eu não me importaria de ter uma foto de nós dois juntos, algo para me lembrar quando ela se for.

Com quem ela ficaria? Genevieve merecia um bom homem, mas eu mal podia aguentar o pensamento dela nos braços de outro homem.

Deixei a inveja de lado, segurando sua mão mais apertado enquanto andávamos pela multidão, seguindo Bryce e Dash, que iam na frente.

Dash parecia conhecer todo mundo ali. Ou gesticulava ou levantava o queixo por quem ele passava. Acenava com a cabeça e apresentava Bryce para as pessoas que paravam. Mas para sua irmã, ele mal olhava.

Fiquei quieto e continuei andando na direção da fila do Papai Noel, sabendo que, se eu dissesse algo, arruinaria a noite das nossas esposas.

A única vez que Dash parou para realmente ter uma conversa foi quando um homem mais velho com uma barriga protuberante o puxou para um abraço, dando tapas nas suas costas.

— Já escutou alguma coisa? — O homem perguntou.

Dash sacudiu a cabeça.

— Não, nada.

— Caralho. — O cara chutou a neve com sua pesada bota preta. — Me liga se precisar de alguma coisa.

— Pode deixar, Louie. Agradeço. — Dash bateu nas costas dele mais uma vez, e então acenou com a cabeça para continuarmos andando.

Quando estávamos alguns passos à frente, Bryce olhou para trás.

— Esse é o mesmo Big Louie que fazia parte do clube?

— Sim. Ele era um Gypsy.

Eu me inclinei para sussurrar no ouvido de Genevieve.

— Você o investigou?

— Sim — ela sussurrou de volta.

— Vou ter que ler o seu bloco de anotações e me atualizar.

— Eu também — Bryce disse, se juntando à nossa conversa.

— Fiquem à vontade. — Ela riu.

— Louie comprou a pista de boliche da cidade um tempo atrás — Dash nos contou. — Ele não vai sempre na oficina, mas mantém contato com o papai.

Entramos no nosso lugar no final da fila do Papai Noel. Crianças passavam entre as pernas de seus pais, correndo e brincando. Eles colocaram uma estação para tostar marshmallow na fogueira, e o cheiro preenchia o ar.

— Vocês querem chocolate quente? — perguntei para Genevieve e

Bryce, recebendo dois acenos de cabeça. Dash ficou com elas enquanto fui pegar quatro copos no estande do outro lado da rua. Eu estava entregando o de Genevieve quando senti um calafrio subir por minha espinha.

Meus ombros tensionaram, e eu me virei para olhar atrás de mim. Passei três anos na prisão aprendendo o que era ser observado. Alguém estava me encarando, mas quem?

Olhei a multidão. Nada parecia estranho. As pessoas estavam se divertindo, rindo e conversando. A rua estava cheia de pessoas e ninguém parecia ligar para mim.

Cheguei mais perto de Genevieve enquanto ela conversava com Bryce.

Os pelos ainda estavam arrepiados em meus braços, meu instinto gritava. Quando olhei para Dash, seus olhos estavam analisando a multidão. Ele também sentiu.

Dash colocou o braço em volta de Bryce, mantendo-a perto dele.

Fiz o mesmo com Genevieve, colocando-a do meu lado.

— Você está bem? — Ela colocou o braço em volta de mim, levantando o queixo.

— Sim. Só uma sensação estranha. Já passou.

— Dash. — A voz de Emmett ecoou pela multidão quando ele veio na nossa direção; Leo estava somente alguns passos atrás.

As expressões deles estavam duras como gelo, e não era pela temperatura.

— O quê? — Dash perguntou.

Genevieve ficou tensa quando eles chegaram mais perto para falar, para que mais ninguém escutasse.

— Leo e eu estávamos andando — Emmett disse — e vimos um grupo de Warriors.

— Caralho. — Dash xingou antes, mas foi menos de um segundo antes de mim. — Pensei que teríamos sorte e eles se esqueceriam de nós.

— Acho que não — Leo murmurou.

— O que vamos fazer? — Bryce perguntou.

— Nada, linda — Dash respondeu. — Ficamos de olho e continuamos juntos.

O clima mudou quando ficamos na fila. Nenhum de nós falou. Só íamos mais para a frente conforme a fila andava.

— Ei, pessoal! — Todos nós viramos quando escutamos a voz alegre de Presley. Seu cabelo curtinho e branco estava coberto por um gorro solto. Seu sorriso sumiu quando ela alcançou nosso grupo. — O que aconteceu?

— Warriors.

Presley ficou na ponta dos pés para olhar em volta. Quando o olhar dela chegou em algo, ela congelou.

Três homens usando coletes do Warriors por cima dos casacos estavam falando com um cara magro com um cigarro preso entre dois dedos.

— Que porra Jeremiah está fazendo? — Leo ladrou.

Espera, esse era o noivo de Presley? Por que ele estava falando com os Warriors?

— Esses são os Warriors? — Presley perguntou, seus olhos arregalando quando ela virou para Dash. — Eu não sabia. Jeremiah me disse que eram uns caras que ele tinha conhecido jogando poker. Eles vão lá as vezes.

— Na sua casa? — Emmett perguntou.

Ela acenou com a cabeça, seu rosto empalidecendo.

— Eles não usaram esses coletes.

— Porra. — Dash esfregou o queixo. — Então eles não estão na deles. Ficaram aqui esse tempo todo.

— Você conversa com eles? — Leo perguntou para Presley.

Ela deu de ombros.

— Às vezes.

— Sobre o quê?

— Nada. Não sei. Um deles perguntou onde eu trabalhava. Eles falaram comigo sobre o casamento. Não foi nada de mais. Na maior parte das vezes, eles chegam, ficam um pouco lá e então Jeremiah sai com eles.

— Ele sabia que eles são do Warriors? — Emmett perguntou.

Ela fechou os olhos.

— Não sei.

Genevieve enrijeceu ao meu lado. Nós fomos idiotas em achar que eles acreditaram em nós. Mesmo sendo convincente, Genevieve mentiu na cara deles. Ou os Warriors sabiam ou desconfiavam.

Quando descobrirem, eu serei um homem morto.

— Somos nós. — Bryce cutucou Dash para a vez deles de tirar as fotos. Deram um sorriso amarelo.

Quando foi a minha vez com Genevieve, não queria esse estresse em nossos rostos. Essa talvez seja a única foto que teríamos juntos. Então, pouco antes de nos chamarem para tirar nossas fotos, segurei o rosto de Genevieve em minhas mãos.

— Esquece deles.

CAVALHEIRO PARTIDO

— Como?

Coloquei meus lábios nos dela, deixando o beijo durar por um longo momento. Eu saboreei a sensação macia de seus lábios e o cheiro de seu cabelo.

Quando nos separamos para nossa foto, ela tinha um brilho rosado em suas bochechas e um sorrisinho no rosto. Com ou sem foto, eu me lembraria daquela expressão até o final dos meus dias.

Mesmo que tudo estivesse perto de acabar.

— Estou me sentindo como um picolé. — Os dentes de Genevieve batiam no que corremos para o carro.

Os assentos estariam frios do lado de dentro, mas a brisa aumentou quando saímos do passeio e eu estava pronto para bloquear do vento dela.

Passamos por entre os carros no estacionamento cheio do mercado. Uma lâmpada iluminava o porta-malas. Genevieve destrancou o carro.

Meus passos diminuíram.

— Que porra é essa?

Genevieve suspirou e sua mão voou para a boca.

— O que é isso?

— Me dê as chaves. — peguei-as dela. — Fique aqui.

Ela não escutou. Quando me aproximei do carro, suas mãos agarram as costas do meu casaco.

Havia um pequeno animal no porta-malas do carro. Morto. Um leitão. Cortaram sua garganta e o sangue estava congelando no carro. Não havia muito tempo que ele estava ali, porque um pouco do sangue ainda pingava na neve.

— Ah meu Deus. — Genevieve virou, enfiando a cara no meu peito. — Foram eles? Os Warriors?

Tinha que ser. Quem mais faria isso? Meus olhos estavam grudados no animal no que tirei uma luva e peguei meu telefone no bolso. Pressionei o nome de Dash.

— Ei — ele respondeu. — Não posso falar agora. Alguém quebrou a janela da minha caminhonete.

Não foi um qualquer, foram os Warriors. Dash e Bryce não estacionaram no mercado. Eles estavam em uma rua residencial lateral. Os Warriors ficaram ocupados procurando ambos os veículos.

— Alguém mandou uma mensagem para a gente também.

Contei para ele do porco, e Genevieve se enfiou ainda mais em mim.

— Tira uma foto — Dash ordenou. — Limpa tudo. E então cai fora daí.

Desliguei a ligação sem nenhuma outra palavra e peguei a mão de Genevieve, a puxando na direção da loja. — Vamos lá.

— Onde?

— Pegar uns sacos de lixo. Limpar isso e ir para casa.

Ela concordou com a cabeça, acelerando os passos para me alcançar. A cor havia drenado de seu rosto.

A loja estava vazia, só havia um homem no caixa lendo um livro. Ele registrou nossos sacos de lixo e voltamos rápido para o carro.

— Entre — ordenei.

— Eu posso aju...

— Entre! Tranque as portas.

Ela não discutiu, indo para o lado do motorista, se fechando do lado de dentro e apertando a trava. Ela ligou o carro enquanto tirei a foto, então enrolei o porco em dois sacos de lixo.

Limpei o máximo possível de sangue, mas o carro precisaria ser lavado. Então levei os sacos para a caçamba ao lado do mercado, ignorando as placas que proibiam a entrada.

Com os sacos no lixo, corri para o carro e entrei. Minhas luvas cinzas estavam molhadas e manchadas de sangue.

— O que nós vamos fazer? — ela sussurrou, agarrando o volante.

— Vamos ficar firmes. Juntos. — Se os Warriors soubessem, eles teriam feito muito mais do que matar um porco. Eles estavam nos intimidando, tentando forçar uma confissão. Nós tínhamos que nos manter fortes até não ter outra escolha. — Essa é só uma tática para nos assustar.

Seus olhos preocupados encontraram os meus.

— Missão cumprida.

CAVALHEIRO PARTIDO

193

CAPÍTULO DEZENOVE

GENEVIEVE

Engraçado como o tempo se move em velocidades diferentes. Meses e semanas passavam em um piscar de olhos. Um ano terminava e outro começava com o virar de uma página de calendário. Mas os segundos podiam durar uma eternidade.

Parecia que Jim tinha entrado no meu escritório com a notícia séculos atrás. Mas, na realidade, só se passou um minuto desde que ele me disse que o destino de Draven estava agora nas mãos do júri.

— Acabou?

Ele acenou com a cabeça da cadeira em frente à minha mesa.

— Acabou. Fiz o melhor que pude. Agora temos que esperar pelo júri.

Meus olhos se encheram de lágrimas, e encarei o tampo de minha mesa.

— Por quanto tempo você acha que eles irão deliberar?

— Não tenho ideia. Quanto mais tempo, melhor.

— E se eles o considerarem culpado? — O que provavelmente considerariam. — Temos como recorrer?

— Já liguei para um amigo que trabalha com recursos criminais. Ela vai olhar. Mas a não ser que eu tenha deixado alguma coisa passar, o que não acho que fiz, não temos nada.

Então depois do júri chegar a uma decisão, Draven iria para a prisão, provavelmente pelo resto de sua vida. Ele seria punido pelo assassinato de minha mãe, enquanto ela ficaria no cemitério, sem justiça.

Limpei as lágrimas. Cada vez que eu tentava engolir o nó que tinha na minha garganta, ele reaparecia.

— O que podemos fazer?

Jim me deu um sorriso triste.

— Sinto muito, mas acho que nada. Você ainda tem algum tempo com ele. Aproveite ao máximo.

Talvez um dia. Talvez uma semana. Mas os cafés da manhã de domingo com Draven no restaurante estavam se acabando. Não havia mais muito tempo para eu conhecer o homem que, aos poucos, estava se tornando importante para mim.

— Você se incomodaria se eu fosse embora um pouco mais cedo hoje?

— Claro que não. — Jim se levantou. — Aproveite o final de semana.

— Obrigada. E Jim? — Eu o parei antes que ele pudesse sair da minha sala. — Obrigada por tentar.

Ele acenou com a cabeça, abaixando os ombros.

— Queria poder ter feito mais.

— Você fez tudo que pôde.

Jim trabalhou incansavelmente no caso de Draven, mas havia muitas evidências contra Draven, e eram impossíveis de ignorar.

Não havia muito para Jim apresentar no tribunal. Ele levou Emmett para confirmar que ele tinha filmado um homem invadindo a sede do clube. Levantou especulações de que a faca tinha sido roubada e levou um especialista em digitais para discutir como elas podiam ser falsificadas.

Draven sempre falava que Jim estava fazendo um trabalho incrível, e aqueles elogios me deram uma falsa esperança.

Todos nós começamos a ter esperanças.

Bryce me convidou para passar o Natal em sua casa com Isaiah. Draven estava lá. O juiz ficou gripado e o julgamento foi adiado por alguns dias, além de ter o recesso de final de ano.

Nick e Emmeline vieram de Prescott com as crianças, que roubaram o show. Eles abriram uma montanha de presentes, alguns de Draven, Dash e Bryce. Isaiah e eu também demos presentes para eles – um carro de controle remoto para o jovem Draven e um par de brincos para Nora.

Comemos muito, tanto peru quanto costelinha. E talvez pela primeira vez, me senti parte dessa família. Dash não falava muito comigo, como sempre. Mas o carinho e amor de Bryce compensavam sua indiferença. De Nick e Emmeline também. Por que Nick não podia ser o irmão que vivia em Clifton Forge?

– *Me conte sobre sua vida, irmãzinha.*

Ele se sentou no sofá ao meu lado e não se moveu por uma hora. Ele me encheu de perguntas, assim como Draven fazia em nossos cafés da manhã no restaurante.

CAVALHEIRO PARTIDO

O Natal, assim como o Dia de Ação de Graças, foi difícil sem minha mãe. Acordei e chorei no chuveiro naquela manhã. Mas Isaiah estava lá. Eu me apoiei nele, que estava sempre presente e firme ao meu lado.

Nenhum de nós falou sobre os Warriors. Nenhum de nós mencionou o sequestro ou o assassinato da minha mãe. Não falamos sobre o julgamento de Draven.

Porque tínhamos esperança de que terminaria em nosso favor.

Falsa esperança.

Para o mundo, Draven era culpado. Era só uma questão de tempo até o júri tornar aquilo oficial.

Lágrimas ameaçaram cair novamente quando peguei minhas coisas e coloquei meu casaco e cachecol. Procurei no fundo da minha bolsa as chaves e o telefone. Busquei o nome de Isaiah nos contatos e estava pronta para ligar para que ele me escoltasse até em casa, mas hesitei. Estava perto da hora de fechar e ele estaria ocupado na oficina. Eu odiava incomodá-lo quando tinha certeza de que ele estava tentando terminar o dia.

Eles estavam trabalhando em um novo carro na oficina, um que Nick trouxe no Natal.

Nick tinha uma oficina em Prescott chamada *Slater's Station*. Diferente da de Dash, a *Slater's Station* não era a única oficina em Prescott. As trocas de óleo e revisões eram feitas na maior parte das vezes por outra oficina, o que significava que a de Nick se especializava em trabalho customizado. Trabalhos que demoravam meses, não horas.

Ele se especializou em restaurar carros e motos, assim como Dash fazia, mas pelas brincadeiras feitas na mesa de jantar no Natal, percebi que Nick era bom em seu trabalho. Muito bom. Então, enquanto a *Oficina Clifton Forge* precisava de mecânicos como Isaiah para fazer manutenções de rotina, Nick se especializava apenas em restaurações.

Dash também investiu nesse lado do negócio, mas os trabalhos mais simples chegavam diariamente, e ele não podia focar somente nas *coisas divertidas*, como Isaiah falava.

Mas Nick estava com mais trabalho do que podia dar conta. Dash já tinha uma restauração em andamento, então adicionar mais uma significava que Isaiah podia ajudar.

Ele subia toda noite para o apartamento com um sorriso. Um sorriso que parecia estar crescendo, milímetro a milímetro, cada dia. Isaiah até começou a rir. Bem, não exatamente rir. Ele não mostrava os dentes ou jogava a cabeça para trás e se soltava. Mas tinha um forte ruído em seu peito. Um risinho.

Ele provavelmente devia estar observando Dash, Emmett e Leo neste momento, absorvendo tudo que eles estavam ensinando. Eu não queria tirá-lo dali, nem que fosse por apenas vinte minutos.

Jim poderia me acompanhar até o estacionamento.

Coloquei minhas luvas e apaguei as luzes da sala. Com minha bolsa no ombro, desci o corredor.

— Oi, Jim? Você se incomodaria de ir comigo até o carro?

Era um pedido estranho para uma funcionária fazer para seu chefe, mas Jim sabia o porquê de estarmos sendo cuidadosos. Eu não tinha certeza do quanto Draven tinha contado, mas era o suficiente para ele imediatamente abandonar sua cadeira e colocar o casaco.

Eu não contei para ele sobre o leitão. Na maior parte do tempo, eu estava fazendo o meu melhor para bloquear aquela imagem da minha cabeça, porque não havia nada para fazer.

Nós fomos ameaçados. Mensagem recebida. Estamos todos constantemente alertas.

— Tchau, Gayle. — Acenei para ela ao passar pela mesa da recepção.

— Tchau — ela disse antes de atender o telefone. — Ela deu sua saudação normal, então olhou para Jim quando ele me alcançou na porta. — Ah, oi Colleen. Deixa-me ver se ele está livre.

Jim levantou a mão.

— Já volto.

— Desculpa — eu disse ao sairmos pela porta.

— Não tem problema. Colleen vai conversar com Gayle. — Ele foi comigo até a esquina do prédio. — Te vejo na segunda.

— Tenha um bom final de semana. — Acenei e corri para o carro, olhando por cima do ombro para ver Jim esperando na frente do prédio até eu abrir a porta e me fechar do lado de dentro. Jim se virou para entrar.

Coloquei a chave na ignição e estava prestes a virá-la quando uma figura escura apareceu na minha janela.

— Ah — mal tive tempo de gritar e a porta foi aberta bruscamente.

Eu não tinha trancado.

Minhas mãos se atrapalharam, tentando segurar a alça, mas ele era forte demais. Em um minuto, eu estava no carro; no outro, sendo arrastada pelo cabelo.

CAVALHEIRO PARTIDO

— Nãooooo.

Ele colocou a mão com luva na minha boca.

Eu me revirei e lutei, tentando me soltar, mas ele estava me segurando de um jeito tão terrivelmente familiar, que eu não conseguia respirar.

De novo não. *Ah, Deus, por favor, de novo não!*

Joguei os cotovelos para trás, tentando atingir suas costelas. Deixei minhas pernas moles, o forçando a ajustar como segurava meu cabelo, na esperança de que ele me deixaria escapar. Pontos brancos apareceram na minha visão quando ele me levantou pela raiz do cabelo.

Lágrimas escorriam pela minha bochecha enquanto eu sentia meu couro cabeludo se soltar do crânio. Eu não conseguia inalar ar suficiente com sua mão sobre minha boca, e minha cabeça ficou tonta.

Mas eu lutei.

Com membros fracos e um coração acelerado, lutei, torcendo e rezando para que alguém me visse dessa vez. Eu não estava em um hotel calmo após meia-noite. Eu estava em plena luz do dia, de pé em um estacionamento.

Sacudi minha cabeça o máximo que pude considerando que sua mão agarrava meu cabelo, tentando desesperadamente tirar sua mão da minha boca.

Um bom grito. Era tudo que eu precisava. Um bom grito e talvez eu o faria fugir.

Abri minha boca, pronta para morder sua mão, quando escutei o som de uma voz que penetrou o barulho de meu coração acelerado.

— Genevieve.

Ele soltou meu cabelo. Meus joelhos bateram na neve e caí para a frente, me segurando com a palma das mãos pouco antes de meu rosto colidir com o corpo de metal do meu carro.

Respirei fundo, meus pulmões queimavam enquanto o oxigênio entrava. Minhas pernas pareciam ser de gelatina. Meus braços tremiam. Eu não tinha forças para me levantar e sair da neve, mas eu não precisava fazer isso.

Os braços fortes de Isaiah me seguraram pelos cotovelos e me levantaram para seus braços.

— Você está bem?

Acenei com a cabeça, uma corrente de lágrimas descendo pelo meu rosto e no seu casaco.

— Não.

— Eu estou aqui. — Ele beijou meu cabelo e me segurou mais forte. — Eu estou aqui.

Fechei os olhos com força e me segurei forte nele, deixando meus nervos se acalmarem. Demorou um tempo para controlar pernas e braços que tremiam, mas, quando estava firme, respirei fundo e soltei Isaiah.

Mas ele não me soltou.

— Estou bem.

Ele sentiu o cheiro do meu cabelo uma última vez, e então me soltou. Não totalmente. Só o suficiente para chegar para trás e me olhar de cima a baixo.

— Você está machucada?

— Meu cabelo. — Coloquei os dedos no couro cabeludo, certa de que encontraria sangue ali, mas eles voltaram secos. — Minha cabeça dói, só isso. — E quase tive um ataque do coração.

— O que aconteceu?

— Nada. Não sei. Eu estava pronta para ir para casa, e Jim me acompanhou. Entrei no carro. O estacionamento estava vazio. E, de repente, ele apareceu... abriu a porta do meu carro com força.

— Caralho. Ele devia estar escondido.

— Você o viu?

Isaiah acenou com a cabeça.

— Só a lateral do rosto dele. E vi seu patch.

Meu estômago embrulhou.

— Os Warriors?

— Caralho. — Isaiah me puxou para seu peito, repetindo o palavrão.

— Genevieve. — Jim estava virando a esquina do prédio. — Você está bem? Escutei Isaiah gritar.

— Alguém veio atrás dela — Isaiah respondeu por mim.

— O quê? — Jim correu na minha direção. — Você está machucada? Devo chamar uma ambulância?

— Estou bem — eu me forcei a falar quando ele apoiou sua mão no meu ombro.

— Eu devia ter esperado. — Ele abaixou a cabeça. — Sinto muito. Você entrou no carro e eu...

— Estou bem, Jim. Não é sua culpa. — Olhei para Isaiah. — Ele veio do nada. Devia estar me observando e me esperando sair. Provavelmente sabia que você costuma vir me encontrar.

Um músculo saltou na mandíbula de Isaiah.

— Vamos sair do frio. Conversamos em casa.

CAVALHEIRO PARTIDO

— Ok. — Acenei com a cabeça e virei. O abraço de Jim estava esperando.

— Sinto muito.

— Estou bem. Juro. — Relaxei em seu ombro.

Ele me apertou por mais um segundo, e então falou para Isaiah:

— Cuide dela.

— Morrerei tentando. — A voz de Isaiah e suas palavras acalmaram o resto de meu nervoso.

Quando Jim me soltou, sentei-me no banco do motorista, hesitando em colocar minhas pernas para dentro.

— Só pegue sua bolsa, V. Voltamos amanhã para buscar o carro.

— Mas... — A última vez que ele me levou para casa de carro, ficou frio por semanas.

Ele acenou para eu sair.

— Vamos lá.

— Ok — concordei, não querendo estar dentro do meu carro no momento. Puxei minha bolsa do banco do passageiro e tirei a chave da ignição.

Isaiah segurou meu braço no momento que a porta estava fechada e trancada, me segurando firmemente enquanto íamos para sua caminhonete. A porta do motorista estava aberta, o motor ligado.

— Como você sabia que devia vir aqui?

— Draven ligou para a oficina. — Seus olhos se encheram de preocupação. — Disse que o júri já estava deliberando.

— Eu sei. Jim me contou.

— Eu não tinha certeza se ele te contaria ou não, então vim, caso você precisasse de mim.

Apoiei minha cabeça em seu ombro.

— Eu sempre preciso de você.

E sempre precisarei.

Onde eu estaria se ele não tivesse pensado em vir aqui? Em outro porta-malas? Tremi, o medo se aproximando. Os Warriors provavelmente não usavam porta-malas. Eles pareciam mais do tipo que enterra vivo.

— Isso foi outra tática para assustar? — perguntei enquanto Isaiah abria a porta do passageiro para mim. — Ou ele teria me levado?

Ele suspirou.

— Não sei boneca. Talvez.

Desde o dia incidente, eu estava constantemente preocupada. Nós dois estávamos.

— Por que eu? — sussurrei enquanto Isaiah prendia meu cinto de segurança. — Não sou afiliada do clube. Antes desse verão, nunca tinha colocado os pés em Clifton Forge. Por que eles iam me querer? Eu não sou ninguém para eles. A não ser...

— Eles não têm como saber sobre a cabana. Não tem como. — Isaiah se inclinou para dentro do carro e apoiou a testa na minha. — Nós vamos descobrir.

— Como?

— Juntos.

Fechei os olhos, relaxando com o calor do seu toque. Respirei profundamente, sentindo seu perfume reconfortante dentro do carro.

Isaiah se distanciou e segurou minhas bochechas, olhando nos meus olhos como se eu fosse algo precioso. Ele deu um beijo suave em meus lábios, fechou a porta do carro e foi andando pela frente do capô até o outro lado.

Ele colocou as mãos no volante e travou.

— Posso dirigir — ofereci.

— Não. — Ele segurou o volante mais forte. — Eu consigo.

Nós não nos movemos. Ao meu lado, ele estava travando uma batalha interna para colocar a marcha ré.

— Você não vai me machucar — sussurrei.

Ele olhou para mim e a emoção pura que estava em seu rosto, a vulnerabilidade dos seus olhos, quebrou meu coração.

— Talvez machuque.

— Não vai.

Depois de alguns longos momentos, ele engatou a ré. Então nós fomos para a oficina. Isaiah mal respirava enquanto dirigia.

Mas chegamos. A salvo. Sem ferimentos.

Juntos.

Nós vencemos a batalha de hoje, mas a guerra estava longe de acabar.

CAPÍTULO VINTE

ISAIAH

Eu removi as mãos do volante e desliguei a caminhonete. Então respirei. *Conseguimos.* Passei a mão pelo rosto, tremendo de ansiedade.

Dirigir com Genevieve para casa hoje foi mais fácil do que no dia em que ela estava doente, mas só um pouco. Mesmo eu não tendo a porra do pesadelo desde que comecei a dormir na cama com ela, aquilo ainda mexia com a minha cabeça.

Talvez eu devesse ter arriscado um olhar para ela, só para ver que ela estava viva e respirando. Será que um dia aquilo ia ficar mais fácil? Provavelmente não. Eu não merecia que fosse.

Genevieve abriu sua porta primeiro e me deu um sorriso triste.

— Vamos subir.

Concordei com a cabeça e saí do carro com pernas as trêmulas. Adrenalina corria por minhas veias, tanto de dirigir quanto de ver as mãos daquele filho da puta nela. Eu tentei tirar aquela imagem da cabeça, antes que tivesse um acesso de raiva.

Alguém foi atrás da Genevieve. Da *minha esposa.*

Nós nos abraçamos e subimos as escadas para casa. Eu a ajudei a tirar o casaco e removi o meu. Ela ficou com os sapatos nos pés, e os saltos finos entraram no carpete quando ela cruzou o cômodo e se jogou no sofá.

Caralho, eu podia tê-la perdido hoje. Aquele cara podia tê-la levado. Ele podia ter estrangulado Genevieve ao lado do carro e deixado seu corpo sem vida na neve. Talvez ele quisesse fazer com ela o que fez com aquele leitão.

O que eu faria sem ela? Perdê-la iria me destruir. Ela era a melhor coisa que tinha entrado na minha vida nos últimos anos, e se a proteger significava passar o resto da minha vida na prisão, eu iria amanhã mesmo.

— V — sussurrei.

Seus olhos estavam úmidos quando ela me olhou. Nós dois estávamos pensando a mesma coisa.

— Não podemos mais manter esse segredo.

— Não. — Eu me juntei a ela no sofá e minha mão encontrou a dela.

— Nós precisamos de ajuda, boneca. Esses segredos não valem nada se eu não conseguir te manter a salvo.

— Todo mundo saberá o que aconteceu.

— Eles não irão contar. — Demorei meses para realmente entender a lealdade que essas pessoas tinham umas com as outras. Enquanto assistíamos o julgamento de Draven progredir, compartilhávamos almoços e nossas vidas e transformávamos velhos destroços em obras de arte, tive um vislumbre da irmandade que Dash, Emmett e Leo tinham no clube.

Eles não iriam nos trair. Eu sabia disso agora. Nós podíamos contar a verdade, e eles nos protegeriam com suas vidas.

Genevieve agarrou minha mão.

— Eles vão saber que nosso casamento não é real.

Mas era real, não era? Em algum momento, esse casamento tinha se tornado a coisa mais verdadeira da minha vida.

— Nós lidaremos com isso — eu disse. — Vamos dar um jeito.

Ela se jogou do meu lado, apoiando sua bochecha em meu ombro.

Eu me virei, colocando um braço em volta dela e a puxando mais para perto.

— Vamos esperar até a oficina fechar e Presley ir para casa. Ela não sabe de tudo que aconteceu com os Warriors recentemente, e acho que Dash quer manter as coisas assim.

— Especialmente se os Warriors estiverem tentando chegar a nós através do Jeremiah.

Apesar de confiar totalmente em Presley, Jeremiah era outra história. E Pres não precisava estar no meio disso tudo. Nós já nos preocupávamos o suficiente com ela, mandando-a para casa toda noite. Ela nos garantiu que os Warriors se foram e que ela estava segura.

Mas era a Presley. Nós nos preocupávamos.

Genevieve e eu nos apoiamos um no outro, nos aconchegando mais no sofá enquanto esperávamos. Fechei os olhos e bloqueei o mundo além de nossa porta. Abracei minha esposa. Fingi que as mentiras eram verdade. Que Genevieve e eu nos conhecemos e nos apaixonamos no mesmo dia. Que eu estava tão apaixonado por ela hoje quanto no primeiro dia.

Talvez estivesse.

Mas já era hora da mentira acabar.

Beijei o topo do seu cabelo e ela inalou meu cheiro. Nós dois estávamos saboreando esses últimos momentos.

Até os sons na oficina começarem a diminuir.

CAVALHEIRO PARTIDO

E então nosso tempo acabou.

Uma hora depois, quando a oficina fechou, todo mundo estava em nosso apartamento. Ninguém hesitou quando pedi para subirem.

Mesmo sendo somente 18h, estava escuro do lado de fora. Os dias durante o inverno de Montana eram tão curtos quanto ligações telefônicas na prisão. A janela preta combinava com o clima.

Draven, Leo e Emmett estavam lado a lado no sofá. Bryce e Dash estavam na mesa, enquanto Genevieve e eu nos sentamos na beira da cama. Se eu tivesse que chutar, acho que esse era o maior número de pessoas que já estiveram no apartamento. Nós não teríamos que falar alto para escutar um ao outro.

— O que estamos fazendo aqui, Isaiah? — Draven perguntou.

— Aconteceu uma coisa hoje — eu disse.

Dash se sentou mais ereto.

— O quê?

— Foram atrás da Genevieve.

O cômodo explodiu.

Não aquela explosão típica de quando as pessoas pulam de suas cadeiras e começam a andar de um lado para o outro. Ninguém se moveu. Mas a tensão, a raiva e o medo explodiram no ar mesmo assim.

— Quando? — Draven perguntou com a mandíbula cerrada.

— Depois do trabalho — Genevieve respondeu, contando a eles sobre como ela ia embora mais cedo hoje. Ela tremeu ao descrever como o homem a arrastou do carro. Quando ela falou, sua mão foi para o cabelo onde, embaixo dessas mechas castanhas, eu tinha certeza de que um belo hematoma estava escurecendo.

— Você conseguiu vê-lo? — Dash perguntou.

— Sim. — Genevieve acenou com a cabeça. — Eu nunca o vi antes. Cabelo escuro. Olhos castanhos. Mas ele não era um dos homens que encontrei em minha investigação, então não sei seu nome.

— Ele estava usando um colete dos Warriors. Eu só o vi de costas. Quando cheguei lá, gritei, e ele correu para os fundos do prédio. Desapareceu. Não se virou para eu pudesse ver o seu rosto.

— Caralho — Dash cuspiu. — Tucker acha que fomos nós.

A mão de Genevieve encontrou a minha em meu joelho. Ela apertou, e então me deu um sorriso triste.

Era isso. Fim.

Sem mais segredos.

— Tem algo que vocês precisam saber. — Respirei fundo. — Nós mentimos para vocês. Sobre o que aconteceu na cabana.

O rosto de Dash ficou frio, sua expressão mais dura do que já tinha visto antes. Bryce ficou boquiaberta. Emmett e Leo compartilharam um olhar arregalado. Draven franziu a testa, mas não pareceu surpreso. Talvez ele soubesse o tempo todo.

— Eu corri para a cabana. Isso vocês já sabem — Genevieve disse. — A porta estava destrancada e entrei. Pensei que me esconderia lá. Meus pés estavam doendo tanto, que eu sabia que não poderia correr rápido ou para longe. Estava escuro do lado de dentro, mas havia uma luz vindo do canto dos fundos. Eu não a teria visto se não tivesse entrado, então andei naquela direção, na esperança de ser uma saída para os fundos ou algo do gênero. Mas era uma escada.

Dash zombou.

— E me deixe adivinhar… você desceu.

— Não. — Ela o encarou. — Fui para o outro lado, na direção de um cômodo. Estava procurando por uma saída, então quando vi que era só um quarto, estava pronta para me virar e sair. Mas então vi que estava cheio de bolsas. Todas de plástico. Todas minúsculas. E todas preenchidas com algo branco.

— Drogas — Bryce adivinhou. — Os Warriors estavam usando aquele lugar para guardar drogas.

— Eles estão traficando agora? — Leo perguntou.

Draven sacudiu a cabeça.

— Não parece o estilo de Tucker. Ele quer o dinheiro dos fornecedores, mas sabe que se envolver com a distribuição colocaria um alvo em suas costas. Eles não são traficantes. São os músculos e as armas. Mas talvez eles tenham adicionado um serviço. Em vez de dar proteção em rotas de entregas, também estão fazendo armazenamento.

CAVALHEIRO PARTIDO

205

Proteger rotas? Para drogas? Isso era algo que os Gypsies costumavam fazer?

Será que eu queria saber a resposta?

Não!

— Continua — Dash ordenou para Genevieve.

Ela concordou com a cabeça, apertando minha mão mais firmemente.

— Eu recuei, querendo cair fora dali. Mas, quando me virei, um cara subiu do porão. Ele estava em transe, olhos vidrados. Ele estava completamente drogado.

— Talvez essas drogas fossem o estoque pessoal dos Warriors — Emmett murmurou. — E ele foi designado para tomar conta delas.

Draven se inclinou para frente, seus olhos grudados em Genevieve.

— O que aconteceu depois?

— Ele sorriu para mim. — Ela tremeu. — Disse: "Parece que os meninos me mandaram um presente". E então veio na minha direção. Tentou me beijar. Lambeu minha bochecha. Ele passou a mão no meu corpo todo.

Travei a mandíbula, não querendo pensar sobre isso.

— Eu lutei com ele o melhor que pude — ela continuou. — Tentei correr para a porta, mas ele era forte, e eu tinha ficado a noite toda em um porta-malas e amarrada ao lado de uma árvore. Estava exausta. Ele me agarrou e rasgou minha blusa.

Os outros homens no cômodo se sentaram travados. Bryce arfou, olhos tristes e dor gravada em seu rosto.

Enquanto ela correu do sequestrador em direção aos braços de Dash, Genevieve correu de um inferno para outro.

— Ele teria me estuprado. — Genevieve engoliu em seco. — Provavelmente me matado também. Ele me socou na barriga e mandou eu parar de lutar. Fiquei sem ar e desabei.

Foi assim que eu a encontrei. Com um homem a prendendo no chão, arrancando suas roupas. Ele abaixou suas calças além dos quadris. Suas calcinhas também. Ela estava nua, exposta e indefesa.

Eu só vi um vislumbre de Genevieve quando ela correu na direção da cabana, e ela estava de costas. A primeira vez que vi seu rosto pessoalmente foi naquele chão.

Eu nunca ia conseguir esquecer a expressão do seu rosto, o completo terror enquanto ela tentava puxar o ar para respirar, enquanto sua bunda nua remexia no chão sujo, porque ela tentava tirar o que tinha de mais precioso de perto de um homem que não tinha o direito de tocá-la.

206   **DEVNEY PERRY**

— Eu o arranquei de cima dela — contei para todos, tentando bloquear aquela cena.

Até então, tinha sido capaz de manter a imagem bem trancada dentro de mim. Fazia o melhor para nunca pensar na cabana. Será que agora que estávamos contando nossos segredos, eu teria um novo pesadelo essa noite? Em vez de ver Genevieve morrendo no banco do passageiro de um carro, eu a veria naquela porra de chão sujo?

— Bati nele algumas vezes, tentei mantê-lo no chão, mas ele não parava.

O cara me deu algumas porradas, na maior parte nas costelas. Nada quebrou, mas elas doeram por alguns dias. Minhas mãos também doeram por socá-lo.

— Você o matou? — Dash perguntou.

— Sim. — A palavra ressonou no ar. — Ele estava cego de raiva. Devia ser por causa das drogas. Eu o derrubei e coloquei a mão em volta de seu pescoço.

E então eu o estrangulei.

Quando seus braços e pernas caíram moles no chão, parei.

Eu poderia ter parado antes. *Deveria* ter parado antes. Talvez Genevieve e eu teríamos sido capazes de ligar para os policiais e explicar que foi em defesa de outra pessoa.

Mas não. Eu fodi com tudo.

Segurei seu pescoço, espremendo a vida dele de dentro dele, até ele sair desse mundo.

— Não me arrependo. — Olhei Draven nos olhos. Nunca ia me arrepender de tirar a vida daquele homem. Ele não estava usando um colete. Eu não sabia que ele era um Warriors. Não que isso teria importado… Eu o teria matado do mesmo jeito.

Draven acenou com a cabeça.

— Você fez a coisa certa.

— É — Dash, Emmett e Leo concordaram.

Meus ombros caíram, e senti um alívio que não sentia há meses. Eu precisava que alguém me dissesse que era o certo. Eu achava que sim, mas meu julgamento era tão ferrado que eu não sabia de mais porra nenhuma. Genevieve nunca me culpou por isso. Nunca me olhava como se eu fosse um assassino.

— Ele teria matado vocês dois. Se não agora, depois. — Dash passou a mão pelo cabelo. — Os Warriors sempre se vingam. Era o que nós teríamos feitos como Gypsies também.

CAVALHEIRO PARTIDO

207

Genevieve mudou a forma como estava segurando minha mão, entrelaçando nossos dedos. Talvez todo mundo estivesse satisfeito com esse sendo o final da história, mas eles precisavam saber do resto. Então dei a ela um pequeno aceno de cabeça, para que ela continuasse.

— Isaiah estava preocupado que voltaria para a prisão. Na época, não estávamos pensando nos Warriors. Nós estávamos preocupados com a polícia.

Porque cidadãos normais não temiam que suas ações levariam a uma retaliação de uma gangue de motoqueiros. Eles tinham medo de ser presos, como deveriam.

Quando entendi que tinha matado um homem e que voltaria para a prisão, foi como cair de bunda no chão daquela cabana.

Eu não posso voltar para lá.

Repeti essas palavras, de novo e de novo, enquanto pensava quais seriam as minhas opções. Suicídio estava no topo da lista. Porque eu não sobreviveria mais a nenhum dia na prisão, ainda mais se fosse prisão perpétua.

Eu não era como Draven. A prisão não iria endurecê-lo. Não o assustaria. Ele a aguentaria como fez com a vida, com um olhar mortal que o colocaria no topo da hierarquia dos presidiários. Ele era frio e forte o suficiente para sobreviver.

Ainda bem que Genevieve tinha um pouco da força de seu pai, ou eu não teria me levantado daquele chão.

Ela entrou em ação, se levantando e ajeitando suas roupas. Ela então correu para o meu lado, me sacudindo de meu estupor.

Qual o seu nome?

A pergunta, sua voz, atravessou o medo.

Isaiah.

Ela me olhou direto nos olhos. *Obrigada, Isaiah.*

Caralho, mas era ela boa demais para mim.

— Nós sabíamos que eventualmente alguém iria procurar e encontrar o corpo — Genevieve falou para todos. — Minhas digitais estavam em todos os lugares. Eu sabia que, se os policiais nos encontrassem, eles colocariam Isaiah na prisão por me salvar.

Talvez nós pudéssemos ter fugido, mas em vez disso, eu o matei. Um ex-presidiário que já tinha sido preso por homicídio culposo não receberia uma pena leve em outra acusação.

— Encontrei um isqueiro. Ele caiu do bolso do homem — Genevieve falou. Ela pegou aquele isqueiro prateado e uma ideia passou por sua mente.

— O incêndio é culpa minha. Eu o comecei perto da lareira, pensando que um investigador iria pensar que era um fogo normal que tinha saído do controle. E estava perto do corpo.

Não fiquei surpreso quando o local pegou fogo como uma tocha. Era uma cabana velha com troncos no lugar de paredes. Ele queimou como gasolina em um churrasco.

— Ficamos olhando por alguns minutos, para ter certeza de que estava crepitando — eu disse. — E então saímos de lá.

Corremos para onde havíamos estacionado as motos. Segurei a mão de Genevieve, a ajudando a percorrer o chão da floresta. Até que ela deu um passo e gritou; foi então que olhei para seus pés. Eu a coloquei nas minhas costas e a carreguei pelo resto do caminho.

Emmett, Leo e Draven estavam procurando pelo sequestrador das garotas e suas motos estavam estacionadas ao lado da minha. Eles acharam que nós tínhamos saído logo depois de Dash e Bryce. Acharam que o sequestrador tinha ido para a cabana e iniciado o fogo para desviar o foco.

— O que você fez com o isqueiro? — Draven perguntou a Genevieve.

— Eu joguei numa lixeira do aeroporto depois que Isaiah me levou até lá.

— Boa menina. — O orgulho em suas palavras era inconfundível, e ela corou.

Por mais estranho que seja ficar orgulhoso de alguém por encobrir um assassinato, eu também estava orgulhoso. Se não fosse pelo pensamento rápido dela, eu estaria ferrado.

— Paramos na metade do caminho da cabana para a cidade — eu continuei. — Esperamos para ter certeza de que o incêndio tinha sido e não tivesse se espalhado pela floresta. Quando vimos um caminhão do serviço florestal passar correndo, criamos um plano.

Genevieve se mexeu, chegando mais perto de mim.

— Se o incêndio fosse o suficiente para destruir o corpo, a única pessoa que poderia testemunhar contra Isaiah era eu. E a única pessoa que podia confirmar que eu tinha começado o incêndio era Isaiah. Então sugeri que nos casássemos. Eu imaginei que, dependendo das provas, um promotor teria dificuldade de provar que fizemos qualquer coisa além de uma dúvida razoável.

Ela pausou, aguardando por um momento. Eu supus que ela contaria para eles sobre a lei, e que nós não precisámos ter nos casado no final das

CAVALHEIRO PARTIDO

209

contas, mas ela não contou e meu coração se encheu de alegria. Ela mante-ve esse segredo só para nós dois.

Ninguém precisava saber que ela ficou por mim.

Porque eu sabia.

— Vocês deram sorte — Emmett disse. — O fogo foi forte o suficiente para queimar aquele corpo e destruir tudo que não era osso. O hioide não estava quebrado, então ninguém desconfiou que ele tinha sido estrangulado.

Todos concordaram.

— Isaiah me levou até Bozeman para que eu pudesse pegar um avião para casa e empacotar tudo. — Genevieve disse. — Então voltei, e nós nos casamos.

Enquanto olhava e esperava o avião dela decolar, calculei ter cinquenta por cento de chance de vê-la novamente. Eu não a culparia se ela tivesse fugido para nunca mais voltar. Mas então ela me mandou uma mensagem, como prometido, quando saiu de Denver.

Ficamos esperando essa parte surgir desde então.

— Porra — Draven passou a mão pela barba. — Queria que vocês tivessem nos contado a verdade.

— Eu não te conhecia — Genevieve disse. — Nenhum de vocês. Tudo que eu sabia era que tinha vindo à Montana para visitar o túmulo de minha mãe, achando que você a tinha matado. Então chego em Bozeman e alguém me sequestra. E aí Bryce, uma repórter com quem só falei uma vez, me diz que você é meu pai e não matou minha mãe. Eu escapei do meu sequestrador só para cair em outro inferno. Isaiah me resgatou, e eu devia minha vida a ele. Eu não sabia em quem confiar, então o escolhi. E fiz uma promessa. Se eu pudesse mantê-lo fora da prisão, eu faria. E o resto de vocês... vocês eram estranhos.

— Nós não estávamos preocupados com outro moto clube — com-pletei. — Estávamos preocupados com a polícia.

Draven deixou as palavras assentarem, e então acenou com a cabeça.

— Entendo. Ainda assim, vocês deveriam ter nos contado.

Talvez. Mas era tarde demais para mudar as coisas agora.

— Só isso? — Dash me perguntou. Por direito, a pergunta deveria ter sido feita para Genevieve, mas Dash, aquele filho da puta teimoso, não dava uma chance para ela. E quem saía perdendo era dele.

— Sim. Só isso.

A tensão no cômodo diminuiu um pouco no que contamos a história. Agora que tinha acabado, o lugar ficou quieto. Mas a tensão retornou, des-sa vez em uma corrente de raiva, vindo principalmente de Bryce.

Ela pulou da cadeira tão rápido quanto uma mulher grávida seria capaz, e marchou para a porta.

— Bryce. — Genevieve se levantou e Bryce se virou. — Sinto muito.

— Você mentiu para nós. — A voz de Bryce tremeu. — Depois de tudo que passamos naquela noite, você mentiu para *mim*. Eu entendo por que você fez isso na época, mas por que continuou mentindo? Você foi minha madrinha, nós somos *amigas*.

— Sinto muito — Genevieve repetiu. — Eu não sabia se podia confiar em você.

Bryce colocou as mãos nos quadris.

— Agora você sabe?

— Sim.

— Ótimo. — Bryce mudou de direção, aproximando-se de Genevieve e a abraçando. — Sem mais segredos. Nós nunca sobreviveremos a isso se não ficarmos juntos.

Aquela declaração era tão verdadeira...

— Sinto muito que isso tenha acontecido com você — Bryce sussurrou.

— Eu também.

As mulheres se soltaram e voltaram para seus lugares. No momento em que ela se sentou na beira da cama, nós nos demos as mãos.

Estávamos juntos. Como estivemos desde o início.

Talvez esse casamento fosse de mentira, e agora todo mundo soubesse, mas não significava que não estávamos lutando no mesmo time.

— Agora que vocês sabem o que realmente aconteceu — olhei para Draven —, qual é o plano?

CAVALHEIRO PARTIDO

CAPÍTULO VINTE E UM

GENEVIEVE

Nós manteremos a porra das nossas bocas fechadas.

Esse foi o plano que decidimos seguir.

E durante toda a próxima semana, foi exatamente o que fizemos.

Dash e Draven estavam preocupados que, se admitíssemos a verdade, Tucker iria querer se vingar de Isaiah e de mim – talvez até dos outros. Ele ia achar que as mentiras que contamos no encontro na sede tinham sido propositais; algo que Dash e os outros antigos Tin Gypsies fizeram por causa da velha rivalidade entre os clubes.

Então ficamos quietos. E meu falso casamento estava intacto.

Eu não estava pronta para renunciar a Isaiah, ainda não. Especialmente com o júri dando o veredito de Draven amanhã.

Jim ligou há uma hora. O júri tinha chegado a uma decisão e iria anunciar pela manhã.

Ninguém esperava que a deliberação demoraria uma semana inteira. Eu tinha esperanças de que isso significava que eles estavam empatados. Que talvez, somente talvez houvesse uma chance de haver uma dúvida razoável.

Mas a verdade é que o único jeito de Draven ficar livre era se acontecesse um milagre. Nós tínhamos que provar, além da dúvida razoável, com evidências irrefutáveis, que ele não tinha matado a minha mãe.

Do contrário, hoje seria nosso último café da manhã de domingo no restaurante.

Eu não conseguiria comer aqui novamente depois disso.

— Passei para ver Jim na sexta. — Draven colocou um pedaço de panqueca na boca.

— Passou? Que horas?

Ele tomou um gole de café depois da panqueca.

— Na hora do almoço. Você estava fora almoçando com Bryce.

— Ah. Ele não mencionou.

Draven deu de ombros.

— Não foi nada demais. Só quis fazer o último pagamento dele.

— Entendi. — Acenei com a cabeça.

Draven ficou ocupado a semana passada toda, se preparando para o seu inevitável encarceramento. Quando o júri anunciasse o veredito, ele seria ou um homem livre ou imediatamente colocado em custódia até a leitura da sentença.

Ele estava se preparando para a segunda opção.

Draven basicamente preparou tudo. Chegou até mesmo a limpar sua casa e a colocar à venda. Fevereiro não era uma boa hora para vender uma casa em Montana, mas Draven estava pronto para fazer isso de qualquer maneira.

Quer dizer, até Dash e Nick descobrirem. Meus meios-irmãos insistiram que a casa continuasse na família. Afinal de contas, foi a casa da mãe deles. Chrissy Slater pode ter falecido, mas sua memória estava viva e forte na família.

A de minha mãe também.

Fora a casa, a vida de Draven estava toda acertada. Ele era provavelmente o homem mais preparado da história para encarar um veredito.

— Jim com certeza está impressionado com você. Duvido que ele estaria mais orgulhoso se você fosse a filha dele.

— Sou sortuda de trabalhar para um cara como ele. Ele me ensina muito. Me dá responsabilidades e confia em mim. É o melhor emprego que já tive.

— Já pensou em fazer seu bacharelado em direto? Jim disse que você seria uma excelente advogada. Disse até que, como nem ele nem Colleen tiveram filhos, você seria uma excelente parceira.

Seria um sonho ser parceira de Jim no escritório, mas era um desses sonhos longínquos com o qual eu não contava e nem me esforçava para alcançar. Ninguém em Clifton Forge sabia que um dia planejei me tornar advogada, nem Isaiah.

Cutuquei a omelete com meu garfo.

— Talvez um dia.

— Por que não agora?

— Não existem muitas faculdades de direito em Clifton Forge.

— Não precisa ficar aqui.

— E o Isaiah? Não vou deixá-lo sozinho nessa zona.

Draven se inclinou para a frente.

— Quando vocês nos contaram que estavam casados, eu sabia que tinha alguma coisa estranha. Mas depois de um tempo vocês relaxaram. Me diga honestamente, isso virou algo real?

— Nada como colocar alguém sob os holofotes. — murmurei, fazendo-o sorrir levemente.

O sorriso de Draven era algo que via com mais frequência ultimamente. E, perto dele, eu sorria facilmente também.

Não teve nenhum grande momento em que simplesmente ficamos confortáveis na presença um do outro. Foi crescendo aos poucos, como um céu nublado que vai clareando quando você não está prestando atenção.

— E então? — Ele pressionou.

Peguei meu garfo, espetando um morango e o colocando na boca.

Será que era algo real? Eu amava mesmo o Isaiah?

Ele era meu melhor amigo. Estava ao meu lado todos os dias. Quando algo acontecia no trabalho que me fazia rir, ele era a primeira pessoa para quem eu queria contar. Quando eu acordava de mal humor algumas manhãs, ele me fazia café com leite, porque isso quase sempre me animava. Os biscoitos de chocolate que eu fazia todas as semanas não eram mais para mim, eram para Isaiah.

Isso era amor?

A única pessoa que eu realmente amei foi minha mãe. Ela sempre dizia que me amava. Diariamente, especialmente quando eu era criança.

Talvez não desse para dizer que é amor até eu ser corajosa o suficiente e contar para Isaiah.

— Eu não vou deixá-lo. — Essa resposta teria que ser o suficiente. Além do mais, Draven era inteligente o suficiente para ler nas entrelinhas.

Eu estava completamente apaixonada por meu marido, e quando fosse a hora de contar para alguém, Isaiah seria o primeiro a saber. Havia horas que eu achava que Isaiah também me amava.

Ou seu coração ainda pertencia à Shannon?

Era estranho ter ciúmes de um fantasma.

— Então você vai ficar aqui. Por quanto tempo? — Draven perguntou.

— Pelo tempo que for necessário.

Voltamos para nossas refeições, limpando nossos pratos como fazíamos todos os domingos. Em uma hora, eu estaria me xingando por ter comido, mas as panquecas eram deliciosas, e não sei o que eles faziam com as omeletes, mas o queijo derretia de um jeito e era tão saboroso, que eu não conseguia recusar.

Eu estava saboreando minha última mordida quando uma pessoa apareceu na beira da mesa.

— Que caralho, Draven? — Presley gritou, chamando a atenção de todo o restaurante.

Nós normalmente tínhamos alguma atenção, já que as pessoas presumiam que ele era um assassino e tal, mas agora eram mais do que olhares de soslaio e sussurros.

Draven nem piscou.

— Bom dia, Pres.

Ela o encarou, seus punhos plantados nos quadris. Presley não era uma mulher alta. Tinha pouco mais de um metro e cinquenta. Eu tinha um metro e setenta descalça, e ficava muito maior que ela quando estava de salto. Mesmo com sua pouca altura, ela lançava uma sombra considerável em nossa mesa.

Presley mandava nos caras na oficina, mantendo o local como uma máquina bem lubrificada. Draven, mesmo que tecnicamente aposentado, fazia a maior parte do trabalho de escritório, porque Dash preferia ferramentas no lugar de uma caneta em sua mão. Agora que Draven estava indo embora, eles passaram um mês ensinando mais sobre o negócio a Presley.

Eles acrescentaram o nome dela nas contas de banco. Ela cobrava os clientes, pagava contas, assinava contratos e controlava a folha de pagamento. E, semana passada, eles a batizaram com o título oficial de Gerente.

Será que ela não queria o emprego? Tinha acontecido alguma coisa? Isaiah falava bem de Presley. Eu não interagia muito com ela, fora das atividades em grupo ou quando estava passando, mas ela sempre me pareceu controlada e equilibrada. Vê-la enfurecida era definitivamente diferente.

Fechei minha boca. Ela estava aberta, comida aparecendo.

— Tinha que ser feito — Draven disse como se o salão inteiro não estivesse com os olhos em nossa direção.

CAVALHEIRO PARTIDO

O que tinha que ser feito? Sobre o que estavam falando?

— Você passou dos limites — ela falou bruscamente.

— Eu fiz o que eu deveria ter feito desde o primeiro dia. Você é boa demais para ele, Pres.

Ahh. Então eles estavam falando do Jeremiah. Eles ainda estavam noivos, muito para o desgosto de todos na oficina. Presley garantiu a todo mundo que os Warriors não foram mais na casa dela. Jeremiah ainda se encontrava com eles, mas fora.

E mesmo que os caras da oficina ficassem irritados por ela não dar um pé na bunda dele, não falaram nada sobre o que tinha acontecido com os Warriors.

Ela não sabia que eles tinham vindo atrás de mim. Ela não sabia que eles eram uma ameaça. Então como nós podíamos culpá-la? Presley estava no escuro, então ficou ao lado de seu noivo.

— Não é da sua conta — Presley falou.

— Ele quer entrar para os Warriors.

Ela revirou os olhos.

— Não, ele não quer. Ele saiu com alguns deles por um tempo, mas não os vejo há semanas. Além disso, ele me prometeu que não entraria para aquele clube.

— As promessas dele não valem muito. Quando ele vai comprar uma aliança? Já marcou a data do casamento.

As narinas dela dilataram.

— Por que você está fazendo isso? Por que você está me fazendo te odiar agora?

Os olhos de Draven não franziram como eu esperava. Eles suavizaram.

— Eu não estarei aqui para te levar ao altar. Estou fazendo o meu melhor para garantir que o homem que você encontrar lá mereça estar te esperando.

Presley pediu que Draven a levasse até o altar? Senti uma pontinha de ciúmes. Se eu algum dia tivesse um casamento de verdade, ele também não estaria aqui para me levar ao altar.

A fúria no rosto de Presley foi embora e deu lugar às lágrimas que se formaram em seus olhos.

— Eu sei que você não gosta do Jeremiah. Ele só está... passando por uma fase. Confia em mim. Por favor? Vou ficar bem. E você pode parar de falar como se estivesse morrendo? — Ela se sentou no banco ao lado dele, apoiando a cabeça em seu ombro. — Não é como se você nunca mais fosse nos ver.

— Não. — O tom definitivo de Draven fez Presley se sentar reta. — Eu não te verei novamente.

— O que você quer dizer? — Fiquei tensa.

— Se eles me considerarem culpado, o que vão fazer, eu vou embora. Vocês duas não vão me visitar. — Ele me prendeu com seu olhar. — Não quero nenhuma de vocês naquele lugar.

— Mas...

— Pergunte ao Isaiah. Pergunte se ele ia querer que você fosse lá. Se ele disser que sim, eu reconsidero.

Isaiah não diria sim. Havia uma sombra em seus olhos quando ele pensava sobre aquele lugar. Quando me contou sobre a morte de Shannon, eu sabia que ele nunca me contaria sobre o seu tempo na cadeia.

Ele me protegeria do horror que era.

Draven faria o mesmo.

Eu não estava pronta para abrir mão do meu pai.

De alguma maneira, Draven me ajudou a me livrar de parte do ressentimento que tinha em relação à minha mãe. Ele era carismático. Era brutalmente honesto, até grosso algumas vezes. E não hesitava em passar por cima de tudo e falar sobre algo desconfortável de forma direta.

Ele era um saco.

E eu o amava por isso.

E podia também ver por que minha mãe se apaixonou por ele. Não que suas ações estavam certas, mas eu entendia por que ela o amava.

Draven tinha um certo magnetismo, uma autoconfiança. Nem todos os homens acusados de assassinato entrariam em um restaurante com seu desembaraço. Ele não estava nem aí para o que outras pessoas pensavam. As únicas opiniões que importavam para ele eram as de sua família e amigos.

O fato de Dash não estar falando com ele o estava despedaçando.

O amor de Draven por sua falecida esposa era eterno. Draven não falava muito sobre Chrissy, mas ele a mencionava de vez em quando, se tivesse uma história para compartilhar. Ele ficava com o olhar distante e cheio de amor eterno. Mas aquele amor estava sempre acompanhado por uma sombra de arrependimento, pela forma como ele a tratou e como ela morreu.

E havia arrependimento no coração de Draven por causa da minha mãe.

Eu sempre ficaria decepcionada que minha mãe não foi forte o suficiente para me contar a verdade. Mas eu entendia.

Draven era o erro dela. Sua maior fraqueza.

CAVALHEIRO PARTIDO

Talvez fosse por isso que Presley era tão ligada a Jeremiah. Ele também era sua fraqueza.

— Eu vou visitá-lo na prisão. — Presley saiu do banco e sem nenhuma outra palavra, andou para a porta. Mas, no meio do caminho, ela virou e correu para nossa mesa para se abaixar e dar um beijo na bochecha de Draven.

Ele a olhou com olhos amorosos e deu um sorriso, e então ela se foi novamente.

— O que você fez com Jeremiah? — perguntei.

— Eu, hum... o *encorajei* a terminar com Pres. Disse que se ele quisesse ser um Warrior, teria mais chances se não estivesse ligado a uma mulher em Clifton Forge.

— Espera. Você quer que ele seja um Warrior?

— Eu o quero fora da vida de Presley. Ela sabe que tem um bom negócio na oficina. Ela gosta daqui, e não está com pressa de ir embora. Ashton e os Warriors ficam a três horas de distância. Talvez os Warriors pensem que vão conseguir informações através dela, mas não vão. Eu confio nela completamente. E, eventualmente, a distância irá os separar. Tenho esperança de que, se Jeremiah se juntar ao clube, será o fim deles.

Para o bem de Presley, eu também esperava que ele fizesse isso.

Draven deixou duas notas de vinte na mesa depois que drenamos nossas canecas de café. Então colocamos nossos casacos e gorros, e nos aventuramos a ir para fora. Ele já tinha ligado sua caminhonete por ligação remota. Isaiah comprou o mesmo tipo de kit para mim no Natal e o instalou no Ano Novo.

Nós entramos na caminhonete de Draven e coloquei meu cinto de segurança. Quando ele engatou a ré, olhei para seu perfil. Seus olhos encontraram os meus e ele sorriu.

Porra, eu sentiria falta dele. Eu não tinha percebido o quanto até agora. Nós não tivemos tempo suficiente. Nós conversávamos mais sobre mim, e quase nada sobre ele.

Que programas de televisão ele gostava? Qual era seu livro favorito? O que ele mais gostava em Clifton Forge?

Eram perguntas bobas, mas eu queria saber. No lugar delas, optei por fazer aquela que estava na minha mente durante todo o último mês:

— Você está com medo? — sussurrei enquanto ele dirigia.

— Não. — Ele suspirou profundamente. — Estou cansado. Cansado de lutar. Fiz isso por anos demais.

Ele teria que lutar na prisão? Provavelmente. Eu não achava que a prisão seria um final fácil para sua vida. E, porra, ele não merecia lutar lá. Não era sua culpa.

Enquanto ele estivesse do lado de dentro, eu continuaria lutando do lado de fora. Ainda não tinha encontrado o colar da minha mãe, apesar de ter ligado para várias casas de penhora, mas eu continuaria. Começaria a investigar cada residente de Clifton Forge e Ashton. De algum modo, eu encontraria alguma prova para soltá-lo.

Chegamos na oficina antes que eu me sentisse pronta, e uma pontada atingiu meu nariz. Emoção subiu por minha garganta, porque eu não queria aquela despedida.

— Fico feliz de ter te conhecido — Draven esticou o braço e colocou a mão no meu ombro.

Meu queixo tremeu.

— Fico feliz também de ter te conhecido. Você vai me escrever?

Sua resposta foi um sorriso triste. Isso significava não? Ele realmente iria para a prisão e eu nunca mais ouviria falar dele?

Soltei meu cinto de segurança, e ele desligou a caminhonete. Saímos juntos, o barulho das portas batendo ecoaram no estacionamento silencioso. Ele me encontrou na frente do capô.

— Se cuide.

Acenei com a cabeça.

— Você também.

Ele deu um pequeno passo para a frente, levantando seus braços levemente.

Eu nunca abracei Draven. Eu quase nunca toquei no homem. Mas, naquele momento, voei para ele, colocando os braços em volta de sua cintura e o abraçando por todos os abraços que perdi em minha vida.

— Estou orgulhoso de você, garota. — Draven sussurrou no meu ouvido ao mesmo tempo que lágrimas escorreram por minhas bochechas. — Orgulhoso pra cacete.

Eu apertei meu rosto ainda mais em seu peito.

— Obrigada, pai.

Seus braços apertaram com o nome.

— Porra, como eu queria que as coisas fossem diferentes.

Eu também.

Nós ficamos ali de pé, nos abraçando, por um longo tempo, até que o som de botas descendo as escadas nos separou. Limpei as lágrimas em minhas bochechas. Draven fungou, limpando a garganta quando Isaiah se juntou a nós ao lado da caminhonete.

Um olhar para mim e eu estava ao seu lado. Ele esticou sua mão livre para Draven.

— Obrigado por tudo que você fez por mim.

— Tome conta dela e considere a dívida paga.

Isaiah simplesmente acenou com a cabeça.

Olhei Draven nos olhos mais uma vez; a cor era a mesma que eu via no espelho todas as manhãs.

— Não quero me despedir.

— Então não se despeça. — Ele piscou, então virou-se e foi para a caminhonete.

Isaiah e eu ficamos de pé no estacionamento até suas lanternas desaparecem no final da rua.

— Você está bem? — Isaiah perguntou.

— Não. — Hoje, eu não estava bem. Amanhã também não parecia muito bom.

Mas eventualmente ia passar.

E eu não ligava para o que Draven tinha dito. Eu o veria novamente. Iria naquela prisão e continuaria a conhecer meu pai. Eu faria as perguntas que ainda não tinha feito. E, um dia, talvez nós fôssemos capazes de libertá-lo.

Passos na escada do lado de fora acordaram Isaiah e a mim de um sono profundo.

Eu me sentei assustada, piscando para acordar, coração estava disparado. Ele saiu da cama antes de mim. Tirei as cobertas, pegando o casaco que havia jogado no chão. O relógio na minha mesa de cabeceira marcava 3h02 da manhã.

Quem viria ao apartamento às três da manhã?

Isaiah correu para uma caixa de sapato do armário. Era a única coisa que ele tinha ali, além de roupas. Quando fiz a reorganização, ele me pediu para mantê-la lá dentro.

Porque tinha uma arma dentro.

— Isaiah... — Meus olhos preocupados encontraram os dele no momento em que alguém bateu na porta.

Ele colocou um dedo na frente dos lábios. Então apontou para eu ficar onde estava, e se arrastou pelo chão.

Porra, por que nós não tínhamos um olho mágico? Precisávamos de um. Depois de hoje à noite, iríamos colocar.

Outra batida ecoou pelo apartamento escuro no momento que Isaiah virou o trinco. Ele olhou pela fresta quando a porta abriu, seu pé e o joelho apoiados na parte de trás para retardar quem estivesse tentando entrar.

Os músculos em seus ombros retraíram.

— O que você está fazendo aqui?

— Pegue.

Eu reconheci vagamente a voz do homem, mas não sabia de onde. Meu coração acelerou.

Isaiah abriu a porta alguns centímetros a mais e pegou algo do homem.

— O que é isso?

— Justiça. Vocês dois estão livres. — Os passos dele começaram a descer as escadas.

Isaiah bateu a porta e virou o trinco. Então, foi até a janela, olhando com a arma ainda em mãos. O motor do lado de fora era quase inaudível, mas estava lá. E então sumiu, quando nosso visitante foi embora.

— Quem era?

Isaiah colocou a arma na mesa, e então acendeu a luz. Meus olhos apertaram quando o cômodo ficou iluminado, e, quando se ajustaram, vi um envelope branco nas mãos de Isaiah.

— Quem era? — perguntei novamente, enquanto ele rasgava o envelope.

— Tucker.

Fiquei boquiaberta.

— Tucker, o presidente dos Warriors?

Ele acenou com a cabeça, e então tirou uma carta do envelope.

Cruzei o cômodo, ficando em pé ao seu lado enquanto ele desdobrava a página.

Isaiah era alto demais para eu ler por cima do ombro dele, e ficava se virando, então eu não conseguia ler o que estava escrito. Seu rosto empalideceu. Seus olhos se fecharam ao reconhecer a letra na página.

— Isaiah?

CAVALHEIRO PARTIDO

Ele continuou lendo.

— Isaiah, você está me assustando! — Puxei seu cotovelo.

Mesmo assim, ele continuou lendo. Só quando acabou que virou para mim. Seu rosto estava retorcido de agonia, seus olhos cheios de aflição.

— O quê? — Eu me forcei a falar. — Diz.

Ele jogou a carta na mesa ao lado da arma, me parando quando tentei pegá-la. Com as duas mãos nos meus ombros, ele me empurrou para trás, para longe do papel e para o sofá. Eu me sentei, e ele se agachou na minha frente, seu pomo de Adão subia e descia enquanto ele procurava as palavras certa. Suas mãos continuaram firmes em meus braços, apoiadas como se ele estivesse pronto para me segurar se eu caísse.

— É o Draven.

Meu coração parou.

— O que tem?

— Ele está... morto — sussurrou. — Sinto muito, boneca. Ele se foi.

CAPÍTULO VINTE E DOIS

GENEVIEVE

Justiça.

Essa palavra estava vibrando em meus ouvidos há um mês e meio.

A morte de Draven não foi justiça.

Era um pesadelo.

A carta de Draven que Tucker entregou a mim e a Isaiah. Meu pai escreveu três, uma para cada um de seus filhos.

Dash recebeu a dele e a do Nick. Tucker as levou imediatamente após entregar a minha. Nelas, Draven confessou o acordo que fez com ele.

Tucker recebeu a verdade. Ele sabia que Isaiah tinha matado o Warrior na cabana. Ele sabia que eu tinha começado o incêndio que destruiu milhares de dólares em drogas.

E ele se redimiu por tudo.

Draven pagou Tucker pelas drogas com seu próprio dinheiro. E ele pagou com sua vida a daquele Warrior.

Meu pai se sacrificou para os Warriors para que Dash, Nick e eu ficássemos seguros.

De acordo com a carta, Tucker concordou em ficar longe de nós, de não querer mais vingança. Nas últimas seis semanas, Tucker se manteve fiel à sua palavra. Eu tinha minhas dúvidas, mas Emmett me explicou que uns dias depois do enterro de Draven que um acordo feito entre presidentes de clubes, mesmo se fosse com um antigo presidente, valia ouro.

Nós estávamos a salvo.

Mas nos custou nosso pai.

Não era justo. Draven lutou por nós. Ele morreu por nós. Ele roubou nossa chance de provar sua inocência.

Isaiah me disse que Draven se libertou.

CAVALHEIRO PARTIDO

Isso era justiça?

Para mim não parecia porra de justiça nenhuma.

— Pronta? — Isaiah perguntou de pé ao lado da porta.

Concordei com a cabeça, pegando meu casaco e o seguindo para o lado de fora. Março chegou como um leão, com uma nevasca pior do que qualquer outra desse inverno. O céu trovejante, cinza e enfurecido, combinava com o meu humor.

No momento, minha raiva era a única coisa que me mantinha ancorada. Eu a enrolei em volta dos pedaços dilacerados do meu coração como correntes pesadas.

Quando Isaiah abriu a porta do motorista para mim, entrei sem nenhuma palavra. No final das contas, um casamento realmente pode sobreviver no silêncio. O nosso, pelo menos, podia. Eu não tinha muito o que falar, então não me incomodava. Quaisquer palavras amargas e cheias de dor que estivessem na ponta da minha língua iam acertar a pessoa errada, então eu as mantinha do lado de dentro.

A pessoa que precisava escutá-las estava morta.

Como Draven pôde fazer isso em segredo? Como pôde fazer esse acordo com Tucker?

Posso morrer sabendo que fiz o que precisava ser feito.

Essa era uma das muitas frases que me enfureciam e que me magoavam em sua carta.

Bom, agora foda-se. Seu sacrifício não era a única opção. Podíamos ter feito alguma outra coisa.

A única pessoa com mais raiva que eu era Dash.

Se meu humor esse último mês estava péssimo, o do Dash era muito pior.

Bryce disse que Dash se culpava por não ter previsto nada disso. Por não ter conversado com Draven.

Aparentemente, a carta de Dash explicava bem mais que a minha. Havia informações ali que ficariam entre Draven e Dash; coisas relacionadas ao clube e que eu nunca soube.

Tudo se resumia a um fato: Tucker não tinha acreditado em mim. Minhas mentiras não foram convincentes.

Os Warriors estavam determinados a se vingar. Os Tin Gypsies, antigos ou não, deviam uma vida a eles. Eles suspeitavam que eu havia mentido, então estavam determinados a tirar a vida de Dash para acertar o placar. Ou de Draven.

Tucker teve seu desejo atendido.

O meu ataque no estacionamento foi outra tática de intimidação dos Warriors. Eles fizeram isso para nos forçar a confessar. Fazia sentido agora o homem ter ido embora tão facilmente.

De algum jeito, o plano deles funcionou. Isaiah e eu contamos a verdade.

O problema foi a hora que contamos. Talvez se eu tivesse contado a verdade no encontro na sede, Draven estaria vivo. Talvez nós não tivéssemos que enterrá-lo ao lado de sua esposa.

Se eu soubesse como as coisas acabariam, eu teria feito tudo diferente.

Não era certo. Não devia acabar dessa maneira.

Isso não era justiça.

Isaiah via Presley chorando no escritório pelo menos uma vez na semana. Emmett e Leo estavam calados. Bryce estava triste e Dash estava, bem... com raiva. Eu podia entender.

Todos eles me culpavam? Pois deviam. Minha presença em Clifton Forge tornou tudo pior.

Desde o enterro de Draven, fiz o meu melhor para evitar todos na oficina. Para fugir dos olhares consternados e da pena. Mas hoje não tinha como evitar.

— Ei — Isaiah disse quando acelerei ao sair da oficina. — Pega leve na velocidade. Por mim.

— Desculpa. — Tirei o pé do acelerador, diminuindo meu aperto no volante. — Eu só... não quero ir.

— Eu sei. Mas sua melhor amiga teve um bebê e quer que você a visite. Não tem como escapar dessa.

Bryce deu à luz a um menino ontem à noite e ligou logo cedo, nos convidando para ir ao hospital conhecê-lo.

Xander Lane Slater.

Ela me contou meses atrás qual seria o nome do bebê. Lane era o nome de seu pai. Acho que se ela já não tivesse contado para ele e visto sua empolgação por serem xarás, ela teria mudado o nome do meio de Xander para Draven.

— Vamos entrar e sair — Isaiah disse ao estacionarmos na vaga de visitantes do hospital.

Acenei com a cabeça.

— Entrar e sair.

O presente que eu já tinha embrulhado estava no banco de trás. Antes

CAVALHEIRO PARTIDO

que eu me desse conta, já estávamos na ala da maternidade, andando pelo corredor do hospital até o quarto de Bryce.

— Toc-toc. — A dor estava aberta, mas entrei com cautela, em caso de eles estarem dormindo.

— Ei! Pode entrar. — Bryce estava apoiada na cama com um pacotinho azul em seus braços. O sorriso em seu rosto apagava qualquer indecisão de estar aqui. Isso e o fato de que Dash não estava no quarto.

Fui para o lado dela, me inclinando para ver o bebê.

— Olá, rapazinho.

Seus olhos estavam fechados, seus cílios escuros formando um perfeito arco em suas bochechas. Uma penugem de cabelo escuro aparecia embaixo do gorro azul em sua cabeça. Seus lábios eram rosados e macios, e tudo que eu queria fazer era chorar.

— Ele é perfeito. — Sorri para minha amiga, que olhava para seu bebê como o milagre que ele era.

Xander era a única coisa boa a acontecer nesses últimos meses. Ele era um presente precioso, que devia ser protegido, acalentado e amado por sua família, mesmo se estivesse faltando um de nós.

Uma onda de tristeza me atingiu, seguido por uma onda de compreensão. A raiva a que me agarrei tanto por seis semanas soltou seu aperto em meu coração.

Essa era a razão pela decisão de Draven. Foi por Xander que ele fez esse sacrifício. Para que o seu neto pudesse viver sem uma sombra pairando em sua cabeça.

Isaiah colocou nosso presente de lado e veio para o meu lado, apertando o ombro de Bryce.

— Parabéns.

— Obrigada. — Bryce levantou Xander um pouco mais alto. — Quer segurá-lo?

— Sim. — Eu não estava certa se ela estava oferecendo Xander para mim ou Isaiah, mas eu não dei uma chance a ele. Peguei aquele bebê, o aconchegando em meus braços e dançando com ele pelo quarto. Ele franziu o nariz, nem um pouco feliz em ser sacudido.

— Ah, eu já te amo. Sou sua Tia V.

Eu queria que ele me chamasse assim, como Isaiah chamava. Além disso, não tinha como uma criança pequena ser capaz de falar Genevieve.

— Linda, tudo que eles tinham era chocolate. — Dash entrou pela porta com um largo sorriso em seu rosto. O sorriso sumiu quando ele me viu.

226   DEVNEY PERRY

— Parabéns — Isaiah andou até ele, sua mão estendida.

O sorriso de Dash voltou quando apertaram as mãos.

— Obrigado, cara.

— Ele é lindo — eu disse, olhando para Xander.

Dash me ignorou, indo para a cama de Bryce e dando um beijo em sua testa.

— Eles não tinham de morango.

— Não faz mal. — Ela pegou o que eu supus ser um milkshake e o colocou na bandeja ao lado da cama, sorrindo novamente para mim com Xander.

— Como foram as coisas? — perguntei, me sentando em uma das cadeiras encostadas na parede. Isaiah se juntou a mim, sentando-se perto para olhar o bebê.

Dash se apoiou na beira da cama de Bryce, massageando o pé dela por cima do cobertor enquanto ela nos contava sobre a relativamente calma entrada de Xander no mundo. Quando ele começou a reclamar, o entreguei de volta.

— Vamos deixar vocês em paz. — Eu me inclinei para abraçar Bryce. — Me diga quando você estiver acomodada em casa. Levo biscoitos.

— Seria ótimo. — Ela se virou, gentilmente embalando Xander. — Obrigada por vir.

Isaiah acenou em despedida para eles dois, e então me seguiu porta afora.

Quando estávamos no meio do caminho para o elevador, percebi que não tinha minha bolsa.

— Merda. Esqueci...

Virei e vi Dash marchando na nossa direção, minha bolsa em sua mão.

— Aqui. — Ele a arremessou em mim.

Eu a peguei, por pouco, me atrapalhando para não deixar o conteúdo cair no chão de vinil.

Aquele arremesso foi a gota d'água.

— Que porra foi essa? — Isaiah falou bruscamente.

Dash não respondeu. Ele fechou a boca, virou-se e foi embora.

— Espera. — Minha voz ecoou pelo corredor. Entreguei minha bolsa para Isaiah.

Dash não parou.

— Você quer resolver isso aqui no corredor — perguntei para ele — ou no quarto de sua esposa com seu bebê recém-nascido?

Seus passos diminuíram. Ele se virou, estufando o peito e colocando as mãos nos quadris.

CAVALHEIRO PARTIDO

— Que foi?

— Cansei da sua atitude. Cansei. Você não pode mais me tratar assim. Chega de me fuzilar com o olhar. Chega patadas. Chega de me tratar como se eu fosse um cidadão de segunda categoria.

Dash não respondeu. Apenas moveu os braços, cruzando-os sobre o peito.

— Eu não pedi para estar aqui. Não pedi para minha mãe ser assassinada. Não pedi para ser sequestrada. Não pedi para meu pai morrer. Não pedi por nada disso.

Dei um passo à frente, ficando ereta. Meses e meses de raiva e frustração explodiram de mim. Minhas mãos tremiam, então eu as fechei ao lado do corpo, não querendo que ele visse. Então dei o meu melhor para manter meu coração acelerado sob controle e falar com uma voz estável.

— Não tenho família. Ninguém. Só você e Nick. Isso não é um triste destino? A minha família inteira está morta por causa de um moto clube que eu nem sabia que exista um ano atrás. Não os Warriors. O *seu* clube. — Cutuquei o ombro dele. — E, mesmo assim, você age como se fosse minha culpa. Então vai se foder.

Ele se encolheu.

— Vá. Se. Foder. — Eu o cutuquei novamente, um cutucão para cada palavra. — Não vou a lugar nenhum. Estou aqui. Você vai ter que aprender a conviver comigo. Eu não pedi por nada disso, mas estou aqui. Eu estou…

— Você está certa. — Ele soltou os braços, respirando fundo. Então ele deixou a cabeça cair, esfregando a nuca.

Eu estava certa? Qual era a pegadinha? Não me movi. Não respirei. E me preparei para receber um golpe dele que me viraria do avesso. Eu falei com vontade, mas a verdade é que eu não tinha energia para continuar com isso. A explosão secou minhas reservas.

As coisas só estavam… difíceis. Difíceis demais. E, porra, eu estava exausta.

— Desculpa — ele sussurrou olhando para o chão.

Eu pisquei.

— O quê?

— Desculpa — Dash disse, mais alto dessa vez, fazendo contato visual.

— Ok. — Olhei para ele desconfiada. O que estava acontecendo? Essa era um pedido de desculpas verdadeiro?

— Eu amava minha mãe.

— Eu também amava a minha.

Dash concordou com a cabeça, e então se virou, acabando com a conversa. Mas antes que ele se afastasse demais, virou-se novamente. — Estou puto com o papai.

— Eu também. Mas não desconte em mim.

— Ele não está aqui. Ele fez isso por mim. Para me salvar, para que eu pudesse conhecer meu filho. — A voz de Dash falhou. E eu vi, por trás de toda a raiva, o remorso que o estava torturando. Ele não tinha feito as pazes com Draven. E agora Draven se foi.

Dash engoliu em seco.

— Xander nunca irá conhecer seu avô.

Uma lágrima se soltou e desceu por minha bochecha.

— Não, ele não vai.

Dash cerrou os dentes e fechou os olhos. Quando ele os abriu novamente, tinha recuperado o controle.

Queria poder dizer o mesmo. Minhas lágrimas desciam livremente pelo meu rosto. Nenhuma quantidade de piscadas as impediriam de cair.

A visão que eu tinha de Dash estava embaçada enquanto ele se aproximava. Três longas passadas e meu irmão estava me abraçando, me apertando em seu peito. Chocada com a mudança, demorei um momento para abraçá-lo de volta. E então meus braços acharam seu lugar em volta de suas costas.

O abraço não durou muito, segundos na verdade. Mas, naquele momento, não me senti tão sozinha.

E então ele se foi. Sem dizer outra palavra, Dash me soltou e voltou para o quarto de Bryce como se suas botas estivessem pegando fogo.

Isaiah veio e colocou as mãos em volta dos meus ombros, enquanto limpei minhas bochechas, secando as lágrimas.

— Vamos, boneca. Vamos cair fora daqui.

Funguei ao descer no elevador para o térreo. Usei cada momento do caminho para casa para tentar me controlar. Eu temia que, quando estivéssemos dentro do apartamento, eu iria desmontar. Eu mal continha minhas emoções, na melhor das hipóteses. Mas quando entramos no apartamento e tirei os sapatos, senti algo que não sentia desde a noite que Tucker entregou a carta de Draven.

Paz.

Andei até a cama, sentei-me na beira e abri gaveta da mesa de cabeceira. Peguei a carta e passei os dedos pela escrita em preto.

— Ele nos amava. Por isso que fez isso.

— É. — Isaiah se sentou do meu lado com um braço em volta dos meus ombros.

CAVALHEIRO PARTIDO   229

— Queria que não tivesse chegado a esse ponto.

Nós contamos ao mundo que Draven se matou. Até Presley pensava que sua morte tinha sido suicídio. Todo mundo acreditava na história de que Dash encontrou Draven em casa, balançando em uma corda.

Ninguém duvidou, nem mesmo a polícia. O mundo via Draven como um covarde, um homem que tirou sua própria vida ao invés de encarar o veredito que estava prestes a receber.

Nenhum de nós sabia qual teria sido o veredito.

Mas a verdade era que Tucker tinha matado Draven. Ele o enforcou dentro de sua própria casa. Depois entregou minha carta, seguida pelas outras.

Foi Dash quem encontrou o corpo de Draven, então pelo menos essa parte era verdade.

Draven já tinha forjado um bilhete de suicídio.

— Algum dia a vida será normal? — sussurrei.

— Para nós? Provavelmente não.

Fechei meus olhos e me joguei nos braços de Isaiah. Ele colocou os dois braços em volta de mim, me segurando enquanto eu sentia o cheiro de sua blusa e mergulhava no calor de seus braços. Subi minhas mãos por suas costas, e então as deixei descer, cada vez mais baixo. Meus dedos vagaram entre nós, seguindo o caminho de uma de suas coxas.

Levantei o queixo, e encontrei seus olhos coloridos esperando, as íris escureciam a cada minuto. Então seus lábios encontraram os meus, e nada mais importava.

Minhas preocupações. Meus medos.

Meu coração.

Ele os capturou com um toque de sua língua.

Nós despimos um ao outro, ambos jogando roupas no chão, e fomos mais para dentro da cama. Isaiah e eu não ficávamos juntos há semanas. Não desde... antes.

Nós éramos uma mistura de beijos e desespero. Minhas mãos exploravam seu abdômen e seu peito firme, lembrando como era ter sua pele quente nas minhas mãos. Seus dedos apertaram na minha coluna e desceram para segurar e apertar minha bunda.

Nós nos misturamos. Éramos duas pessoas que precisavam se entregar a um sentimento que não fosse luto.

Isaiah me deitou na cama, colocando seu peso em cima de mim e encaixando seu pau entre minhas pernas. Ele pausou, olhando nos meus olhos. Quando acenei com a cabeça, ele meteu fundo, esticando e me preenchendo ao ponto de eu me sentir consumida por ele.

Meus olhos estavam fechados enquanto ele se mexia, entrando e saindo. Minhas mãos o seguravam com toda a força que eu ainda tinha, e nos movimentamos juntos, sem parar. E então me entreguei, meu orgasmo se aproximando tão rápido que, quando gozei, soltei um grito silencioso. Uma lágrima escorreu pela minha têmpora. Isaiah a beijou antes de enfiar o rosto no meu cabelo e tremer pelo seu próprio orgasmo.

Ficamos abraçados até ele sair de dentro de mim e colocar nós dois embaixo das cobertas. Então nos encontramos novamente.

Nós não nos separamos. Muitos teriam se distanciado, mas os obstáculos que a vida jogou em Isaiah e em mim pareciam só nos juntar ainda mais.

Eu estava livre para deixar Clifton Forge. Eu podia abandonar essa vida e começar novamente. Mas nunca deixaria Isaiah. A vida para a qual planejei voltar em Colorado não era mais meu sonho.

Isaiah era meu sonho.

Ele me abraçou forte em seu peito, beijando minha testa.

— Por que não estávamos fazendo isso?

— Boa pergunta — ri, me sentindo mais leve do que havia me sentido em semanas. Levantei-me para olhar seu rosto e o que vi me deixou sem fôlego.

Isaiah sorriu.

Não um sorrisinho qualquer. Não era só uma levantada do canto de seus lábios, criando rugas ao redor de seus olhos. Era um sorriso completo, um sorriso de porra-meu-marido-é-lindo. Com dentes brancos e retos e tudo.

Era uma visão que eu nunca esqueceria.

E eu coloquei aquele sorriso ali. Eu. A mulher que tinha planejado deixar a próxima da fila ter todos os sorrisos.

Eu era uma idiota. Ninguém tiraria Isaiah de mim. Não havia uma próxima da fila. Eu é que ia ficar com ele.

Porque eu amava meu marido.

Draven devia saber. Se não fosse por isso, não teria confiado em Isaiah com meu coração. Eu torcia para que ele tivesse encontrado paz. Que estivesse reunido com sua esposa. E que, se ele visse a minha mãe, que dissesse que eu estava bem.

Lágrimas caíram sem minha permissão, embaçando o sorriso de Isaiah, que desapareceu completamente quando ele me abraçou em seu peito.

E ele me abraçou a noite toda, enquanto eu lamentava a morte de meus pais.

Enquanto eu me despedia em silêncio.

CAVALHEIRO PARTIDO

CAPÍTULO
VINTE E TRÊS

ISAIAH

— Você está bem? — Genevieve colocou a mão em meu peito arfante.

Acenei com a cabeça, meus olhos estavam arregalados e olhando para o teto escuro. — Foi só um sonho.

Um pesadelo. Não tinha um há meses. Quando isso ia acabar, caralho? Ele estava de volta, logo agora que tinha começado a pensar que o passado pararia de me visitar durante o sono.

Genevieve chegou mais perto, colocando a cabeça em meu ombro descoberto.

— Quer conversar sobre isso?

— Não sei. — Esfreguei a mão no rosto.

Talvez eu tivesse tido pesadelo porque não transamos ontem à noite. Normalmente, nós cansávamos um ao outro antes de dormir, explorando nossos corpos e fazendo o outro gozar até não sobrar mais energia para sonhar. Mas, na noite passada, nós simplesmente caímos no sono, abraçados.

Desde que Xander nasceu mês passado, Genevieve percorreu um longo caminho para conseguir ficar em paz tanto com a morte de Draven quando de Amina. Mas ainda havia dor ali. Em algumas noites, ela tremia tanto em seu sono que me acordava. Eu a abraçava apertado, e ficava sussurrando em seu ouvido até ela se agarrar em mim, usando meu corpo para esquecer. Talvez eu não tenha tido um pesadelo porque eu estava tão preocupado com os dela que deixei os meus em segundo plano.

Os dias passavam voando. A única coisa que os diferenciava era o sexo com Genevieve. Eu era capaz de me lembrar de cada posição, de cada um dos gemidos dela. Eu podia me lembrar perfeitamente da forma como ela se apertou em volta do meu pau cinco noites atrás. E da noite antes dessa. E da anterior também.

Será que era uma coisa ruim o sexo ter se tornado nossa forma de superar tudo aquilo?

Provavelmente, mas eu não ia parar.

Não até ela me deixar e eu simplesmente não ter opção.

— Isaiah? — Genevieve se levantou. — O que é que você vê nesses sonhos?

Segurei seu rosto em minha mão.

— Você.

— Onde?

— Em um carro — sussurrei. O pesadelo estava tão fresco, que eu quase podia ver o sangue escorrendo em seu queixo. Limpei a linha invisível. — Nós batemos o carro.

— Ah. — O queixo dela abaixou. — É como a Shannon.

— Sim.— Acenei com a cabeça.

Genevieve se virou para deitar-se de costas. Sua mão encontrou a minha embaixo das cobertas.

— Eu venho tendo o mesmo sonho, com o Xander.

Segurei a mão dela mais forte com essa confissão. Cada vez que a acordei de um sonho, ela não quis me contar. Eu não pressionei, supondo que eram sobre Draven.

— O que acontece?

— O cara que me sequestrou o pega também. Nós estamos aqui e eu estava cuidando dele. Aí ele aparece e o arranca dos meus braços.

— Sinto muito. — Virei minha bochecha no travesseiro para olhar nos olhos dela.

— Ele ainda está à solta — ela sussurrou. — Com tudo que aconteceu, o sequestro, minha mãe e Draven, é demais. Talvez esses pesadelos sejam um sinal de que preciso procurar ajuda. De que *nós* precisamos procurar ajuda.

— Talvez — murmurei, voltando minha atenção para o teto novamente. — Eu fui a um terapeuta por um tempo, logo antes de sair na condicional.

O terapeuta provavelmente me ajudou a me qualificar para a condicional. Fui condenado a cinco anos e só cumpri três. Era improvável que minha sanidade tivesse sobrevivido a esses últimos dois anos.

— Por que você não acha que funcionou? — Genevieve perguntou. Ela não perguntou se ajudou, porque ela já sabia que não tinha ajudado. Ela já sabia que eu não tinha feito as pazes com meus pecados.

— Não sei. — Contar ao terapeuta tudo que aconteceu entre Shannon e eu não diminuiu nem um pouco meu luto ou culpa. A única vez que senti algum alívio foi quando confessei o acidente para Genevieve. — Talvez ele não fosse a pessoa certa para conversar comigo.

Ela virou de lado. Sua outra mão descansou sobre meu coração.

— Foi um acidente.

— Um que eu causei.

— Você vai se culpar para sempre?

— Sim. — As palavras ficaram pairando na escuridão.

Não tinha como me livrar daquele erro. Não tinha como esquecer que causei a morte de Shannon. Pelo resto da minha vida, iria lamentar as minhas escolhas daquela noite.

E eu sempre me arrependeria.

— Você acha que, algum dia, o passado vai parar de definir quem você é?

Dito de uma maneira diferente, Genevieve estava perguntando se um dia eu seria feliz.

Será que um dia eu ia parar de viver no automático? Eu merecia ser feliz? Eu merecia uma vida com ela?

Eu queria. Queria aquele futuro mais do que qualquer coisa na vida. Queria merecer a mulher que estava nessa cama. Queria ser um homem que sorria, porque meu sorriso parecia iluminar o dela.

Mas eu não fazia ideia de como chegar lá.

— Espero que sim, boneca.

— Espero também — ela sussurrou.

Ficamos deitados no escuro, esperando e imaginando se o sono chegaria. Eu duvidava que chegaria para mim, mas Genevieve precisava descansar. Antes que ela dormisse, virei de lado.

— Minha mãe está nos chamando para ir até Bozeman. Você iria comigo?

— Amanhã? — Nós não tínhamos nenhum plano para nosso final de semana. Como a maioria dos sábados, Genevieve e eu passaríamos o dia juntos.

— Claro. — Seus olhos fecharam. — Eu dirijo.

Quando Genevieve saiu da frente da oficina na manhã seguinte, as ruas estavam praticamente vazias. Levei só um minuto para me ajeitar no banco do passageiro e conseguir respirar normalmente. *Progresso*. Quilometro a quilometro, andar com Genevieve estava ficando mais fácil. Mas dirigir com ela no banco do carona era uma façanha que eu nunca dominaria.

A neve pela cidade derreteu com as chuvas do início de abril. As montanhas ao longe ainda estavam cobertas de branco, e continuariam assim até o verão. Amanhã, eu ia pegar minha moto e guardar a caminhonete até o inverno retornar.

Era quase quente o suficiente. Eu seria o único idiota em uma motocicleta em abril.

Observei as ruas enquanto passávamos pela cidade na direção da rodovia, algo que tinha virado um hábito nesse inverno.

— Dois meses e meio e nenhum sinal dos Warriors — murmurei.

— Tucker teve sua justiça e está nos deixando livres. O plano de Drav, do papai, funcionou. — Genevieve manteve os olhos na rua. Eles estavam escondidos atrás de largos óculos escuros com lentes pretas, tornando difícil ver sua expressão. Sua voz estava normal, exceto por uma leve entonação de dor.

Genevieve parou de chamá-lo de Draven quando falava dele. Tentava chamá-lo de pai, mesmo quando estava perto de Dash. Ainda não era natural, mas eu esperava que um dia seria. E eu esperava que um dia não doeria quando ela mencionasse seu nome.

Ainda estava muito recente, a ferida estava se fechando. Mas ela era forte. Genevieve tirar aquilo de letra, como fez com todo o resto nesse último ano. Ela sobreviveria, mas as coisas não seriam as mesmas. Sua raiva e frustração a ajudaram na morte de Amina. Quando elas sumiram, um hematoma permanente continuou em seu coração. A morte de Draven deixou outro.

Ela lamentou a morte dele.

Todos nós lamentamos.

Dash finalmente limpou o escritório de Draven na semana passada. Fez em um impulso; e, com a ajuda de Bryce, transformou o espaço em uma sala de espera. Ninguém queria estar ali. Presley se recusou a se sentar atrás da antiga mesa de Draven. Bryce também não se sentaria. Então eles a tiraram de lá e a doaram para a caridade. Depois compraram uns sofás para que os clientes que estivessem esperando pelos seus carros não precisassem ficar na recepção com Presley.

CAVALHEIRO PARTIDO

Genevieve começou a parar mais no escritório quando chegava em casa do trabalho. Ela estava diminuindo sua hora de almoço, saindo trinta minutos mais cedo todo dia. Isso significava que ela tinha trinta minutos com Presley e Bryce todas as tardes antes que a oficina fechasse às cinco.

Ela não era próxima de Presley como era de Bryce, mas a amizade delas estava florescendo. As três se apoiavam umas nas outras, seguindo em frente em meio ao luto.

— Pres respondeu sua mensagem? — perguntei.

Ela acenou com a cabeça.

— Sim. Ela não estava a fim de vir.

Porra. Tinha esperanças de que Presley aceitaria nosso convite e sairia da cidade. Nós estávamos tentando mantê-la ocupada nos finais de semana, para ela não dirigir até Ashton. Mas ela provavelmente já tinha ido na sexta depois do trabalho.

Como Draven encorajou, Jeremiah se juntou aos Warriors mês passado.

O que nenhum de nós esperava é que Presley continuaria com ele. Durante a semana, quando não estava na oficina, estava em casa, sozinha. Quando o relógio marcava cinco horas na sexta-feira, ela pegava a estrada para visitá-lo.

Desde que ele se mudou, não retornou nenhuma vez para Clifton Forge e a visitou.

— Não entendo — murmurei.

— Eu também não. Ela podia ter algo tão melhor. E ele não é nem tão bonito.

Eu dei uma risada abafada.

— Isso é o que as pessoas falam de você. *Que porra a Genevieve está fazendo com aquele cara da oficina?*

— Ah, por favor. — Genevieve revirou os olhos. — Você se olha no mesmo espelho que eu todas as manhãs. Você sabe que é o gostoso do casal.

— Você acha que eu sou gostoso?

Ela levantou os óculos para o cabelo, sua expressão ficou séria.

— Isaiah, você é o homem mais bonito e sexy que já vi na vida. E o seu coração? Quando você me deixa entrar, você literalmente me deixa sem ar.

Eu pisquei. Ela estava falando sério? Parecia que sim. Talvez ela não me visse como um ex-presidiário tatuado e derrotado.

Genevieve não esperou por uma resposta. Ela voltou a atenção para a rodovia, porque ela sabia que eu ficava inquieto se ela não estivesse completamente focada na estrada. Colocou seus óculos escuros de volta sobre os olhos, protegendo-os contra o brilho do sol da manhã.

Engoli o nó em minha garganta e digeri o que ela falou. Ela realmente pensava que eu era de tirar o fôlego? Que eu tinha um bom coração? Eu não era nada especial, mas a convicção das suas palavras, a devoção, me fez repetir suas falas algumas vezes.

Eu era um monstro, não um salvador,

E ela pensava que *eu* era o gostoso do casal? Jesus, ela era louca!

— Você é gostosa.

Ela me deu um sorriso irônico.

— Uau. Obrigada.

— Você é a mulher mais linda que já vi.

E era verdade! Uma das coisas que dificultava olhar para ela nos primeiros dias é que eu me sentia culpado. Genevieve ofuscava qualquer ser vivo – e mortos também.

— Eu não te elogiei só para você me elogiar de volta.

— Eu sei. Estou dizendo porque é verdade.

— Bem, obrigada. — Ela sorriu.

— Você é linda — repeti, para ter certeza de que ela tinha entendido. — Você é gentil. Você é inteligente. Você faz os melhores biscoitos que já comi. E toda vez que estamos juntos, não posso acreditar que fica melhor.

As bochechas de Genevieve coraram.

— Pensei que era só eu. Eu, ahn, não estive com ninguém em um longo tempo. E, mesmo assim, não tenho muita experiência.

— Nem eu.

— Sério? — Ela franziu a testa. — Como disse antes, você é sexy pra cacete. Aposto que as mulheres se jogavam em cima de você.

Eu ri.

— Quando era mais novo, sim. Talvez. Mas então…

— Certo. Shannon. Você estava com ela.

— Não. — Sacudi a cabeça. — Nós nunca dormimos juntos.

Genevieve ficou boquiaberta.

— Mas…

— Não transamos. Nem uma vez. — Nenhum de nós dois quis. Não achamos que era certo, considerando que ela estava carregando o bebê de Kaine na barriga. Nós nos beijamos. Demos as mãos. Mas, fora isso, o corpo dela era para aquele bebê.

CAVALHEIRO PARTIDO

Genevieve bateu com os dedos no volante como se estivesse os contando.

— Então, antes de mim você não esteve com uma mulher em...

— Anos. — Seis deles, para ser exato. Genevieve quebrou minha seca. Eu estava certo de que nas nossas primeiras vezes juntos, tive uma péssima performance. Talvez seja por isso que eu estava tentando compensá-la desde que paramos de fingir que não desejávamos um ao outro.

— Faz bastante tempo para mim também.

— Sério?

Ela acenou com a cabeça.

— Eu estava ocupada trabalhando. Fui em alguns encontros, mas não tinha ninguém que eu gostasse tanto assim.

Deus, eu gostava disso. Gostava de saber que éramos nós dois, juntos. Nem pensei em perguntar se ela tinha um namorado em Denver. Nós nos casamos e só pressupus que não havia ninguém que ela tivesse deixado para trás. Eu estava bem feliz de saber que não tinha, que ela não estava sofrendo por alguém que nem percebi que podia existir.

Ela achava que eu ainda sofria por causa de Shannon.

— Genevieve. — Esperei até que ela me olhasse, até ter sua atenção por um segundo. — Você se destaca. De todo mundo.

Ela olhou para a frente.

— É ruim se eu te disser que estou com ciúmes? Porque ela te teve antes?

— Não tem motivo para você ter ciúmes. Eu amei Shannon, mas não estou apaixonado pela memória dela.

Meu coração não era mais dela. Eu o dei para Genevieve.

— Como era a Shannon? — Genevieve era a única pessoa que dizia o nome dela sem medo de como eu reagiria.

— Ela era doce. Seus pais costumavam dizer que ela foi uma fada em outra vida.

Ela era iluminada e alegre. Mais flutuava do que andava. Mas era frágil, como uma flor. Ela não tinha a força de Genevieve. Ela nunca teria sobrevivido às coisas que Genevieve sobreviveu nesse último ano.

Os pais de Shannon também eram como ela. Suaves, gentis. Eu pensava neles com frequência e em como lidaram com a perda da filha. De acordo com minha mãe, eles ainda moravam em Bozeman. Ela cruzou com eles no mercado não muito depois de eu sair da prisão. Ela deixou seu carrinho no corredor e saiu da loja, não porque ela não aguentaria o encontro, mas porque achou que os pais de Shannon talvez não aguentassem.

Esse era um dos motivos de ter uma vida tão confinada na casa dela em Bozeman depois da prisão. Virou um tipo diferente de prisão. Eu não queria encontrar com antigos amigos ou com a família de Shannon.

Trabalhei numa oficina de troca de óleo em uma parte feia da cidade, onde as chances de encontrar com alguém do meu passado eram pequenas. Eu vivia economizando cada centavo dela, esperando até meus dois anos de condicional passarem. Então comecei a procurar emprego fora de Bozeman.

Aí conheci Draven e a Oficina de Clifton Forge.

E caí fora de Bozeman antes que sufocasse.

— Eu nunca me desculpei com eles — confessei. — Com os pais de Shannon.

— Não é tarde demais. Talvez você possa escrever uma carta.

O terapeuta na prisão falou o mesmo.

— Uma carta parece evasivo.

Eu merecia sentir o ódio deles de frente, e não me esconder atrás de um papel. Não deixá-los sozinhos para sofrer com minhas palavras sem uma chance de retrucar.

— Você sabe onde eles moram?

Acenei com a cabeça.

— Em Bozeman.

Genevieve abriu a boca, mas fechou sem dizer uma palavra.

— O quê?

Ela continuou em silêncio.

— Fala!

— Não. Estou tentando não te pressionar.

Talvez fosse disso que eu precisasse. Ela sabia como me dar tempo. Ela era paciente e bondosa. Eu não merecia nada daquilo. Mas o que ela disse na noite passada ficou na minha cabeça a manhã toda.

Você acha que, algum dia, o passado vai parar de definir quem você é?

A culpa pela morte de Shannon era permanente. Era uma parte de mim tanto quanto as tatuagens na minha pele. Mas havia uma diferença entre conviver com a culpa e deixá-la controlar minha vida.

Até recentemente, eu não tinha muitos motivos para querer viver. Culpa e vergonha eram meus companheiros inseparáveis. Mas agora, eu só queria Genevieve em meu coração sempre. E eu não conseguiria fazer isso sozinho.

— E se você fizesse isso? — perguntei. — E se você me pressionasse?

CAVALHEIRO PARTIDO

— Então eu te levaria para a casa deles e esperaria por você no carro.
Engoli em seco.

— Ok.

— Ok?

— Ok. — Coloquei minha mão na perna dela.

Quando chegamos em Bozeman, não dei a ela direções para a casa da minha mãe. Em vez disso, fomos em direção à casa dos pais de Shannon.

— Você acha que eles ainda moram aqui? — Genevieve diminuiu a velocidade enquanto passávamos pelo bairro tranquilo.

No final do quarteirão seguinte, vi a casa verde de dois andares com teto vermelho-ferrugem.

— Sim.

Sim, eles ainda moravam aqui. Porque, no jardim, vi uma cabeça de cabelos loiros que eu conhecia, abaixada, tirando tufos de mato da floreira.

Kathy. A mãe da Shannon.

— Estaciona aqui — ordenei, e Genevieve virou o carro para a calçada, parando uma casa antes. Apontei para Kathy quando o pai de Shannon, Timothy, saiu da casa enxugando algo em suas mãos.

— São eles.

— Os pais dela? — perguntou, tirando os óculos escuros.

Acenei com a cabeça, incapaz de falar ou desviar o olhar. Kathy olhou para Timothy e sorriu. Não era um sorriso grande ou brilhante, mas era verdadeiro. Não havia nem um pouco de tristeza em seu rosto. Kathy era muito transparente. Eu sabia disso porque Shannon era igual. Ela herdou aquele mesmo sorriso sincero.

Timothy disse algo para Kathy, a fazendo jogar a cabeça para trás e gargalhar. Os dois gargalharam. Ele então ficou de joelhos ao lado dela, colocou um braço em volta dos seus ombros e a puxou para perto, para beijar sua têmpora.

Kathy acariciou a bochecha dele com luvas de jardinagem nas mãos. Deve ter deixado um borrão, porque eles riram novamente enquanto ela limpava.

A cena me atingiu direto no peito. Eu não ousei piscar no caso de eles sumirem.

— Eles parecem…

— Felizes — Genevieve terminou.

Acenei com a cabeça, meus olhos tendo dificuldades em acreditar no que eu estava vendo. Isso poderia ser verdade? Como ela poderia estar sorrindo? Como ele poderia gargalhar? Eu não tinha arruinado a vida deles?

Talvez fosse tudo fachada. Talvez eles estivem infelizes e forçando um sorriso um para o outro. Acho que eu iria descobrir.

Soltei meu sinto de segurança e estiquei a mão para a maçaneta. Mas antes que eu pudesse abrir a porta, Genevieve esticou o braço.

— Não. — Ela segurou meu cotovelo.

— Ahn? — Soltei a maçaneta da porta.

— Não vá.

— Mas pensei que...

— Eles superaram. — Ela tirou a mão e olhou de volta para Kathy e Timothy. — Eles encontraram uma maneira de ser felizes e superar o luto. Não o traga de volta.

Meus ombros caíram.

— Eu quero um desfecho, V.

— Eu sei, querido. Mas será que esse pedido de desculpas é para eles? Ou para você?

Nós dois sabíamos que era a segunda opção.

Genevieve e eu ficamos ali sentados, parados, observando enquanto eles removiam o mato. No que aqueles longos momentos passaram, enquanto eles trabalharam no jardim, podando narcisos e tulipas, percebi que esse era meu desfecho.

Eles me deram o desfecho ao continuarem vivendo.

Cada momento que passou, cada sorriso que eles compartilharam, não parecia falso. Isso não era uma fachada. Eles perderam a filha. Eles perderam a neta que nem tinha nascido. Mas lá estavam eles, vivendo.

Minha mãe me disse uma vez que Kaine encontrou algum desfecho com Shannon quando visitou o túmulo dela. Eu tentei. Duas vezes. Em ambas, fui embora me sentindo pior do que quando cheguei, porque ao olhar para aquela lápide cinza, eu sabia que ela nunca voltaria. Eu a coloquei naquele chão.

Eu não precisava de um túmulo para sentir que aquele capítulo estava encerrado. Eu precisava disso.

De *vida*.

— Eles superaram — sussurrei quando Timothy tirou uma flor e a entregou para sua esposa.

Aquela flor era a esperança de que talvez, em um dia próximo, eu seria capaz de superar a dor também e viver minha vida com a mulher ao meu lado.

Coloquei meu cinto de segurança.

CAVALHEIRO PARTIDO

— Estou pronto para voltar para casa.

— Para ver sua mãe?

— Não. — Sacudi a cabeça. — Eu vou ligar para ela mais tarde e dar uma desculpa. Nós voltaremos para vê-la outro dia. Nesse momento, só quero ir para casa. Com você.

— Você está bem?

Olhei uma última vez para Kathy e Timothy. Eles estavam andando, de braços dados, na direção da casa. Eu guardei o sorriso deles na memória, e então me virei para Genevieve.

Ela brilhava. Se meu coração a deixava sem ar, o dela me dava uma razão para respirar. Será que ela sabia o quanto era importante para mim?

Não. Porque não disse para ela.

— Não quero mais estar casado de mentira.

Ela se encolheu.

— Ah.

— Que tal você usar essa aliança de verdade?

Suas sobrancelhas se juntaram.

— Eu não... o quê?

— Eu não te mereço.

— Isaiah...

— Me deixa terminar.

Ela fechou a boca e concordou com a cabeça.

— Eu não te mereço, mas não posso abrir mão de você.

Se ela quisesse ir embora, eu não a impediria. Mas, se ela fosse, eu nunca mais seria o mesmo.

Os olhos de Genevieve se encheram de lágrimas.

— Também não quero abrir mão de você.

Um sorriso se abriu no meu rosto, o que só a fez chorar mais.

— Então você vai continuar sendo minha esposa?

Ela fungou, limpando as lágrimas em suas bochechas. Então ela se inclinou, se esticando para roçar um beijo em meus lábios.

— Sim.

CAPÍTULO VINTE E QUATRO

GENEVIEVE

— Quero comprar uma aliança melhor para você.

— Parece um desperdício de dinheiro, já que não vou usar.

— V... — Isaiah resmungou.

— Essa é a minha aliança. — Sacudi o dedo. — Não quero uma diferente.

Ele murmurou algo e voltou para o laptop na mesa. Ele estava procurando por um apartamento em Missoula há mais de uma hora enquanto eu estava empacotando.

Três meses se passaram desde nossa ida à Bozeman, desde que eu e Isaiah ficamos *genuinamente* casados. Não aconteceu de um dia para o outro, mas, nesses três meses, nós dois começamos a encontrar nossa paz.

Juntos.

Nossa vida não era excitante. Isaiah e eu trabalhávamos durante o dia e passávamos a noite juntos no apartamento. Uma aventura para nós era sair para comer numa noite de sábado.

Havia noites em que ele acordava de um sonho terrível. Havia dias em que eu chorava pela perda dos meus pais. Mas nós nos apoiávamos um no outro. Juntávamos nossa força. Afinal, foi assim que sobrevivemos ao último ano.

E agora era a hora de mudar.

Depois de uma longa discussão, decidimos sair de Clifton Forge.

Passei um mês inteiro estudando para o vestibular. Felizmente, o tempo que passei estudando em Denver não foi um desperdício, e as informações voltaram com tudo. Eu fiz a prova, passei e agora era a futura estudante da única faculdade de Direito de Montana.

Nós iríamos nos mudar em duas semanas, a tempo de chegar em Missoula antes que as aulas começassem.

CAVALHEIRO PARTIDO

— Olha esse aqui. — Isaiah me chamou para olhar o laptop.

Levantei da caixa que tinha acabado de fechar e fui até a mesa, me inclinando por cima do ombro dele para olhar as especificações e as fotos do apartamento de dois quartos.

— É um pouco mais caro do que o nosso orçamento, mas bem melhor que qualquer outra coisa que achamos.

— Vou ligar para eles. Talvez se fecharmos um contrato de um ano, eles nos deem um desconto de cinquenta pratas no aluguel.

Meu estômago revirou.

— Tem certeza de que é isso que você quer?

Ele olhou para mim, seu olhar suavizando.

— Aonde você for, eu vou.

— Ok. — Sorri e beijei sua bochecha, e então voltei para minhas caixas.

Hoje, eu estava tentando guardar tudo que não precisaria imediatamente. Dash não estava com pressa para alugar o apartamento depois que nós fossemos embora, mas eu não queria largar nossas coisas espalhadas. Nós deixaríamos a maior parte das caixas aqui até podermos levá-las para Missoula.

Olhei em volta do cômodo, observado o espaço que tinha virado meu porto seguro.

— Vou sentir falta daqui.

Isaiah se levantou e andou na minha direção, me abraçando por trás. Então ele se inclinou para sussurrar no meu ouvido:

— Eu também.

— Não achei que ia me apaixonar por esse lugar. — Não só o apartamento, mas essa cidade. Clifton Forge era meu lar. A ideia de voltar para Denver já estava há muito perdida.

— Nós voltaremos — ele prometeu.

— Sim, nós voltaremos.

Jim me encorajou a estudar para o vestibular. Ele foi um dos que me incentivou a finalmente fazer a prova. Ele e Isaiah foram os co-capitães do meu time de líderes de torcida.

Jim insistiu que eu tirasse um tempo no trabalho para estudar, me ajudando se eu tivesse alguma dúvida. Acho que ele ficou mais ansioso para receber minha nota do que eu. Esperar essas três semanas foi angustiante para nós dois. Mas ele não ficou nada surpreso quando tirei uma nota boa. Isaiah também não ficou.

Eu me inscrevi para a faculdade de Direito e rapidamente fui aceita. No dia que recebi o e-mail, Isaiah começou a procurar emprego.

O único lado ruim de nos mudarmos é que ele teria que sair da oficina.

Nos últimos três meses, ele estava cada vez mais envolvido nas restaurações customizadas. Ele amava trabalhar ao lado dos caras e fazer algo velho se tornar novo novamente. Ele amava a arte que existia nisso.

Um pouco do estilo artístico que Kani tinha para seus móveis, Isaiah tinha para carros. Ele me buscava depois de um longo dia de trabalho energizado, e não cansado. Sempre com um pequeno sorriso no rosto.

Aquele sorriso era a melhor parte do meu dia.

E a melhor parte da minha noite era dormir ao lado dele.

— Melhor eu terminar algumas dessas caixas. — Suspirei. — Bryce mencionou que ela viria hoje com o jornal. Duvido que serei produtiva depois disso.

Isaiah me abraçou mais apertado.

— Fico feliz que você deu o ok para ela publicar a reportagem.

— Estava na hora.

Hoje, Bryce publicou o obituário da minha mãe na edição de domingo da *Tribuna de Clifton Forge*. Depois de um ano na produção, finalmente dei o sinal verde para ela publicar.

Meu estômago deu outra volta, seguido de uma estrela.

— Não sei por que estou nervosa. Eu já li.

— É um final. Faz parte estar ansiosa com isso.

Aquele pequeno nó que estava na minha garganta a manhã toda aos poucos ficava maior.

— Eu só queria… — *Tantas coisas.*

Em primeiro ligar, eu queria não precisar de um obituário. Eu queria que não existissem coisas como os Tin Gypsies ou Arrowhead Warriors. Queria que, em vez de estar empacotando caixas, eu estivesse sentada no restaurante tomando café da manhã com Draven… meu pai. Eu ainda não me acostumei a chamá-lo de pai, nem na minha cabeça.

Eu queria tudo isso e que ainda tivesse encontrado o Isaiah. Eu gostava de pensar que o universo iria cruzar nossos caminhos, sem importar o resto. E que nós íamos nos encontrar eventualmente.

Eu não gostava da ideia de sair de Clifton Forge enquanto o assassino da minha mãe e nosso sequestrador ainda estivesse à solta. Mas não havia nada a ser feito além de seguir com nossas vidas.

Nós não tínhamos respostas.

E eu duvidava que um dia teríamos.

CAVALHEIRO PARTIDO

— Com o quê posso ajudar? — Isaiah perguntou, me soltando.

— Nada, só estou empacotando algumas roupas que não vou precisar. — A maioria das minhas roupas sociais ficariam guardadas até que eu fosse trabalhar novamente.

Com o dinheiro que guardei com a venda do meu apartamento em Denver, Isaiah e eu teríamos o suficiente para viver durante o período faculdade. Com sorte, ele encontraria um emprego, e seu salário iria cobrir alimentação. Minha poupança, combinado com o que ele poupou trabalhando para Dash, cobriria o aluguel. Se eu precisasse, arrumaria um emprego de meio período em uma cafeteria ou algo do tipo, mas estávamos planejando para que, pelo menos no primeiro ano, eu focasse somente na faculdade.

— Vou olhar se algo novo apareceu na página de empregos.

— Ok, querido. — Levantei o queixo pedindo um beijo.

Isaiah raramente me negava. Seus lábios roçaram nos meus e um arrepio familiar desceu por minha coluna. Pressionei para aprofundar o beijo, mas, assim que sua língua passou por meu lábio inferior, a porta de um carro bateu do lado de fora.

Bryce estava aqui.

Franzi a testa, abaixando os calcanhares, e então passei por Isaiah para abrir a porta.

— Ei — Bryce cumprimentou com um jornal na mão enquanto subia a escada. Seu pai, Lane, acenou de seu assento no carro.

Ela ainda não ia a muitos lugares sozinhas. Eu também não.

— Oi. — Abracei Bryce quando ela chegou no alto da escada, então a levei para dentro. Nós nos sentamos no sofá e ela me entregou o jornal. O sorriso da minha mãe me recebeu na primeira página. Eu me perdi naquele sorriso. Lágrimas encheram meus olhos, embaçando a foto e as palavras.

— Ah, Genevieve... — Bryce colocou o braço em volta dos meus ombros. — Sinto muito.

— Está tudo bem. — Pisquei para limpar meus olhos. — É que sinto a falta dela.

A raiva que eu tive dela era passado. O tempo e o amor levaram embora meu ressentimento.

Talvez porque me apaixonei por Isaiah, eu entendia como ela devia se sentir em relação à Draven. Ela o amava e cometeu um erro. E ela fez o seu melhor para consertar as coisas. Eu gostava de pensar que, se não tivesse sido assassinada, ela teria me contado sobre ele um dia.

Passei o olho pelo artigo, lendo palavras que já tinha lido antes. Bryce havia me mandado o rascunho por e-mail na semana anterior. Algo sobre as ver em preto e branco no papel cinza claro, as fizeram ter mais efeito do que na tela do computador. Segurar o artigo, ver a receita de biscoito de gotas de chocolates no final da página, tornava isso real demais.

Minha mãe se foi. Há mais de um ano.

Eu guardaria coisas como esse jornal, como as fotos que coletei, para nunca esquecer a mulher amável e brilhante que ela foi um dia.

Meus dedos passaram pela página. *Te amo, mãe.*

Dei um sorriso triste para Bryce.

— Obrigada.

— Obrigada você por me deixar escrevê-lo.

— Fico feliz que foi você.

Ela me abraçou mais apertado.

— Eu também. Eu só queria que tivéssemos achado o cara que fez isso com ela.

— Eu estava ainda há pouco pensando a mesma coisa.

— Você acredita que tem quase um ano desde o dia das montanhas?

— Um ano amanhã. Às vezes, parece que foi ontem. E, em outras, como se nunca tivesse acontecido.

—Exatamente. — Bryce cerrou os punhos. — Eu o odeio. Odeio que ele tenha escapado.

— Talvez tenha se perdido na montanha e foi devorado por um urso.

— Gosto dessa teoria — ela riu.

Não tivemos nenhuma pista do nosso sequestrador o ano todo. Nossos problemas vieram dos Warriors, que agora ficavam longe de Clifton Forge. A única exceção eram os raros finais de semana em que Jeremiah vinha visitar Presley. Em meses, ele só veio visitá-la algumas vezes. E, mesmo assim, não usava seu colete pela cidade, e na maior parte do tempo ficava perto da casa dela.

— Então, você gostou? — Bryce perguntou, acenando com a cabeça para o papel.

— É perfeito.

Ela apertou meu joelho, e então se levantou.

— Melhor eu ir para casa. Dash está com Xander, mas mesmo sabendo que papai está comigo, ele vai ficar ansioso se eu demorar demais.

Dash estava mais protetor do que nunca. Dado o que aconteceu nesse

CAVALHEIRO PARTIDO

último ano, eu não o culpava. Isaiah era o mesmo, e no lugar de me rebelar contra aquela proteção, eu me apoiava nela. Bryce também.

Com um último abraço, ela saiu pela porta. Isaiah ficou de sentinela no topo da escada, para ter certeza de que ela estava no carro com Lane antes de entrar.

— Você está bem? — ele perguntou, me abraçando.

— Não, mas vou ficar. — Funguei para me livrar da ameaça de mais lágrimas e o abracei apertado. — Você pode me segurar por um minuto?

— Não precisa pedir.

Fechei os olhos, relaxando em seu abraço. Isaiah era mais do que eu poderia ter esperado. Meu coração. Meu salvador.

— Eu...

As palavras travaram em minha garganta como sempre faziam. Três meses de casamento de verdade, e eu não encontrei a coragem de dizer *Eu te amo*.

Não havia dúvidas de que eu amava Isaiah, e eu tinha quase certeza de que ele também me amava. Então, por que eu não conseguia falar aquelas palavras? Por que não podia dizer para ele? O que eu estava esperando?

Abri a boca para tentar novamente, mas nada saiu. Então o segurei mais forte, absorvendo esse momento calmo, até ser a hora de nos separarmos e voltei a empacotar as coisas.

Isaiah se encolheu atrás do laptop para continuar sua busca por emprego. Até agora, ele tinha sido rejeitado em tudo que se candidatou. Sua ficha criminal era difícil de relevar para a maioria das pessoas. Eles não o conheciam ou seu bom coração. Tudo que viam era uma marca do lado de *condenado* em uma aplicação online.

Ele encontraria algo. Demoraria, mas eventualmente ele encontraria um empregador que não estivesse preocupado com seu passado. Dash fez algumas ligações para algumas oficinas em Missoula, e torcíamos para que uma indicação brilhante de Dash Slater iria abrir caminho para um emprego onde Isaiah pudesse trabalhar por alguns anos.

Até voltarmos.

Dash já havia prometido a Isaiah que seu emprego estaria esperando.

Passei a próxima hora empacotando e organizando tudo. Era quase na hora do almoço, e meu estômago estava roncando quando outra porta de carro bateu do lado de fora. Na verdade, duas.

Isaiah olhou por cima do ombro para a porta.

— Mais alguém vem aqui hoje?

— Não que eu saiba. — Eu me levantei do chão, o encontrando na porta. Ele a abriu em tempo de ver dois policiais subindo as escadas.

Meu estômago embrulhou.

A coluna de Isaiah ficou dura e ele colocou a mão para trás, procurando minha mão. Eu a agarrei com toda minha força.

— Boa tarde — um dos policiais disse, tirando os óculos escuros do rosto. O outro ficou alguns degraus abaixo, deixando seu parceiro falar.

— Oi. — O aperto da mão de Isaiah era tão forte que doía. Seus ombros estavam contraídos. Sua respiração era curta. Ele estava prestes a perder o controle.

— Podemos ajudar? — Fiquei em pé ao lado de Isaiah, o forçando para o lado, para nós dois preenchermos o espaço da porta.

— Você é Genevieve Reynolds?

— Sim. — Engoli em seco.

— Senhora, nós precisamos te fazer algumas perguntas na delegacia.

Eu? Ah meu Deus. Não tinha nada a ver com Isaiah. Era comigo. Eu não sabia se isso era uma coisa boa ou ruim. Meu coração estava acelerado, mas lutei para manter minha voz calma e inocente. — Sobre o quê?

— Só temos algumas perguntas — o policial respondeu.

— Sobre o quê? — Repeti.

— Desculpe, senhora. Não podemos discutir aqui. Você poderia por favor vir conosco?

Uma parte de mim queria protestar. Eles não estavam aqui com um mandado. Mas, se eu protestasse, eles simplesmente voltariam com um. Talvez cooperar fosse a melhor maneira de manter essas perguntas focadas em mim, e não no Isaiah.

— Estou sendo presa?

— Não nesse momento.

Não nesse momento? Minha garganta secou. Como eles podiam saber? Não tinha como, certo? Talvez fosse sobre o falso suicídio de Draven. Talvez eles suspeitassem de que fosse uma armação.

— Se eu for com vocês, posso ir dirigindo no meu carro?

O policial acenou com a cabeça.

— Sim, senhora.

Engoli em seco.

— Por favor, me dê um minuto.

CAVALHEIRO PARTIDO

Entrei no apartamento, praticamente puxando Isaiah comigo. Quando a porta fechou, respirei fundo. Minha mente estava girando, e me concentrar em algo era praticamente impossível. Eu me sacudi, indo para a cozinha pegar minha bolsa. Então coloquei as sandálias de dedo que deixei ao lado da porta.

— V, não vá.

— Preciso ir. Eles vão voltar se eu disse não. — E eu preferia manter o foco em mim do que no Isaiah.

— Mas...

— Não vou dizer nada. Confia em mim. Será melhor cooperar um pouco. Vamos descobrir o que eles querem antes de surtar. — Tarde demais. Eu já estava surtando.

— Não gosto disso.

— Nem eu. — Seu olhar estava assustado. — Você acha que eles... que eles sabem?

— Talvez. — Sua testa franziu. — Eu deveria ir. Deveria ser eu.

— Não. — Corri para ele, colocando os braços em volta de seu corpo. — Eles querem a mim. Eu vou e descubro o que está acontecendo. Talvez seja sobre Draven. Talvez eles saibam que ele não se matou realmente. Mas você não pode ir. Eles saberão que tem algo acontecendo. Se eu não for, se eu me recusar, vai parecer que sou culpada.

Ele me abraçou tão forte que eu não podia respirar. Então me soltou e fui até a porta, abrindo-a e vendo os dois policiais ali de pé, prontos para me escoltar até a delegacia.

Olhei para Isaiah por cima do ombro, então acenei com a cabeça para os policiais, e os segui escada abaixo.

Atrás de mim, Isaiah seguiu descalço.

Deus, o que estava acontecendo? Por que eles não me diziam? Tinha que ser algo criminoso. Eu não estava sendo presa, mas era uma pessoa de interesse. Se fossem perguntas casuais, podiam ter perguntado na minha casa, não me *convidado* a ir até a delegacia.

Meu coração estava em minha garganta, e batia forte. Paramos antes do último degrau, e vi a viatura parada, fechando meu carro por trás.

Os policiais ficaram ao meu lado, me levando até o meu carro.

Eu não estava sendo presa, mas com certeza parecia que estava.

— Espera — Isaiah chamou. Virei e ele correu na minha direção. Sem prestar atenção nos policiais, segurou meu rosto em suas mãos e me beijou, devagar e suave.

— Eu te amo.

E ali estava. O momento que eu mais precisava escutar essas palavras e ele as entregou.

— Também te amo.

Ele apoiou a testa na minha.

— Liga pro Jim — sussurrei.

— Ok — ele sussurrou de volta. — Fique firme.

Para mantê-lo a salvo? Ele não precisava se preocupar.

— Ficarei.

CAPÍTULO VINTE E CINCO

GENEVIEVE

— Oi, Genevieve. Sou Marcus Wagner, Delegado de Polícia de Clifton Forge. — Ele entrou na sala de interrogatórios, fechando a porta suavemente atrás dele. Então veio até a mesa onde eu estava sentada, estendendo a mão. — É bom finalmente te conhecer.

— Você também. — Apertei a mão dele.

Ele se sentou na cadeira de metal em frente à minha. A mesa entre nós era larga o suficiente para que eu não fosse capaz de esticar a mão e tocá-lo sem levantar. — Desculpa te deixar esperando.

Eu estava esperando há quase uma hora, sentada naquela sala sem graça, sozinha. Os policiais que me escoltaram até aqui me deram um copo descartável com água, e então desapareceram.

— Do que se trata? — perguntei.

— Tenho algumas perguntas para você. — Ele me deu um sorriso bondoso. — Se você não se incomodar.

Puta merda, claro que me incomodava.

— De jeito nenhum.

Estava tudo muito estranho, e eu não tinha motivo nenhum para estar ali, fora o fato de querer *minha* bunda nessa cadeira, não a de Isaiah.

E, porra, eu estava curiosa.

Estar em uma sala de interrogação nunca era um bom sinal, especialmente sem o Jim presente, mas eu queria informações. Por que eu estava aqui? O jeito mais fácil de descobrir era entrando no jogo dele.

Dei ao delegado Wagner um sorriso inocente e tomei um gole na água.

Eu não conheci o delegado antes, mas conversamos ao telefone depois do assassinato da minha mãe, quando eu estava determinada a fazer Draven pagar pela vida que tirou.

252   DEVNEY PERRY

Ah, como as coisas mudaram...

Durante nossas conversas ao telefone, o delegado Wagner me disse para chamá-lo de Marcus. Ele me deu o número de seu celular pessoal, caso precisasse falar com ele, e me garantiu, mais de uma vez, que Draven seria punido por seu crime. Sua busca por justiça parecia ser tão forte quanto a minha.

Eu gostava disso nele. E gostava que a sua voz sempre me deixava calma. Tinha um timbre grave e profundo, e agora que podia colocar um rosto naquela voz, vi que combinava com a figura mental que tinha construído. Ele era um homem grande, forte e alto, com um peito largo e um estômago rígido que podia aguentar qualquer porrada.

Claramente, Marcus se mantinha em forma. Ele provavelmente tinha uns cinquenta e poucos, sessenta anos, mas não se descuidou. De algum modo, ele me lembrava Draven. Eles tinham a mesma estatura e autoconfiança. E provavelmente a mesma idade. Marcus era bonito. O grisalho em suas têmporas e em suas sobrancelhas grossas davam um charme a mais.

Ele tinha um bigode largo e cheio, ocultando seu lábio superior. Estava bem penteado, mas escondia seu rosto a ponto de ser mais difícil ler sua expressão. Ele podia franzir a boca embaixo daquele treco e alguém talvez confundisse aquilo com um sorriso.

Marcus estudou meu rosto, mas o olhar não era intimidador; era curioso. Quase... carinhoso. Ele não parecia estar com raiva ou na defensiva.

Merda. Eu entendi errado a coisa toda?

— Os policiais que foram na minha casa não me disseram do que se tratava. Poderia me esclarecer? Estou bem confusa por ter de vir à delegacia em um domingo.

— Desculpa. — Ele suspirou. — Eles estavam na patrulha hoje. Eu estava atrasado, senão teria eu mesmo passado lá. Só pedi para que eles te pedissem para vir até a delegacia. Espero que tenham sido educados.

— Sim. — Acenei com a cabeça. — Muito.

Marcus continuou a me estudar e um silêncio estranho tomou conta da sala. Aquilo continuou por algum tempo, até meu coração trovejar em meus ouvidos e minhas mãos começarem a suar. O que ele queria? Por que não falava? Por que só estava me encarando? Algo na expressão de seu rosto fez os pelos de meus braços arrepiarem.

Era assim que ele conseguia suas confissões? Encarando alguém por tempo suficiente para a pessoa falar tudo?

CAVALHEIRO PARTIDO
253

O que você está olhando? O que você quer? Gritei as perguntas em minha cabeça. Isso era pior do que se sentar na frente de Tucker Talbot e de sua trupe de motoqueiros medonhos.

Eu não aguentei.

— Você tinha perguntas?

Marcus piscou, seu olhar abaixou para a mesa por um momento.

— Não era como eu esperava que ele fosse pagar. Ele foi covarde.

Draven. Era sobre Draven, e não sobre a cabana.

O ar escapou dos meus pulmões.

Eu não falava com Marcus desde o meu sequestro. Por que falaria? Fiquei completamente absorvida no grupo da *Oficina Clifton Forge*. Enquanto eu estava conhecendo meu pai, tentando provar sua inocência, o delegado continuou no caminho para punir Draven pelo assassinato da minha mãe.

Draven – papai – não era um covarde.

Ele salvou minha vida. E a do Isaiah. E a do Dash.

Mas eu não podia dizer isso para o delegado, podia? Iria entrar por um ouvido e sair pelo outro. Marcus pensava que Draven era culpado. E com razão. Eles tinham a arma do crime com as digitais dele. E ele esteve na cena do crime.

Marcus fez seu trabalho. Ele achou provas e prendeu o suspeito.

— Como você sabe, ele é meu pai.

Marcus acenou com a cabeça.

— Eu sei.

Todo mundo sabia. Era uma cidade pequena, e a notícia da filha da vítima se relacionando com o suposto assassino se espalhou como fogo. Adicione a isso um teste de paternidade positivo, e foi um tópico irresistível. Felizmente, não depois disso chegou na oficina. Mas eu tinha certeza de que tinha chegado na mesa do delegado. Eu tinha certeza de que ele procurou por mim no julgamento, mas Jim achou que era melhor se eu ficasse longe. Marcus provavelmente também ficou sabendo sobre meus cafés da manhã de domingo no restaurante.

Na verdade, Jim planejou usar meu relacionamento com Draven na audiência de sentença, esperando ganhar a simpatia do juri.

Bryce me disse que Marcus era venerado e respeitado na cidade. Depois que os Tin Gypsies se dissolveram, o índice criminal caiu para quase nada, e muitos davam crédito ao delegado por sua comunidade tranquila. Ele deveria ser um excelente investigador que comandava a força policial com uma mão firme e honesta.

Então por que ele não investigou a faca? Bryce publicou um artigo não muito depois da morte da minha mãe especulando se a arma de Draven havia sido roubada. Ele o ignorou? Talvez tenha investigado, mas não encontrou nada.

Não era bem uma surpresa – nós também não encontramos nada.

— Por que estou aqui? — perguntei. E por que agora? A morte de papai foi meses atrás. O que ainda havia para discutir?

— Draven matou sua mãe. — O tom da sua declaração estava cheio de veneno.

— Não acredito que isso seja verdade.

Fim de papo. Minha lealdade seria para sempre do Draven. Sim, ele era um criminoso. Claramente, ele não se dava bem com o delegado. Mas, por mim, o tópico de Draven não estava aberto a discussões.

A mandíbula de Marcus cerrou. O clima na sala mudou. A tensão retornou e seu olhar endureceu. Ele se mexeu, fazendo as pernas da cadeira se arrastarem no chão de concreto quando tirou um pacote do bolso.

A sala rodou quando ele o colocou na mesa entre nós.

O colar da minha mãe estava dentro de um saco plástico transparente. Era o mesmo que estava eu procurando desde a morte dela. O que descrevi em detalhes para os donos das duas lojas de penhor da cidade e das outras dúzias que havia no estado.

Como ele estava com isso? Ela o estava usando quando morreu? Eles me devolveram todas as suas outras coisas daquela terrível manhã – sua bolsa, a mala de viagem que estava no motel, até sua escova de dentes – depois que a polícia decidiu que não faziam parte da investigação.

Esse colar era uma prova? Se era, por que não foi incluído em nenhum dos materiais do julgamento? Jim me deixou olhar os arquivos do caso de Draven no mês passado. Eu pedi. Implorei, na verdade. Eu precisava daquilo. Não havia *nenhuma* menção ao colar.

— Você reconhece isso? — Marcus perguntou, mesmo já sabendo a resposta. Eu nem tentei esconder meus olhos arregalados.

— Sim. Era da minha mãe.

A corrente dourada delicada não brilhava embaixo do plástico. Era opaca e tinha algo preto cobrindo . O cristal no centro do pingente da estrela polar tinha um anel de sujeira e terra em volta da base, como se alguém tivesse limpado só a parte grande da pedra. Somente o centro estava limpo o suficiente para refletir a luz fluorescente do teto.

— Você se lembra que, no verão passado, um homem morreu queimado em uma cabana nas montanhas?

CAVALHEIRO PARTIDO

Demorei um momento para entender a pergunta de Marcus. O peso em meu estômago quase me levou ao chão.

Não era sobre Draven ou o assassinato de minha mãe.

Era sobre a cabana.

Sempre voltava para aquela porra de cabana.

— Hum, sim. Acho que sim. Aconteceu logo antes de eu me mudar para cá. — Mantive meu olhar grudado no cordão de mamãe, usando todo meu poder para impedir minha voz de tremer. Sentei-me nos meus dedos tremendo.

Um ano atrás, passei incontáveis horas ensaiando o que diria se fosse presa. Pratiquei e pratiquei, no chuveiro ou enquanto dirigia para o trabalho.

Nada aconteceu. Fiquei acomodada. Onde estavam essas linhas decoradas agora? Onde estava a falsa surpresa?

Marcus tocou o plástico, puxando para seu lado da mesa. Eu queria pegar de volta, porque *porra*, aquele cordão deveria ser meu.

— O caso está parado há quase um ano. Os investigadores definiram que foi incêndio criminoso, mas não fomos capazes de achar nenhuma pista.

— Ok. — Acenei com a cabeça.

— Havia algumas coisas na cabana ligadas à vítima. Nós pensávamos que o colar era dele também. Mas parece que…

Forcei meus olhos a olharem para os dele.

— Não era.

Como o cordão da minha mãe foi parar naquela cabana? Eu não estava usando naquela noite. Eu teria lembrado.

Eu não usava joias para dormir. A única exceção era minha aliança. Eu estava de pijamas, rosto lavado e dentes escovados, pronta para dormir quando fui sequestrada. Além disso, ela nunca me deu aquele cordão.

A última vez que o peguei emprestado foi… — *quando mesmo?* — em Denver. Mamãe me emprestou para usar em um terceiro encontro, quando eu estava na faculdade. O encontro foi terrível porque o cara só gastou vinte pratas para um rodízio barato de pizza e achou que era o suficiente para transar. Quando o rejeitei, ele bufou e disse: *Não espere escutar de mim novamente.*

Minha mãe me levou para sair no dia seguinte, em um encontro de mãe e filha, com uma pizza decente, e devolvi o colar. Eu brinquei com ela, dizendo que o cordão era azarado.

Essa foi a última vez que usei esse cordão, tenho certeza disso.

E o devolvi.

— Alguma ideia de como ele chegou lá? — Marcus perguntou.

— Não. — *Merda*. Eu deveria ligar para Jim. Eu precisava calar a boca e ligar para Jim. Mas como Marcus sabia do cordão da mamãe?

Um arrepio percorreu minha espinha. Era por isso que eu estava aqui, certo? Porque ele sabia que o colar era dela e me trouxe aqui para me questionar. Isso significava que ele sabia que estive naquela cabana?

Ou era só uma tática, de me manter naquela sala por uma hora antes de vir fazer perguntas curtas e parciais para me encurralar? Eu voltei nossa conversa, reprisando cada uma das minhas palavras e as medindo com cuidado.

Se Marcus não sabia que o cordão era de mamãe, eu disse para ele.

Marcus Wagner não era um amigo. O delegado não estava ao meu lado.

O que significava que eu não ia falar mais nada.

Quase.

— Como você sabia que era da minha mãe?

Ele manteve o olhar firme, hesitando em responder. Era como se estivesse me analisando, como se soubesse que o marquei como sendo o inimigo.

— Uma foto no jornal.

Caralho. Uma das fotos que Bryce publicou no jornal de hoje era da minha mãe usando esse colar.

Eu estava aqui porque Marcus tinha uma nova pista sobre o incêndio na cabana. Ele com certeza agiu rápido. O jornal tinha sido publicado há menos de vinte e quatro horas.

Alguém plantou esse cordão. Alguém que queria me culpar pelo incêndio e pelo assassinato. Provavelmente o mesmo homem que matou minha mãe e me sequestrou com Bryce.

A mesma pessoa, ou pessoas, que matou meu pai.

Os Warriors.

— De acordo com os registros do seu cartão de crédito, você esteve em Montana no dia que aquela cabana queimou. Chegou de avião em Bozeman na noite anterior.

O ar saiu de meus pulmões. Concordei com a cabeça.

— Por quê?

Tomei um gole de água do copo descartável. Será que parecia suspeito precisar de água? Será que só pessoas culpadas bebiam nesses pequenos copos de papel? Engoli.

— Eu vim ver o túmulo de minha mãe. Eu não havia estado aqui ainda.

— E visitou?

Não. Eu fui sequestrada e enfiada em um porta-malas.

CAVALHEIRO PARTIDO

Mas eu não podia contar ao Marcus sobre o sequestro. Havia uma razão para eu não ter ido até a polícia, e essa razão era meu marido.

— Genevieve? — Marcus insistiu quando não respondi.

— Estou sendo acusada de alguma coisa?

Sua boca formou uma linha firme. Nem mesmo o bigode podia esconder sua irritação.

— Não.

— Então eu gostaria de ir embora. — Empurrei a cadeira para trás e me levantei. — Não me sinto confortável em falar sem meu advogado presente.

Meu palpite é que eu estaria de volta naquela cadeira em um ou dois dias como a principal suspeita numa investigação de incêndio criminoso e morte.

A faculdade de Direito teria que esperar.

Meus problemas estavam longe de acabar.

Marcus também se levantou, pegando o cordão. Colocou o saco de volta em seu bolso e abriu a porta, acenando para eu sair.

A caminhada pelos cubículos foi silenciosa, a não ser pelo barulho de nossos passos. Cada mesa estava vazia, assim como estavam quando cheguei. A única outra pessoa aqui era o policial na recepção.

— Dia calmo. Você trabalha aos domingos? — Isso não era algo que o delegado podia evitar?

— Normalmente, não. Hoje estou fazendo uma exceção.

Ver aquela foto foi uma surpresa para ele também.

Marcus chegou na porta da saída. Ele a segurou aberta para mim, acenando com a cabeça para se despedir.

Eu estava livre. Podia sair por aquela porta. Então por que eu sentia como se tudo fosse uma armadilha? Eu tinha certeza de que, a qualquer momento, o delegado iria me chamar de volta e dizer que eu nunca mais ficaria livre.

Acelerei os passos, empurrando a porta externa e saindo na luz brilhante do sol. No momento em que meus olhos se ajustaram à luz, eu vi a pessoa que eu mais precisava.

— Você está aqui. — Corri para os braços de Isaiah.

— Estou aqui desde o minuto que desliguei o telefone com Jim. — Ele apontou para a calçada onde Jim estava de pé, falando no telefone.

Ele me viu e levantou um dedo.

Senti o cheiro de Isaiah. Ele estava de pé no sol, vestindo preto. Havia um vestígio de suor embaixo do cheiro de roupa limpa de sua camiseta. Uma inalada e meu coração desacelerou.

— Você está bem? — ele perguntou.

— Na verdade não. — Sacudi a cabeça.

Jim correu na nossa direção e me tirou dos braços de Isaiah, me dando um abraço.

— O que aconteceu?

— Honestamente? — Olhei de relance para a delegacia. — Não tenho certeza. Tem alguma coisa errada.

Uma sensação estranha subiu por minha pele. Os pelos em minha nuca levantaram, como se alguém estivesse me observando. Eu soltei Isaiah e olhei em volta no estacionamento. Tinha meu carro, a SVU do Jim e a moto do Isaiah. De resto, estava vazio, a não ser por algumas viaturas.

Mas a sensação incômoda não desaparecia.

Eu estava deixando alguma coisa passar. Nós todos estávamos, há meses.

— O quê? — Isaiah perguntou. — O que foi?

— Não sei — murmurei.

— Eles te indiciaram? Questionaram? — Jim perguntou.

Acenei com a cabeça.

— Não, e sim. Respondi algumas perguntas, mas então me recusei a continuar, a não ser que você estivesse presente.

— Ótimo — ele disse. — Da próxima vez, nem vá.

— Desculpa. Eu estava curiosa e não pensei.

— Vamos para o escritório conversar — Jim disse.

— Podemos fazer isso amanhã de manhã? Eu estou... meu cérebro fritou e estou emocionalmente confusa. — E antes que eu falasse qualquer coisa com Jim, queria discutir com Isaiah.

— Ok — Jim concordou. — Mas vai ser a primeira coisa que faremos amanhã de manhã.

— Às oito em ponto.

— Descanse um pouco. — Ele apertou meu braço, acenou com a cabeça para Isaiah e foi para seu carro.

Eu não tinha certeza do que estava me incomodando, mas eu não ia descobrir no estacionamento da delegacia. Então peguei Isaiah pela mão e sussurrei

— Vamos cair fora daqui.

CAVALHEIRO PARTIDO

CAPÍTULO VINTE E SEIS

ISAIAH

Dash estava de pé ao lado da porta do escritório quando chegamos na oficina. Seus braços estavam cruzados e seu rosto sem expressão.

Ele estava puto.

Eu também.

Genevieve estacionou em sua vaga e parei ao lado dela com minha moto. Antes que ela tivesse a chance, abri a porta e estiquei a mão para ajudá-la a sair. Seu pé tinha acabado de encostar no chão quando duas outras motos desceram a rua correndo, enchendo o estacionamento com seu barulho conforme se aproximavam.

A expressão de Emmett e Leo combinavam com a de Dash.

Segurei a mão de Genevieve e a levei para a oficina. Dash já tinha aberto a porta da primeira baia.

— Você ligou para eles? — ela perguntou.

— Sim. — Dash foi minha segunda ligação depois de falar com Jim. E então mandei uma mensagem para ele antes de Genevieve e eu sairmos da delegacia, avisando que estávamos a caminho.

— Você está bem? — Dash perguntou a Genevieve, descruzando os braços e vindo para o seu lado.

Por um momento, achei que ele iria abraçá-la. Ele hesitou, pensando um pouco melhor, mas então ela foi arrancada dos meus braços. Ele a abraçou, apertando forte.

— Sinto muito que isso tenha acontecido.

Ela ficou tensa, seus olhos arregalando por um segundo, mas então relaxou.

— Estou bem. E não foi sua culpa.

Não, a culpa era minha.

Emmett e Leo chegaram ao meu lado, esperando enquanto Dash abraçava Genevieve. Desde que ela lhe falou umas verdades, ele era um homem diferente perto dela. Ele começou a se portar mais como um irmão. Eles estavam se ajustando à vida de irmãos. Eles não tinham uma ligação como a minha com Kaine, mas chegariam lá.

Eu estava feliz que ela o tinha. E a Nick também. Eles cuidariam dela, se eu não pudesse.

Porque uma coisa era certa, se tivesse uma mínima chance de ela ser indiciada pelo que aconteceu naquela cabana, eu confessaria num piscar de olhos.

Genevieve não passaria um minuto na prisão.

— Vamos entrar. — Dash soltou Genevieve. — Temos que conversar.

Nós entramos na garagem e encontramos Bryce sentada com Xander nos braços. O bebê estava tomando uma mamadeira.

Foi hoje de manhã mesmo que ela veio aqui com o jornal? Parecia que havia se passado dias depois de esperar por Genevieve do lado de fora da delegacia.

Normalmente, não tinham muitos lugares para se sentar na oficina, só alguns bancos com rodinha. Se nós tivéssemos que nos reunir, íamos para o escritório. Mas tinham trazido algumas cadeiras extras que colocaram em um círculo junto com os bancos.

Havia um monte de ferramentas espalhadas em volta de um Chevy Nova 1974 que estávamos restaurando no último mês. O capô do carro estava levantado. Dash e Bryce provavelmente vieram para cá logo depois que liguei para eles, querendo estar aqui quando nós chegássemos. Dash deve ter mantido a mente ocupada com trabalho.

Assim que estávamos todos acomodados, Leo andou até a parede e apertou o botão para a fechar a porta da baia. Ninguém falou uma palavra até ela estar abaixada.

— O que aconteceu? — perguntei a Genevieve, minha mão firme na dela. Ela respirou fundo.

— Marcus encontrou o colar da minha mãe, o que eu estava procurando, na cabana. Ele suspeita, talvez saiba, que eu estava lá.

— Caralho. — Minhas narinas dilataram. — Então eu vou confessar.

— O quê? Não. — Ela ficou boquiaberta. — Sem chance que vou deixar você fazer isso. Você não vai levar a culpa.

— Foi minha culpa.

CAVALHEIRO PARTIDO

— Não, não foi. Se alguém vai confessar o assassinato e o incêndio, serei eu.

— Por cima do meu cadáver.

— Isa...

— Espera. — Dash a cortou. — Antes que vocês dois acabem confessando, que tal a gente conversar mais sobre isso?

Ela me fuzilou com o olhar, e então virou de volta para nosso círculo.

— Boa ideia.

— Comece do início — Dash ordenou.

Genevieve concordou com a cabeça.

— Marcus tem um colar da minha mãe que estava desaparecido. Aquele que eu te falei. O que nós achamos que o namorado dela roubou.

— Como Marcus soube que era dela? — perguntei.

— Os policiais o encontraram quando estavam investigando o chalé. Eles pensaram que era dos Warriors. Marcus só descobriu hoje que era da dela, quando viu a foto no jornal.

— Ah porra — Bryce ficou boquiaberta. — Quais eram as chances?

O olhar cansado de Genevieve se voltou para mim.

— Nós estávamos quase livres.

Puxei o braço da cadeira dela, trazendo-a para mais perto. Ela segurou minha mão mais forte e apoiou a cabeça no meu ombro.

Livres.

Nós quase nos livramos da coisa toda. Estávamos planejando nosso futuro. Eu estava ansioso para nos mudarmos, e Genevieve empolgada para começar a faculdade de direito. E aí isso aconteceu. Nosso futuro estava prestes a desaparecer, antes mesmo de começar.

Isso era minha punição? Tive um gostinho de felicidade só para ser arrancada de mim antes de aproveitar? Talvez eu merecesse voltar para a prisão e apodrecer o resto de minha vida em uma cela.

Genevieve me daria um tapa se escutasse aquele pensamento. Ela tinha tanta certeza de que eu paguei além do que devia pelos meus pecados.

Comecei a acreditar de verdade que conseguiríamos.

Eu não ia me entregar sem lutar. Talvez nós teríamos um milagre e sairíamos disso vivos e juntos. Eu não merecia esse tipo de felicidade, mas Genevieve merecia. E se eu era o homem que a fazia feliz, se eu era sua escolha, então eu passaria o resto da minha vida fazendo de tudo para que ela não se arrependesse nem por um segundo.

Beijei o topo de seu cabelo. Meu Deus, eu a amava. Mais do que já havia amado qualquer outra pessoa.

Nós sobreviveríamos a isso. *Tínhamos que sobreviver.*

— Ele plantou o cordão. — Bryce estalou os dedos, sentando-se mais reta. Xander estava apoiado em seu ombro, e ela estava dando batidinhas nas costas dele para ele arrotar. — Encaixa na nossa teoria. Se o namorado foi quem matou sua mãe e nos sequestrou, então ele estava lá. Ele tinha o colar e o plantou ali durante ou depois do incêndio.

— Mas por quê? — perguntei. — Ele escapou. Por que plantar provas se estava à solta?

— Devia ter algo naquela cabana — Draven respondeu. — Algo que poderia levar a ele. Então ele colocou o colar lá, esperando que fossem atrás da Genevieve, não dele.

— Isso é forçar muito. — Sacudi a cabeça. — Marcus nem sabia que era de Amina até o jornal ser publicado hoje.

— Talvez eles tivessem esperança de encontrar uma digital ou DNA ou algo assim. — Leo passou a mão pelo rosto. — Não faço a mais vaga ideia.

— Acho que tem alguma relação com os Warriors — Bryce disse.

Genevieve acenou com a cabeça.

— Pensei a mesma coisa.

— O tempo todo, achamos que Tucker estava falando a verdade. E por quê? — Isso era algo que sempre tinha me incomodado. —Porque Draven achava que ele estava dizendo a verdade. Draven acreditava no Tucker.

— E eu também — Dash disse. — Ele disse que não tinha nenhuma relação com a morte de Amina, e acreditei nele.

— E se ele estivesse mentindo na nossa cara? — Olhei para Genevieve. — Sua mãe tinha uma queda por motoqueiros, certo?

— Talvez. Ela tinha uma queda por Draven, isso com certeza.

— Tucker. — A voz de Emmett ecoou pela oficina. — Você acha que o namorado era Tucker. Ele ficou com ciúmes quando encontrou Draven e Amina transando e a matou. Então encontrou um jeito de colocar a culpa em Draven.

— Mas por que sequestrar a mim e a Genevieve? — Bryce perguntou.

— Talvez ele tenha pensado que estávamos chegando perto. — Dash colocou a mão no joelho dela. — Fazendo muitas perguntas.

— Faz sentido. — Ela acenou com a cabeça. — Mas por que Genevieve? Ela nunca fez parte disso.

CAVALHEIRO PARTIDO

— Ele devia estar preocupado que a minha mãe me contaria sobre ele. — Genevieve disse. — Talvez eles continuassem vindo atrás de mim, porque pensa que eu posso identificá-lo.

— Mas você não pode. — Bufei. — O tempo todo, nós só conhecemos esse namorado como Lee.

— Por que o nome falso? — Emmett perguntou? — Não parece ser o estilo de Tucker.

Não, não parecia. Eu não conhecia o cara, mas dar um nome falso para a mulher que ele estava pegando não parecia certo.

— Ele é casado?

Dash sacudiu a cabeça.

— Divorciado. Tem duas filhas com vinte e tantos anos. Não vejo razão para usar um nome falso.

Eu me levantei da cadeira e comecei a andar de um lado para o outro na frente da bancada de ferramentas.

— Vamos repassar tudo. Considerar que é o Tucker e ver se cola.

— Ok. — Emmett se levantou também, passando a mão pelo cabelo. — Amina vem aqui para conversar com Draven e eles transam. Tucker a estava seguindo, ou então só descobriu. Fica puto, sabe que provavelmente existe uma arma ou duas na sede, porque é onde nós sempre guardamos coisas assim. Aposto que a sede dos Warriors também é cheia de armas.

— Ele invade a sede — Dash continua no lugar de Emmett. — E até está usando um colete.

— Mas não o atual — Bryce completa.

— Certo. — Leo acenou com a cabeça. — Tucker disse que o colete que o ladrão estava usando era um design antigo. Um que só membros antigos teriam. Bem, não existem muitos membros mais antigos do Warriors além do próprio presidente.

Nós estávamos chegando a algum lugar. Meu coração começou a acelerar no que eu concordava com a cabeça. O problema é que eu odiava onde estávamos chegando. Tucker era inteligente. Seríamos nós contra não somente um homem, mas um clube inteiro.

Caralho. Se isso realmente fosse para acertar uma velha guerra, eu não gostava de nossas chances de sairmos vitoriosos.

— Então ele mata Amina. Culpa Draven — continuei, andando de um lado para o outro. — Sequestra Bryce e Genevieve para elas calarem a boca. Por que ele simplesmente não as matou nas montanhas?

— Isso também está me incomodando. — Leo franziu a testa. — Ele as tinha. Por que não as matar e acabar com isso?

Meu estômago embrulhou. Eu não gostava da menção de ninguém matando minha esposa. Eu não gostava de pensar o quão perto de a perder eu fiquei mesmo antes de ter a chance de conhecê-la. Pela expressão furiosa no rosto de Dash, ele também não gostava de escutar o quão perto Bryce esteve da morte.

— Ele queria que Dash me matasse — Genevieve disse. — Ele estava decidido. Por quê?

— Para punir Draven — respondi, indo para atrás da cadeira dela e colocando a mão em seus ombros. — Ele fez tudo isso por ter ódio do Draven. Se Dash matasse a filha misteriosa, ele não poderia se vingar do próprio filho.

O cômodo ficou quieto enquanto todo mundo pensava.

— E ele plantou o cordão porque eu escapei — Genevieve sussurrou. — Ele devia saber que a polícia o encontraria. Ele perdeu vocês de vista nas árvores. Então voltou e plantou o colar. Já que não conseguiu o que queria e eu sobrevivi, ele contava que os policiais me acusariam da morte e do incêndio.

Se ele não podia fazer Draven sofrer vendo seu filho matá-la, então iria vê-la ser condenada à prisão. De várias maneiras, essa punição era pior.

— Tucker podia ter nos matado a qualquer momento — Bryce adicionou. — Se ele nos quisesse mortas, estaríamos mortas.

— Ela está certa — Dash concordou com a cabeça, indo para o lado de sua esposa e colocando a mão na cabeça de Xander. — Quando Tucker quer alguém morto, a pessoa já era.

— E o nome dele não é Lee — Emmett completou.

— Caralho — Leo ladrou. — Quase funciona, mas não completamente. Nós conhecemos o Tucker. Ele também não é o tipo de cara que se esconde atrás de máscaras de ski e óculos escuros.

— Minha intuição diz que não é Tucker. — Dash grunhiu. — Porra. Mas você está certo sobre uma coisa, Isaiah, o problema é o meu pai. Cacete, queria que ele estivesse aqui. Ele tinha um jeito de olhar as coisas de um ponto de vista diferente.

— O que nós não estamos vendo? — Bryce perguntou.

— E se não foi o sequestrador que plantou o cordão? — A voz de Genevieve chamou nossa atenção. — Talvez eu esteja errada sobre isso.

CAVALHEIRO PARTIDO

— Então quem?

Ela engoliu em seco.

— Um policial. Aquele local deve ter ficado infestado de policiais.

— Que policial? — Dash e Emmett perguntaram em uníssono.

— Marcus — ela sussurrou. — Ele odeia Draven.

— Não, não odeia — Dash sacudiu a cabeça. — Eles sempre se deram bem. Tudo bem que Marcus teve que prendê-lo algumas vezes, mas as acusações nunca colaram. Depois que o clube se desfez, eles se encontravam para beber a cada dois meses no *The Betsy*.

Era difícil visualizar Draven sentado na frente no delegado, no bar da cidade, comendo amendoim e jogando papo fora tomando cerveja.

— Estou te dizendo — Genevieve insistiu —, tinha tanto veneno na voz dele hoje. Ele disse que Draven era um covarde por se matar. E a expressão dele... tem algo estranho nisso. Ele *odeia* Draven, o abomina. Tenho certeza disso.

A garagem ficou quieta, exceto por um balbuciar vindo do bebê.

— Você tem certeza? — perguntei a Genevieve. Ir contra Tucker seria difícil. Mas fazer uma acusação contra o delegado era praticamente impossível.

Ela não respondeu de primeira. Seus olhos continuaram cerrados e perdidos em uma mancha de graxa no chão.

— Genevieve?

Ela levantou o rosto.

— Preciso ir para o escritório. Eu nunca o coloquei no meu bloco de pesquisa. Mas ele pode ter plantado o colar. Pode ter incriminado Draven. Tem que ser ele. O delegado Wagner é o Lee.

— Emmett, qual o nome do meio do Marcus? — Dash perguntou.

— Não faço ideia. — Ele deu de ombros.

— Posso olhar, mas preciso ir para o escritório para fazer isso — Genevieve disse.

— Deixa comigo. — Emmett pegou seu telefone, digitando furiosamente. Nós esperamos no que ele olhou e olhou. — Não está listado em nenhum lugar público. Preciso de um dos meus laptops.

Cadeiras saíram rolando enquanto as pessoas se levantavam. Seguindo Emmett, todos nós corremos para a porta lateral embaixo do sol do verão. Então marchamos até a sede, abrindo as portas trancadas para Emmett poder desaparecer para onde quer que fosse enquanto o resto de nós ficou de pé no salão aberto, esperando.

Xander soltou um grito alto, enchendo o salão empoeirado com seu barulho. O eco deve tê-lo assustado, porque seus olhos se arregalaram.

— Segura ele? — Bryce perguntou Dash. — Está ficando pesado.

— Claro, linda. — Ele sorriu para o filho, colocando-o em seus braços. — Venha aqui, rapazinho.

Coloquei o braço em volta de Genevieve, puxando-a para o meu lado.

— Você está bem?

— Fede aqui — ela sussurrou. — Não acredito que isso está acontecendo. E se não for ele? E se eu estiver errada? E se...

— V. — Pressionei o dedo em seus lábios divagantes. — Vai ficar tudo bem.

— Mas...

— Você vai se livrar dessa.

Seus olhos ficaram úmidos.

— Mas eu não quero me livrar disso se você não estiver comigo. Me prometa que você não vai confessar.

Dei um sorriso triste para ela.

— Não posso fazer isso, boneca.

— Não vou te perder também. — Ela fechou os olhos, apoiando a testa no meu peito. — Eu te amo.

Coloquei os braços em volta dela.

— Eu também te amo.

Eu estava hesitante em dizer essas palavras. A última vez que disse a uma mulher que a amava, eu a matei não muito tempo depois. Mas ver Genevieve cercada por dois policiais virou uma chave em mim.

E se eu a perdesse? E se não tivesse a chance de dizer essas palavras?

A vida era fugaz. O acidente me ensinou isso.

O *Eu te amo* saiu empurrado pelo pânico. Eu o deixaria vir tranquilo, todos os dias, pelo resto da vida dela.

Minha esposa.

Ela me encontrou. Ela derrubou as barreiras. Ela me ama.

Eu não iria perdê-la. Nós iríamos desvendar isso ou morrer tentando.

Ficamos de pé ali, nos abraçando e apenas mudando o peso de um pé para o outro. Esperamos Emmett voltar. Bryce e Dash estavam de pé perto do bar, a atenção deles no filho, enquanto Leo andava pelo salão, olhando peças do passado.

Seus dedos demoraram na prateleira de tacos de sinuca. Suas mãos passaram pelo feltro verde da mesa.

CAVALHEIRO PARTIDO

— Nós devíamos queimar esse lugar.

Sua declaração chamou a atenção de todos. Mas antes que alguém pudesse responder, Emmett entrou correndo no salão.

— É Lee! — Emmett arfou. — Ele tem dois nomes do meio. Marcus Ross Lee Wagner.

— Caralho — Dash estava prestes a perder o controle, mas se controlou por causa do bebê em seus braços. — Ele armou para o nosso pai. Ele planejou isso tudo. Como? Por quê?

— Marcus me disse algo uma vez... — Bryce disse — mais ou menos um ano atrás. Ele disse que Draven sempre se livrava. Eu não pensei muito sobre isso na época. Foi antes de eu conhecer vocês. Mas ele parecia... amargurado. Como se tivesse falhado como policial.

— Isso é razão suficiente para ter uma vingança pessoal. — Acenei com a cabeça. — Se ainda adicionarmos o relacionamento com Amina, se ele for ciumento, é plausível. E ele é inteligente. Inteligente o suficiente para se safar.

— Não é de se admirar que ele não investigou quando publicamos o artigo sobre a faca ter sido roubada. — Bryce estava furiosa, andando rápido em um círculo. — O filha da puta. Ele mesmo a roubou.

— E agora, o que fazemos? — perguntei. — Não temos provas. Ele é o delegado de polícia.

E praticamente saiu impune de um assassinato.

— Nós temos que fazê-lo admitir — Genevieve disse.

— Nunca vai acontecer. — Leo sacudiu a cabeça. — Nunca.

— Nós temos que tentar. — Ela apontou para o próprio peito. — *Eu* tenho que tentar. Por minha mãe e meu pai. Não posso deixá-lo se livrar assim. Talvez se eu o confrontar...

— Fora de questão. —Sem chance que ela chegaria perto daquele homem novamente. — É arriscado demais.

— Isaiah, é nossa única esperança. — Ela suplicou com o olhar. — Se Marcus estiver por trás disso, não haverá nenhuma prova. Ou ele destruiu ou garantiu que tudo apontava para Draven. A única maneira de saber é se ele confessar.

Ela estava certa. Estávamos encurralados. Sua confissão seria a única maneira de ficarmos livres.

— Caralho, odeio isso.

— Eu também. — Ela segurou minha mão. — Mas temos que tentar.

DEVNEY PERRY

— Como? — Bryce perguntou.

— Tortura? — Emmett levantou uma sobrancelha. — Tem um tempo que não temos nenhum convidado no porão. Me parece bem apropriado, já que é o que Draven faria.

Dash levantou uma sobrancelha, pensando na ideia.

— Não. — Bryce encarou. — Sem mais violência. Já foi o suficiente.

Ao meu lado, Genevieve tremeu. Seu rosto empalideceu quando ela me olhou nos olhos.

— Tenho uma ideia.

— O quê? — perguntei.

— Vamos fazer o que fizemos o ano inteiro. Vamos mentir como se nossas vidas dependessem disso.

CAPÍTULO

VINTE E SETE

GENEVIEVE

— Odeio isso. — Isaiah segurou meu rosto, apoiando sua testa na minha.

— Eu também.

— Deveria ser eu indo lá.

Sacudi a cabeça

— Nunca funcionaria. Tem que ser eu.

Nosso plano era pegar Marcus de surpresa em casa. Eu iria até sua porta e mentiria para cacete. Um plano louco? *Sim.* Mas havia uma chance – uma chance pequena – de acabar com tudo isso.

Uma chance que eu não ia desperdiçar.

O delegado não ia confessar um assassinato. As chances de ele admitir ter esfaqueado minha mãe e me enfiado no porta-malas de um carro eram um pouco maior que zero porcento . Mas nós precisávamos tentar. Qual era a alternativa? Passar minha vida na prisão? Ou Isaiah? Ou nós dois? *De jeito nenhum.*

Pelo menos, não sem lutar.

Então, depois de passar algumas horas criando um plano na oficina, todos nós nos separamos. Dash e Bryce levaram Xander para casa. Bryce ficaria com o bebê e com seu pai na casa dela. Emmett e Leo foram fazer o que quer que seja que Emmett e Leo tinham para fazer.

E Isaiah e eu fomos para o apartamento.

Nós nos forçamos a comer algo. Eu não estava com fome de início, mesmo tendo pulado o almoço. Mas depois de algumas mordidas de um sanduíche de presunto, meu apetite voltou e eu devorei o lanche todo.

Isaiah estava nervoso demais para comer. Eu nunca tinha visto tanta preocupação e medo em seu rosto. Nós nos sentamos em silêncio no apartamento, no sofá, com nossos dedos entrelaçados, até a hora de sair. Isaiah insistiu em dirigir, algo que eu sabia que ele só fazia quando estava realmente preocupado comigo.

Nós dirigimos meu carro até o outro lado da cidade, e fomos os primeiros a chegar no lugar predeterminado para nos encontrarmos.

A dois quarteirões dali, Marcus Wagner estava em sua casa. Talvez estivesse assistindo televisão com sua esposa. Talvez já estivesse na cama. Eram quase dez horas da noite e estava escuro. Mais cedo, na oficina, decidimos que a hora de agir era agora. Não queríamos dar tempo de Marcus falar com um juiz e me levar de volta para mais perguntas. Não queríamos dar tempo para ele se acalmar ou se preparar. Se havia uma hora para pegá-lo desprevenido, essa hora era agora.

Meu estômago embrulhou.

— Tome cuidado — Isaiah sussurrou. — Se você perceber que ele vai pegar uma arma ou...

— Eu sei. — Coloquei os braços em volta da cintura dele. — Nós repassamos tudo. Tomarei cuidado. Se eu achar que ele vai me machucar, eu corro.

— Fique fora do alcance dele. Não importa o que aconteça, fique longe.

— Ficarei.

Ele suspirou.

— Nós podíamos ir até o promotor. Outro policial. Talvez algum dos policiais dele ia querer a chance de destronar o delegado.

Na oficina, debatemos várias ideias. Essa foi uma delas. Mas, sem provas, estávamos travados, como estivemos o ano todo. Nenhum policial se viraria contra seu chefe se não tivesse nada de concreto para culpá-lo.

— Nós conversamos sobre isso — eu disse. — Se Marcus souber de algo sobre isso, nunca venceremos. Ele nunca vai falar, e vai forçar mais ainda a história do colar. — E se ele conseguisse me colocar numa cela de prisão, seria o fim. — Ele é inteligente demais.

— Mas se ele não confessar, estamos ferrados.

Levantei o queixo, o olhando nos olhos.

— O que você acha do Canadá? Talvez tenhamos que fugir para lá hoje à noite.

Ele sorriu.

— Se é disso que precisamos para ter uma vida juntos, aceito ir para o Canadá.

CAVALHEIRO PARTIDO

— Nós podemos mudar de nome e viver lá no Norte. Seríamos como pioneiros, vivendo fora do mapa.

Seu dedão acariciou minha bochecha.

— Desde que seu sobrenome seja o mesmo que o meu, aceito isso também.

Eu me joguei nele novamente, sentindo seu cheiro e me afogando no calor de seus braços. Isaiah tinha um jeito simples com as palavras que me fazia sentir amada. Ele me fazia me sentir especial. Ele me deu um lugar para ser meu.

Faróis apareceram ao mesmo tempo que o barulho baixo de um motor ecoou pelo ar da noite.

Soltei Isaiah quando a caminhonete preta de Dash apareceu na rua silenciosa. Ele estacionou atrás do meu carro, desligando o motor. Então Dash, Emmett e Leo saíram do carro. Eles fecharam a porta com cuidado, para não bater.

Os três estavam vestidos de preto dos pés à cabeça, assim como Isaiah. Dash tinha uma arma presa no quadril, enquanto Emmett e Leo estavam com as suas em mãos.

Os olhos cor de mel de Dash estavam frios e implacáveis. Mesmo no escuro, eu podia ver o perigo e a frieza por trás desses olhos. Hoje à noite, ele não era meu irmão ou o amável marido da minha melhor amiga. Hoje à noite, Dash era o duro e cruel presidente de um motoclube. E trouxe seus irmãos com ele.

Leo colocou o capuz por cima da cabeça. Emmett prendeu uma mecha de cabelo embaixo de seu gorro.

— Pronta? — Dash perguntou.

Não. Acenei com a cabeça do mesmo jeito. Então virei para Isaiah, gravando seu belo rosto.

Eu não queria fazer isso. Eu não era forte o suficiente. Mas, por ele, eu encontraria a coragem. Faria isso pela possibilidade da vida que teríamos se realmente ficássemos livres.

— Vamos colocar o microfone. — Emmett tirou uma pequena caixa e um cabo de seu bolso. A caixa foi para o bolso de trás do meu jeans, coberta pelos rabos da camisa de flanela que ele me mandou usar. O cabo subiu pelas minhas costas, e o pequeno microfone foi preso na minha gola.

— Diz algo? — Ele estava com o receptor pressionado em seu ouvido.

— Hum... oi.

272   **DEVNEY PERRY**

— Bom o suficiente. — Ele enfiou o receptor no bolso. A luz vermelha piscava, indicando que estava gravando. — Fique no máximo a dois metros e meio de distância. Não deixe ele ver suas costas e vai dar tudo certo. Tente não mexer muito no cabelo.

— Posso prendê-lo?

Ele negou com a cabeça.

— Solto ajuda a esconder o microfone.

— Ok. Não brincar com o cabelo. Manter o rosto calmo. — *E mentir, mentir, mentir.*

Que porra estou fazendo? Sou uma assistente jurídica, não uma espiã.

— Nós estaremos aqui o tempo todo. — Dash colocou a mão no meu ombro. — Não se preocupe.

— E se vocês não conseguirem entrar?

— Nós vamos entrar. — Leo piscou para mim, e então ele e Emmett sorriram um para o outro.

Isso era divertido? Porque eu não estava me divertindo. A convicção deles podia passar para mim. Eu precisava de um pouco – ou de muita.

— Ok — Respirei fundo. *Eu consigo fazer isso.* — Vamos lá.

Dash apertou meu braço. Emmett e Leo me deram um aceno de cabeça. Então Isaiah segurou minha mão quando começamos a caminhar pela calçada. Andamos um quarteirão, nossos passos faziam um barulho monótono no concreto.

— Emmett, eu...

Ele não estava lá. Nenhum deles estava. Olhei pelos jardins nos vizinhos em nossa volta, mas nenhum sinal deles. Eles desapareceram como fantasmas na noite.

— Aonde eles foram? — perguntei para Isaiah, diminuindo meus passos.

— Eles estão por aí. — Ele me puxou para a frente. — Não se preocupe.

Engoli a seco, forçando minhas pernas a acompanharem a passada dele. Meus passos pareciam estranhos e desbalanceados. Não havia nenhuma força neles. Isaiah estava basicamente me arrastando.

— Eu consigo fazer isso — sussurrei.

— Você consegue fazer isso. — Ele apertou minha mão mais forte.

Continuamos na direção da casa de Marcus. Na oficina, mais cedo, Dash e Emmett quiseram passar de carro na frente para ver o local. Eles sabiam onde Marcus morava, mas não se lembravam de detalhes da casa ou da propriedade.

CAVALHEIRO PARTIDO

273

Então nós pegamos um dos carros antigos dos fundos da garagem, um dos poucos que ainda ligava, e nos apertamos dentro dele. Cheirava a sujeira e ferrugem. Dirigimos pela cidade; Dash e Emmett na frente, Isaiah e eu atrás. Leo ficou com Bryce e o bebê.

Passamos pela casa de Marcus uma vez, e Dash não diminuiu a velocidade. Ele e Emmett nem olharam para a porta da frente. Enquanto isso, meu rosto estava pressionado no vidro, memorizando cada coisinha que eu pudesse sobre a casa azul durante aqueles dez segundos.

Havia uma porta de madeira bege e um balanço na varanda.

Quando nos aproximamos dela hoje à noite, o balanço estava brilhando pela luz que havia em cima dele.

— Ficarei bem aqui. Atrás daquele arbusto. — Isaiah apontou para frente. Estávamos a quatro casas de distância.

— Ok.

Três casas.

— Eu te amo — ele sussurrou.

— Também te amo.

Duas casas.

Meu coração acelerou.

Isaiah parou, soltando sua mão da minha antes de me incentivar a continuar com um leve empurrão.

Nenhum dos caras iria se aproximar da casa até eu já estar lá. Não queriam arriscar acionar uma luz por movimento com Marcus do lado de dentro.

Então, enquanto eu estivesse falando com Marcus na frente da casa, Dash e Leo invadiriam pela porta dos fundos. Isaiah se recusou a me deixar fora de sua visão, então Dash tomou a decisão de ele se esconder na lateral da casa.

Engoli em seco, dando um passo após o outro, até estar na frente da calçada que levava até a porta da frente. Cerrei os punhos.

Eu consigo fazer isso.

Eu faria isso por Isaiah. Pelo meu pai. Pela minha mãe.

Vá se foder, Marcus Wagner.

Ali, de pé, em frente à sua casa, eu sabia que conseguiria. Ele roubou meus pais de mim. Se havia uma chance de que eu poderia fazê-lo pagar, eu aproveitaria essa chance.

Eu *queria* fazer isso.

Dei um passo e vi um movimento ao meu lado. Isaiah andou na grama entre a casa do delegado e a do vizinho. Seus passos acompanhavam os meus, e ele tomava cuidado para não ficar muito a frente.

Quando cheguei na varanda, ele se escondeu atrás de um arbusto alto, completamente fora de visão. A única maneira de Marcus vê-lo seria se ele saísse de casa e descesse até o meio da calçada.

Mas ele podia me ver. Isaiah estava lá, assistindo. Mesmo à distância, eu me apoiei em sua força.

Subi na varanda e fiquei embaixo da luz. Então, antes que pudesse duvidar de mim mesma, enfiei o dedo na campainha.

Um momento depois, uma luz acendeu do lado de dentro, iluminando a janela da sacada.

Minhas mãos tremeram. *Lá vamos nós.*

A tranca da porta girou, e Marcus surgiu na porta. Ele estava usando a mesma roupa da delegacia, uma blusa social e calça jeans, mas a parte de baixo da camisa estava solta e amassada.

— Genevieve? — Ele cerrou os olhos e levantou os ombros, já em alerta.

Cacete. Eu estava em tanta desvantagem.

— Oi.

Era com isso que eu ia começar? Oi?

Nós estávamos fodidos.

— O que você está fazendo aqui? — ele perguntou.

Não tinha por que enrolar. Dash me encorajou a ir direto ao assunto. Afinal, estávamos contando com a surpresa. Então deixei o *oi* de lado e visualizei o rosto de mamãe.

— Você a amava.

Ele piscou.

— Você a amava. E a matou porque ela amava Draven.

Um passo e ele estava do lado de fora, fechando a porta atrás dele. Eu recuei para a beirada do único degrau da varanda. Como Isaiah tinha avisado, eu não podia deixá-lo chegar muito perto, porque Marcus Wagner não tinha medo de bater em uma mulher.

— Do que você está falando? — Ele desdenhou, sua voz baixa. Sua esposa devia estar do lado de dentro.

Hora de mentir.

— Depois que você me levou para a delegacia hoje, comecei a pensar. Minha mãe me contou do tal homem que estava namorando. Lee. Eu não sabia muito sobre ele, mas ela fez parecer que as coisas estavam ficando

CAVALHEIRO PARTIDO

275

sérias. Você me mostrou aquele colar, e então percebi que eu realmente não tinha olhado as coisas dela desde que ela morreu. Era doloroso demais.

Seus olhos se arregalaram. Bem pouco, mas percebi. *Culpado*. Esse filho da puta era culpado.

Esse blefe ia funcionar. *Tinha* que funcionar. Meu coração acelerou ainda mais, mas fiz o meu melhor para parece calma.

— Olhei as coisas dela hoje — eu disse. — Suas joias. Seus cadernos. Suas fotos.

— E?

— Por que ela te chamava de Lee? Era por causa de sua esposa? Você prometeu deixá-la pela mamãe?

Marcus franziu os lábios.

— Não sei do que você está falando.

— Bryce vai publicar uma edição especial do jornal amanhã, te expondo como o namorado da mamãe, insinuando que foi você quem a matou. Ela irá incluir fotos que encontrei de vocês dois juntos.

Ele zombou.

— Você está mentindo.

Sim, eu estava.

Ironicamente, nosso plano era usar a tática da polícia. Eu fingiria ter provas que não tinha, na esperança de que Marcus confirmaria qualquer coisa que provasse seu envolvimento.

Ele fez basicamente a mesma coisa comigo hoje mais cedo. Talvez a curiosidade de Marcus também o venceria.

Eu estava contando com isso, com sua arrogância. Afinal de contas, ele se livrou disso por um ano.

— Acho que você vai descobrir amanhã quando o entregador jogar sua cópia na calçada.

Seu olhar endureceu quando ele se aproximou. Ele estava chegando perto demais, algo que Isaiah estava sem dúvidas xingando, mas eu me recusava a recuar. Olhei nos seus olhos e não pisquei. Não respirei. Meu corpo era uma estátua, uma que ele não seria capaz de ignorar.

Mesmo que não desse certo, mesmo que ele me levasse para a prisão, Bryce iria publicar uma matéria. Não seria amanhã, mas sairia assim que ela conseguisse escrever uma.

Ela faria tudo em seu poder para condenar o delegado. No mínimo, usaria seu jornal para garantir que ele nunca mais fosse nominado para sua posição. E iria garantir que a esposa de Marcus tivesse dúvidas o suficiente em sua mente para fazer algumas perguntas desconfortáveis sobre para onde estava nos finais de semana que passou com mamãe.

Eu odiava saber que mamãe ficou com outro homem casado, mas lidaria com meus sentimentos sobre isso depois. Talvez ela não soubesse. Eu a daria o benefício da dúvida.

Foquei no rosto de Wagner, em olhar no olho de um assassino.

— Você devia ter me matado quando me prendeu naquela montanha. Ele se encolheu.

É, babaca. Nós todos sabemos que foi você.

— Você não tem provas disso.

—Tenho algumas — retruquei. — E vou fazer de tudo para ser o suficiente.

Marcus se inclinou para frente, quase como se fosse me pegar. Mas então ele se encolheu, seus ombros caíram. Na minha frente, aquele homem – que antes eu pensava ser tão honesto e justo – murchou.

A mudança me pegou de surpresa. Eu cambaleei para trás uns centímetros, me equilibrando no degrau. O que ele estava fazendo? Isso era uma armadilha? Mantive os dois olhos nele, que passava a mão no bigode. Ele recuou para o balanço da varanda.

— Estou cansado. — Ele se sentou, desmoronando. Eu não havia notado aqueles círculos escuros embaixo de seus olhos na delegacia, mas agora que olhava, percebi que estava esgotado. Cansado.

Ironicamente, foi a mesma palavra que meu pai usou comigo antes de morrer.

Uma vida de brigas drenou os dois.

Marcus era culpado. Estava claro como o dia para qualquer pessoa nessa varanda. Só que eu era a única pessoa ali, e o que consegui dele não era uma confissão.

Dei um passo para frente, garantindo que estava fora do alcance dele, mas perto o suficiente para pegá-lo no microfone.

— Você amava minha mãe?

Ele não tinha confirmado antes, mas eu queria saber. Talvez porque um coração partido fosse mais fácil de engolir do que Marcus seduzindo minha mãe só por causa do Draven.

— Sim — ele admitiu. — Eu sempre a amei.

— Por que você a matou?

CAVALHEIRO PARTIDO

Ele olhou para o chão.

— Suponho que isto esteja sendo gravado.

— Sim. — Não havia motivo para mentir. Ou ele se fecharia, e ficaríamos presos no mesmo lugar que estávamos por um ano, ou ele desistiria e ia assumir.

Desista. Por favor. Só desista.

Ele não estava cansado de fugir? De se esconder?

— Por quê? — perguntei novamente, e então prendi a respiração, esperando por uma resposta. Havia desespero na minha voz.

Ele estudou meu rosto, basicamente do mesmo jeito que fez na delegacia mais cedo.

— Você se parece com ela. E ele.

O rosto de Marcus azedou e ele desviou o olhar.

— É por causa do Draven, certo? — perguntei.

— Por que ela não podia ficar longe dele? Ela nunca ficou. Ele não a queria. Não a amava. Eu a amava. Mas não era o suficiente. Nunca foi suficiente.

Ele não estava errado. Mamãe era obcecada por Draven. Aparentemente, Marcus sentia o mesmo por ela.

— Por que ela te chamava de Lee?

— Nós éramos crianças quando nos conhecemos. Adolescentes. A família dela se mudou para a cidade, para a casa ao lado da minha. Eu nunca tinha visto uma menina mais linda na minha vida. O sorriso dela, não havia nenhum outro igual.

Não, não havia. Ele o apagou da face da terra.

Segurei a língua. Eu queria gritar e bater nele, xingá-lo pelo que tinha feito. Esganá-lo até esse monstro desaparecer do mundo. Mas não era o suficiente. Ele merecia o sétimo círculo do inferno pelo que ele fez – na forma de uma cela de prisão.

— Eu era mais novo que ela — ele continuou. — Ela olhava para mim e eu corria e me escondia. Levei semanas para criar coragem de me apresentar. Mal podia falar quando me apresentei. Disse meu nome tão baixo que ela só escutou meu nome do meio. Mas ela riu, e dali em diante só me chamou de Lee.

Marcus encarou a rua escura com um olhar de amor e nostalgia em seu rosto. Sua esposa provavelmente estava no lado de dentro, e, mesmo assim, aqui estava ele, desejando minha mãe.

Mesmo após a morte.

Meu pai sabia dos sentimentos de Marcus pela mamãe? Provavelmente não. Draven estava ocupado demais amando Chrissy.

— Perdi contato com ela por anos. Ela se formou e se mudou. Nós nos distanciamos. Eu fui para academia de polícia e voltei para casa para trabalhar na delegacia. Me casei e tive filhos. Pensava nela de vez em quando, imaginava o que estaria fazendo. Mas a deixei lá, na minha memória. E então... ela reapareceu.

— Onde? Em Clifton Forge? — Eu pensava que ela não tinha voltado até o dia que veio contar sobre mim para Draven.

— Eu tinha uma aula em Bozeman. Fui a um restaurante com alguns policiais que eu conhecia, e lá estava ela, comendo sozinha no meu restaurante favorito.

E foi aí que eles provavelmente se reconectaram e começaram a ter um caso.

— Eu ia deixar minha esposa — ele sussurrou.

Era isso que todos eles diziam, não era? Segurei o deboche. Mas uma parte de mim suspeitava que Marcus teria deixado sua esposa por minha mãe.

— Ela não me disse que estava vindo para cá. E eu nunca saberia, mas aí vi o carro dela e a segui até o motel. — Ele soltou uma risada seca. — Achei que ela estava aqui para me fazer uma surpresa. Nós sempre nos encontrávamos em Bozeman, e eu pensei que talvez ela quisesse me ver e tinha vindo para a cidade. Mas não. Ela não estava aqui por minha causa. Ela estava aqui por causa do Draven.

Ele cuspiu o nome de Draven, curvando os lábios de raiva. Mesmo com o bigode, não tinha como não ver o desgosto em seu rosto.

— Ela transou com ele.

Eu me encolhi com a frieza da sua voz.

— Ela transou com ele — repetiu, me olhando. — Ela me tinha e o escolheu. Ela sempre o escolheu.

— E então você a matou?

Diz que sim. Admita.

— *Ele* a matou. Ele deveria ter ficado longe dela. Se tivesse ficado longe, ela ainda estaria viva. Eu a teria feito feliz.

Talvez fosse verdade, mas nunca saberíamos.

— Você o incriminou. Tudo que fez apontou para os Warriors. Por quê?

— Não é culpa minha se um bando de brutamontes motoqueiros decidem se matar.

CAVALHEIRO PARTIDO

279

— Então deixa eu adivinhar... você tinha um colete antigo dos Warriors. O delegado pode ter pegado de uma caixa de evidências sem ninguém notar. Talvez você o tenha mantido acessível por anos, esperando por uma chance de pegar o Draven. E essa foi sua chance. Você invadiu a sede e roubou a faca de Draven. Então voltou para o motel e esperou que ele fosse embora. Acho que você deu sorte que havia digitais na faca. Mas provavelmente iria falsificá-las se não tivesse, né?

Ele não confirmou ou negou. Mesmo largado em seu balanço, o delegado estava sendo cuidadoso com sua confissão.

— Você gostou?

— Gostei de quê? — ele resmungou.

— De esfaqueá-la.

— Não sei do que você está falando.

— Ela sabia que era você? Ou você escondeu seu rosto como um covarde?

— O covarde não sou eu. — Ele se levantou de seu assento, me mandando uns três passos para trás. — Não fui eu que me matei para fugir da sentença na prisão.

Eu engoli em seco, não me permitindo me acovardar pelo seu tamanho. Ele estava com raiva; não, estava furioso. Foi essa a fúria que minha mãe viu na hora de sua morte? Ele perdeu o controle lá. Talvez perderia agora também. Talvez essa fosse a abertura que eu estava esperando para conseguir algo, qualquer coisa, dele.

Eu aproveitei.

— Você me sequestrou porque sabia que eu descobriria que você é o Lee. Sua voz abaixou.

— Como você disse, eu deveria ter te matado e aquela porra daquela repórter quando tive a oportunidade.

Deus, eu esperava que o microfone tivesse pegado aquilo. Não era uma confissão de assassinato, mas sequestro e tentativa de homicídio era o suficiente.

— Sim, você deveria. Mas não matou.

E se ele não tivesse me levado para a delegacia para falar do colar, eu nunca pensaria nele como Lee. Será que ele plantou o colar na cabana? Ou o manteve aqui esse tempo todo?

— Você queria que Dash me matasse. Por quê? — A pergunta foi o ponto crucial do ano.

— Ele é filho do Draven.

Essa foi a única resposta que ele deu.

Isso significa que ele teria culpado Dash pela minha morte? Provavelmente. Ele teria prendido Dash pela minha morte. Teria roubado o filho de Draven. Teria feito o filho de Draven matar sua filha.

Mas isso não funcionou, funcionou? Então ele desenterrou o colar, finalmente tendo uma desculpa para me levar para a delegacia quando a foto de mamãe apareceu no jornal. Ele sabia há um ano que eu estive naquele chalé. Ele esperou, pacientemente, para me acusar de assassinato e me silenciar de vez.

Marcus estava amargo com a morte de Draven. Tucker roubou sua vingança. Segurei a vontade de rir na cara dele.

— Como você sabia que eu estava vindo para a cidade visitar o túmulo da minha mãe? A única pessoa que eu contei foi Bryce. — Você estava de olho nas cobranças do meu cartão de crédito ou algo do gênero? Você viu que comprei uma passagem para Bozeman?

Ele deu de ombros.

Isso significava *sim*.

— Você teria ido atrás de mim em Colorado?

De novo, sem resposta. Eu iria considerar aquilo um *sim* também.

Marcus não sabia o que minha mãe tinha me contado sobre ele. Será que ele viveu esse último ano com medo? Eu esperava que sim. Esperava que ele estivesse olhando por cima do ombro e dormindo com um olho aberto, com medo. Porque foi assim que nós vivemos esse último ano.

Além do colar, o que mais ele pegou na casa da mamãe? Será que ele tinha montado um altar em algum lugar com suas coisas preciosas que ele tinha roubado?

— Como você sabia que eu era a filha do Draven? Antes de todo mundo, quero dizer.

— O jornal. Lane sempre foi bom em me avisar antes que algo fosse publicado. Quando Bryce escreveu o artigo sobre a faca e seu — seu rosto retorceu de desgosto — pai, ele me contou.

Então eu estava no seu radar por pois motivos: porque eu talvez pudesse identificá-lo e por ser filha do Draven, Um homem que ele odiava.

Marcus montou esse plano elaborado para se certificar de que nenhum de nós sobreviveria.

Dash era o próximo? Depois que Marcus me prendesse por assassinato e incêndio criminoso, ele iria atrás de Dash? E do Nick? E dos *netos* de Draven?

CAVALHEIRO PARTIDO

281

A busca de Marcus por vingança contra Draven provavelmente não tinha limites. Ele não pararia por nada.

Tudo porque minha mãe tinha partido seu coração.

— Você a matou.

— Prove. — Ele virou, andando para a porta.

Merda. Minha gravação talvez crie alguma dúvida, mas seria o suficiente para condenar o delegado? De jeito nenhum.

Ele estava ganhando. Esse filho da puta estava ganhando, e estava indo embora. *Caralho.*

— Você merece morrer pelo que fez — falei de repente.

Sua mão pausou na maçaneta.

— Isso é uma ameaça?

— Meu pai era um grande homem. Ele era o amor da vida da minha mãe. Você não era nada para ela. Nada! Ela teria ficado com ele.

Os músculos em suas costas se retraíram. Ele virou devagar, esquecendo a porta.

— Seu pai não era nada mais do que um criminoso vagabundo e um traidor.

— Mas ela ainda o queria mais do que a você. — Falei com veneno. — Ela escolheu o melhor homem. O que ela te disse quando você a pegou depois que eles transaram? Ela admitiu que ele era melhor do que você?

— Vá se foder.

— Ela disse para você que ele era mais forte do que você jamais seria?

Ele chegou mais perto.

— Cara a porra da sua boca.

— Aposto que ela via o rosto dele quando você estava na cama com ela. Alguma vez ela gritou o nome dele enquanto estava com você? — Continuei pressionando, falando mais e mais alto, esperando que Isaiah e Dash estivessem perto o suficiente para impedir que Marcus me matasse esganada quando eu provocasse uma fúria cega nele. — Ela gritou o nome dele quando você a esfaqueou? Ela suplicou pela própria vida?

— Sim! — A mão dele voou, me atingindo direto na bochecha. A dor era cegante, me derrubando de joelhos. — Ela suplicou. Ela suplicou para ele a salvar, mas ele não podia. Se eu não podia tê-la, então ele também não poderia.

Minha mão segurou minha bochecha quando eu pisquei para tirar os pontos brancos da visão. Minha visão retornou em tempo de ver Marcus pegar algo atrás de suas costas, escondido embaixo da camisa.

Uma arma.

Claro que ele tinha uma arma. Ele era um policial e não abriria a porta à noite sem uma arma.

Ignorei Marcus e olhei para o lado. Isaiah estava correndo na minha direção, sua própria arma em punho.

A mudança chamou a atenção de Marcus, mas antes que ele pudesse reagir ao meu marido, a porta atrás dele se abriu e Dash saiu voando, colocando os braços em volta das costas de Marcus e o derrubando no chão. Os dois caíram a centímetros da minha perna, quase batendo na minha cabeça. Marcus se debateu, tentando se livrar, mas Dash era mais forte.

— Você está bem? — Isaiah estava ao meu lado, me colocando de pé e me tirando de pertos dos homens antes que eles colidissem comigo.

Eu me agarrei nele, minha respiração saindo em arfadas pesadas.

— Foi ele. Ele a matou.

— Sim, boneca. — Isaiah me colocou em seus braços, falando por cima da minha cabeça. — Você conseguiu pegar?

— Tudo — Emmett disse, saindo da escuridão logo atrás do balanço da varanda. Eu não sabia como ele tinha entrado atrás daquele pequeno arbusto sem eu notar, mas ele esteve ali o tempo todo.

Leo saiu da casa com uma mulher mais velha em seu encalço.

— Marcus? — Ela arfou quando Dash o levantou. Ele tinha o delegado com as mãos presas atrás das costas. — O que está acontecendo?

— Ligue para 911 — ele ordenou. — E para o nosso advogado.

Ela acenou com a cabeça e desapareceu dentro da casa.

— Você está acabado — Dash disse entre dentes.

— Pelo menos vou aceitar minha punição como um homem. Não vou me matar como o covarde do caralho do seu pai.

Dash apertou mais ainda, fazendo Marcus fazer uma careta.

— Você não sabe nada sobre meu pai.

Luzes vermelhas e azuis surgiram rapidamente pelas ruas cinco minutos depois. Até lá, Dash já tinha arrastado Marcus para o final da calçada, sua esposa estava de pé no jardim deles, suas mãos agarradas a um telefone, quando duas viaturas pararam. Emmett estava atrás dela, falando com alguém em seu telefone.

Os policiais das viaturas saíram correndo dos carros e se aproximaram de Dash e do delegado.

Uma SVU da polícia chegou correndo, estacionando atrás. O homem

CAVALHEIRO PARTIDO

283

lá de dentro, vestido em roupas comuns, saiu do carro e tirou o telefone do ouvido antes de gritar.

— Espera.

Ele estava falando com Emmett?

Os policiais, que estavam prestes a soltar Marcus das mãos de Dash pararam com o comando do outro homem.

— Quem é esse? — perguntei para Isaiah. Nós estávamos de pé na varanda com o Leo, que, mesmo com os policiais chegando, ainda estava com sua arma em mãos.

Ninguém estava prestando muita atenção na gente. Nós éramos personagens secundários naquele drama.

— É o Luke Rosen — Leo respondeu. — Ele é o segundo em comando.

Luke andou até Marcus, seus olhos duros e sua mandíbula cerrada. Ele não fez nenhum movimento para soltar Marcus de onde Dash o estava segurando, só ficou ali, de pé, e cruzou os braços sobre o peito.

— Delegado.

— Prenda esses homens — Marcus cuspiu. — Invasão e agressão. Agora.

Os olhos de Luke foram até Emmett, e ele levantou o queixo.

Ok, isso foi estranho. Eu esperava que todos nós fossemos parar em uma cela de prisão até podermos entregar a gravação para alguém.

— O que está acontecendo? — Isaiah perguntou ao Leo.

— Emmett deu a gravação para Luke.

Fiquei boquiaberta.

— Já?

— Eles são amigos. Emmett ligou para Luke antes de virmos para cá hoje à noite. Perguntou se ele toparia escutar uma coisa…

— Então ele… o tempo todo?

Leo acenou com a cabeça.

— O tempo todo.

Olhei para Isaiah.

— Isso significa que estamos livres, certo? Foi o suficiente?

— Não sei. — Ele piscou, sua boca caindo quando ele olhou para a calçada.

Luke deu a Dash um aceno de cabeça para ele soltar Marcus, e então mais rápido que já vi em um filme ou programa de televisão, colocou algemas nos pulsos de Marcus.

— Bom trabalho. — Leo sorriu, batendo a mão no meu ombro. — Eu não achei que você conseguiria, mas Dash disse que, se tinha alguém capaz de fazer isso, era você. E ele estava certo. O minuto que você começou deixar Marcus com raiva, perturbado, eu sabia que você o tinha pegado.

Eu não podia acreditar. Pisquei para ele, sem saber o que dizer.

— Obrigada?

Leo acenou com a cabeça e apertou a mão de Isaiah. Então colocou sua arma na cintura de sua calça jeans e foi embora. Ele passou pelos policiais, levantou o queixo para Dash e desapareceu descendo o quarteirão.

Marcus gritou algo quando Luke o enfiou no banco de trás de uma viatura. Sua esposa, pobre mulher, estava aos prantos.

— Estamos livres. — As palavras soavam estranhas saindo de minha boca. Quando olhei para Isaiah, ele estava sacudindo a cabeça sem acreditar. — Nós conseguimos.

— Não, você conseguiu. — Ele sorriu. Perdi o sorriso de vista quando ele me esmagou em seus braços. Seu peito começou a sacudir um momento depois e percebi que ele estava gargalhando.

Isaiah estava gargalhando.

Era uma risada forte e rouca. Sexy e verdadeira. Algo que eu queria escutar todos os dias pelo resto de minha vida.

— Estamos livres — Isaiah repetiu minhas palavras, me soltando.

O rosto dele estava iluminado do vermelho e azul da viatura. Minha bochecha latejava, e eu provavelmente teria um hematoma ou até um olho preto essa semana. Esqueci de tudo isso. Esqueci de tudo, menos do meu marido.

— Eu deveria te deixar ir — ele prendeu uma mecha de cabelo atrás da minha orelha —, mas não vou.

— Não ia funcionar mesmo. Aonde você for, eu vou, lembra?

Ele deu um beijo nos meus lábios. Não foi mais do que uma roçada, mas tinha tanto amor e compromisso.

Isaiah era simples em seus gestos. Ele pegava os momentos calmos, aqueles que a maioria das pessoas ignorava, e aproveitava o máximo deles.

— Lembro.

Sorri contra seus lábios.

— Eu me lembro também.

EPÍLOGO

GENEVIEVE

Três anos depois...

— Uau. — Meus olhos observaram a tenda branca. — Que lindo.

— Eles com certeza limparam o cemitério de carros. — Isaiah segurou minha mão, me levando para nossos assentos reservados.

Nós estávamos sentados na segunda fileira do lado da noiva, no espaço reservado para a família. As cadeiras dobráveis brancas estavam organizadas em perfeita ordem. Não havia muitas, mas quase todas estavam ocupadas.

A grama estava verde embaixo dos nossos pés. O terreno atrás da garagem, que antes estava cheio de carros velhos e peças enferrujadas, ganhou uma transformação. Os rapazes devem ter demorado meses para terminar.

Os carros velhos foram movidos para a parte de trás da sede, escondidos pelo bosque de árvores. A grama foi cortada curta, surpreendendo a todos nós com o luxuoso carpete que estava escondido embaixo de anos de abandono.

Havia vasos de flores preenchidos com petúnias coloridas e ipomeias verdes. As árvores ao longo da borda da propriedade cresceram consideravelmente nos últimos três anos. Suas folhas bloqueavam um pouco o forte sol de junho.

— Nós talvez tenhamos um churrasco decente aqui. — Isaiah olhou por cima do ombro para o bloco de cimento e a mesa de piquenique ao lado da parede de metal da oficina.

Segui seu olhar, imaginando meu pai sentado ali. A mesa estava no mesmo lugar de anos atrás, quando tivemos uma de nossas primeiras conversas. Mais de três anos tinham se passado, e sua memória ainda me deixava à beira das lágrimas.

— Ele estaria tão puto hoje — murmurei. — Mas estaria aqui mesmo assim.

— Como o resto de nós. — Isaiah me levou para nossos assentos. Na nossa frente, Bryce estava lutando com Xander, de três anos, e Zeke, de dois.

— Senta. Agora. — Suas narinas dilataram. — Se vocês dois não pararem de brigar, eu juro...

— Tio 'Saiah. — Xander se arremessou por cima do encosto da cadeira nos braços de Isaiah.

Isaiah o pegou.

— Ei, garoto. Você está sendo bonzinho com a sua mãe?

— Não. — Ele cutucou o botão da camisa branca de Isaiah.

Eu não via meu marido se arrumar muito. Normalmente, ele estava em seu uniforme de oficina, com camiseta, calça jeans e bota de motoqueiro. Mas esse final de semana já era o segundo seguido em que ele colocou uma blusa engomada, dobrou as mangas para mostrar as tatuagens em seus antebraços e colocou um par de calças sociais. As botas continuaram.

Uma onda de calor me aqueceu. Assim como fiz no último final de semana, hoje à noite eu iria abrir os botões daquela blusa e colocar as minhas mãos naquela pele toda tatuada.

— Então? — Bryce se virou em sua cadeira. — Como é estar de volta?

Sorri para ela, e então para Isaiah, que estava tentando ensinar Xander como piscar.

— É bom estar em casa.

Depois de três anos em Missoula, Isaiah e eu nos mudamos de volta para casa ontem.

Fim de semana passado, eu me formei como a melhor aluna da minha faculdade de Direito. Segunda-feira será meu segundo primeiro dia de trabalho no escritório de Jim. Mas, dessa vez, como advogada.

Eu ainda tinha que passar no exame da Ordem dos Advogados, mas Jim tinha total confiança de que eu passaria sem problemas. De início, eu estaria sob suas asas novamente, aprendendo e crescendo até que, um dia, talvez, ele passasse o escritório para mim.

Eu me virei em minha cadeira, procurando por seu rosto bondoso na multidão, e o encontrei três fileiras para trás. Ele estava sentado ao lado de sua esposa, Colleen, que estava com o cabelo loiro preso em um coque chique. Eles dois sorriram e acenaram.

Era bom estar em casa, cercada novamente pela família.

Isaiah e eu ficamos sozinhos em Missoula. Com minha agenda lotada de aulas e suas longas horas trabalhando em uma pequena oficina fazendo manutenção de rotina em carros, nós não fizemos muitos amigos. Ocasionalmente, no final de semana, nós dirigíamos até Lark Cove para visitar Kaine, Piper e suas crianças. Suzanne ia até Missoula a cada dois meses para uma visita. Ela dormia no pequeno quarto de visitas e me contava histórias da infância de Isaiah.

CAVALHEIRO PARTIDO

Perdi minha única família quando minha mãe morreu, mas sua morte me levou até uma nova.

— Ei — Emmett bateu no ombro de Isaiah e se sentou na cadeira livre ao nosso lado. — Prontos para isso?

— Não. — Isaiah franziu a testa. — Alguma chance de a convencermos a não fazer isso?

Emmett se inclinou além de nós e olhou a tenda.

— Dash, Leo e eu demoramos três horas para montar aquela porra de tenda. Não me importo se ela cancelar o casamento, mas é melhor manter o bar aberto.

Eu ri, olhando em volta de nós.

— Onde está Leo?

— Atrasado, como sempre. — Emmett deu de ombros, e então tirou um pirulito de seu bolso para Xander. Os olhos do menino se arregalaram e os de Bryce apertaram.

— Esse é o quinto. — Ela sacudiu a cabeça quando Emmett entregou um para Zeke também. — Quando eles estiverem pulando nas paredes pelo excesso de açúcar, vou deixar você cuidar deles enquanto a *mamãe* aqui aproveita o open bar.

Nós todos rimos, e então Leo se sentou na cadeira ao meu lado. Ele se inclinou para beijar minha bochecha, e se esticou por cima do meu colo para apertar a mão de Isaiah.

— É oficial? Vocês estão de volta definitivamente?

Isaiah acenou com a cabeça.

— Desde ontem à noite.

Nós chegamos na cidade antes de escurecer com todos nossos pertences empacotados na traseira de um trailer. Isaiah o prendeu atrás de sua caminhonete enquanto eu o segui em meu carro.

A cada mês que passava, Isaiah ficava mais e mais confortável dirigindo comigo no carro. Era sempre mais fácil em sua moto. Mesmo assim, na maior parte do tempo, nós dirigíamos separados, ou eu dirigia. Não havia pressa. Não havia motivo para ele precisar dirigir. Ele provou mais de uma vez que conseguiria no caso de uma emergência.

— O que vocês estão fazendo na oficina no momento? — Isaiah perguntou aos caras.

— Acabamos de trazer esse belo Dodge Charger 1966 — Emmett disse para ele. — Tem um pouco de funilaria para fazer, mas vai ser um ótimo carro quando estiver pronto.

— Tem um tempo que não fabrico nada — Isaiah disse a ele. — Estou sem prática.

— Vai voltar — Leo garantiu a ele. — Vocês ficarão no apartamento por um tempo?

— Só algumas semanas, até finalizarmos a compra da casa — respondi.

Graças ao salário inicial do Jim no escritório e o aumento de salário que Isaiah teria voltando a trabalhar para Dash, nós podíamos comprar uma casa. Era uma construção nova, uma casa pequena e simples, no limite da cidade, e em três semanas seria nossa. Tudo que precisávamos fazer era esperar a construtora pintar a parte de fora e cumprir nossa lista de pendências.

Nós iríamos vê-la amanhã logo cedo.

Eu estava ansiosa para torná-la minha e mal podia esperar. Mas foi divertido dormir no apartamento na noite passada também. Dash não alugou o apartamento nos anos que ficamos fora. Virou nossa casa longe de casa, o lugar que ficávamos sempre que vínhamos fazer uma visita.

Não viemos para Clifton Forge com frequência nos últimos três anos, por causa da minha agenda cheia na faculdade, mas conseguimos visitar no Natal e por duas semanas cada verão. Passamos um final de semana prolongado aqui logo depois de Zeke nascer. Nunca perdemos uma festa de aniversário. Isaiah e eu até começamos a ir até Prescott uma vez no ano, ficando com Nick, Emmeline e as crianças.

Não tivemos um bom começo, mas as coisas que nos uniam estavam se fortalecendo. Dash e Nick me aceitaram como sua irmã. Todo ano, nós três nos encontrávamos aqui em Clifton Forge no aniversário da morte do nosso pai, e fazíamos um brinde a ele em seu túmulo. Enquanto eles visitavam a lápide da mãe deles, eu fazia o mesmo com a minha.

Marcus Wagner foi condenado pela morte da minha mãe e obstrução da justiça. O xerife de uma cidade vizinha conduziu a investigação e encontrou provas escondidas na casa de Marcus. A arma que ele usou durante o sequestro. O colete dos Warriors. E mais um punhado de coisas da minha mãe. Tudo isso somado à gravação de sua confissão que o juiz permitiu incluir no caso, e a promotoria não teve trabalho para conseguir uma condenação. Marcus estava no momento em prisão perpétua sem possibilidade de condicional.

Desde sua sentença, fiz o meu melhor para esquecer que aquele homem existia.

Tive justiça para meus pais.

Os convidados do casamento em nossa volta se agitaram, todo mundo se mexeu em seus assentos quando sussurros vieram da última fileira. Virei, imaginando o que estava acontecendo – era cedo demais para começar a cerimônia. E então Presley marchou pelo canto da oficina.

Seu vestido branco estava levantado em seus punhos. Seu cabelo estava arrumado para longe do rosto e sua maquiagem estava impecável. Ela estava linda. Furiosa, mas linda.

— O que está acontecendo? — Isaiah perguntou para Emmett.

— Não faço ideia — ele murmurou.

Quando Presley desceu pelo pequeno corredor entre as fileiras de cadeiras, Dash correu para alcançá-la. Ele estava de calça social e paletó, porque ela pediu que ele a levasse até o altar.

— Pres, não faça isso...

— Não. — Ela levantou a mão, o vestindo caindo na grama quando ela continuou a andar. — Vou fazer.

Presley andou para o altar, acenando com a cabeça para o oficial que estava de pé embaixo do arco branco entrelaçado de vinhas verdes e flores brancas. Ela ajeitou os ombros para se dirigir aos convidados.

Não.

Nós todos odiávamos Jeremiah, isso não era um segredo. Ele se juntou aos Warriors e se mudou para Ashton para ficar mais perto do clube. Ano após ano, ele enrolou Presley. Prometeu que eles se casariam. Nós todos pensávamos que era mentira, mas então, seis meses atrás, eles marcaram uma data.

E, agora, aqui estávamos nós, prontos para vê-la se casar com um homem que nenhum de nós gostava muito. Ela já tinha dado seu aviso prévio ao Dash, para poder se mudar para Ashton. Ele estava em negação, se recusando a preencher a posição dela na oficina até ela sair da cidade.

Mas Presley fez sua escolha, e fiquei do lado dela, e até me encontrei com ela e Bryce em Bozeman um dia para comprarmos os vestidos.

Eu não queria Jeremiah para ela, mas também não queria isso. Não hoje.

Presley não merecia esse tipo de humilhação.

Um rubor subiu por seu rosto, mas ela manteve o queixo elevado.

— Sinto muito em informar para todos vocês que o casamento foi cancelado.

Um coro de suspiros e sussurros preencheu o ar.

Meu coração despencou quando procurei pela mão de Isaiah. Ele segurou minha mão com força, seus molares rangendo. Ao meu lado, Leo estalou os dedos. Os punhos de Emmett estavam brancos em seus joelhos. A fúria que emanava de Dash ao se levantar ao lado de Presley era como uma onda de calor.

Era melhor Jeremiah não mostrar a cara em Clifton Forge por um bom tempo.

— Obrigada a todo mundo por vir. — Presley abanou a mão na direção da tenda. — Por favor, peguem seus presentes. — Eu não... — Ela sacudiu a cabeça, seus olhos se enchendo de lágrimas.

— Deixa que eu cuido disso. — Dash deu um passo para a frente. — Vai pra casa.

Ela concordou com a cabeça, e foi para o lado, indo embora correndo.

Isaiah me entregou Xander, ficando de pé para ir atrás dela. Emmett e Leo estavam logo atrás dele.

Eu encontrei o olhar preocupado de Bryce.

— O que devemos fazer?

— Colocar esse pessoal para fora daqui — ela murmurou. — E então ou trazemos Presley de volta para o bar, ou levamos o bar até ela.

Os caras estavam na nossa frente. Quando Bryce, Dash e eu levamos os convidados até o estacionamento, Isaiah, Emmett e Leo conseguiram pegar Presley antes que ela desaparecesse. Eles a levaram correndo para o apartamento no andar de cima, Leo pegou uma garrafa de tequila no bar, e então beberam dose atrás de dose em homenagem à noiva magoada.

Após Bryce, Dash e eu darmos conta dos funcionários do buffet, funcionários do bar e DJ, nos juntamos ao grupo no apartamento. Presley murmurava frases sem sentido no sofá, minutos antes de desmaiar. Ela tirou o vestido e colocou um par de minhas calças de moletom e um casaco. Ela chorou até o rímel escorrer por seu rosto.

— Uma mensagem de texto — ela falou arrastado. — Ele terminou comigo por uma mensagem de texto.

Então Jeremiah tinha acabado com o casamento, como eu temia. *Babaca*.

— O que a mensagem dizia?

— Hewanz Scarlett.

Scarlett?

— Quem é...

Os olhos de Presley se fecharam e ela apagou.

— Ok, deixa para lá — murmurei.

— Vou levá-la para casa — Dash disse, entregando seu paletó para Bryce.

CAVALHEIRO PARTIDO

— Não, deixa comigo. — Emmett a pegou em seus braços fortes. — Você tem os meninos e as cadeirinhas deles no carro.

— Eu vou encontrar o Jeremiah. — Leo levantou do sofá onde ele estava cuidando de Pres. Quando ele passou por mim, o cheiro de álcool em seu hálito era espantoso.

— Não hoje à noite. — Isaiah o segurou pelo braço. — A última coisa que precisamos depois de três anos de paz é de uma briga com os Warriors.

Leo resmungou alguma coisa baixinho, mas concordou com a cabeça.

— Está bem. Não hoje à noite. Mas eu vou dar uma surra naquele cara por fazer isso com ela.

Meu rosto empalideceu. Isaiah notou instantaneamente.

Não. Nós passamos tanto tempo sem problemas, e eu não queria convidá-los de volta para nossas vidas. Por mais que eu quisesse que Jeremiah sofresse por partir o coração de Presley, eu não queria vingança o suficiente para arriscar nossa segurança novamente.

— Leo, vou dirigir seu traseiro bêbado para casa — Dash disse.

Felizmente, Leo não reclamou. Ele só colocou um braço em volta dos ombros de Bryce e fez uma careta que fez Xander gargalhar.

Zeke tinha dormido no meu ombro trinta minutos atrás.

— Vejo vocês na segunda. — Dash pegou Zeke do meu colo, se inclinando para beijar minha bochecha. Ele então abriu a porta para todo mundo sair.

Quando ela a fechou atrás dele, respirei fundo, andando para os braços de Isaiah.

— Isso foi feio.

— Ela vai ficar bem. Melhor do que um divórcio complicado.

— É. — Fechei meus olhos. — Eu queria tanto dançar com você hoje à noite.

Ele levantou minha mão, segurando firme na parte de baixo das minhas costas, e então nos girou em um círculo. Sorri quando ele diminuiu a velocidade e nos balançou de um lado para o outro; a única música, nossos batimentos cardíacos.

Aquele era nosso lar. Aqui, nesse apartamento, nos braços dele, eu estava em casa.

— Estou grávida.

Isaiah parou de dançar.

Descobri dois dias atrás e esperei para contar por causa da mudança. Mas, agora que estávamos aqui, agora que estávamos em casa, estava na hora.

Isaiah e eu conversamos sobre ter filhos. Nós dois estávamos nervosos sobre nos tornarmos pais, Isaiah mais do que eu. Ele ainda achava que ele não merecia o amor de uma criança.

Mas eu sabia que queria ser mãe. No fundo, ele queria ser pai. Então decidimos aguardar até depois da faculdade, e eu parei de tomar pílula há dois meses.

— Você está grávida?

Confirmei com a cabeça.

Ele segurou meu rosto em suas mãos. E sorriu.

— Eu te amo, boneca.

Os olhos de Isaiah antes eram assombrados. Tão sombrios e sem vida. Hoje à noite, eles estavam tão brilhantes quanto as estrelas. Meu marido. Minha vida.

— Também te amo.

Aproveite esta amostra de Princesa de Pedra, o terceiro livro da série Clifton Forge.

CAVALHEIRO PARTIDO 293

PRINCESA DE PEDRA

PRESLEY

É hoje?

É hoje.

É *hoje*.

Havia poucas maneiras de interpretar duas palavras. Poucas maneiras de alterar seu significado com várias inflexões.

é hoje

Não importa quantas vezes eu leia a mensagem de Jeremiah em voz alta, nenhuma das opções eram boas. O filho da puta nem se preocupou com um ponto de interrogação ou ponto final para diminuir a confusão.

Aquelas palavras horríveis pularam da tela do meu telefone, e eu rosnei e o desliguei. Não fazia sentido ler novamente. Eu estava fazendo isso sem parar desde sábado.

Essas duas palavras eram as últimas da nossa conversa. Ele as enviou na manhã do nosso casamento – do casamento que ele tinha esquecido. Jeremiah não enviou uma mensagem de texto em pânico com um pedido de desculpas. Ele não me ligou sem parar para encher minha caixa de mensagem com pretextos. Ele não dirigiu as três horas de Ashton até Clifton Forge para ficar de joelhos e implorar pelo meu perdão.

Na mensagem, podia muito bem estar escrito *fim*.

Bem, ele que se foda. Sua mensagem que se foda. Que se fodam todos os anos que perdi com um homem que dizia me amar, mas não fazia ideia de como demonstrar. Eu não teria nem a satisfação de terminar com ele cara-a-cara. Ou talvez me abandonar no dia do nosso casamento foi seu jeito covarde de terminar comigo.

Depois de cancelar o casamento no sábado, passei o dia de ontem aos prantos, com um coração partido e uma ressaca dos infernos. Presley Marks não era uma mulher que chorava facilmente. Eu desisti de chorar ainda nova, porque elas só me faziam ganhar outro tapa. Mas, ontem, eu as deixei escorrer livremente.

Eu chorei por ser tão estúpida. E patética. E sozinha. E humilhada.

Quantas vezes meus amigos me alertaram sobre Jeremiah? Quantas vezes eu o defendi? Quantas vezes olhei para o meu dedo anelar desnudo, me iludindo de que eu não precisava de uma aliança de noivado quando uma aliança de casamento era o verdadeiro prêmio?

A ardência em meu nariz ameaçava trazer mais lágrimas patéticas, mas eu as engoli, piscando rapidamente antes que uma lágrima perdida pudesse arruinar meu rímel. Então enfiei meu telefone na bolsa e abri a porta do meu Jeep. A pintura branca brilhava, refletindo os raios de sol da manhã.

Eu fiz uma lavagem completa nele na semana passada. Queria que estivesse brilhando quando Jeremiah e eu saíssemos da recepção do casamento. Eu queria o interior perfeito quando dirigíssemos até Ashton.

Hoje era para ser o dia da mudança.

A maior parte dos meus pertences estavam em caixas, e eu havia reservado um trailer para a mudança. Assinei contrato de aluguel em um apartamento em Ashton, porque Jeremiah estava temporariamente ficando na sede de seu moto clube – há três anos.

Estúpida, Presley. Estúpida para caralho. Eu fiquei tão ocupada planejando como juntar nossas vidas que não notei que meu noivo estava perfeitamente contente vivendo separado.

Talvez eu devesse ter ficado em casa e lidado com as consequências. Eu tinha um locatário para contatar e inúmeros depósitos a perder. Em vez disso, segui minha rotina normal das manhãs de segunda-feira, e dirigi para o trabalho, fazendo um desvio para passar no mercado e enfiar meu vestido de noiva de mil dólares na caixa de doações.

A *Oficina de Clifton Forge* foi minha base pelos últimos dez anos, e, hoje, eu precisava daquela familiaridade. Destranquei a porta do escritório e entrei, acendendo as luzes antes de me sentar atrás da minha mesa e tirar um momento para aproveitar o silêncio.

Eu cheguei uma hora antes que o normal, e a quietude não iria durar. Logo, haveria ferramentas batendo na oficina, clientes conversando na área de espera e telefones tocando no escritório. Mas, por agora, era sossegado.

Respirei fundo, procurando pelo cheiro de Draven. Ele morreu há

CAVALHEIRO PARTIDO

mais de três anos, mas havia vezes que eu ainda podia sentir seu cheiro. Talvez fosse só minha imaginação criando um toque de Old Spice e um hálito de menta no ar.

Quando acordei nessa manhã, sabia que as consequências do casamento eram somente minhas para lidar, então isso era exatamente o que eu iria fazer. Um passo de cada vez, dia após dia, eu sobreviveria.

Pelo menos a parte mais difícil tinha acabado. Eu já havia marchado pelo corredor para dizer aos convidados que meu noivo esqueceu do nosso grande dia. O resto seria fácil, certo? Era simplesmente logística. As equipes de bar e comida seriam pagas. *Por mim*. Presentes que não foram coletados seriam devolvidos. *Por mim*. Minha vida continuaria e, um dia, não doeria tanto saber que meu noivo não quis se casar comigo.

Mas eu podia realmente culpar Jeremiah? Isso era culpa minha. Eu fiquei surda para a verdade e cega para os sinais. Eu deveria ter terminado esse noivado anos atrás. Talvez eu fosse tão covarde quanto Jeremiah.

Enterrando esses pensamentos, eu sacudi o mouse ao lado do teclado, acordando meu computador. Então me joguei na minha caixa de e-mails e tentei cuidar dos afazeres do dia.

Quando o pessoal da garagem soubesse que eu estava aqui, e não chorando em casa, iriam invadir o escritório. Ficariam ao meu redor o dia todo, garantindo que eu não estava prestes a ter um colapso. Eu não conseguiria fazer porra nenhuma, porque estaria ocupada demais mantendo uma expressão firme e os escutando xingar Jeremiah de um canto até o outro. Eu diria a eles que estava bem – o que eles saberiam ser uma mentira.

Não estou bem há um longo, longo tempo.

Só havia três e-mails não lidos para acabar quando passos ecoaram do lado de fora. A escada de metal que subia para o apartamento acima do escritório vibrou quando Isaiah, um de nossos mecânicos e meu amigo, desceu.

Respirei fundo e virei minha cadeira de frente para a porta quando ela abriu.

— Bom dia.

— Ei, Pres. — Isaiah entrou, vestindo um par de jeans desbotados e uma camiseta preta. Seu cabelo castanho estava molhado. Ele cruzou o cômodo e se sentou na cadeira na frente da minha mesa, apoiando os cotovelos nos joelhos.

— É bom te ver nessa cadeira — eu disse.

Ele sorriu. — É bom estar sentado aqui novamente.

Ele e sua esposa, Genevieve, moraram em Missoula pelos últimos três anos enquanto ela fazia faculdade de Direito. Agora que eles estavam de volta, Isaiah iria trabalhar na garagem novamente, e Genevieve iria trabalhar junto com seu mentor em uma pequena firma de advocacia na cidade.

— Como está Genevieve?

— Bem. — Ele olhou para o teto. — Ela vai descer logo. Está empolgada com seu primeiro dia de volta ao trabalho.

— Como foi ficar no apartamento novamente?

— Como nos velhos tempos. Não conte a Genevieve, mas estou torcendo para o construtor estar atrasado algumas semanas para podermos ficar no andar de cima um pouco mais.

Anos atrás, o apartamento era o lar deles, e não foi alugado durante o tempo em que eles estavam fora. Como seus empregos, estava esperando pelo retorno deles. Só que, dessa vez, eles não o chamariam de lar. Os dois compraram uma casa nova em um bairro calmo e iriam se mudar em breve.

Mesmo assim, não importa quanto tempo passe, eu iria sempre considerar aquele o apartamento do Isaiah.

— Estou empolgada para ver sua nova casa.

— Você pode ser a primeira a conhecer. — Seu sorriso alargou.

Estudei o rosto dele. Era estranho ver Isaiah sorrindo. Era bom, mas estranho. Ele não era mais aquela alma torturada que começou a trabalhar aqui anos atrás.

Genevieve merecia todo o crédito. Ela resgatou meu amigo e o trouxe a vida de volta aos seus olhos. Ela fez um milagre naquele pequeno apartamento.

— O quê? — Ele passou a mão pela boca. — Tenho algo no rosto?

— Não. Só é bom te ver feliz.

Ele suspirou, o sorriso sumindo.

— Como você está?

— Bem. — Essa era a primeira do dia. Eu provavelmente a repetiria vinte vezes antes de ir embora às cinco. — Não quero falar sobre isso.

— Ok.

Isaiah seria o único que não me forçaria hoje. Eu poderia abraçá-lo por isso.

Nós dois criamos uma rápida amizade desde o início; éramos os únicos forasteiros trabalhando em uma oficina composta por antigos membros do Tin Gypsy Moto Clube. Antes de Isaiah, eu ignorava as conversas sussurradas sozinha. Eu obedientemente ia para os correios ou banco sempre que minha presença não era desejada no escritório. Eu ignorava festas e bebida e mulheres.

CAVALHEIRO PARTIDO

Mas então o clube se desfez e a vida na oficina mudou. Eles contrataram Isaiah, e, enquanto os outros cochichavam sobre segredos, Isaiah e eu tínhamos um ao outro.

Nós tomávamos café juntos toda manhã. Conversávamos sobre nada. Eu não perguntava a ele sobre seu passado ou sobre os três anos que passou na prisão. Ele não me perguntava como vim para Clifton Forge e por que me recusava a falar sobre minha infância. Mesmo assim, nós éramos amigos. Eu confiava nele.

E era bom tê-lo de volta.

— Como estão as coisas na oficina? — ele perguntou.

— Corridas. Tivemos que contratar dois mecânicos para cobrir o que você fazia sozinho.

Sua testa franziu.

— Eu não estou tomando o emprego de ninguém por voltar, estou?

— Não. Dash e eu conversamos e vamos manter eles dois em coisas de rotina para você poder aprender mais sobre os trabalhos personalizados.

— Não me importo de fazer trocas de óleo e revisões.

Acenei para ele.

— Já está decidido.

Isaiah se levantou e foi para a área de espera. O barulho de uma cápsula sendo colocada na máquina de café veio na minha direção.

O espaço inteiro tinha dois escritórios fechados, além da recepção onde eu me sentava. Um dos escritórios pertencia a Dash, o dono da oficina e meu chefe. O outro tinha sido de Draven, pai do Dash.

Draven gerenciou a oficina sua vida inteira, passando-a para Dash. Ele foi mais que meu chefe, ele foi minha família. Eu abriria mão feliz de todos os meus bens materiais para tê-lo de volta e abraçá-lo nessa manhã, ou para ele ter estado comigo no sábado, me levando até o altar.

Depois que Draven morreu, Dash me ofereceu seu escritório. Tinha uma porta, então eu não teria que ficar sentada do lado de fora, na frente dos clientes que estavam esperando. Mas eu não consegui me sentar na sua mesa.

Ninguém, especialmente eu, tomaria seu lugar.

Então convertemos seu escritório em uma sala de espera. Trouxemos sofás e fizemos uma área de café.

Isaiah voltou com duas canecas fumegantes na mão.

— Obrigada. — Sorri quando ele colocou minha caneca na mesa. Girei a pazinha, misturando o pacote de açúcar que ele colocou e uma colherada de creme de baunilha. — E obrigada por sábado.

Ele levantou um ombro, bebendo seu café puro.

— Sem problemas.

No sábado, depois que anunciei que o casamento tinha sido cancelado, tentei fugir correndo. Isaiah me pegou antes que eu pudesse entrar no meu Jeep e desaparecer em um buraco negro. Ele me arrastou para o apartamento no andar de cima antes que qualquer pessoa pudesse ver. Emmett e Leo, outros dois mecânicos e meus amigos, não estavam muito atrás. Leo pegou uma garrafa de tequila no bar e os três me deram dose atrás de dose, até eu desmaiar no sofá.

— Acho que tenho uma bagunça para limpar lá atrás — murmurei.

— Acho que Dash e Bryce deram conta da maior parte.

— Ah. — Sacudi a cabeça. — Porra. Eles deviam ter deixado para mim.

Quantas horas eu passei planejando esse casamento? Quantos favores pedi aos meus amigos? *Que perda de tempo.*

Meus amigos não deveriam ter que limpar minha bagunça.

Havia um campo atrás da oficina, e sempre achei que ele tinha potencial para rivalizar com qualquer parque da cidade, então perguntei a Dash se podia limpá-lo e fazer o casamento ali. Draven não estava lá para me levar até o altar, mas que lugar melhor para incluir sua memória do que a garagem que foi seu negócio por tantos anos?

Dash concordou, insistindo que eu deixasse todo mundo ajudar com a limpeza. Nós passamos três finais de semana bem cansativos trabalhando naquele campo, tirando os restos de coisas da oficina. Movemos peças enferrujadas para o outro canto da propriedade. Empurramos carros velhos para longe da vista. O mato foi cortado, revelando um luxuoso carpete verde por baixo.

Na quinta e sexta, montamos a tenda branca, colocamos mesas e cadeiras no lugar. Ocupada demais fazendo as decorações, não planejei um jantar de ensaio. Pular aquele jantar foi meu maior erro – fora a escolha do noivo. Talvez se nós tivéssemos tido o jantar, eu saberia que Jeremiah não ia aparecer.

— Eles não se incomodaram, Pres. — Isaiah disse.

— É minha culpa. Eu deveria lidar com isso.

— A culpa é do Jeremiah.

— Não — sussurrei. — É minha.

Uma porta bateu acima de nós. Isaiah e eu olhamos para a janela quando os saltos de Genevieve fizeram barulho descendo a escada, e ela se juntou a nós no escritório.

CAVALHEIRO PARTIDO

— Bom dia. — Seu cabelo escuro estava preso em um coque elegante e ela estava vestida para o trabalho, sofisticada e perfeita para Isaiah.

Ele se levantou para puxar a cadeira ao seu lado, segurando a mão dela quando ela se sentou.

— Você está linda.

Alguma vez meu homem puxou uma cadeira para mim? Ele alguma vez se levantou quando entrei em um cômodo? Será que elogiar a sua noiva era tão difícil?

— Como está se sentindo? — Genevieve perguntou, seus olhos castanhos cheios de preocupação.

— Ontem foi péssimo. Eu não ficava bêbada daquele jeito há um bom tempo, então fiquei praticamente inútil o dia todo. — Passei horas na frente da privada, vomitando a tequila. A ressaca não se misturou bem com meu estado emocional. — Desculpa não ter respondido sua mensagem.

— Está tudo certo — o olhar dela suavizou.

Genevieve herdou os olhos de Draven. Eu invejava que ela podia olhar no espelho e ver uma parte dele viva. Tudo que eu tinha era uma foto na gaveta de minha mesa para pegar quando estivesse me sentindo sozinha.

— Pronta para seu primeiro dia de trabalho? — perguntei, mudando o assunto.

— Acho que sim. Será legal trabalhar novamente com Jim. Senti falta dele. — Ela sorriu, ajustando a bainha de sua saia lápis preta. Ela a combinou com uma blusa azul claro e saltos agulha. Genevieve Reynolds entrava em um cômodo e roubava o show. Ela era estonteante, por dentro e por fora.

Eu era bonita, talvez não linda a ponto de roubar a atenção, mas eu me sentia confortável com o meu corpo. Essa confiança demorou anos para ser construída. Quando criança, aperfeiçoei a arte de não me destacar na multidão e seguir instruções. Receber atenção só trazia hematomas para esconder e a explicar.

Foi só depois de me mudar para Clifton Forge que eu realmente relaxei e aceitei quem eu era.

O cabelo que eu não podia cortar quando criança agora era curto e descolorido. Nunca mais alguém usaria meu rabo de cavalo para me segurar enquanto gritava na minha cara. De primeira, o cabelo curto era mais um estilo masculino do que feminino. Ultimamente, passei a raspar as laterais e manter o topo mais comprido e jogado por cima de uma sobrancelha.

Meu cabelo era uma forma de protestar. Minhas roupas também. Eu tinha um corpo pequeno que não ficava bem em saias lápis ou blusas, porque não tinha curvas para preenchê-los. Além disso, não era meu estilo. Eu preferia botas de sola grossa a saltos altos. Minha roupa preferida era um macacão largo com uma camiseta justa por baixo. Eu usava calças cargo apertadas na cintura por um cinto para criar a ilusão de ter quadris. Se fossem aquelas do estilo *namorado*, havia boas chances de que eu compraria. Deixei meu lado feminino para trás no dia que saí de Chicago, aos dezoito anos.

O mais feminina que me arrumei desde que saí de casa tinha sido no sábado, ao me vestir para o meu casamento.

Talvez Jeremiah tenha acordado no sábado e percebido que cometeu um erro. Que ele ainda amava a garota com longos cabelos loiros que usava cores pastel e saias floridas. Que ele queria a garota que deixei para trás.

— Ele, hum... — Genevieve franziu o nariz. — Ele te ligou?

— Não.

O barulho de um motor me salvou de outra pergunta, mas eu duvidava que aquele período abençoado duraria muito.

Leo e Emmett chegaram em suas Harleys, os dois estacionando na cerca de arame do outro lado do estacionamento. Eles desceram ao mesmo tempo em que Dash chegou em sua própria moto.

Era raro os três chegarem tão cedo e juntos, especialmente Leo, que não gostava de trabalhar antes das dez horas. Dash deve tê-los chamado para uma reunião. Provavelmente sobre mim. *Fantástico para caralho.*

A porta do escritório se abriu e os três homens entraram. O relógio na parede marcava sete e meia, e os outros mecânicos não chegariam até as oito.

— Pres, como você está? — Dash se sentou em uma das cadeiras embaixo das janelas.

— Bem.

— Tem certeza?

— Sinto muito... — Acenei com a cabeça.

— Não. — Ele levantou uma mão. — Não se desculpe.

— Ainda não fui lá atrás, mas irei em breve e guardarei tudo que sobrou.

— Fizemos isso ontem. Tem algumas caixas de coisas para você pegar, mas todo o resto está feito.

Meus ombros caíram, pesados com culpa por saber que meus amigos limparam minha tentativa fracassada de me casar.

— Eu teria...

CAVALHEIRO PARTIDO

301

— Nós sabemos que você teria feito — Emmett disse, se apoiando na parede. Seu cabelo escuro estava preso em um nó na sua nuca. — Mas nós podemos te ajudar.

— Obrigada. E sinto muito.

— Não sinta. — Leo ocupou o espaço ao lado de Emmett. — Você está se sentindo melhor?

— Sim. — Fisicamente pelo menos.

Leo foi na minha casa ontem. Ele foi o único que me visitou, não só mandou mensagem. Ele me trouxe Gatorade, biscoito água e sal e picles. Não ficou muito tempo, só o suficiente para entregar seu *kit ressaca* antes de me deixar para me sentir infeliz. Ele provavelmente saiu da minha casa e veio para cá ajudar a desmontar a tenda do casamento.

— Precisamos conversar sobre uma coisa. — Dash trocou um olhar com Emmett e Leo. — Duas, na verdade. Primeiro, Jeremiah.

— Não quero falar sobre ele. — Meus olhos suplicantes encontraram os dele. — Por favor.

— Não podemos ignorar isso, Pres. — Seu olhar suavizou. — Não é certo o que ele fez você. Mas… ele é um Warrior, e nós não precisamos deles de volta em Clifton Forge. Por mais que eu quisesse enchê-lo de porrada, nós não precisamos desse tipo de problema.

Jeremiah se mudou para Ashton três anos atrás, e entrou para um moto clube. Ele vivia e trabalhava lá, enquanto eu dividia minha vida entre as duas cidades, porque ele *precisava desse tipo de família*. Sua família em Chicago não falava com ele há anos. Ele foi resultado de uma gravidez acidental, e seus pais o tratavam exatamente assim. Então eu o apoiava. Não me intrometi quando ele se tornou parte de uma irmandade.

Mesmo quando era a irmandade errada.

Os Arrowhead Warriors eram rivais do antigo clube de Dash, Emmett e Leo. Eu não dividi somente meu tempo, mas minha lealdade também. Passei três anos em cima de uma cerca de arame farpado entre minha família aqui na oficina e o homem que me pediu para ser sua esposa.

Jeremiah merecia ter seu traseiro chutado. Repetidamente. Mas eu nunca defenderia isso. Eu estava convicta de estar do lado certo da cerca agora, e não colocaria essa minha família em risco.

— Vamos lá, Dash. — Leo ficou mais alto. — Isso é besteira. Ele…

— Por favor, Leo. — Olhei nos olhos dele. — Deixa ficar por isso mesmo. Se você for atrás dele, só vai causar problemas para mim.

Ele franziu a testa, passando a mão por seu cabelo loiro despenteado antes de resmungar.

— Está bem.

Genevieve soltou um suspiro audível.

— Fico feliz por concordarmos com isso. Já tivemos problemas o suficiente.

— É verdade — Dash murmurou, acenando com a cabeça para sua irmã. Os irmãos tinham mães diferentes, mas os dois ganharam o cabelo cor de chocolate de Draven.

— Qual a segunda coisa? — Genevieve perguntou a Dash.

— Recebi uma ligação de Luke Rosen essa manhã.

A sala ficou em silêncio. Por que o delegado estava ligando para Dash?

— O que ele queria? — Emmett franziu as sobrancelhas. — Falei com ele ontem.

— Foi uma gentileza que ele fez para o nosso pai. — Dash olhou para Genevieve. — Ele ia te ligar, mas eu disse que falaria com você.

— OK. — Ela travou. — Por que estou sentindo como se você fosse me dar uma má notícia?

— Porque vou. — Dash esfregou o queixo. — Tem uma produtora de Los Angeles fazendo um filme sobre o assassinato da sua mãe.

— O quê? — Ela se levantou da cadeira, Isaiah a seguindo. — Eles podem fazer isso?

— É de conhecimento público — Dash disse. — Eles vão colocar o glamour de Hollywood na história, então vai saber o que vai sair daquilo. Mas sim, eles podem fazer isso.

— Como Luke recebeu a dica? — Emmett perguntou.

— O diretor quer que seja autêntico, então eles entraram com um pedido para o filme ser rodado aqui. O prefeito aprovou na sexta e ligou para Luke hoje cedo.

— Eles vão gravar um filme em Clifton Forge. — Minha mente não conseguia processar a declaração. — Quando?

— Mais ou menos no próximo mês, Luke não sabia dizer exatamente quando. A cidade quer o dinheiro, então eles deram uma janela de doze meses para a produtora.

— O que isso significa para a gente? — Genevieve perguntou.

— Não sei — Dash respondeu. — Mas meu chute é que os veremos pela cidade.

CAVALHEIRO PARTIDO

— Quem? Os atores? — Leo perguntou.

Dash confirmou com a cabeça.

— Luke disse que o prefeito insinuou que o diretor e talvez algumas pessoas do elenco venham até aqui conhecer quem eles vão interpretar. Talvez a gente receba algumas visitas na oficina.

Meu estômago embrulhou. A última coisa que eu precisava era dos ricos e famosos de Hollywood no meu local de trabalho. Eu não precisava ser uma personagem secundária triste e patética que eles jogaram no script do filme para serem *autênticos*.

— Você sabe em quem ficar de olho? — Genevieve perguntou a Dash.

— Luke disse que o nome do diretor é Cameron Haggen.

— O vencedor do Oscar? — Emmett assoviou. — Porra. Quem mais?

Dash esfregou o queixo, hesitando.

— O único outro nome que Luke sabia era Shaw Valance.

Shaw Valance.

— Puta que pariu — Emmett murmurou e eu fiquei boquiaberta.

Então isso não seria um filme pequeno. Mesmo uma mulher que não tinha muito tempo para televisão ou filmes sabia que Shaw Valance era a elite de Hollywood, a estrela principal dos filmes. Ele era o herói da América. Vi um artigo na última edição da revista *People* no salão que estimava que o salário dele para seu último sucesso de bilheteria foi de quinze milhões de dólares. Seu belo rosto estava em cada edição graças aos paparazzi, que acompanhavam cada movimento seu.

Shaw Valance era a última coisa que precisávamos nessa cidade e nessa oficina.

Isaiah segurou a mão de Genevieve, apertando forte.

— Vai ficar tudo bem.

— Não quero isso. — O rosto dela empalideceu.

— Eu sei, boneca. — Ele a puxou para seu peito, a abraçando fortemente. — Nós ficaremos quietos. Longe de tudo isso.

Minha amiga acabou de voltar para casa para organizar a vida com o marido, mas agora seria forçada a reviver velhas memórias da morte de seus pais.

— Vamos torcer para eles manterem distância, fazerem suas próprias coisas e irem embora antes que nós notemos — Dash disse, tentando diminuir a preocupação de Genevieve. — Duvido que irão nos procurar individualmente. No máximo, talvez deem alguma atenção para a oficina. Presley e eu podemos responder as perguntas.

— Ou mandá-los se foder. — Leo zombou.

— A melhor coisa que podemos fazer é dizer "sem comentários" — Dash disse. — Dar um gelo neles.

Gelo? Sem problemas.

Eu tinha tomado uma decisão ontem quando estava deitada no chão gelado do meu banheiro. Eu não iria mais deixar nenhum homem me machucar. Jeremiah foi o último, e eu não ia mais aceitar aquilo.

Daqui para a frente, eu era uma mulher com gelo em suas veias. A mulher com um coração de pedra.

Se Shaw Valance ou seu diretor ganhador de prêmios chegassem perto da oficina, eu iria seguir a sugestão de Leo.

Eles podiam ir se foder.

AGRADECIMENTOS

Obrigada por ler *Cavaleiro Partido*! Espero que você tenha gostado da história de Genevieve e Isaiah.

Um agradecimento enorme para meu time de edição e revisão: Elizabeth Nover, Marion Archer, Julie Deaton, Karen Lawson, Judy Zweifel, Kaitlyn Moodie e Gwyn McNamee. Obrigada, Hang Lee, pela bela e deslumbrante capa original de *Cavaleiro Partido*. E obrigada à minha agente, Danielle Sanchez, por tudo que você faz para manter tudo em ordem.

Um agradecimento enorme aos maravilhosos bloggers que falam dos meus livros. Obrigada a todos os incríveis leitores em Perry Street, por sua dose diária de amor e suporte. Obrigada aos meus amigos e família que tornaram possível eu me esconder para escrever esse livro.

E, por último, para Jennifer Santa Ana. Pelo maravilhoso dia no Texas que nunca esquecerei. Sou muito abençoada por te chamar de minha amiga.

SOBRE A AUTORA

Devney é uma autora best-seller do *USA Today* que mora em Washington com seu marido e dois filhos. Nascida e criada em Montana, ela ama escrever livros ambientados em seu precioso estado natal. Depois de trabalhar na indústria de tecnologia por quase uma década, ela abandonou as reuniões on-line e planejamento de projetos para aproveitar um ritmo mais lento em casa com sua família. Escrever um livro, quanto mais vários, não era algo que ela esperava fazer. Mas agora que ela descobriu sua verdadeira paixão por escrever romances, ela não tem planos de parar.

A The Gift Box é uma editora brasileira, com publicações de autores nacionais e estrangeiros, que surgiu no mercado em janeiro de 2018. Nossos livros estão sempre entre os mais vendidos da Amazon e já receberam diversos destaques em blogs literários e na própria Amazon.

Somos uma empresa jovem, cheia de energia e paixão pela literatura de romance e queremos incentivar cada vez mais a leitura e o crescimento de nossos autores e parceiros.

Acompanhe a The Gift Box nas redes sociais para ficar por dentro de todas as novidades.

 www.thegiftboxbr.com

 /thegiftboxbr.com

 @thegiftboxbr

 @GiftBoxEditora